KB095719

무궁화꽃이 피었습니다

무궁화꽃이 피었습니다 1

개정판 1쇄 발행 | 2023년 04월 28일
개정판 2쇄 발행 | 2024년 04월 22일

지 은 이 김진명
발 행 인 김인후
편   집 장혜리, 박 준
마 케 팅 홍수연
디 자 인 이시온, 원재인
경 영 총 괄 박영철

주   소 서울시 은평구 통일로 1034, 판매시설동 228호
문 의 전 화 02-322-8999
팩   스 02-322-2933
블 로 그 blog.naver.com/eta-books
인스타그램 instagram.com/etabooks
발 행 처 이타북스
출 판 등 록 2019년 6월 4일 제2021-000065호

무궁화꽃이 피었습니다

김진명 장편소설

1

이타

차례

작가의 말   7

술망나니   11
삼원각   23
잔나비파   30
개코 형사   39
경마장의 도주   51
위험한 자금   59
도쿄 오퍼레이션   80
가네마루   97
국립묘지의 비밀   108
물리학자   118
도시의 밤   121
표리   136
북악스카이웨이   149
기자와 형사   161
권력의 그늘   171
숨겨진 밀월   194

태평양의 바람 217

청부살인 232

통일 시대 258

저팬 플랜 269

날짜변경선 280

코스모폴리탄 I 289

코스모폴리탄 II 311

케임브리지 광장 326

조국을 위하여 338

아폴로 계획 358

조국이 버린 아이 371

천재의 운명 391

다시 보는 조국 407

일본 열도 414

치마저고리 423

1980년 8월 15일 438

핵 정책 454

작가의 말

《무궁화꽃이 피었습니다》를 쓴 이후 어언 30년의 세월이 흘렀다. 러시아가 우크라이나를 침공함으로써 신냉전의 시대가 도래했고 북한이 모든 걸 내팽개치고 핵과 미사일 개발에 매진한 결과 이제는 미국조차 무시할 수 없는 상당한 수준의 핵을 보유하게 되었다. 이에 따라 우리나라는 미국, 일본과 더욱 결속을 다지고 있는데 이는 마땅히 가야할 방향이다. 문제는 이러한 현실에서 어떻게 남북의 동질성을 회복하고 통일을 이룰 것인가 인데 결론적으로 말하자면 통일을 위한 통일이나 무조건적 통일은 더 이상 선이 아니다. 일단 우리 사회의 모든 역량은 북한의 핵을 제거하는 데 모아져야 하고 핵 제거가 도저히 불가능하다면 충분한 대응력을 확보해야만 한다.

이런 관점에서 우리는 박정희 시절의 핵개발 비사를 다시 돌아볼 필요가 있다. 특히 중국, 러시아, 북한이 모두 어마어마한 핵 강국이 되어있는 지금 미국의 핵우산에만 의지하는 것이 과연 유일한 전략인지 진지하게 고민해야 한다. 지난 트럼프 재임 시절 키신저를 비롯한 영향력 있는 인사들은 주한미군을 철수하고 일본까지 태평양 방어선을 후퇴시켜야 한다는 조언을 아끼지 않았고 이에 따라 트럼프는 방위비를 대폭 인상하지 않으면 미군을 철수할 수도 있다는 협박을 서슴지 않았다. 핵개발에 착수하면 미국을 비롯한 우방의 전면적 제재에 부닥쳐야 하고 하지 않으면 미군이 철수할 때 멘붕에 빠질 수밖에 없는 오늘의 현실에서 30년 전의 핵개발 비사를 되새기는 건 커다란 의미가 있다.

인류가 존재하는 한 전쟁은 스스로 멈추지 않는다. 문제는 우리가 얼마나 전쟁을 억지할 수 있는 힘을 가지느냐에 달려 있기 때문이다. 《무궁화꽃이 피었습니다》는 우리가 과연 스스로 국토와 국민과 나라를 지킬 의지가 있느냐를 묻고 있다. 특히 민간에서의 핵연료 제조조차도 스스로 포기한 한반도 비핵화 선언이 지금의 현실에서도 여전히 유효해야 하는지 깊이 들여다보아야 한다. 1993년 당시 금기 중 금기였던 한반도 핵이라는 범상하지 않은 문제를 사회에 던진 작가로서 나는 2023년 판 서문에서 그 문제들에 대한 생각을 밝히는 게 옳다는 생각이다. 남북 합작이 아닌 북한만의 핵보유는 치명적 위험이므로 반드시 제거하거나 우리가 장악해야 한다. 통일은 북한이 핵을 포기하고 이에 대한 반대급부로 미국과 관세면제 협정을 맺게 해 급속히 G20으로 진입시킨 다음 논의를 시작해야 한다. 일본과의 독도 충돌은 언제든 일어날 수 있는 상수이고 이것이 전쟁으로 가는 걸 억제하는 유력한 수단이 핵무기라는 사실은 변함이 없으므로 우리는 핵 보유에 대한 의지를 포기해서는 안 된다. 다만 결정적 대결 시점 직전까지는 일본과 경제, 안보에서 동행하는 것이 옳다. 미국과 공감한 핵 보유가 가장 바람직하므로 이를 위해 우리는 미국을 꾸준히 설득해야 하고 1차적으로 우리 원자력 산업에도 필수적인 사용 후 핵연료의 재처리를 반드시 획득해야 한다.

30년 전과 거의 유사한 작금의 동북아 현실에서 독자들에게 한국에서 가장 재미있는 소설 《무궁화꽃이 피었습니다》를 다시 권하는 감회가 새롭다.

2023년 4월 김진명

술망나니

술망나니.

새남터의 망나니라면 술에라도 의지해야 죄수를 참수할 수 있을 거란 짐작은 들지만, 하필이면 술망나니일까? 순범은 술망나니란 별명이 노상 달갑지가 않았다. 그러나 지난밤에도 그는 어김없이 술에 푹 절어서 귀가했다. 토막토막 생각이 나기는 하지만, 저녁 먹으러 들어가 반주 삼아 걸친 술에 꼭지가 돌아 시경 근처의 밥집에서 나온 후로는 도무지 행로를 기억할 수가 없었다.

굳이 기억을 되살려내기도 귀찮아서 멍한 채로 출입처에 나갔다. 하지만 여전히 술은 덜 깬 상태였다. 후배 기자들이 슬금슬금 눈치를 살피며 자리를 피했다. 요즘 새로 들어온 신참들의 항의가 만만치는 않지만 경찰서 기자실의 전근대적인 위계질서 덕분에 아직은 해묵은 기자들이 지내기에 부족함이 없을 정도로 편안한 분위기였다.

애들아, 우리도 처음엔 고생고생해가면서 선배들 수발을 들었단다.

일에서도 신참들은 주눅이 들 수밖에 없지만 이런 말 한마디면 기가 죽게 마련이었다.

순범은 비스듬히 의자에 기댄 채 하품을 해대며 졸음을 깨물었다. 10년 가까이 경찰 출입기자 노릇을 한 끝에 다다른 곳이 시경 캡. 대수롭지 않은 웬만한 일은 후배들이 해결해주기 때문에 굳이 팔을 걷어붙이고 나설 일도 없는 터에, 기자실은 석간 마감이 끝난 시간이라 더더욱 한가롭기 이를 데 없었다. 고참 기자들은 이런 시간이면 본사에 들어가지 않고 건수를 만들어 바로 한잔 마시러 갈 궁리나 하고 있게 마련이었다. 하루 종일 술에 치여 고생을 하다가도 저녁만 되면 오히려 정신이 맑아지고 몸이 가벼워지는 것은 술꾼들의 공통적 신체구조일 것이다. 딱히 떠오르는 술판이 없어 이 얼굴 저 얼굴 떠올려보던 차에 마침 후배 기자가 전화를 건네주었다.

"권 선배, 전화요."

"권순범입니다."

"수고 많소. 나 검찰청의 최영수요."

"아이구, 이거 최 부장이 웬일이오? 바쁜 양반이 이런 곳에까지 전화를 다 주시고."

"오늘 저녁에 시간 있으면 생선회나 한 접시 합시다."

"좋지요. 근데 누가 사는 거요?"

"글쎄, 늘 내가 샀지만 오늘은 당신이 사야 할 것 같아."

"그거 듣던 중 반가운 소립니다. 그럼 그 압구정동 혼스시에서 만납시다."

수화기를 내려놓는 순범의 입가에 사르르 미소가 번졌다.

노랑이가 정보를 줄 때가 다 있나…….

기자와 검사. 어쩌면 같은 목표를 향해서 경주를 하는 셈이지만 본질적으로는 동료의식이 아니라 견원지간과 같은 경계심을 가지고 살아가는 관계였다. 사건을 뜯어먹고 살아간다는 공통분모에도 불구하고 기자와 검사는 서로 물과 기름처럼 겉돌게 마련이었다. 기자는 기자대로 검사의 엘리트 의식이, 검사는 검사대로 기자의 무례함이 못마땅한 것이었다. 그러면서도 '악어와 악어새' 같은 공생관계를 유지하면서 가끔씩 비수를 숨기고 막역한 친구처럼 술자리를 함께하기도 했다.

서울지검 특수부장 최영수는 순범이 햇병아리 기자이던 시절부터 사건마다 부딪쳐온 사이지만 이제껏 한 번도 시원한 정보를 준 적이 없었기에 오늘의 전화는 몹시 이례적인 것이었다.

압구정동의 혼스시는 전철역에서 빠져나와 약 5분쯤 되는 곳에 있었다. 순범은 고물 승용차가 한 대 있기는 했지만 저녁에는 주로 시경에 세워두고 대중교통을 이용하는 편이었다. 대개 술자리로 시작해서 술자리로 끝나는 저녁 시간에 차를 끌고 나와봤자 이튿날 찾으러 다니는 일만 고달픈 까닭이었다.

퇴근 무렵의 압구정동은 강남의 별천지답게 가히 새로운 역사가 시작되고 있었다. 젊디젊은 여자들은 마치 약속이라도 한 듯 짧은 치마에 짙은 루주를 바르고 이 기묘한 젊음의 거리를 쏘다니고 있었다. 모든 것이 시원시원한 이 젊은 세대, 이제는 더 이상 타인의 눈길을 의식하지 않는 당당한 세대, 그러나 이들에게는 뭔가 자신과는 어울리지 않는 것이 있었다. 앞서 걷고 있는 아가씨의 미끈하게 드러난 허벅지에 눈길을 주다가 공연히 면구스러운 기분이 들어 눈길을 돌려버리는 서른세 살의 노총각 순범은 곁을 지나치는 수많은 젊은 여자들 속에서 오히려 어떤 외로움 같은 것을 느끼고 있었다. 어쩌면 그는 젊은 여자들을 겁내고 있는 건지도 몰랐다. 그럼에도 불구하고 역시 압구정동의 젊은 여자들은 매력적이었다.

혼스시의 문을 열고 들어가자 최 부장이 먼저 와 기다리고 있었다. 새파란 면도 자국이 남아 있는 얼굴이며 금테 안경 사이로 번득이는 눈동자며 조금도 달라진 데가 없어 보였다. 최 부장은 순범이 오는 것을 보자 가볍게 고개를 끄덕이며 알은체를 했다. 검찰청에서 만날 때는 늘 일 때문에 다투었지만 밖에서 보니 오히려 가까운 느낌이 들었다. 남자의 인생이라는 것이 일로 싸우고 또 일로 사람을 사귀게 되는 것일진대, 찬바람 나는 검사와 기자 사이라 해도 오랜만에 보는 것이 반갑지 않을 수는 없었다.

술이 한 순배 돌아가자 최 부장이 말문을 열었다.

"권 기자도 알다시피 내가 지금 민생합수부를 맡고

있지 않소?"

"맡고 있지요."

"우리가 범죄와의 전쟁을 선포한 지 일 년이 되었는데, 이제는 전국의 폭력조직 우두머리급들은 모조리 다 잡아들인 셈이오."

자수한 놈도 많지 않소? 순범은 이렇게 말하려다 말고 고개를 끄덕여 최영수의 말을 수긍해주었다. 폭력조직의 우두머리들은 때때로 검찰이나 경찰의 집중 수사로 조직이 완전히 와해되는 것을 막기 위해 그들이 찍어주는 부하를 자수시키거나 자신들이 직접 자수하는 경우도 있었다. 이런 경우 거의 수사기관과 미리 사전 협의를 하기 때문에 양자 사이에는 수사의 범위와 구형 등에 대해 암묵적 합의가 되어 있게 마련이었다. 따지고 보면 기묘한 공생관계라고 할 수도 있었다.

"그런데 그중에 잔나비파 두목 박성길이란 놈이 있어요. 수법이 몹시 잔인한 놈들이지. 아마 권 기자도 잘 알 거요."

"알지요."

10년 가까이 경찰 출입기자를 하다 보면 웬만한 어깨들과는 안면을 트고 지내기 마련이었다. 더욱이 망나니 기자라고 소문난 순범은 범법자들이 잡혀와서 부당하게 당하는 걸 막아준다든지 하는 일도 많아서 어깨들에게는 인정을 베푸는 기자로 대접을 받고 있는 편이었다. 그래서 가끔씩 수사관들과 얼굴을 붉힐 때도 있지만 워낙 느물느물하고 변죽이 좋은 데다 수사관들이 어려움을 당할 때도 발 벗고 나서주기 때문에 경찰에서도 평판이 그리 나쁘지 않았다.

오래된 일이지만 박성길이라면, 강남 유흥가의 지배권을 놓고 서울의 신상사파와 전라도 연합이 명동에서 일대 결전을 벌였을 때, 폭력계에서는 처음으로 사시미조를 구성하여 구세력으로부터 강남의 유흥가를 넘겨받는 데 결정적 공헌을 한 자였다.

"그놈은 다른 놈들과는 달리 자수를 했는데, 우리가 무기 부르고 판사가 15년을 때렸단 말이오."

"그래요?"

"근데 이상하게도 이놈이 항소를 안 해요. 항소만 하면 한 7, 8년 정도로 떨어질 가능성이 많은데."

"돈 때문에 그런 거 아뇨?"

"에이 여보쇼. 아, 돈은 무슨 돈이 들어요? 설령 조금 든다 해도 그놈들이 벌어놓은 돈이 얼마나 많은데. 변호사비야 까짓것 아무것도 아니지. 공짜 변호사 갖다 대도 좌우지간 몇 년은 뚝 떨어진다구."

"그래요?"

"그래서 내가 며칠 전에 그놈을 불러내서 물어봤지."

"그랬더니요?"

"나가기 싫대. 형무소가 오히려 편안하다는 거지. 마누라는 도망가고 대가리 클 대로 큰 자식들은 인간 대접도 안 해주고, 사회에 나가면 더 고통스럽대요. 이젠 나이도 들고……. 그 친구 나이가 쉰다섯이지 아마. 새파란 똘마니들 기어오르는 꼴도 보기 싫고 어쩌고 하더구먼.”

“그 나이면 이제 한물가긴 했네요.”

순범은 장기형을 선고받고 항소를 포기하는 폭력조직 두목의 마음은 어떤 것일까 생각하며 술잔을 들이켰다. 애기를 나누는 사이 홀쩍홀쩍 꽤 마신 모양인지 술기가 오르자 최 부장은 자신도 모르는 사이에 말을 놓고 있었다. 순범은 짐짓 모르는 체하며 그의 말에 장단을 맞추었다. 하긴 나이로 봐도 10년은 연장이었다.

“그런데 본론은 이제부터야.”

“본론이라고요?”

“이 자식이 약 처먹은 쥐새끼마냥 비실비실하길래 내가 갈비찜 한 그릇 시켜주고 담배도 주고 좌우지간 좀 따스하게 대해줬더니 갑자기 나한테 이런 말을 하지 않겠어. 이왕 이렇게 됐으니 부장님한테 엄청난 거 하나 가르쳐드리겠습니다라고 말이야.”

“엄청난 거?”

“나는 빙긋이 웃으며 말렸지. 괜히 당신 죄지은 애기 해봐야 형량만 더 높아지고 또 처음부터 다시 시작해야 하니까 묻어두라구. 고생만 되잖아. 맘 편히 먹고 학교에서 푹 쉬다가 나가라구.”

“그랬더니요?”

“그랬더니 이 친구가 눈빛이 달라지며 이러는 거야. 이건 보통 일이 아닙니다라고 말이야.”

"보통 일이 아니다?"

"그렇다면 말해보라고 하니까 이상한 얘길 늘어놓더군. 1978년에 사람을 하나 죽였다는 거야. 여러 명이 때려죽였는데 교통사고로 처리해주더래."

최 부장은 순범이 관심을 보이는 것을 확인하고서 일부러 느릿느릿 술잔을 비우며 말을 끊었다.

"감질나게 그러지 말고 좀 시원하게 털어놔봐요."

"내용을 들어보니 내가 손댈 수 있는 일이 아니야. 지금 부두목 하는 놈하고 행동대장 하는 놈하고 셋이서 때려죽이고는 길바닥에 눕혀둔 채 교통사고로 위장하려고 차로 깔아뭉개버렸다는 거야. 그런데 그게 정말 아주 쉽게 교통사고로 처리되더라는 거지."

"그건 뭐 그럴 수도 있겠군요. 얻어맞은 상처나 차에 깔린 상처나 비슷하지 않아요?"

"그놈이 엄청난 거라고 하는 건 그게 아니야."

"그게 아니라니요?"

"자기네들이 일을 저지르긴 했지만 분명 무슨 음모가 있다는 거지. 그때가 박성길이란 놈이 폭행치사로 수배되어 있을 때인데 이상한 사람들한테 붙잡혔다는 거야. 경찰이나 검찰수사관은 아닌 것 같은데 뭔가 느낌이 대단히 이상하더라는 거지. 꼼짝을 못하고 어디론가 끌려갔는데 말짱한 신사복을 입은 점잖은 사람이 나타나서는 시키는 일만 말끔하게 처리하면 형무소 안 보내고 풀어주겠다고 하더래. 그리고 그 일은 사내가 말한 대로 범인 미상의 뺑소니 사고로 처리되더라는 거지."

"그럼 최 부장이 직접 수사하면 되지 않소?"

"내가 좀 살펴봤지. 우선 그놈 말이 거짓말일 가능성도 있지 않겠어? 복수하려고 말이야. 부두목하고 행동대장이 같이 저질렀다고 코 푸는 건 그들과의 관계에 무슨 문제가 있기 때문일 수도 있겠고, 항소 안 하는 것도 확실한 이유를 알 수 없고……. 어차피 그놈들도 지금 다른 청부살인 건으로 수배 중에 있으니까 잡으면 대질이나 시켜보겠지만, 뭔가 똑 떨어지는 게 하나도 없어. 무엇보다도 당시의 담당검사가 지금 이거잖아?"

최영수는 불쑥 엄지손가락을 뽑아 보였다.

"어차피 나야 건드려서 좋을 일이 하나도 없어. 저놈들이 붙잡혀도 딱 잡아떼면 증거가 없어서 공소유지가 안 돼. 그러니 공연히 확증도 없이 내가 손댈 일이 아니지. 어쩌면 이놈이 날 골탕 먹이려고 수작하는지도 모를 일이고."

"그럼 왜 나한테 얘기하는 거요?"

"당신 같은 사건기자한테는 재미있을 수 있잖아."

"왜, 사건기자는 불 꺼진 화산재 끌어모으는 취미라도 있단 말이오?"

"그게 아니야. 나는 권 기자를 생각해서 알려주는 건데 그렇게 받아들이면 내가 섭섭하지. 박성길이 말로는 일을 마치고 나니까 얼마 후에 수배도 해제되더래. 뭔가 캐볼 만하다고 생각되지 않아?"

"13년 전에 일어난 일을, 더군다나 최 부장 자신도 믿지 못하는 일을, 그래 그 소리 하려고 한잔 사라고 했소?"

말은 퉁명스럽게 내뱉었지만 순범은 귀가 솔깃했다. 10년 경찰 출입한 감으로 뭔가 있다는 느낌을 잡을 수 있었다. 아직은 어떤 종류의 일인지 판단할 수 없지만 결코 평범한 사건은 아닐 것 같다는 느낌이 퍼뜩 스쳐갔다.

특수부장 최영수가 누군가? 그가 일부러 자기를 불러냈을 때는 분명 이유가 있을 것이다. 그의 의도가 무엇일까 생각하던 순범의 뇌리에 문득 서울지검의 정만화 검사장이 떠올랐다. 최 부장은 지금의 검사장이 당시의 담당검사라 했다. 그렇다면 이것은 검찰 내부의 권력투쟁일 가능성을 배제할 수 없다. 경력으로 보나 뭐로 보나 차장검사쯤으로는 나가야 할 최영수가 지난번의 검찰 정기 인사에서 푸대접당한 것의 복수로, 검사장의 약점을 들춰내기 위해 자기에게 이런 정보를 흘리는 것인지도 모를 일이었다. 어쨌든 최 부장으로서는 공소시효가 만료되어가는 사건에 불확실한 정보를 가지고 뛰어들기가 싫었을 테고, 설혹 어느 정도 박성길의 말이 사실이라 할지라도 증거를 확보해 공소유지를 하기도 어려울 것이다. 어쩌면 그는 범죄 사실을 고백 받은 검사로서 수사할 수도 그냥 넘길 수도 없어 자신에게 이런 형태로 떠넘기는 것인지도 모를 일이었다. 책임은 피하고 사건에 눈감은 것은 아닌 교묘한 처신일 수도 있었다.

"권 기자 어때? 내가 보기에는 벌써 눈빛이 달라진 것 같은데?"

"글쎄요? 좌우지간 박성길이나 한번 만나봅시다."

"내 그럴 줄 알았소. 오늘 밤엔 우리 거하게 한잔 마십시다. 1차는 권 기자가 샀으니 2차는 내가 사지."

혼스시를 나서자 최 부장의 승용차가 입구에 대기하고 있었다. 두 사람을 실은 자동차는 동호대교를 지나 퇴계로와 시청을 거쳐 광화문 쪽으로 향했다. 자동차는 숲이 울창한 산길로 접어들고 있었다. 순범은 얼핏 선잠이 들어 비몽사몽인 중에도 자동차가 도심을 벗어났다는 느낌이 들었다. 금방 광화문통을 벗어났는데 이런 산길이라니, 그렇다면 여기는 어디인가? 순범은 궁금한 생각이 들었지만 내처 모르는 체 눈을 감고 있었다. 한동안 산길을 달린 후 중턱쯤에 이르렀나 싶을 때쯤 최영수가 순범의 어깨를 흔들어 깨웠다.

"아마 여기쯤이라고 말한 것 같아."

"여기쯤이라니요?"

"아까 말했던 사건 현장 말이오."

"사건 현장이라고요? 여기가 어딘데요?"

"북악스카이웨이."

순범은 사건 현장이라는 말에 몸을 일으키며 자세를 가다듬고 차창 밖을 내다보았다. 멀리 도심의 불빛이 간혹 보이고 가까운 곳에는 도로를 비추는 승용차의 헤드라이트 불빛만 비칠 뿐이었다. 지나가는 자동차도 얼마 없지만 걸어가는 사람은 아예 있을 것 같지가 않았다. 이런 곳에서 사람이 죽었다니……. 사람이 죽는 장소가 따로 있을 턱이 없지만 차에 깔려 죽기에는 전혀 경우에 맞지 않을 것 같은 장소였다. 어쩌다가 이런 곳에서 죽었을까? 순범은 박성길의 말이 사실이라면 이것은 대단한 사건이 되겠구나 하는 생각이 들었다. 최영수는 바로 이런 점을 노리고 2차를 핑계로 자신을 이곳까지 끌고 왔는지도 몰랐다.

"최 부장이 2차를 사겠다는 뜻을 이제 알겠군요. 사건 현장에 기자를 끌고 가면 반드시 사건의 진상에 매달리게 마련이라는 거지요?"

"아니요, 그것은 절대 그렇지 않소. 내가 잘 아는 곳이 있어서 이리로 왔는데 권 기자도 마음에 들 거요. 그리로 가다 보니 우연히 현장을 지나게 된 것뿐이고. 그리고 내가 2차를 사겠다는 것은 사실 오늘 기분이 좋은 날이기 때문이오."

최 부장은 조직폭력배 소탕 결과가 좋아 표창과 함께 얼마간 휴가를 받았다고 했다. 오늘 실컷 마시고 내일은 가족들과 여행을 떠날 계획이라고 했다.

삼원각

자동차가 다다른 곳은 이런 산속에 이런 집이 있었는가 싶을 정도로 대문부터 으리으리하게 전통 한옥 양식으로 꾸며진 집이었다.

삼원각. 문에 걸린 현판과 건물 규모를 훑어보던 순범은 소문으로 듣던 삼원각이 바로 여기구나 하는 생각을 했다. 경적을 두어 번 울리자 자동으로 대문이 열리고 자동차가 안으로 미끄러져 들어갔다. 안에 들어와서 보니 비원을 연상시키는 듯한 깊은 정원에, 연못이며 정원석 하나하나까지도 쉽게 볼 수 있는 것이 아니었다. 화려하지만 가볍게 보이는 일반 요정의 상업적 분위기와는 사뭇 달랐다. 두 사람은 고풍스런 정갈함이 돋보이는 방으로 안내되어 갔다. 최 부장이 웨이터에게 몇 마디 하자 잠시 후에 젊은 여자가 나타나 다소곳하게 인사를 건넸다.

"모처럼 오셨어요, 최 부장님."

"그동안 범죄와 전쟁을 치르고 있었지."

"저희는 서너 달 동안이나 안 오시길래 이제 다른 집으로 가시나 보다 했죠."

"그럴 리가 있나. 신 마담 보고 싶은 거 참느라고 얼마나 고생했는데."

순범은 꾸어다 놓은 보릿자루처럼 엉거주춤한 채로 최영수와 마담의 인사말 사이에 앉아 있었다. 그렇게 생각해서 그런지, 하얀 와이셔츠에 검정 양복을 깨끗하게 차려입은 최 부장에 비해 텁수룩한 모습에 구겨진 잠바를 아무렇게나 입고 있는 자신을 대하는 여자의 태도에 약간 거리감이 있는 걸로 느껴졌다. 순범은 그러나 여자의 소원함이 흔히 이런 데서 마주하는 공허한 수다보다는 한결 낫다고 생각하며 스스로 잠바를 벗어 여자에게 건네주었다. 최 부장은 자리에 앉으며 여자에게 순범을 소개했다.

"신 마담 인사드려요. 반도일보의 권순범 기자야. 우리나라에서 손꼽는 사건기자지. 지금은 시경의 캡틴으로 있고……."

순범은 소개를 받고 여자의 얼굴에 눈길을 돌리다가 깜짝 놀랐다. 이 여자는 마담이라는 단어가 주는 일반적인 이미지와는 전혀 다른 신선한 모습의 미인이었다. 뿐만 아니라 범접하기 어려울 정도의 은은한 기품 같은 것이 느껴졌다. 여자는 은근한 미소를 지으며 고개를 숙였다.

"신윤미라고 합니다. 인사가 늦어서 죄송합니다."

마담은 순범의 다소 어색해하는 기분을 알아챘는지 정감 있는 인사를 던졌다.

"미인이시군요. 만나서 반갑습니다."

"신 마담, 권 기자는 오늘 특별 손님으로 모셔온 분이니까 잘해드려."

"그럼요. 그런데 권 기자님은 어디 가서도 인기 있을 분이라 특별히 잘 모시라고 애들한테 얘기할 필요도 없겠어요."

"왜? 이 사람이 미남에 총각이라서? 그럼 유부남인 나는 오늘 푸대접이란 말이지."

세 사람은 웃었다.

곧이어 이제 갓 스물이나 되었을까 싶은 젊은 여자 두 사람이 들어와 순범과 최 부장의 옆에 앉으며 인사를 했다.

"유미혜라고 합니다."

"김유진입니다."

자리에 따라 격조가 달라지는 모양인지 이 아가씨들도 전혀 술시중이나 드는 여자들로는 보이지 않았다. 최 부장과는 이미 안면이 있는 눈치였다.

"너희들 오늘 특별히 모셔야 할 분이다."

"웬일이세요, 맨날 대접만 받으시던 최 부장님이 오늘은 특별히 모셔야 할 분이 다 있고?"

"살다 보면 이런 일도 있는 법이지."

최 부장이 모처럼 유난을 떠는 모양새였다. 술자리가 서서히 무르익어가고 눈앞에 오가는 스트레이트 잔의 빈도가 잦아짐에 따라 순범의 긴장도 봄눈 녹듯 풀어져 갔다.

순범이 깨어난 곳은 전혀 짐작이 가지 않는 낯선 방이었다. 묵직한 뒷머리의 무게와 더불어 낭패감이 엄습해왔다. 기억을 더듬어보니 순범이 술에 취해 허우적거리는데도 최 부장은 말짱하고 깐깐한 태도로 술자리를 지키던 것이 떠올랐다. 유미혜가 제법 그럴 듯한 솜씨로 바이올린을 켜는가 하면 김유진은 가야금을 타고 또 신윤미는 촉촉이 젖은 목소리로 〈초우〉라는 노래를 애잔하게 부른 것까지는 기억이 나는데, 그다음은 종잡을 수가 없었다. 자신도 무언가 노래를 부른 것도 같은데 가물가물한 기억은 좀처럼 하나로 엮이지 않았다.

점차 정신이 들면서 순범은 여기가 어디인지는 몰라도 여자의 방이라는 느낌이 들었다. 아늑하고 엷은 분위기하며 코끝에 스며드는 부드러운 내음에 은은한 정취가 배어 있었다. 유미혜……. 어제 술자리에서 시중을 들던 젊은 아가씨. 필경 그녀의 방일 것이다. 순범은 피식 쓴웃음을 지었다. 이 방까지 오게 된 경위가 전혀 기억나진 않지만 아마도 술자리에서 널브러진 자기를 그녀로 하여금 이곳으로 데리고 오도록 최 부장이 조치를 취한 모양이었다.

순범은 황망히 자리에서 일어났다. 창가로 다가가 커튼을 열자 바깥이 희끄무레한 게 날이 밝아오는 것 같았다. 목이 타던 참에 마침 베갯머리에 자리끼가 눈에 띄어 벌컥벌컥 들이켜는데 문이 열리며 여자가 들어왔다.

"깨셨어요?"

순범은 깜짝 놀랐다. 여자는 파트너였던 유미혜가 아니라 신윤미였기 때문이다.

"근데 여기가 어디요?"

"저희 집이에요. 전혀 기억이 안 나시나 보죠?"

"최 부장은 어디로 가고?"

"집으로 갔어요."

"그런데 내가 어떻게 여길……?"

"왜, 젊은 처녀들 두고 저와 같이 있어서 실망되세요?"

신윤미는 빙긋이 웃으며 순범의 얼굴을 살폈다.

"아니, 그게 아니라 너무 뜻밖이라서."

"권 기자님이 술이 많이 취하시더니 미혜를 내보내고 저를 오라고 얼마나 재촉하시는지……."

도무지 알 수가 없었다. 첫눈에 예사로 만날 수 있는 미인이 아니라는 생각에 마음이 들뜨긴 했지만 아무리 그렇기로서니 최 부장 앞에서 파트너를 내보내고 마담을 앉힌 것도 모자라 그녀의 집에까지 같이 오다니……. 순범은 몹쓸 실수라도 한 게 아닐까 싶어 낭패한 기분이 들었다.

"그렇다고 무슨 일이 있었던 건 아니니까 안심하세요."

신윤미에게는 형언하기 힘든 매력이 있었다. 이십대로 보이던 얼굴이 가까이에서 보니 갓 서른쯤으로까지 보였다. 타고난 미모 외에도 사람의 마음을 잘 알아내어 편안하게 해주는 재주를 갖고 있었다. 말이 많지 않은 중에도 기품이 있었으며 요령 있고 정확하게 의사 표시를 할 줄 아는 사람이었다. 삼원각이 아무리 보통의 요정은 아니라지만 그녀가 술집에 나간다는 게 도무지 믿어지지 않을 지경이었다.

신윤미는 순범을 좀 더 자게 남겨두고는 깔끔한 솜씨로 해장국을 끓여 왔다.

"도대체 왜 이렇게 나에게 잘해주는 거요? 나는 돈도 권력도 없는 일개 서민에 불과한 사람인데."

"제가 그런 것 좋아했으면 지금쯤 증권이나 사채의 큰손이 되어 있을지도 몰라요. 그동안 돈 대줄 테니 하고 싶은 것 마음대로 하라던 사람들이 수도 없이 많았으니까요."

순범은 이 여자 같으면 목숨이라도 바칠 테니 같이 살자는 남자가 부지기수였겠다고 생각했다.

아침을 먹고 일어나는 순범을 윤미는 회사까지 태워주겠다고 나섰다.

"권 기자님은 대단히 특별한 분인 모양이에요. 저는 최 부장님이 남에게 술을 사는 걸 본 적이 없어요."

"무슨 일이 있는 것은 아니고, 오랜만에 만나 반가웠나 보죠."

"그렇지만은 않을 거예요. 저에게는 육감이라는 것이 있거든요. 어쨌거나 시간 있으시면 가끔 들르세요. 부담 갖지 마시고요."

신윤미는 순범을 회사에서 약간 떨어진 길가에 내려 주고는 상큼한 미소를 지어 보이며 작별인사를 했다.

순범은 생각하면 할수록 신윤미의 집에까지 가서 융숭한 대접을 받은 것이 뭔가 이상하면서도 한편으로는 흐뭇하기 짝이 없었다.

잔나비파

순범이 회사에 출근하여 이런저런 일을 챙기고 나가려 할 때 최 부장에게서 전화가 걸려왔다.

"권 기자, 재미 좀 봤소?"

"아니 그런 법이 어디 있어요. 같이 들어갔으면 같이 나와야지, 혼자만 먼저 가는 법이 어디 있소?"

"오해 마시오. 나는 권 기자를 데리고 나오려고 했는데, 권 기자가 굳이 신 마담하고 있고 싶다고 그래서 어쩔 수 없이 혼자 나온 거요."

"좌우지간 신세를 진 셈이 되었소."

"무슨 말씀을. 그나저나 신 마담이 당신을 꽤 좋아하는 것 같던데. 그 여자 옛날부터 재벌이 가건 검찰총장이 가건 영업시간 외에는 국물도 없는데 어제 권 기자한테 대하는 것 보고 깜짝 놀랐소. 하여튼 앞으로 조심하시오. 그 여자한테는 총각 한둘 보내는 건 문제도 아닐 거요. 옛날부터 워낙 세게 놀았던 여자거든. 세상에는 구미호란 게 있다지 않소?"

농담 삼아 한 말이겠지만 최영수의 말끝엔 뭔가 여운이 남았다. 순범은 그의 말투에서 약간 질투 섞인 기색을 느끼며 가볍게 뒤를 끝내고 수화기를 놓았다.

서울구치소.

순범이 특별접견을 신청하고 한참을 기다려서 나타난 잔나비파 두목 박성길은 허우대에 비해 목소리는 날이 서서 카랑카랑했다.

"뭘 좋아하시는지 몰라 고기 통조림 열 개와 컵라면 두 박스를 차입했습니다. 몇 번 뵌 적은 있는데 인사가 늦었군요. 반도일보의 권순범 기잡니다."

"아이구 기자 선생, 고맙지라. 근데 요즘은 관식도 잘 나오는 형편이라요."

"최영수 부장검사한테 얘기를 듣고 찾아왔습니다. 박 선생이 알고 계시다는 엄청난 사실에 대해 말씀을 좀 듣고 싶어서요."

"나가 최 부장한테 설명한 대로구마. 헌데, 지는 뭐하고 또 쓸데없이 사람을 보내고 지랄이여 지랄이!"

"우선 그 일…… 범행이라면 범행인데요, 그 일을 털어놓는 동기가 뭡니까? 상식적으로는 그런 일을 털어놓는다는 것이 잘 이해가 가지 않는데요."

"나가 부하들을 죽일랴구 이런 말 하는 건 아녀. 그래도 우리 잔나비들이 의리가 얼마나 끈끈하간디. 어차피 갸들도 살인으로 걸려 있응께 요런 건 있으나 없으나 매일반이지라. 다만 나랏밥 먹는 공무원인 듯싶소만 뭔가 요상한 짓거리 하는 놈들 한번 때려잡아볼라고 그라제. 우리가 요로콤 된 것도 따지고 보면 다 썩어빠진 놈들 따무시 아녀. 우리 같은 사람들 써서 사람을 죽여놓고도 저들은 법이네 머네 하며 어깨 힘 팍팍 주고 다니고. 이래가지고 세상이 워찌 되었어?"

"그러니까 그게 언제 적 일이지요?"

"그게 보자, 그게 그러니께 1978년도 겨울인개비여. 나가 그해 여름 광주 아들하고 한판 크게 벌려뻐렸어. 근데 그때 대통령 특별지신가 지랄인가 해서 짭새들이 눈에 불을 켜고 있을 땐디 아, 평소 돈 받아 처먹고 얼씬도 않던 놈들이 덮쳐뻐리두마. 우리 아들은 다 발랐는데 광주 아새끼들은 몇 놈이 잡혔지라. 수박통에 깍두기 국물 줄줄 흘리고 있던 삐리새끼들한테 짜브들은 나를 찍어야만 빼주겠다고 하지 않았간디. 나가 그래서 수배됐지라. 근데 그중 한 놈이 병원에 가서 뒈져뻐렸어. 그래서 폭행치사로 돼뻐렸제. 대통령 명령이라서 짜브들이 나를 잡으려고 눈이 벌게졌어. 할 수 없이 잠수 타고 있었지라. 평소에 은신처 봐둔 데가 있었지. 거기 숨으면 아무도 못 찾는디 어느 날 밤에 이상한 놈들 둘이 딱 왔어. 이 새끼들이 권총을 바로 뽑아뻐리두마. 나는 순간적으로 이놈들이 보통 놈들이 아니구나 하는 느낌이 들었어. 수갑 채우고 눈까리 가리고 차에 태우고는 어디로 데꼬 가설랑은 가다마이 쫙 빼입은 허여멀끔한 놈이 나와서 한마디 하더구마. 빵에 가서 평생 썩을 차, 아님 시키는 대로 할 차? 와, 아새끼들 겁나뻐려. 안 하겠다는 말을 도저히 못하겠더라고. 어차피 나로서는 이판사판이니께 하겠다 그랬지라. 그러니께 잘만 하면 수배도 풀어주겠다고 하지 않었어. 시키는 대로만 하면 일은 다 순조롭게 된다는 거여."

"잠깐, 순조롭게 된다는 것이 무슨 뜻입니까?"

"그러니께 자동차 뺑소니 사고로 처리된다는 거였지 그게. 해뻐렸지. 누워서 식은 죽 먹기더구마. 빼쌍 곯아빠진 안경쟁이 샌님인디 요놈이 꼭 며루치 같은 놈이, 와 깡다구는 겁나뻐려. 야구빠따로 대갈통을 쌔려뻐려도 죽을 때까정 입도 안 벌리더구마."

"잠깐, 그러니까 그 신사복의 사나이가 죽일 사람의 신상에 관한 것을 알려줬단 말이지요?"

"신상이고 뭐고가 있간대?"

"그러면 그 사람을 어떻게 만날 수 있었습니까?"

"아, 그놈들이 가르쳐주두마. 인상이니 옷 입은 거니 착실하게 얘기해주두마. 그라고 같이 있다가 그 양반이 나오면 신호를 해주기로 했지. 호텔 앞에 있으면 나올 거라 그러두마. 그러니께 그놈들은 그 샌님의 그 머라나 새끼줄인가 먼가 하는 것을 미리 알고 있었단 뜻이여. 그때가 밤이제. 밤이 늦었어. 프라자호텔 앞에 자가용 영업차인 양 어슬렁거리다가 그 사람이 나오는 걸 보고 재빨리 차를 갖다 댔구먼. 그놈들 중 한 놈이 신호를 해줬거든. 그 양반 무척 급한 듯이 오더니 문을 열자마자 뒷좌석에 타두마. 그라고는 북악스카이웨이로 갑시다 하잖겠어. 그걸로 께임 끝나뻐렸어."

"그 사람은 전혀 의심하거나 하지 않았습니까?"

"의심할 리가 있나? 당시 특급 호텔에서는 차 타는 사람들은 거의 나라시를 탔거든. 특히 프라자호텔은 택시 정류장도 좀 내려가야 있고 당시 택시 잡기가 얼마나 힘들었어? 특급 호텔 투숙객이 택시 잡으려고 서 있겠어?"

"그다음은요?"

"북악스카이웨이로 올라갔지. 차가 경복고등학교 앞을 지나 팔각정을 지나 정릉 쪽으로 내려갈 때까지도 창밖만 내다보고 멀 생각하는지 통 말이 없더라고. 팔각정 조금 지나자 그놈들이 미리 알려준 숲속 길이 나오두마. 창수하고 촉새가 거기서 기다리고 있었지. 그놈들 일하는 거 일분일초도 틀림없두마. 정시에 딱 나타나서는 그 빼쌍 마른 샌님한테 뭘 묻는디, 그 약골 참말로 대단하두마. 한마디도 대답이 없어. 그놈들 시키는 대로 정신없이 패뼈렸어라. 창수 그 새끼가 가꾸목으로 턱주가리를 날려뼈리고, 촉새 그 새끼는 야구빠따로 수박통을 쪼샀구먼. 깍두기 국물 철철 흘리면서도 그 샌님은 초지일관 일언반구도 없두마. 그놈들은 몇 마디 묻다가 안 되니까 안 되겠군, 어서 끝내버려, 모두 시킨 대로 해 하고는 가뼈렸지라. 우리는 시킨 대로 야구빠따 한 방으로 끝내뼈리고 북악스카이웨이에 버렸제. 그라고는 후진해갖고 차로 갈아뼈렸어. 일이랄 것도 없이 시덥잖게 끝내뼈렸지. 석 달쯤 있으니까 그놈들이 수배도 해제시켜주두마."

"그자들은 무얼 물었습니까?"

"모르지라. 그놈들이 뭘 물을 때는 우리보고 좀 떨어져 있으라 그랬으니께."

"그 사람들이 공무원인 것 같다고 판단하는 이유는 뭐죠?"

"아따, 시상에 지명수배된 걸 해제시켜주는 게 그리 쉽게 되간디. 더군다나 폭행치산데? 나가 그 사람들이 수배 해제시켜줬으니 그때 별 탈 없었지, 아녔으면 좋지 않았어. 짜브들이 되게 별렀구먼. 또 권총 차고 다니는 놈들이 대한민국에 공무원 말고 워디 있당가? 어쩌면 그 사람들 행동하는 게 너무 기계적이고 호흡이 척척 맞는 걸로 봐서는 무슨 군바리들인지도 모를 일이랑께. 와, 전에 그 무슨 기자 테런가 뭔가 있었잖어? 그때 나는 직감적으로 그런 놈들이 했을 거다 하는 생각이 들었어. 아마 그 당시 그 뒈진 양반은 무슨 그 뭐라나, 그 반체제 인사라는 거 있잖어? 그거 같애. 야들이 물은 게 같은 동지들 명단인지 먼지 한마디도 입밖에 내놓질 않두만. 하여튼 독종이었어라."

박성길은 말을 마치고는 잠시 눈을 감았다 뜨며 덧붙였다.

"기자 양반! 나가, 이 박성길이가 입이 무겁기로는 하늘 아래 둘이 없다고 하는 놈인디 이제 와서 이 일을 불어뻐리는 것은 사실은 그때 그 양반 태도가 잊혀지지 않기 때문인개비여. 내 시상에 태어나 별별 지랄 다 해봤지만 그 양반처럼 꿋꿋한 사람은 처음이었당께. 나가 이제 죽을 때가 다 됐는지 자꾸 그 양반 얼굴이 떠오른단 말요. 어쩜 사람이 그렇게 모진 고통과 죽음 앞에서 그런 태도를 가질 수 있단 말이오. 나가 그때 할 수 없어 그 짓거리 했지만 지금은 후회되어 죽겠어라. 우리 같은 시러베 잡놈들한테 죽을 사람이 아닌데 싶으니께 정말 괴롭지라. 그 쎄고 쎈 병신 된 놈, 죽은 놈들 하나도 생각 안 나는디 워째 그 사람만이 요로콤 생각난다냐? 정말 모를 일이지라. 아무래도 나가 진짜로 큰일 저질러뿌렀는개비여."

박성길의 얼굴은 측은할 정도로 일그러지고 있었다. 순범은 그를 보며 사람이란 참 모를 존재라고 생각했다.

기자 신분을 밝힌 특별접견이어서인지, 아니면 최 부장이 전화라도 걸어준 모양인지 구치소 측에서 한갓진 접견 장소를 마련해주어 편하게 얘기를 들을 수 있었다. 박성길은 막힘없이 술술 얘기를 늘어놓았고, 목소리는 카랑카랑하면서도 날이 서 있었다.

"잘 알겠습니다. 알아보고 나서 뭔가 확실한 게 나타나면 다시 찾아오겠습니다. 뭐 필요한 것은 없습니까?"

"시방 나가, 이 박성길이가 워떤 사람인디 밖에서 돈 대가며 징역 살겄어? 이 안에 있으믄 나는 황제나 다름없응께 그런 걱정일랑 접어두더라고. 그보다는 기자 선생, 나가 말한 사건이나 한번 잘 좀 쪼사보소. 먼가 틀림없이 있을 것이여. 이래 봬도 나가 육감 하나로 30년

을 버텨온 건달 두목인디, 틀림없이 그놈들 공무원이
여. 그랑께 확 한번 터뜨려뿌려. 공무원이 깡패 시켜서
선량한 시민을 죽였다, 완전 초특종감이지라? 나가 증
언은 설 테니께. 니기미 씨팔새끼들, 다 씹창내뿌려."

범상치 않은 사람을 살해한 데 대한 후회와 더불어 박
성길의 공무원에 대한 증오심도 지독했다.

순범은 박성길의 얘기를 통해서 적어도 사건의 존재에
대한 심증은 굳힐 수가 있었다. 그의 말을 액면 그대로
받아들일 수는 없다고 하더라도, 수감생활을 하는 폭력
조직의 두목이 묻혀버린 사건의 진실에 대해 자발적으
로 실토를 한다는 건 그리 흔한 일이 아니기 때문이었다.

순범은 시경으로 돌아오자마자 전산실로 올라가 박성
길의 전과 기록을 살펴보았다.

전과 11범. 폭력으로 시작된 박성길의 전과 기록은
그의 반세기 넘는 인생을 화려하게 장식하고 있었다.

'1978년 8월 폭행치사로 지명수배. 공범 오창수, 전
만호.'

박성길이 얘기한 대로 1978년에 폭행치사로 지명수
배된 적이 있고, 오창수와 전만호가 공범이라고 되어
있었다. 그리고 놀랍게도 1979년 3월부로 특별한 이유
없이 살인 혐의에 대한 '지명수배 해제'가 '무혐의'라는
고무인과 함께 분명하게 기록되어 있었다.

그렇다면 박성길의 말은 사실이란 얘기가 아닌가?

누군가가 지명수배 중인 조직폭력배를 시켜서 신원

미상의 남자를 살해했다. 살해되어 북악스카이웨이에 버려진 남자는 뺑소니차에 치여 죽은 교통사고 변사자로 처리되고 조직폭력배의 지명수배는 해제된다. 그렇다면 살해된 남자는 누구이며, 살인을 교사한 자는 누구인가?

순범은 새삼스럽게 사건에 흥미를 느끼기 시작했다.

개코 형사

순범은 종로경찰서 형사계로 전화를 걸어 박준기 형사를 찾았다. 그는 마침 자리에 있었다. 냄새를 기가 막히게 잘 맡는다고 하여 별명이 개코 형사인 박준기는 순범이 경찰서에 처음 출입하던 무렵부터 가깝게 지내온 터라 서로 터놓고 애기할 수 있는 몇 안 되는 형사 중의 한 사람이었다. 서로 아쉬운 구석이 있으면 누가 먼저랄 것도 없이 하소연할 수 있는 사이라 시경으로 자리를 옮긴 후로도 심심찮게 만나서 소주잔을 기울이곤 했다.

기자와 형사.

허구한 날 몸을 부딪치며 살아가지만 좀처럼 친해지기가 쉽지 않은 사이였다. 똑같은 사건을 파먹으면서 살아간다는 공통점에도 불구하고, 기자는 기자대로 형사들을 '노가다'라고 업신여기기 일쑤고, 형사는 형사대로 기자들을 '똥파리'라고 부르며 귀찮은 존재로 생각할 따름이었다. 그러나 기자와 형사의 관계는 검사와의 관계와는 달리 몸으로 때우는 사람들끼리 통하는 은밀한 정분 같은 게 있었다.

거창한 구호나 명분으로 만나서 요모조모 잇속을 재다가 서로를 이용하는 정치적 관계가 아니라, 서로 으

르렁거리면서도 셈속 없이 만나 돼지갈비에 격의 없이 소주라도 나누며 신세타령도 하고 걱정도 나눌 수 있는 그런 관계였다.

순범이 개코 형사를 처음 만난 것은 종로경찰서 관내에서 일어난 금은방 사건을 취재하던 때였다. 당시엔 그저 열심히 쫓아다니는 걸로 밥값을 하던 시절이라, 눈치 없이 사건 현장을 말방구리처럼 드나들다가 개코 형사의 비위를 건드린 게 계기였다.

현장에서 신참 기자와 형사 사이에 흔히 벌어지는 말다툼을 한차례 거친 다음, 다행히 사건이 쉽사리 해결되는 바람에 서로 간에 남아 있는 앙금을 지우겠다는 생각이 맞아떨어져 한잔 나누고 난 뒤부터는 제법 친해지기 시작했던 것이다. 그 후로는 직업상 감출 수밖에 없는 비밀이 아니라면 웬만한 정보도 서로 나눌 수 있는 사이가 되었다. 말하자면 인간적으로 친해져서 공생 관계가 돈독해졌다고 하는 게 옳을 것이다.

"박 형, 급히 좀 만나지."

"웬일이야, 요즘 하도 연락이 없어서 잊어버린 줄 알았는데?"

"무슨 그런 섭섭한 말씀을! 하늘이 무너져도 권순범이가 개코 형사 잊어버릴 리가 있겠어? 좌우지간 빨리 좀 나와."

"가뭄에 콩 나듯 전화해서는 매번 뭐가 그리 급해? 오늘도 뭐가 또 아쉬운 모양이지?"

"잔소리는 이따 하고 얼른 나오기나 해."

"제길, 뭘 그렇게 바쁘게 설쳐대, 설쳐대긴? 반장한테 얘기나 하고 나가야 할 거 아냐?"

"그 쪼다한테는 뭘 얘기해. 나중에 전화나 한 통 걸어주면 되지."

형사 생활 17년.

민완형사 박준기는 항상 박력 있고 저돌적인 스타일에 현장을 몸으로 뛰는 부지런함으로 크고 작은 사건을 수없이 해결한 고참 형사였다. 나이는 순범보다 대여섯 살이 위지만, 순범과는 서로 말을 놓는 사이였다. 늘 주변에 사람을 모아들이는 인정미가 있어 동료들에게는 물론 경찰서 주변에서도 인기를 한 몸에 모으고 있었다. 약간 성급한 게 흠이라고 할 수 있지만, 자신의 잘못을 금세 인정할 줄 아는 소탈함이 있어 오히려 단점이 장점으로 비칠 때가 많았다.

순범이 약속 장소인 제과점으로 들어가 자리를 잡고 앉자마자 개코 형사가 기다렸다는 듯이 나타났다. 그가 숨 돌릴 새도 없이 순범이 물었다.

"북악스카이웨이에서 교통사고가 자주 발생하나?"

"글쎄, 그걸 내가 알 수 있나? 교통순경을 해봤어야 말이지."

"그래도 그렇지, 종로경찰서 귀신이 주워들은 거라도 있을 것 아냐?"

"북악스카이웨이에서 사고가 났다는 소식은 별반 들

어본 적이 없는 것 같아. 경사도 심하고 죄다 커브길이라 속력을 낼 수가 있겠어?"

"그러니까 빨리 현장으로 가보자구."

"오늘은 무슨 빨리빨리 귀신이 씌었나, 왜 이렇게 서둘러?"

"그럴 일이 좀 있지."

개코 형사는 서둘러대는 순범의 태도에도 아랑곳하지 않고 시켜놓은 빵을 꾸역꾸역 다 먹고서야 자리에서 일어났다. 순범은 서둘러 값을 치르고 앞장서서 밖으로 나갔다.

"어딜 가자고 그리 서둘러?"

순범은 대답 대신 손을 흔들어 지나가는 택시를 잡았다.

"북악스카이웨이로 갑시다."

"얘기나 좀 들어보자구. 느닷없이 전화로 사람을 불러내서는 벌건 대낮에 북악스카이웨이라니?"

"얘기는 차차 하기로 하고, 우선 사고가 났다는 현장으로 가보자구."

"무슨 사고가 났다고 이 야단이야?"

"무슨 사고긴, 교통사고지."

"북악스카이웨이에서 교통사고가 났단 말이야?"

"글쎄 그렇다니까."

"언제 사고가 났다는 거야?"

"1978년."

"뭐라구? 1978년이면 벌써 십 몇 년 전이잖아?"

"그래도 한 번쯤은 캐볼 만한 사건일걸?"

택시가 삼청공원 앞을 지나 북악스카이웨이로 접어들 때쯤, 마흔이 약간 넘어 보이는 택시 운전사는 무료하던 차에 잘됐다는 듯이 두 사람의 대화에 끼어들었다.

"이곳에서는 교통사고가 잘 일어나지 않을 텐데, 무슨 일로 그러시죠?"

"글쎄 말이오. 아닌 밤중에 홍두깨도 유분수지, 이 친구가 1978년도에 일어난 교통사고 현장을 찾아간다고 이 난리가 아니오?"

"사람들이 생각할 때는 고갯길이 더 위험할 것 같지만 운전하는 사람들은 안 그래요. 사고란 게 방심하다가 과속할 때 나는 거지, 경사가 심하고 커브가 많으면 오히려 사고가 안 나죠. 다들 긴장하고 있으니까요."

순범은 북악스카이웨이 정상 너머까지 올라갔다가 다시 차를 돌려 경복고등학교 앞으로 해서 종로경찰서까지 내려왔다. 운전사의 얘기가 아니더라도 어느 지점에서나 역살사고가 일어날 만큼 속도를 낼 수도 없고 교통사고가 일어날 가능성도 희박하다는 것을 확인했다. 더구나 시체가 발견되었다는 곳은 조금 가파른 언덕배기이긴 해도 다른 지점보다도 커브가 유달리 심해 역시 교통사고의 장소로는 적당하지 않았다.

"어때?"

"속도고 뭐고 일단 사람이 걸어서는 갈 수가 없는 곳

이니 교통사고라곤 거의 없겠네, 뭐."

"그러니까 어서 기록을 찾아보자구. 1978년 10월부터 1979년 3월 사이에 일어난 교통사고 일지를 뒤져보면 뭔가 짚이는 게 있을 테니까."

"근데, 왜 날보고 그래? 교통계나 경무과에 가서 알아보면 알 텐데?"

"이런 답답하긴. 그러고도 개코야? 만년 경장에서 벗어나지 못하는 까닭을 이제야 알겠군. 잘만 되면 특진에 경찰청장 표창까지 타게 해주지."

그러나 아무도 개코 형사를 칭찬하지는 않을 거란 생각이 순간적으로 순범의 머리를 스쳤다. 설령 이 사건이 공무원에 의해 저질러진 교묘한 살인사건으로 밝혀진다 하더라도, 개코 형사에게 표창을 줄 만한 위치에 있는 사람들 중에는 아무도 그를 칭찬하지 않을지 모르기 때문이었다. 순범은 씁쓰레한 웃음을 지으며 말을 얼버무렸다.

"표창해주는 사람이 없으면 내가 신문에 크게 내주지. 표창 없는 영웅이라고 말이야."

"당신이 천방지축 나대는 걸로 봐서 표창은 그만두고 피박이라도 안 쓰면 좋은 거지, 뭐."

개코는 말로는 그렇게 머쓱해하면서도 과히 기분이 나쁘지는 않은 모양이었다.

사건은 기록되어 있었다.

사건기록

사건번호 : 78-형타 100357

피해자 : 이용후

주소 : 미국 매사추세츠주 보스턴시 웨스턴 스트리트 10376

국내 거주지 : 주거 부정

발생 일시 : 1978. 12. 17. 23:30 추정

발생 장소 : 북악스카이웨이 정상으로부터 효자동 쪽으로 하행 800미터 지점

사건 목격자 : 없음

사건 신고자 : 성북구 정릉동 2가 576 김덕수

사건 내용 : 상기 사건 신고자로부터 상기 사건 발생 장소에 시체 1구가 있다는 신고를 받고 출동하여 본즉……(후략)

조치 내용 : 서울지방검찰청 정만화 검사에게 지휘 품신하고 사건 목격자 탐문……(후략)

처리 결과 : 교통사고사 처리

범인 검거 : 미검거, 범인 미상

특기 사항 : 국내 연고자 없음. 미국의 주소지로부터는 연락 없음

"이것 봐, 박 형. 우리가 결론 내린 바에 의하면 북악 스카이웨이에서는 교통사고의 확률, 특히 교통사고로 인한 사망의 확률은 지극히 희박하잖아. 교통계의 지역

별 사고발생 통계를 살펴보더라도 이 사건 전후로 10년간 다른 인명사고는 전혀 없었잖아? 20년 만에 딱 한 건 일어난 사고가 사망이라니? 좀 이상하다는 생각이 들지 않아?"

"1978년 당시면 청와대 경비헌병대가 북악스카이웨이 주변을 철통같이 경비할 때고 보행자의 통행은 금지되어 있었지. 차를 타고 가다가도 정지하면 쏜다는 말이 나돌 정도였으니까."

"그러니까 뭔가 있다는 얘기 아닌가? 쓸데없이 불평만 하지 말고 한번 파헤쳐보자구. 뭐가 얻어걸려도 얻어걸릴 테니까."

"도무지 자네는 종잡을 수 없는 친구구면? 오늘만 해도 하루 종일 끌고 다니기만 했지, 언제 내게 사건 설명이라도 해줬나?"

"아, 그랬나? 그렇다면 이거 대단히 실례를 했구면. 나는 개코 형사쯤 되면 벌써 냄새를 맡았을 줄 알았지."

"예끼, 이 사람. 공자님도 못 읽는 글자가 있고, 부처님도 못 외우는 염불이 있다는데, 아무려면 듣도 보도 못한 사건을 드라이브 한 번 하고 냄새를 맡는단 말인가?"

"듣고 보니 그렇기도 하네. 그런데, 배도 출출하고 하니까 우선 뭘 좀 먹지. 먹으면서 얘기하자구."

순범은 땡감 씹은 표정을 짓는 개코 형사의 소매를 끌고 종로경찰서 건너편의 분식집으로 들어가 최 부장과 박성길에게 전해들은 사건 내막을 설명했다. 순범이 은근히 개코 형사의 눈치를 살펴가면서 비위를 건드리기도 하고 자존심을 긁기도 하며 회가 동하도록 설명을 해나가노라니, 개코는 번연히 올가미인 줄 알면서도 영락없이 걸려들어왔다.

"근데 자네는 어떻게 그 두 사람 얘기만으로 이 사건에 끼어들었어?"

"개코가 아니라고 냄새도 못 맡을 줄 알고? 이래 봬도 경찰출입 10년이라구. 그렇지만 아직은 아니야. 정말로 단순한 교통사고사일 수도 있으니까. 하여튼 오늘은 수고가 많았어. 다음에 다시 만날 때까지 알아볼 수 있는 대로 알아봐줘."

개코 형사와 헤어진 후 순범은 일단 박성길의 말이 전혀 사실무근은 아니라는 쪽으로 생각을 정리했다. 아니 어쩌면 하나부터 열까지 모두 사실일 수도 있다는 생각이 들었다. 그러나 어디서부터 어떻게 실마리를 풀어갈 것인가? 무엇 하나 단서가 될 만한 것은 없었다.

피살자의 연고지로 되어 있는 미국의 주소만이 유일한 실마리인데, 연락을 해도 회답이 없었다는 사실로 미루어 연고자가 그 주소지에 살고 있는지 어떤지도 몰랐다. 이런 상황에서 무조건 미국으로 날아갈 수도 없고, 그렇다고 다시 편지를 띄우는 일도 미덥지가 않았다. 그러나 딱히 다른 방법이 떠오르지 않아서 순범은 일단 연고지로 편지를 띄워보기로 했다. 그러고는 다시 박성길을 만나기 위해 과천의 서울구치소로 찾아갔다.

"뭐여? 내 말이 신빙성이 있는 것 같다고라? 이 빌어
먹을 친구야, 그라믄 이제까지 나가 한 말을 거짓말이
라고 생각했단 말여? 나 참 기가 막히구마."

"그런데 그 사람의 소지품이라든가 유류품 같은 건
없었습니까? 아무리 사소한 거라도 뭐든지 말입니다."

"쉽게 얘기하면 뭔가 훔쳐놓은 게 없느냐 이 말이제?
없어."

"그 사람들도 뭔가 빼앗거나 한 것은 없었습니까?"

"그 사람들은 아마 지갑을 뺐다가 도로 넣었을 거구
마. 그라고는 주머니를 대충 더듬더랑께. 뭐, 특별히 샅
샅이 뒤지는 것 같지는 않두마."

"특별히 샅샅이 뒤지지 않았다는 것은 몸에서 신분을
증명할 만한 것을 완전히 없애지는 않았다는 얘기로 볼
수 있겠군요?"

"그라지라. 그 사람들이 지갑을 살펴볼 때 여권이 있
었는디 여권은 그냥 두더라고. 지갑에서 여권을 꺼내서
한번 들여다보고는 다시 지갑에 넣어놓았제, 아마."

"그러니까, 사람을 죽이면서 일부러 신분이 알려지도
록 했다는 얘기로군요. 여권을 빼앗아버렸으면 신원미
상으로 사고사 처리가 더욱 쉬울 테고, 연고자만 없으
면 살인사건도 웬만하면 사고사로 처리해버리는 경우
도 있는데, 왜 그랬을까요? 그러니까, 굳이 신원을 경찰
에 알리려고 했다는 얘긴데?"

왜 그랬을까?

순범은 아무래도 미심쩍다는 생각을 떨쳐버릴 수가 없었다. 죽은 사람의 신원을 알리기 위해 일부러 여권을 남겨두었다면 굳이 사고사로 위장하려고 한 의도는 무엇이었을까? 또한 죽은 사람의 연고자가 아무도 나타나지 않았다는 것도 의문이었다. 아무리 미국에서 왔다지만 프라자호텔에 투숙하고 있을 정도면 아는 사람도 있고 가족도 있을 텐데 연고자가 전혀 나타나지 않았다는 경찰의 기록은 어떻게 된 것인가?

미국의 주소지에도 경찰이 사고 소식을 통보했기 때문에 연고자가 있다면 누구라도 반드시 연락을 해왔을 텐데 왜 아무런 응답이 없었을까?

사건 기록에는 그 밖의 다른 정보는 없었다. 조사해보면 아는 사람들이나 만났던 사람들이 나타날 수도 있고, 사고 경위 등을 알아보기 위해 경찰에 찾아오거나 연락처를 적어두고 간 사람도 있을 텐데 전혀 그런 흔적이 없었다.

도대체 그는 누구일까?

사건기록부에 기재되어 있는 미국의 주소지로 보낸 편지는 예상했던 대로 아무런 답신도 오지 않았다. 무언가 석연치 않은 구석이 한둘이 아닌데도 캐고 들어가볼 수 있는 건더기는 별로 없었다. 사건 기록에 첨부되어 있는 사체검안서에 역살로 검시소견이 나와 있고 시체는 이미 부패해버린 이상, 이제 와서 해볼 수 있는 일이라곤 사건 관계자의 진술을 토대로 추적해보는 도리 밖에 없었다. 그러나 사건 해결의 열쇠를 쥔 피해자의 연고자가 나타나지 않는 것이었다.

당시의 사건 담당형사는 그 일을 기억조차 하지 못하고 있었다. 지금은 검사장이 된 담당검사 역시 그 사건을 제대로 기억하지 못했다. 다만 검시보고서를 보더니 교통사고로 단정하고는 일반적 처리만을 했을 거라고 할 뿐이었다. 검시의사도 기억조차 나지 않는다는 태도였다. 기이하게도 직접 살인을 한 자만이 자신의 행위라고 털어놓고 있으니 이것은 참으로 미증유의 우스꽝스런 사건이 아닐 수 없었다.

사건 추적에 일가견이 있는 베테랑 기자라 하더라도 이쯤 되면 지쳐 손을 놓을 법하건만 순범은 핏줄이 당기듯이 뭔가에 홀려 추적을 포기할 수가 없었다. 아니, 오히려 그는 심증만 있던 처음의 단계에서 이제는 확신의 단계로 바뀌어가는 것을 스스로 느끼고 있었다. 무언가 큰 사건에서만 감지되는 냄새가 나는 것이었다.

경마장의 도주

　오늘 과천 본장의 마지막 경주는 제11경주였다. 경마장은 이제껏 잃어온 사람들의 마지막 질러넣기와 경마꾼들의 승착마 예상, 마권 구입 대열 등으로 후끈한 열기를 내뿜고 있었다. 더군다나 사람들 사이를 비집고 다니는 맞대기 똘마니들의 훑어가는 눈초리나 돈 쓸 사람을 찾아다니는 꽁지꾼들의 과장스런 걸음걸이는 곧 무슨 일이라도 터질 것 같은 분위기를 자아내고 있었다.

　이제 불과 5분 후면 쓰라린 가슴을 움켜쥐며 고통스러운 현실로 돌아가야 할 대부분의 사람들의 마음속에는 차라리 무슨 일이 터져주었으면 하는 바람들도 은근히 자리 잡고 있었다. 어느 놈들이든 서로 죽도록 치고받든지, 모든 걸 다 잃고 자살하는 놈이라도 나오든지, 좌우간 자신의 비참한 패배감과 고통스런 마음을 보상해줄 수 있는 일들이 아무 데서라도 일어났으면 하는 마음이 똬리를 틀고 있었다. 물론 이 마지막 경주에서 한 방만 터져준다면, 아침에 경마장 올 때와 같이 세상은 행복하고 즐거운 곳이 되겠지만 말이다. 어쨌든 경마꾼들은 이 마지막 판에 마지막 한 푼까지도 몽땅 털어 미친 듯이 마권을 사대는 것이다.

마권 발매 종료시간이 다가오자 장내는 더욱 소란스러워졌다. 혹시 마권을 사지 못할까 봐 새치기하는 사람, 욕설을 퍼붓는 사람 등이 뒤섞여 흡사 아수라장 같았다.

마지막 경주가 시작되었다. 열 마리의 건각들은 저마다 힘찬 발걸음을 내디디며 말굽소리도 경쾌하게 출발대를 박차고 나갔다. 모든 사람들의 눈길이 선두마에 집중되었고 넓은 객장은 푸념과 한탄, 환호가 뒤섞인 묘한 분위기로 뒤덮였다. 오백 원, 천 원짜리의 마권을 손에 쥔 소일객부터 몇 천만 원을 박아놓고 있는 꾼에 이르기까지 마장에 있는 사람들의 눈은 온통 2분도 채 되지 않는 짜릿한 도박의 추이를 쫓느라 여념이 없었다.

5층의 특별실 소파에 깊숙이 몸을 묻고 벨기에제 시가를 입에 문 채로 폐쇄회로 텔레비전을 눈으로 쫓고 있던 홍성표는 문득 이상한 느낌이 들었다. 몇몇 놈은 벌써 올라와 중간보고를 하는 것이 마지막 경주의 관행인데 아무도 올라오지 않는 것이 마음에 걸렸다.

"야, 애들이 왜 이렇게 아무도 올라오지 않냐? 찾으러 간 놈들도 소식이 없고."

"제가 가보죠."

그러나 그 대답은 뒤이은 나직한 목소리에 묻혀버렸다.

"그럴 필요 없어. 우리가 찾아왔으니까."

목소리와 더불어 서너 명의 부하들 손목께에는 귀에

익은 금속음이 철그렁 하고 채워졌다.

홍성표는 고개를 돌리지 않았다. 열서너 살 때부터 뒷골목 밥을 먹어온 관록으로 그는 지금이 대단히 중요한 순간이라는 것을 직감적으로 깨닫고 있었다. 무척 짧은 순간이지만 그의 머릿속에는 많은 생각들이 동시에 떠올랐다. 도대체 어떤 놈들일까? 경마장 관할인 과천경찰서 놈들일 리야 없고, 맞대기 꼬마들부터 싹쓸이한 것을 보면 어떤 놈인가가 코 푼 것을 가지고 완벽하게 치고 들어온 것이다. 그렇다 하더라도 경찰청 특수대 놈들이든 서울 경찰청 강력계 놈들이든 지검의 강력계 놈들이든, 자신에게 이렇게 사전 정보도 없이 나온다는 건 무언가 앞뒤가 맞지 않았다.

예상할 수 있는 모든 루트를 발라놓는다. 이것은 성표의 지론이자 철학이었다. 그가 약 일 년 반이라는 짧은 시간 동안에 경마장의 대부로 올라설 수 있었던 것도 사실은 따지고 보면 엄청난 자금력 때문이었다.

검경은 말할 것도 없고 부하들 하나하나의 생일에까지도 아낌없이 돈을 뿌려온 그의 관대함은, 때마침 범죄와의 전쟁으로 기존의 경마장 주변 조직들이 모두 와해된 틈을 타고 그가 경마장의 새로운 대부로 군림하는 데 결정적으로 작용했다. 어느 조직세계든 마찬가지지만 특히 폭력조직에서 돈의 위력이란 더 이상 말할 필요조차 없을 정도로 막강한 것이었다.

그러나 그의 막대한 자금이 어디서 나오는지 아는 사

람은 아무도 없었다. 거금을 챙기는 데 필요한 몇 개의 건수나 지속적으로 자금을 조달할 수 있는 확실한 유흥업소가 없음에도 불구하고 그는 정말이지 놀라울 정도로 자금을 뿌려대며 거대한 조직을 거느렸고 경마장을 화려하게 장악했다.

그가 나타난 이후로 경마장의 마권 매출액이 거의 절반 정도 늘었다는 소문도 있었다. 처음에 뿌린 엄청난 돈의 위력으로 경마를 둘러싼 많은 이권을 장악한 그는 이제 막대한 돈을 거둬들이고 있는 중이었다. 비록 검은 사업이지만 그의 사업 수완은 실로 남다른 데가 있었다.

그러나 지금은 홍성표의 비상한 머리에도 당장 뾰족한 방법이 떠오르지 않았다. 부하들은 여러 놈들에게 연행되고 있었고 자신의 팔도 누구에겐가 거머쥐어졌다. 절망이었다. 현재 집행유예 기간 중인 자신은 이대로 붙들려 가면 도저히 희망을 가질 수 없는 처지였다. 달려 들어간 놈들 중 몇몇은 틀림없이 큰 건을 몇 개 불어버릴 테고 자신은 범죄단체조직죄로 말려 들어갈 것이었다. 최소 10년이었다. 운이 나빠 부하들에게 당한 피해자라도 한둘 나타난다면 그동안의 전과로 미루어 볼 때 10년 이상도 각오해야 했다.

그러나 무엇보다도 겁나는 건 그 돈, 그 관계였다. 물론 드러날 리야 전혀 없겠지만 불안한 건 불안한 것이었다.

그는 두리번거리지 않고 머리를 돌렸다. 자신의 팔을 잡고 있는 사람은 사십대 초반의 평범한 체격이었다. 그러나 출입구를 본 그는 단념할 수밖에 없었다. 일대일로도 만만치 않을 것 같은 덩치들이었다.

그의 머릿속에 중학교 2학년인 외아들의 얼굴이 떠올랐다. 다시는 형무소에 가지 않기로 아들과 굳은 약속을 했었다. 어미도 없이 어려서부터 온갖 수발을 다 들어가며 자신의 손으로 키워온 외아들 현수는 기대도 하지 않았건만 학교에서 1등을 도맡아 하는 너무도 착한 모범생이었다. 애초 현수는 자신을 평범한 회사의 중역쯤으로 알고 있었다.

무슨 일이 있어도 부하들로 하여금 집에 찾아오거나 심지어는 전화도 하지 못하게 철저히 관리해온 덕분에 현수는 아버지가 조직폭력배의 두목인 줄은 꿈에도 모르고 있었다. 성표는 수배를 받더라도 형사들이 집에는 찾아오지 못하도록 아들의 주민등록을 따로 옮겨두는 등 세심한 주의를 하며 살았다. 그렇게 현수에게 있어서만은 여느 아버지에 못지않은, 아니 훨씬 자상하고 희생적인 아버지였다.

그러던 중 무슨 사건인가에 걸려 운 나쁘게 형사대의 미행을 받아 집에서 검거되던 날, 현수는 수갑 차인 손을 붙들고 시경 강력계까지 울면서 따라왔다.

성표가 집행유예로 나올 때까지의 약 5개월간 현수는 하루도 빠짐없이 면회를 왔다. 그리고 그동안 현수는 아버지에 대한 실망과 걱정으로 학교 공부를 거의 포기하다시피 했었다. 성표는 그러한 현수를 떠올리며 비참한 심정으로 절망감을 씹고 있었다.

지금 다시 자신이 형무소에 가면 현수는 자포자기 상태에서 완전히 비뚤어지고 말 것이라고 성표는 생각했다. 지금의 자신에게 사는 기쁨이란 오로지 아들밖에 없지 않은가? 미칠 것 같은 답답한 마음을 억누르고 애써 태연하게 기회를 노리는 홍성표에게는 그러나 아무런 기회도 주어지질 않았다.

고개를 꼿꼿이 들고 미동도 않던 홍성표는 자신의 손목에도 철그렁 하고 수갑이 걸리는 것을 느꼈다. 모든 것이 끝이었다. 성표는 순순히 일어났다. 체념과 더불어 현수의 울부짖는 모습이 눈에 어리는 순간 옆에 있던 사십대가 낮은 목소리로 말을 던져왔다.

"잘 뛰나?"

홍성표는 무슨 소리인지 몰라 머뭇거리며 대답하지 못했다. 그러자 사십대가 다시 한번 물었다.

"뜀박질 잘하느냔 말이야?"

"제법. 그런데 누구요?"

"알 것 없어. 저놈들 내려가면 나를 한 대 치고 뛰어. 나가서 오른쪽 계단으로 1층까지 내려가서 30미터를 뛰어가면 기다리는 차가 있어. 검정색 그랜저야. 그걸 타."

"도대체 누구요? 알아야 은혜를 갚을 것 아뇨?"

"쓸데없는 것 묻지 말고 준비나 해."

기적. 이것은 틀림없는 기적이었다. 세상에 이런 일이 있을 수는 없는 것이었다. 홍성표를 앞세운 사십대 남자는 출입구를 향해 걸어가면서 덩치들을 향해 소리쳤다.

"어이, 다들 내려가서 한 놈도 빠짐없이 차에 주위 실어. 도망 못 가게 철저히 둘러싸고. 껍죽대는 놈은 포승까지 묶어. 이놈은 내가 데려갈 테니까."

그의 말이 끝나자 덩치들이 우르르 뛰어내려갔다. 한마디에 절도 있게 움직이는 걸로 봐서 덩치들은 경찰학교에서 교육을 마치고 이제 막 무술경관으로 임관한 신참들 같았다.

'이런 놈들이니 내게 사전 정보가 오지 않았구나. 그런데 이런 신참들을 내보내 나를 잡아가다니, 도대체 어떤 놈들인가?'

홍성표가 이런 생각을 하며 걷는데 뒤에서 쿡 찔렀다. 홍성표는 번개처럼 돌아서면서 수갑 차인 양손을 모아 사십대를 후리고는 출입구로 달려가 오른쪽 계단으로 뛰어내려갔다.

"잡아랏!"

사십대가 쓰러진 상태에서 비명 섞인 고함을 지르자 반대편 계단으로 내려갔던 덩치들이 우르르 뛰어올라왔다.

홍성표는 죽을힘을 다해 뛰었다. 머릿속에는 아무 생각도 나지 않고 오직 아들의 얼굴만이 떠오를 뿐이었다. 계단을 다 뛰어내려가자 뒷문을 연 채로 서서히 출발하고 있는 검정색 승용차가 보였다. 덩치들은 무술경관이라 그런지 매우 빨리 쫓아왔다. 어느새 뒤에 바싹 따라붙은 것 같았다.

'어머니, 힘을 주세요.'

이제 제법 속도가 붙은 승용차에 젖 먹던 힘까지 다 내서 점프하여 간신히 올라탄 순간 홍성표의 뒷다리가 덩치에게 잡히고 말았다. 홍성표는 눈앞이 캄캄해졌다. 그때 뒷좌석에 타고 있던 누군가가 홍성표의 상체를 꽉 부여잡았다. 그리고 바로 그 순간 승용차의 운전사가 액셀러레이터를 힘껏 밟았다.

무술경관의 손에 홍성표의 구두 한 짝만을 남겨두고 검정색 승용차는 맹렬한 속도로 정문을 빠져나가 현대미술관 쪽으로 모습을 감춰버렸다.

다음 날 각 신문들은 홍성표의 도주 사실을 일제히 대서특필했다.

어제 오후 4시경 과천의 서울경마장을 덮친 경찰에 연행되던 경마장의 대부 홍성표가 수갑을 찬 채 자신을 연행하던 박병배 경위를 때려눕히고 대기 중이던 부하의 승용차로 도주하는 사건이 발생했다. 경찰청은 박 경위에 대해 감찰조사를 벌여 홍성표와의 내통이 있었거나 중대한 과실이 있었음이 밝혀지면 그를 문책 혹은 사법처리하기로 했다.

위험한 자금

거의 한 달이 다 지나도록 순범은 무엇 하나 알아낸 것이 없었다. 실낱같은 단서조차 찾아내지 못하고 기자실에 앉아 있던 어느 날 오후, 잠시 옆에서 머뭇머뭇하던 같은 신문사의 조수 강인호가 소매를 끌었다. 차나 한잔 마시러 가자는 것이었다.

순범은 강인호가 마음에 들었다. 그는 앉아서 전화를 받거나 잔머리를 굴리며 기사를 쓰지 않았다. 직접 발로 뛰어다니며 현장에서 사건을 캐는 점이 옛날의 자신과 닮은 데가 있어 평소 마음에 두고 있는 터였다.

매점을 이용하지 않고 굳이 바깥으로 나가자고 소매를 끄는 그의 태도로 보아서는 뭔가 은밀하게 할 얘기가 있는 것 같았다. 부근의 다방에 자리를 잡고 앉자 강기자는 커피를 반쯤 마시더니 순범에게 담배를 권하며 말문을 열었다.

"권 선배, 요즈음 무슨 큰일이라도 하는 것 같아요."

"일은 무슨, 그냥 왔다 갔다만 하고 있어."

"좋은 일 있으면 내게도 좀 주세요."

"자네야말로 소스 좀 줘. 이젠 옛날처럼 돌아다니지도 못하겠고 데스크에서 매일 기획기사 좀 내라고 닦달하니 정말이지 답답해 못살겠다."

"원, 아니 권 선배가 답답할 정도라면 우리나라 기자들 모두 사표 써야죠. 그래도 명색이 사건왕 아닙니까?"

"다 옛날얘기야."

"그런데 권 선배, 사실은 뭐 하나 부탁 좀 하려고요."

"뭔데?"

"어제 검찰청에 들어갔다가 뭐 좀 냄새를 맡은 것 같기는 한데 이놈들이 꽉 잠가버리고 입도 벙긋 안 한단 말이에요."

"어떤 건데?"

"그 동국물산 강 회장 아들 말이에요. 지금 상무로 있는 그 친구가 강력계에 들어가는 걸 봤어요."

"그 친구 얼굴은 어떻게 알아?"

"원래 얼굴을 아는 게 아니고 현관 앞에 나오는데 누가 벤츠 450에서 내리잖아요? 일단 따라 들어가보니 강력계로 들어가요. 뭔가 느낌이 이상해서 차적 조회를 해봤더니 동국물산으로 되어 있더라구요. 운전사한테 슬쩍 동국물산 회장 차 아니냐고 물었더니 이 친구 뭐가 뭔지 알 게 뭡니까? 상무 차라고 해요. 예전에 탤런트 매춘 사건 때 이름이 오르락내리락하던 게 생각나서 오늘 아침까지 계속 찔러봤는데 이놈들이 시침 뚝 떼고 있어요. 부른 적도 없고 들어온 적도 없다는 거예요. 한 건 때려주겠다 해도 씨도 안 먹혀요. 내 육감으로는 뭔가 큰 게 있을 듯한데 길을 못 찾겠으니 권 선배가 길만 좀 뚫어줘요."

"어이, 이 친구 봐라. 물어다줘도 시원찮은 판에 밥그릇까지 뺏어가려고?"

말은 이렇게 했지만 순범은 강 기자의 일에 대한 강한 애착이 마음에 들었다. 모름지기 기자란 이래야 되는 것이었다. 주변에서 주는 정보나 올려보내고 선심성 기사나 써주며 거들먹거리는 자들에 비하면 이 친구는 정말이지 기자다웠다.

"몇 호실인데?"

"그럴 줄 알았어요. 1018호예요."

"1018호라."

순범은 어떻게 길을 뚫을 것인가를 생각했다. 요모조모를 곰곰이 생각하던 순범은 마침내 적당한 방법이 떠올랐는지 얼굴을 펴고는 어디론가 전화를 했다.

"그렇지, 틀림없지? 그 친구가 거기 나가 있지?"

무언가를 확인한 순범은 다시 전화를 걸었다.

"여보세요, 거기 김용삼 형사 좀 바꿔주세요. 친구라고 전해주세요."

잠시 후 전화를 건네받은 상대방과 몇 마디 나눈 순범은 강 기자를 데리고 서초동으로 향했다.

검찰청 주변의 다방에 도착한 두 사람이 자리를 잡고 앉자마자 목이 짧고 팔이 굵은 한 사나이가 바로 순범을 알아보고 반가운 표정으로 다가왔다.

"아니, 웬일이오? 천하의 권 기자가 날 만나려고 여기까지 다 오시고?"

"먼저 인사들 나누지. 여기는 얼마 전에 시경으로 나온 우리 신문사의 강인호 기자, 여기는 시경 강력계의 김용삼 형사. 시경에서도 손꼽는 관록파인데 현재는 지검 강력계에 파견 나가 있지. 앞으로 두 사람이 서로 상부상조하면서 잘 지낼 수 있을 거요."

강 기자는 짐짓 싹싹한 태도로 미소를 지었다.

"김 형, 여기 강 기자는 나하고 같은 사람이야. 그냥 나라고 생각하면 돼요. 뭐든지 허심탄회하게 얘기해도 되지."

"아이구, 우린 기자들하고 가급적 안 만나는 게 제일이야. 맨날 당하기만 하지 득 보는 게 하나도 없거든."

"김 형, 이거 왜 이러쇼? 나한테도 그렇게 대할 거요?"

"아, 권 형이야 물론 다른 사람들관 다르지. 암, 백 번 다르고말고."

순범이 약간 기분이 상한다는 말투로 한마디 내뱉자 김 형사가 금방 수그러지는 것으로 봐서는 무슨 큰 약점이라도 잡혀 있는 것 같았다. 순범은 내친김에 상대를 제압해두려고 한마디 더 보탰다.

"사실 내가 공치사하는 것 같아서 이런 얘기는 안 하려고 했는데, 그때 김 형 그 건 처리해주려고 내가 부국장한테 얼마나 떼를 썼는지 알기나 해? 그 양반 결국은 귀찮아서 해주더군. 김 형 그때 처리 못 했으면 큰일 날

뻔했어. 처음엔 흥분해서 사표까지 받겠다고 얼마나 설쳤는데…….”

“그땐 정말 고마웠소.”

김 형사는 막상 순범이 한번 흔들자 금방 주눅이 들어 슬금슬금 눈치만 보며 풀이 죽어버렸다.

“오늘 온 건 그 동국물산 강 상무 사건 때문이야. 뭐 좀 넘겨줘.”

김 형사의 얼굴에 곤혹스러운 표정이 역력했다. 여느 때와는 달리 철저한 함구령을 받고 있는 터라 한마디도 흘려서는 안 되지만, 상대가 상대인지라 도저히 모르쇠로 일관할 수만도 없는 처지였다. 김 형사의 표정에서 망설임을 읽어낸 순범은 이때를 놓치지 않고 다시 한번 다그쳤다.

“안심해, 의심 안 받게 할게.”

순범의 약속이 약간 위안이 되었는지 김 형사는 머뭇머뭇하다가 서두를 꺼냈다.

“아직 확실치는 않지만 부산에서 밀가루장사 하는 놈들 붙잡아 조사하는데 수표를 추적해보니 동국물산에서 나온 것이잖아. 그래서 동국물산 경리장부를 캐보니 엄청난 액수를 부산의 칠성파에 줬더라구. 도대체 이해가 안 가는 일이라 어제 강 상무를 불러 조사를 했더니 예전에 누구한테 빌린 것을 대신 받으러 왔기에 영수증 받고 주었을 뿐이라는 거야.”

“엄청난 액수라면 얼마야?”

"10억이 좀 넘어."

"현재로서는 그 돈을 넘겨준 이유가 안 나오고 있는 모양이지?"

"수사에 한계가 있어. 힘이 있는 놈이라 함부로 다룰 수도 없거니와 줄 돈을 주었다는데야 처음부터 막 헤집을 수도 없잖아. 일단은 똘마니들을 더 다뤄봐야 뭐가 나와도 나올 것 같은데 자칫 잘못해서 말이 새어나가면 큰일이 난다는 거야. 우리 검사가 차장한테 수사 개시 보고를 하러 갔더니 검사장까지 나서서 절대 소문 안 나게 내사를 하라고 하더래."

이유가 무엇이건 이것은 충격적인 사건이었다. 준재벌로 통하는 동국물산의 회장 아들이 10억이 넘는 돈을 폭력조직에 넘겼고 폭력조직은 이 돈을 마약 거래대금으로 사용했다. 문제의 초점은 도대체 어떤 이유가 있었기에 기업의 돈이 폭력조직으로 넘어갔을까 하는 데 있었다.

"역시 김 형은 김 형이야. 정말 고맙소. 진전 있으면 연락 좀 해줘요."

김 형사가 나가고 난 뒤 순범은 강 기자의 등을 두드리며 격려를 해주었다.

"자, 이제 한번 열심히 뛰어봐. 앞으로는 자네가 뛰는 데 달려 있으니까."

강 기자는 흡족한 모양이었다. 지금이라도 기사로 내면 특종이지만 아직은 위험한 일이었다. 워낙 해당자들에게 타격이 큰 일이기 때문에 최대한 신중해야 했다.

"고마워요, 권 선배. 진전되는 대로 알려드릴게요."

어디론가 부지런히 뛰어다니던 강 기자로부터 밖에서
좀 만나자는 전화가 온 것은 며칠 후의 일이었다. 무슨
일이냐고 물으니 예의 그 동국물산 사건이라 했다. 순
범은 잠시 잊어버렸던 일이었지만 강 기자의 목소리가
워낙 들떠 있었으므로 택시를 잡아타고 서초동의 약속
장소로 갔다. 강 기자는 혼자 앉아 있다가 순범이 오자
반가운 목소리로 입을 열었다.

"권 선배, 놀라운 사실을 알아냈어요."

"뭔데?"

순범은 짐짓 대수롭지 않다는 태도로 약간 퉁명스럽
게 물었다.

"수표의 소지인들이 여럿 나왔어요."

"수표 소지인들?"

"그런데 그중에 연예인과 배우들이 꽤 있더군요."

"그 친구 원래 그런 쪽으로 말이 많은 자라면서."

"이번에는 그게 아니고 제법 이름깨나 있는 애들의
통장에 부산에서 온라인으로 입금이 되어 있더라구요."

"그건 어떻게 알았어?"

"검찰에서 사건 관련 여부를 추적하기 위해 추심 들
어오는 모든 수표의 지불정지를 의뢰했을 것으로 생각
했죠. 그래서 은행을 파고들었습니다. 쉽진 않았지만

결국은 다 나오더군요.”

“이 사람 이제 형사 다 됐구먼. 그런데 그 수표 소지인들 사이에 무슨 공통점이라도 있단 말인가?”

“기이하게도 그들 모두가 보름 전 부산에 1박 2일로 갔다 왔다는 거죠.”

“부산에?”

“그들이 무슨 일로 같은 날에 부산엘 갔다 왔을까요?”

“글쎄, 낸들 아나? 김 형사로부턴 다른 연락 없었나?”

“원, 권 선배도. 그 친구가 연락이 올 리가 있겠어요? 그나마도 권 선배한테 붙들려서 할 수 없이 실토한 건데.”

“이 사람, 하나만 알고 둘은 모르는군. 언제나 처음 털어놓은 자가 끝까지 다 털어놓는 거야.”

말을 마치면서 순범은 강 기자를 데리고 일어섰다.

“어디로 가는 겁니까?”

“범을 잡으려면 범굴로 들어가야 하지 않겠어?”

“범굴이라뇨?”

“잠자코 따라만 오라구.”

순범이 강 기자를 데리고 간 곳은 검찰청사였다. 대여섯 번 드나들었어도 성과는커녕 호통만 들었던 강 기자였다. 강 기자는 뒤에서 쭈뼛쭈뼛 따라오기는 하지만 썩 마음이 내키지 않는 눈치였다. 그런 기색을 아는지 모르는지 순범은 1018호 검사실에 다다르자마자 대뜸 문을 밀쳤으나 문은 잠겨 있었다. 몇 번 두드리자 여직원인 듯한 아가씨가 문을 빠끔히 열고 내다보았다.

"어떻게 왔어요?"

"박 검사 있어요?"

순범이 당당하게 묻자 여직원은 약간 기세가 꺾이는 듯했다.

"어디서 오셨는데요?"

"반도일보의 권 기자요. 저리 비켜요, 좀 들어갑시다."

방 안에서 두 사람의 대화를 듣고 있었는지 걸걸한 목소리의 대답이 들려왔다.

"취재 사절이오. 오늘은 일도 없고 다음에 들러요."

"이보쇼, 일단 얼굴이나 좀 보고 얘기합시다."

"당신 도대체 누구야! 가라면 가지 여기가 어딘 줄 알고 그렇게 건방지게 놀아?"

"당신은 뭐야? 기자가 취재하러 왔는데 왜 고함을 지르고 그래? 당신 쓸데없이 공포 분위기 조성하는 거 아냐?"

옆에 있는 강 기자는 두 사람 사이에 고성이 오가는 것을 보고는 적이 걱정이 되는 눈치였다. 그러나 순범은 눈을 한 번 찡긋해 보이고는 문을 밀고 들어갔다.

안에는 수갑과 포승에 묶인 채로 세 사람이 의자에 앉아 있었다. 책상 앞에 앉아 있던 검사는 순범이 뜻밖에도 기세등등하게 나오자 약간 어리둥절한 듯 지켜보다가 다시 고함을 질렀다.

"뭐야 이 사람들, 쫓아내."

그러자 옆에 있던 검사서기가 벌떡 일어나 고함을 지르며 순범의 앞으로 거칠게 다가섰다. 원님 덕에 나발 분다고나 해야 할까? 아니면 호랑이 옆의 여우가 더 무섭다고 해야 할까? 늘상 검사보다도 더 호통 잘 치고 떵떵거리는 게 계장이라고 불리는 서기들이었다. 자주 자리가 바뀌는 검사에 비해 한자리에 오래 있는 이들을 대가 약한 검사나 신임 검사는 결코 무시할 수 없다. 무시는커녕 이들의 노회한 술수에 말려 휘둘림을 당하는 검사도 있고 자칫 잘못하다간 묘하게 덤터기를 쓰거나 난처한 경우를 당하는 경우도 종종 있었다. 이들은 귀찮은 일을 도맡아 처리하는 대가로 은근히 검사의 권력 한 줄기를 빌려 위세 떨치기를 좋아했다. 이들을 잘 관리하는 것이 검사의 숙제이기도 했다.

순범은 달려드는 서기를 본체만체하고 검사를 향해 버럭 고함을 질렀다.

"이봐요, 박 검사. 당신 정말 이럴 거요? 정 이런 식으로 나오면 내가 아는 대로 신문에 긁어버릴 거요."

"당신이 뭘 안다는 거야. 얼른 쫓아버리지 않고 뭐해?"

검사는 다시 옆에서 구경만 하고 있는 김 형사 등에게 고개를 돌리며 순범과 강 기자를 쫓아내려 했다.

"그럼 당신 한번 견뎌볼 거야? 기업의 자금이 마약 구입대금으로 흘러들어간 사건을 당신이 수사하고 있다고 바로 때려버리면 당신이 견뎌낼 수 있을 것 같아? 또

깡패들 파티에 유명 연예인들이 동원됐는데 그것도 역시 당신이 수사하고 있다고 긁어버릴 거야. 신문 방송이 모두 대서특필하고 전 국민이 당신 수사 결과에 이목을 집중하고 있는데, 당신 별것 못 캐내면 어떻게 되겠어? 그러고도 당신 앞으로 출세할 것 같아? 사건 성격상 위에서는 축소 은폐하려 할 텐데 국민들 눈에는 당신만 보인단 말이야. 어이 강 기자, 그만 가자구. 뭐 얘기할 것도 없는 사람이잖아."

순범이 등을 돌리며 강 기자를 데리고 문을 나서려 하자 다급한 목소리가 튀어나왔다.

"이봐요, 잠깐."

순범이 다시 돌아서자 검사는 눈에 띄게 누그러진 표정으로 자리를 권했다.

"내가 좀 지나쳤던 것 같소. 우선 인사나 나눕시다. 나는 박운호 검사요."

검사는 순범에게 악수를 청했다.

"반도일보의 권순범 기자요. 이쪽은 같이 일하는 강인호 기자. 그런데 사실 우리는 사건 내용을 다 알고 있고 보도 문제와 관련해 박 검사와 의논을 하러 온 참이오. 우리가 너무 앞서가도 박 검사가 검찰 내부에서 입장이 곤란해질 수 있고 해서 말이오. 그런데 사람을 그렇게 대접할 수 있소?"

"미안하오. 내가 사정을 잘 몰랐소. 근데 도대체 이 일을 어떻게 알게 됐소?"

"뭐 그런 건 중요한 게 아니고, 우선 지금까지 내가 알고 있는 내용을 보도했을 때 박 검사에게 문제가 있는 거요, 없는 거요?"

"아직 수사도 끝나지 않은 데다가 사회적 반향도 대단히 큰 사건이니만큼 결과를 봐가면서 협의해야 할 것 같소."

"지금 나는 여기서 때리면 특종이지만 담당검사인 당신이 그렇게 얘기하니 최대한 협조하겠소. 그 대신 지금까지 드러난 것은 모두 얘기해주시오. 그래야 서로 공평하지 않겠소."

"아까 얘기하는 걸 보니 대강은 다 알고 있는 것 같던데 뭘 더 얘기하라는 거요?

"강 상무의 회사 자금이 어떻게 폭력조직으로 갔느냔 말이오?"

"그 부분은 아직 알아내지 못했소."

"행적수사를 안 해봤소?"

"물론 해봤지만 이 폭력조직과 하등의 연관이 없어요. 일단 서로 관계가 있을 만한 일이 전혀 없단 말이오."

"그런데 생명부지의 폭력조직에 10억이 넘는 돈을 내줬단 말이지요?"

"그렇소. 강 상무라는 친구를 무조건 닦달할 수 있는 입장도 아니고, 저기 밖에 있는 놈들은 죄다 똘마니들이라 실제로 아는 게 없는 것 같고."

사정이 이쯤 되어 있으니 방금 순범의 위협에 검사가 쩔쩔맬 만했다.

  순범은 뒤에 서 있는 강 기자와 김 형사를 돌아보며 눈을 찡긋했다. 두 사람은 어안이 벙벙했다. 평소에 옆에만 가도 찬바람이 씽씽 난다는 박 검사를 이렇듯 주눅 들게 만들어버리는 순범의 솜씨에 입을 다물지 못하고 있었다.

  "열쇠는 강 상무의 행적에 있는 셈이군요. 이 친구의 행적에 뭐 특별한 점은 없나요?"

  "글쎄 최근 얼마간 사업상 외국에 몇 번 나갔다 온 걸 빼면 겉으로는 얌전히 사업을 하고 있는 것으로 나온단 말이오."

  "외국은 어딜 갔다 왔소?"

  "중국에 세 번인가 갔다 온 걸로 되어 있소."

  "중국이라?"

  "원료 수입 관계로 갔다 왔다고 그럽디다."

  "어디를 거쳐 중국엘 갔다고 그럽디까?"

  "마카오를 거쳐 갔더군요."

  "마카오라? 국내에서 관계가 없다면 외국에서 문제가 있었겠지……."

  혼잣말처럼 되뇌는 순범의 낮은 목소리에 검사가 반문했다.

  "뭐라고요?"

  "강 상무의 마카오에서의 행적을 집중적으로 캐보면

뭔가 나올 성싶지 않소?"

"글쎄, 그럴까요?"

박 검사는 자존심이 상하는 모양이었다. 기자치고는 만만치 않은 친구라고 생각했지만 수사에 대해서까지 이러쿵저러쿵하자 썩 기분이 좋지 않았던 것이다.

순범은 그쯤에서 강 기자를 데리고 나왔다. 강 기자는 모든 취재 대상 중에서도 유독 검사만은 만만하게 대할 수 없었는데 이를 순범이 능란하게 다루는 것을 보고는 존경 어린 눈길로 쳐다보았다.

"저 친구 조만간에 연락이 올 거야. 아마 그 강 상무란 자, 마카오에서 도박을 했을 거야. 여기서 나갈 때는 돈을 가지고 나가지 못하니까 거기서 도박조직에 걸려들어 꽁짓돈 얻어쓰고는 여기 들어와서 갚았겠지. 십몇 억이라고 하지만 강 상무 같은 놈들한테는 그게 돈으로 보이겠어? 마카오에서 돈 대준 놈들하고 여기서 돈 받아서 마약거래하던 놈들하고 같은 조직이거나 그렇겠지. 참! 그런데 우리나라에 이렇게나 거대한 조직이 있었단 말인가? 마약부터 국제도박까지를 모두 관장하는 조직이란 게 있을 수 있어? 최 부장 그 양반 폭력조직 일망타진했다 그러더니 우습구먼. 이거 어쩌면 보통 큰일이 아니겠는데. 어쨌든 저 친구한테서 나를 찾는 전화가 올 거야. 그럼 자네가 대신 받아서 사건의 전모를 다 들어. 국민정서에 미치는 영향이 워낙 크니까 보도협조를 요청할 거야. 어쨌든 특종감에는 틀림이 없으니까 부장이나 국장한테 칭찬깨나 듣겠구면."

"아니, 이게 모두 권 선배가 뛴 일인데 권 선배 특종이지 어째 내 특종입니까?"

"글쎄, 자네 거야. 난 요즘 특종 같은 데는 흥미도 없으니까 앞으로는 귀찮게 하지 말아줘. 알았지?"

"다음에 은혜 꼭 갚을게요, 권 선배."

순범은 기분이 좋았다. 요즘 북악스카이웨이 사건에 전념하느라 다른 일을 별로 하지 못해 마음 한편에 회사에 대한 미안한 생각이 있었는데 그게 깨끗이 씻겨나가는 느낌이었다. 더군다나 몸으로 뛰는 후배에게 한 건을 해줬다는 느낌도 꽤나 흐뭇한 것이었다.

머칠 후 순범은 다시 한번 박성길을 면회했다. 아무래도 박성길을 다시금 만나봐야만 사건의 실마리가 풀릴 것 같았다.

박성길은 청주교도소로 이감되어 있었다. 덕분에 면회 갔다가 오는 시간도 만만치 않게 걸렸다. 순범은 박성길을 만나 애기하면 할수록 거대한 음모의 비릿한 냄새를 맡을 수 있었다. 그건 기자로서의 직감이자 본능이었다.

박성길은 다른 것은 몰라도 순범이 포기하지 않고 사건에 집착하는 것을 상당히 인정하는 듯했다. 그리고 박성길은 죽은 그 사람이 반체제 인사일 것 같다고 되뇌곤 했다. 물론 공무원에 의해 청부살해된 자라면, 당시의 시대 상황으로 보아 그럴 가능성은 매우 높았다. 그러나 미국의 주소지에서 그의 연고자가 나타나지 않았다는 점과 그 당시에 북악스카이웨이에서 교통사고 사한 반체제 인사가 없었다는 점으로 보아 박성길의 추측은 빗나갈 가능성이 더 높았다. 어찌 되었든 죽은 자의 신분, 직업 따위라도 알아내야만 사건의 가닥을 잡을 수 있는 것이었다.

순범이 피곤한 얼굴로 기자실에 들어서자, 강 기자가 반색하며 맞았다.

"권 선배, 정말 탄복했습니다. 귀신이 따로 없더군요."

순범이 의자에 앉기도 전에 흥분에 찬 목소리를 토해 내는 강 기자의 표정엔 존경의 빛이 역력했다.

"도대체 무슨 소리야?"

"사건이 거의 밝혀졌는데요, 권 선배 예측과 하나도 틀리는 게 없습니다."

"응, 그 사건 말이군. 그래 그 강 상무라는 자의 돈이 어떻게 해서 그리 흘러들어갔대?"

"권 선배 말대로 그자가 마카오에서 도박을 했더군요. 여기서는 돈을 못 가지고 나가니까 거기서 전문적으로 돈을 대주는 놈들 것을 썼대요. 그리고 들어와서 칠성파 놈들에게 대신 돈을 갚았는데, 문제는 권 선배가 일전에 조직이 너무 커서 이상하다고 얘기했던 부분이 밝혀진 겁니다."

"어떤 조직인데?"

"놀라지 마세요. 이게 모두 일본 야쿠자들이 개입돼 있더군요. 뿐만 아니라 모델이며 탤런트들 몇이 부산에 내려갔던 것도 일본에서 건너온 야쿠자 간부들 접대를 위해서였다고 합니다. 물론 거액의 돈도 받았지만 평소의 약점 등으로 협박을 받아서 간 애들도 있더군요. 지난달 말에 야쿠자 80여 명이 부산에 와서 1박 한 후 제주도에서 2박을 하고 떠났다는데, 이때 한 명에 하나씩 모두 여자들을 붙여줬다고 합니다. 노름빚 때문에 할 수 없이 끌려온 명문대학 출신의 가정주부도 있었다는 얘기이고 보면 복장이 터질 노릇입니다. 지금 여죄를 캐고 있는데 제주도의 관광호텔 매수인도 야쿠자의 대리인이고, 이놈들이 유통업이나 제조업에 손을 대고 있는 것은 물론 심지어는 부산 일대에 부동산 투기도 하는 걸로 드러나고 있어요. 문제는 야쿠자의 자금으로 힘을 얻고 있는 조직들이 부산 지방만이 아니라 전국적으로 꽤 있다는 겁니다."

"쓸개 빠진 놈들. 일제강점기에는 일본 놈들을 주먹으로나마 눌러서 민족의 한을 푸는 것이 우리 어깨들의 전통이었는데 이제 와서 일본 야쿠자들 앞에 무릎을 꿇고 그 검은돈으로 제 나라 동포를 울리고 있다니."

"그러게 말입니다. 지금 야쿠자들은 한국에서 조금이라도 이름 있는 주먹들이 일본에 건너와서 무릎을 꿇고 형, 동생의 예식만 올리면 얼마든지 자금을 대준다고 합니다. 얼마 전에 사건이 있었던 그 경마 대부 홍성표도 야쿠자의 자금을 쓰고 있었던 것으로 밝혀졌어요. 특히 홍성표의 뒤에는 마사키라는 거물이 철두철미하게 뒤를 봐준 걸로 드러났어요."

"마사키가? 마사키라면 야마구치파의 두 번째 보스가 아닌가? 음, 그랬었구나. 그래서 그렇게 빠른 속도로 경마장을 휘어잡을 수가 있었구면. 그런데 홍성표 도주사건에 대해서는 뭐 좀 밝혀진 게 없나?"

"오리무중입니다. 웬만하면 소문이라도 있을 법한데 전혀 소식이 없어요."

강 기자의 대답을 듣는 순범의 뇌리에 경마장에서 홍성표를 놓친 박 주임이라는 자가 떠올랐다. 순범도 잘 아는 박 주임은 20년 경력의 베테랑인데 그런 사람이 무술경관을 모두 내보내고 혼자 홍성표를 연행하려다가 놓치고 말았다는 것은 이해할 수 없는 일이었다. 시경의 감찰조사에서는 박 주임과 홍성표와의 관계가 밝혀지지 않았고 박 주임의 단순한 과실로 결론이 나서 감봉 3개월의 징계가 내려졌을 뿐이었다. 그러나 형사를 수도 없이 겪어온 순범의 판단으로 그것은 있을 수 없는 일이었다. 더군다나 순범이 알기로 박 주임은 치밀하고 꼼꼼하기 짝이 없는 사람일 뿐만 아니라 쉽사리 돈에 매수되거나 할 성격도 아니었다. 그는 그야말로 충직한 공무원이었다.

야쿠자와 관계된 주먹들 중에 틀림없이 홍성표가 가

장 깊숙이 관련되었을 것이다. 경마장이라면 수없이 많은 폭력조직이 기생하고 있는 곳인데, 홍성표가 그 경마장을 단기간에 모두 휩쓸 정도로 성장했다면, 야쿠자와의 밀착도가 다른 조직과는 비교도 되지 않는 정도일 것이다. 그렇다면 홍성표 도주사건은 어쩌면 야쿠자의 힘이 경찰에까지 미치고 있다는 증거일지도 몰랐다. 여기까지 생각이 미치자 순범은 바로 박 주임이 근무하는 경찰청 외사범죄수사대로 전화를 했다.

일부러 경찰청에서 좀 떨어진 신문로의 한 다방에서 만난 박 주임의 얼굴은 꽤나 밝은 편이었다. 순범은 그의 태도에서 홍성표에게 매수된 것은 분명 아니라는 느낌을 받을 수 있었다. 순범의 경험상 매수되어 독직을 한 사람들은 한결같이 어두운 표정, 혹은 죄를 지은 표정으로 동정을 바라는 듯한 태도를 일정 기간 유지하곤 했기 때문이었다.

"오랜만이오, 박 주임."

"권 기자 얼굴 보는 게 몇 년 만인지 모르겠소. 그런데 어쩐 일로 이렇게 갑자기 전화를 해서 만나자고 했소?"

"야쿠자 자금에 대해 정보 좀 얻으려고요."

순범은 말을 약간 돌렸다. 그러나 상대방은 이미 순범의 의도를 알고 있다는 듯이 단도직입적으로 말을 꺼냈다.

"이번에 권 형 신문에서 크게 때렸던데 뭘 나에게 물

어요? 내가 물어도 오히려 시원찮을 텐데. 그것보다는 권 기자 목적이 따로 있을 것 같은데."

"역시 박 주임 눈을 벗어나기는 예나 지금이나 어려울 것 같군요. 그렇다면 바로 얘기를 좀 해줘요. 박 주임은 내가 평소 존경하는 경찰관인데 그런 자들한테 매수가 되었다고는 꿈에도 생각하고 싶지 않소. 그렇다고 해서 잡았던 범인을 놓칠 만큼 경박한 사람은 더더구나 아니고, 도대체 어떻게 된 일입니까? 보도하지 않을 테니 내게는 좀 시원하게 말해줘요."

빼도 박도 못하게 물어오는 순범 앞에서 솔직한 성품의 박 주임은 몹시 거북한 눈치였다. 그러나 그는 이내 밝은 표정을 회복하고 잘라 말했다.

"이봐요, 권 기자. 당신도 알다시피 내가 그런 짓 할 사람이오? 그건 죽어도 아니니 행여 쓸데없는 걱정일랑 하지 말고 그냥 내가 실수한 것으로 해둡시다. 더 이상은 묻지 말아주시오. 대답할 수 없으니까."

박 주임의 성격을 잘 아는 순범으로서는 더 이상 물을 필요를 느끼지 않았다. 그는 한 번 대답하지 않는다면 그걸로 끝인 사람이었다. 그가 자신의 실수라고 말하지 않고 실수한 것으로 해두자고 대답해준 것만 해도 순범을 지극히 대접한 것이었다. 그의 얘기는 그러니까 자신은 매수되지도 실수하지도 않았다는 뜻이었다.

박 주임과 헤어진 순범은 시경으로 돌아오며 내내 생각에 잠겼다. 매수되지도 실수하지도 않은 것이라면 도대체 뭐라는 얘긴가? 한번 떠오른 의문에 대해서는 어떤 식으로든지 결론을 내려야 속이 풀리는 순범이었다.

순범은 시경에 돌아오자마자 바로 일본에 있는 이주익 기자에게 전화를 했다. 같은 신문사는 아니지만 고등학교 동기인 이주익 기자는 평소에도 순범과 자주 통화를 하며 정보 교환을 하는 사이였다. 순범은 우선 거대한 기업처럼 매년 사업계획을 수립해서 실천하는 야마구치파의 동태와 마사키가 맡은 분야에 대해 알아볼 참이었다. 최근에 무서운 속도로 쏟아져 들어오는 야쿠자 자금에는 분명 감추어진 의도가 있을 것이라고 생각했기 때문이었다. 그러나 이 기자는 부재중이었다. 순범은 자동응답기에 메시지를 남기고 전화를 끊었다.

'여보게, 주익이 오랜만이야. 순범일세. 해외 근무에 수고가 많겠지. 요즘 한국에는 무서울 정도로 많은 야쿠자의 자금이 흘러들어오고 있어. 야마구치파의 마사키가 검찰 수사에 떠오르고 있으니 어느 정도인지 짐작할 수 있을 거야. 이들의 자금은 경마장, 도박, 부동산 투기, 마약, 관광업, 심지어는 유통 및 제조업에 이르기까지 뻗치지 않는 곳이 없을 정도야. 나는 야마구치파 같은 거대 조직이 사업성도 좋지 않은 우리나라에 왜 이렇게 쏟아붓는지 알 수가 없어. 여기에 대해 자네가 철저히 알아봐주길 바라네. 몸 건강하게.'

도쿄 오퍼레이션

　순범이 자동응답기에 메시지를 남기고 있을 무렵《한겨레신문》도쿄 주재기자 이주익은 신바시역 부근의 다이이치호텔 커피숍으로 서둘러 가고 있었다. 한일물산 조 전무로부터 만나자는 연락이 왔기 때문이었다. 주익으로서는 썩 내키지 않았지만, 내용이야 어찌 되었든 일단 만나보기는 해야 할 것 같았다.

　조 전무는 미리 와서 기다리고 있었다.

　"안녕하시오, 이 기자?"

　"조 전무만 날 괴롭히지 않는다면 안녕 못할 리가 있겠소."

　"하하, 아직도 날 원망하고 계시나 본데, 그만 잊어버립시다. 그때 일은 직업상 할 수 없는 일이었잖소?"

　"그래, 오늘 날 만나자고 한 이유는 뭐요?"

　"아아, 그렇게 서두르지 마시고 우선 기분이나 좀 풉시다. 어디 칵테일 라운지에라도 자리를 옮겨 얘기하는 게 어떻겠소?"

　"나는 그렇게 한가한 사람이 아니니 얼른 용무나 얘기하시오."

　"하하, 여전히 기분이 안 풀리셨나 보군. 여보 이 기자, 세상에는 영원한 적도 동지도 없다지 않소? 사실 오늘은 내 이 기자하고 대단히 중요한 일 하나 의논하려고 하니 우리 기분 좋게 시작합시다."

'기분 좋게 시작합시다.'

이놈들은 이게 입에 밴 말버릇인가. 주익은 이 말을 듣자 기분이 상했다. 지난번 한국에 들어갔다가 공항에서 바로 연행되어 지하실에서 취조를 받을 때도 이 말로 시작했었지. 그때의 불쾌하던 생각이 다시 떠올랐지만, 조 전무가 말한 중요한 일의 내용이 몹시 궁금해지는 것은 어쩔 수 없는 기자의 생리인 모양이었다.

스카이라운지의 한구석 조용한 곳으로 자리를 옮긴 조 전무는 위스키 두 잔을 주문했다. 주익과 잔을 부딪친 조 전무는 한 모금 훌쩍 털어 넣고는 서두를 꺼냈다.

"사실 지난번 일은 내가 많이 미안하게 됐소. 그 당시 이 형이 쓴 기사가 본국에서는 참 견디기 힘들었나 봅디다. 날 얼마나 닦달하는지. 나도 한참 동안을 버티다 결국 이 기자 주변을 알아보게 된 거요. 이제 그런 지나간 얘긴 그만하고…… 이 기자, 저기 도쿄 시내를 좀 내려다보시오. 우리 눈을 크게 뜨고 멀리, 높이 좀 내다봅시다. 나는 여기 있으면서 참으로 할 일이 많다고 생각하오. 본국에서 구린내 나는 정치 정보 따위를 요구할 땐 한심하고 답답해서 때려치우고 싶은 생각이 들 때가 한두 번이 아니지만, 그러나 가만히 생각해보면 내가 여기서 하는 일이 정말 중요하구나 하고 느끼는 때도 역시 한두 번이 아니오. 특히 나라를 위해서 하는 일에 대해선, 나는 사실 정말 큰 보람을 가지고 무엇이든 할 수 있다고 생각하는 사람이오."

주익은 도대체 무슨 말을 하려고 이 사람이 이렇게 거창하게 서두를 떼는가 싶은 의문이 들었다.

"지금 나는 나라를 위해 대단히 중요한 일 하나를 이 기자와 의논하려고 하는데 어떠한 경우에라도 보안 유지를 해주길 바라오. 동의해줄 수 있소?"

"그 점은 염려 마시오."

"사실은 이 기자의 협조가 필요하오."

"내가 안기부에 협조할 일이 뭐가 있겠소? 괜히 사람 잘못 보고 이러는 거 아니오?"

"내 말을 끝까지 들어보고 얘기하시오. 이것은 안기부를 위한 일이 아니고 우리의 조국, 즉 이 기자의 조국을 위한 일이오."

"일단 들어는 보겠지만 사람 곤란한 부탁은 아예 꺼내지도 마시오."

"글쎄, 그런 일이 아니라니까."

조 전무는 잠시 자세를 가다듬었다. 주익은 속으로 이 사람에게 뭔가 대단히 중요한 일이 있기는 있구나 싶었다. 안기부의 도쿄 실무책임자인 조 전무가 일부러 자신을 불러 이렇게 거창하게 서두를 꺼내는 걸 보니 보도협조 등의 일반적인 일은 아닌 것 같았다.

"지금 남북 간에 고위급회담이 대단히 순조롭게 진행되고 있는 것은 이 기자도 잘 알 거요. 이것은 기본적으로 북한이 동구 및 구소련의 변화에 대해 무척 겁을 집어먹고 있는 데다가 구소련과 중국으로부터의 경제원조 단절 등 정치경제적으로 대단히 절박한 상황이기 때문에 예전과 같은 선전용 회담이 아닌, 실질적 회담으로 진행되고 있소. 김일성이도 회담 대표들에게 최선을 다하도록 계속 독려하고 있는 중이오. 한반도의 앞날을 위해서 대단히 바람직한 일이지요. 그래서 정부에서도 웬만한 것은 가급적 양보하면서 가시적인 성과를 얻으려고 애쓰고 있소."

조 전무는 다시 위스키 한 모금으로 목을 축이고 나서 말을 이었다.

"그런데 근래에 와서 북한의 태도가 상당히 변하고 있소. 처음의 다급하던 태도에서 벗어나 이제는 자꾸 트집을 잡으면서 회담을 부실하게 진행시킨단 말이오. 서울에서 분석하고 있는 바에 따르면 이것이 바로 2차에 걸친 가네마루의 북한 방문에 기인하고 있다는 것이오. 가네마루가 방북한 후 50억 달러 원조설이 나오면서 북한의 태도가 돌변하고 있는 것이오. 최근에는 우리와의 고위급회담보다 일본과의 수교에 더 열을 올리고 있소. 아니 열을 올리고 있는 정도가 아니라, 정보에 의하면 회담을 일사천리로 진행시켜 이제 곧 도장을 찍는다 하오. 일본 기업들도 두만강 일대에 일본 전용공단 설립에 대한 검토를 이미 끝냈다고 하고요. 일본의 속셈은 북한과의 수교를 바탕으로 두만강 부근에 전진

기지를 확보한 후 시베리아를 본격적으로 개발해 들어 가겠다는 거요."

"우리 정부에서는 속수무책인가요?"

"현재로서는 속수무책이라고 할 수밖에."

"일본은 기회 있을 때마다 남북대화를 적극 지지한 다, 남북한 통일을 지지한다라고 말해오고 있지 않소?"

"말만 해오고 있지. 한반도에 대한 일본 외교의 본질 은 남북한 등거리 외교 아니오? 이것이 시대 상황에 따 라 위장을 한 채 나타나고 있지만, 기실 그들은 교묘하 게 남북한의 통일을 방해하고 있단 말이오. 이번에도 우리 정부에서 일본 정계의 거두들에게 여러 경로로 부 탁을 했소. 남북 총리회담이 결실을 볼 때까지 수교협 상을 중단해달라고. 게다가 국내의 경제인들이 일본과 북한의 수교가 한반도에 더욱 복잡한 상황을 초래할 것 이라는 성명도 발표했지."

"결과는?"

"뻔한 것 아니오? 중단은커녕 남북한 간에 무슨 결실 이 있기 전에 서둘러 해야겠다고, 오히려 일정까지 당 겨가며 일사천리로 진행시키고 있는 중이오."

"서글픈 현실이군요."

조 전무는 이 기자에게 자신의 말이 먹혀들고 있다고 판단했는지 슬며시 본론으로 들어갔다.

"그래서 말이오, 우리 본부에서는 도저히 이대로 있 을 수 없다고 판단하고 한 가지 대책을 세웠소."

"……."

"김일성과 가네마루가 직접 지휘하고 있는 조일 수교를 말릴 수 있는 힘은 누구에게도 없소."

조 전무는 한 번 뜸을 들였다.

"단 하나."

"……."

"일본 국민밖에는 없소."

"일본 국민?"

"그렇소."

그야 당연하지만 무슨 수로 일본 국민을 움직인단 말인가? 주익은 얼른 생각이 떠오르지 않아 조 전무의 입술만 쳐다보고 있었다. 조 전무는 이 기자의 귀에 대고 속삭이듯 말을 이어나갔다. 어느 정도의 시간이 흐른 후 두 사람은 자리에서 일어났다.

"그러니까 그런 충격적 요법을 쓰지 않으면 일본 언론의 성격상 담합하거나 정부의 영향을 받아 여론을 호도할 우려가 있다는 말이지요. 그런데 왜 하필이면 나를 이 일의 적임자라고 생각했소? 다른 언론사에 거물급 기자도 많은데."

"후후, 그거야 당신이 제일 잘 알 것 아니오? 이 일은 터질 때까진 절대 우리가 개입돼 있다는 사실을 숨겨야 하는데, 그런 의미에서 안기부와 앙숙으로 알려진 당신이 가장 적합한 것 아니겠소?"

"세상 참 재미있군."

두 사람은 의미 있는 미소를 나누며 헤어졌다.

도쿄의 외신기자 클럽은 일본에 주재하는 영향력 있는 외신기자들이 모여 서로의 정보와 의견을 나누는 곳으로, 기사화되지 않은 의견이나 토론도 대단히 민감하게 관계요로에 흘러들어갔다. 따라서 기자 간의 토론이나 사소한 소문도 쉽게 각국 기자들의 신경을 자극하게 되고, 기자들 사이에서는 가끔 논쟁이나 가벼운 말싸움 따위가 일어나곤 했다. 특히 국적이 다른 외신기자들은 자기 나라의 위상에 대한 얘기들에 극히 예민하게 반응하는 편이었으므로, 여기서는 남의 나라 국내 문제에 대한 섣부른 언급은 바로 싸움을 유발시키곤 했다.

마침 토요일 오전이라 많은 기자들이 식당 옆의 스낵바에서 다과를 들며 정보 교환을 하는 등 간단한 대화들을 나누고 있었다. 누가 시작했는지 화제는 테러에서 시작하여 인질 문제에 이르고 있었다.

"어쨌거나 인질을 잡는 행위는 옳지 못해요. 내가 레바논에 있을 때 인질을 이용하는 행위에 극력 반대하는 기사를 하루가 멀다 하고 썼지요. 그랬더니 스웨덴 한림원에서 노벨상 후보로 추천할 용의가 있다는 편지를 보냈어요."

"재미있는 것은 인질로 잡히는 사람들의 국적이지요. 그들은 모두 강대국 사람들뿐입니다."

"늘 강대국들이 문제를 일으키기 때문이죠."

"그러나 아이러니컬한 게 많이 잡혀도 강대국의 인질은 살고, 조금 잡혀도 약소국의 인질은 죽는 비율이 높다는 거죠."

"글쎄요, 그것은 강대국 약소국의 차이보다도 인질을 살리려고 하는 국가의 노력순이 아닐까요?"

"그렇게 볼 수도 있을 겁니다. 그런데 함부로 못 건드리는 인질들의 국적은 어떤 나라들입니까?"

여기에서 예의 그 민감한 외신기자들의 관심이 집중됐다. 누구도 선뜻 대답을 하려는 사람이 없었는데 쾌활한 표정의 미국인 기자가 눈치 없이 한마디 했다.

"미국, 러시아, 프랑스, 영국, 중국 정도겠죠. 그렇지 않아요?"

그의 태도는 너무나 긍지에 가득 찬 당당한 것이었다.

"독일과 이태리도 무시 못할 나라 아닙니까?"

"그럴 것 같군요."

"일본도 함부로 다룰 수 없는 나라 아닙니까?"

그때까지 별말 없이 앉아 있던 일본《아사히신문》의 국제부 차장이 장난스럽게 한마디 거들었다. 장난스런 말투이긴 했으나 그것은 일본의 이름이 나오지 않는 데 대한 서운함의 표시이기도 했다.

"……."

그러나 미국 기자는 별반 찬성할 수 없다는 듯 대답을 하지 않았다. 이때 옆에 있던 프랑스 기자가 나섰다.

"일본이 비록 경제대국이긴 하지만 정치적 영향력은

그다지 강하다고 보기 힘들죠. 특히 인질이 발생했을 경우, 앞에 거론됐던 국가의 정부들이 무엇보다도 인질의 안전과 생환을 위해 전력을 다하는 데 비해, 일본은 주로 국가의 이익을 먼저 생각한다는 점에서 다른 나라와는 좀 차이가 있어요."

그는 아마도 예전에 중동에서 발생했던 일본인 인질 사건의 타결 과정에서, 일본 정부가 석유의 안정적 공급을 염려한 나머지 지나치게 유약하게 대처함으로써 인질의 생환이 늦어졌던 것을 기억하고 있는 듯했다. 그때 오랫동안 생명의 위협을 느끼며 구금되어 있다가 풀려난 그 인질의 첫마디 '도대체 일본은 어디에 있었는가'가 대서특필된 적이 있었다. 사실 그때 일본은 지금과는 비교도 안 되게 국제적 영향력이 미약하여, 인질사건을 주로 미국에 의존하여 해결할 수밖에 없었던 때였다. 경제대국만으로서의 일본은 정치적 영향력의 빈곤으로 애를 먹을 수밖에 없었고, 이런 이유들로 인해 일본인 기자들은 약간의 콤플렉스를 갖고 있었다. 그렇다 보니 프랑스 기자의 발언은 그 자리에 있던 수많은 일본인 기자의 비위를 크게 거슬렀다.

"누가 감히 우리 일본 국민을 납치할 수 있단 말이오? 이제 일본은 자국민 납치에 대해 더 이상 물러서지 않소."

《마이니치신문》의 고참 기자 한 사람이 분통 터진다는 듯 고성을 터뜨리며 미국 기자와 프랑스 기자를 노려보았다. 이들은 의외로 예민하게 반응하는 일본 기자들의 반응에 찔끔하여 대화는 그것으로 끝이 나버렸다.

그날 저녁 신주쿠의 한 고급 음식점에서는 세 사람이 즐겁게 웃고 떠들며 식사를 하고 있었다. 외신기자 클럽에서 인질 문제로 대화를 하던 미국 기자와 프랑스 기자 그리고 한국의 이주익 기자였다.

"하하하, 그 일본 기자들 단단히 화가 났던 모양입니다. 마지막에는 고함을 지르지 않던가요?"

"어떻게 보면 대단히 무서운 사람들이지요. 나라를 위해서는 개인의 가치관을 모두 내던질 수 있는 사람들이니까요."

"좌우간 오늘 고맙습니다."

"뭘요, 재미도 있고 이렇게 저녁까지 얻어먹고 있으니 우리가 고마운걸요."

평소 일본 기자들의 텃세에 약간의 불만을 갖고 있었던 터라 두 기자는 퍽이나 즐거워했다.

며칠 후, 《요미우리신문》의 편집국장 소노다는 한국의 《조선일보》 편집국장으로부터 한 통의 전화를 받았다.

"소노다 선생이십니까? 조선일보의 이찬우올시다. 다름이 아니고 이번에 한국의 안전기획부에서 특종감이 하나 있는 모양인데요, 저희가 감을 잡고 취재하려 했더니 사안의 성질상 외신이 인터뷰하는 것이 좋겠다고 합니다. 평소 국장님께 신세 진 것도 있고 해서 이번에 보답할 수 있는 기회가 될 것 같기에 전화드렸습니다. 물건이 큰 것 같은 감이 있어 여기 나와 있는 특파원에게 얘기하는 것보다 국장님께 직접 전화했습니다. 아, 뭘요. 저희도 평소에 도움 많이 받고 있는걸요. 아, 예. 가게 되면 한번 들르겠습니다. 국장님께서도 나오시면 들러주십시오. 지난번 아카사카에서 신세 진 것 같게 해주세요. 네, 그럼 들어가십시오."

요미우리신문사에서 찾아온 몇 사람이 안기부의 한 밀실에서 취재원과 마주 앉았다. 대담을 맡은 정치부 차장 겐자키는 녹화 카메라의 조명을 받고 있는 취재원이 너무 예쁘다고 생각하고 있었다. 겐자키가 이런 엉뚱한 생각을 하고 있는 걸 아는지 모르는지 취재원은 막힘없이 술술 말문을 열어나갔다.

"그런데 거기서 나에게 일본어를 가르치던 이은혜 선생은 일본에서 납치되어 온 여자입니다. 이은혜 선생은 밤만 되면 언제나 슬픔에 잠겨 술을 마셨습니다. 그 술마저도 없어 하루 종일 술을 구하기 위해 애를 쓴 적도 있었습니다. 일본에 두고 온 두 아이가 생각나 술을 마시지 않고는 도저히 잠을 이루지 못한다고 했습니다."

이 대목에서 겐자키는 귀가 번쩍 뜨였다. 취재원이 일본어로 얘기하고 있었기에 겐자키는 급히 고개를 돌려 녹음기를 살폈다. 세 대의 녹음기는 이상 없이 잘 돌아가고 있었다. 카메라맨도 아연 긴장한 얼굴로 취재원의 얼굴을 집중적으로 비췄다.

"김현희 씨 얘기는 그 이은혜라는 사람이 일본에서 건너온 한국인이라는 뜻입니까? 아니면 일본인이라는 것입니까?"

"이은혜 선생은 일본인입니다. 그리고 그녀는 자의로 건너온 것이 아니고 북한의 요원들에 의해 일본에서 납치되어 온 것입니다."

겐자키를 비롯한 일본인들은 믿기지 않는다는 듯 이 부분에 대해 몇 번이나 거듭 물었다. 그러나 김현희의 유창한 일본어는 토씨 하나 틀리지 않고 정확하게 되풀이되고 있었다.

"그녀는 일본에 돌아가고 싶다고 내게 하소연하곤 했습니다. 달 밝은 밤이면 일본 쪽 하늘을 보고 눈물지으며 아이들 이름을 부르다가 나중에는 마치 미친 사람처럼 가슴을 쥐어뜯으며 괴로워하곤 했습니다. 제가 일년에 걸친 일본어 학습을 끝내고 헤어질 때 그녀는 기회가 되면 꼭 일본의 가족들에게 자신의 처지를 전해달라고 수십 번도 넘게 부탁했습니다. 죽고 싶어도 아이들 때문에 못 죽는다며 목이 메어 말을 잇지 못했었습니다. 같은 여자로서 저도 눈물을 흘리며 무척 괴로워하곤 했습니다. 그녀는 자기가 북한에 납치되어 있는 것을 일본 정부가 알기만 하면, 자신은 자식들이 있는 고향으로 돌아갈 수 있을 것이라고 말하곤 했습니다.

그리고 그 희망 하나만으로 그 삭막한 생활을 이어가고 있었습니다."

"그녀는 일본의 어느 지방에서 살았다고 얘기했습니까?"

"관서 지방입니다. 지금 제가 쓰고 있는 일본어는 전적으로 그녀에게 배운 것인데 아마 관서 지방의 방언이 약간 들어가 있을 겁니다."

"그녀는 언제 어디에서 납치되었다고 하던가요?"

"정확하게 연도는 잘 생각이 안 납니다마는 여름날 저녁 무렵에 혼자서 오사카의 부두를 걷고 있던 중 서너 명의 북한 요원들에게 납치되었다고 합니다."

"혹시 그녀가 자신의 본명을 얘기하지는 않던가요?"

"얘기했습니다. 그녀의 본명은 치도세입니다."

겐자키의 귀에 그다음 얘기는 하나도 들려오지 않았다. 그는 황급히 시계를 들여다봤다. 서두르면 석간 가판에 우선 제목이라도 때릴 수 있을 것 같다는 판단을 한 그는 데리고 온 후배 기자에게 나머지 질문을 하게 하고 텔렉스실로 뛰었다.

이날 저녁 《요미우리신문》 석간을 본 일본 사람들은 깜짝 놀랐다. 북한이 일본인 여자를 강제로 납치하여 간첩교육의 일본어 교사로 써먹고 있다는 기사는 일본인들의 가슴에 불을 질러놓기에 충분했다.

"그러나 이제부터가 중요하오. 아사히와 마이니치가 어떻게 쓰는가가 성패의 요체니까. 마이니치는 요미우리와 아사히가 같이 때려대면 곧 따라올 테지만, 아사히의 고집이 문제요."

"며칠 전 외신기자 클럽에서 수많은 기자들이 있는 가운데 그런 소동이 일어났으니 적어도 감정적으로 기자들이 써대고 싶어 할 겁니다."

"어쨌거나 잘돼야 할 텐데……."

조 전무와 헤어진 주익은 《아사히신문》의 스즈키 기자를 찾아갔다.

"요미우리 석간을 보셨나요?"

"물론입니다. 내일 아침 조간에서 어떻게 다룰 것인가 오늘 저녁에 편집회의를 할 것입니다."

"당신도 편집회의에 참석하나요?"

"그럼요."

"사실은 내가 평소에 항상 스즈키 씨에게 도움만 받고 있어서 혹시 은혜를 갚을 수 있을까 싶어 찾아왔어요. 오늘 요미우리 석간에는 안 나온 내용이 있는데, 지금 북한에는 이은혜와 같은 피랍 일본 여성이 상당히 많고 그중에는 성적 학대를 강요받는 여성도 있다고 합니다. 물론 김현희한테 확인을 받을 수 있는 내용이죠. 외신 회견이 끝난 김현희를 우리 신문사에서 추가 취재를 하다 나온 내용인데, 우리 신문에선 내일 아침 조간에 실을 것입니다."

"감사합니다. 이 은혜는 잊지 않겠습니다."

스즈키는 거듭 고개를 숙였다.

그날 저녁 《아사히신문》의 편집회의.

"오늘 요미우리가 석간에서 특종으로 보도한 피랍 일본인 기사는 어떻게 다루어야 한다고 생각하는지 당신들 의견들을 얘기해봐요."

평소 편집회의에 직접 참석하는 일이 거의 없던 편집국장이 마뜩치 않은 얼굴로 첫마디부터 거칠게 내뱉었다.

"이미 요미우리에서 특종을 때린 이상 뒷북만 치는 격이 될 테니 일조 수교협상 진전을 1면 톱으로 내보내는 게 좋다고 생각합니다."

"그것은 좋지 않습니다. 납치와 수교는 연관이 있는데 1면 톱에 일조 수교 기사를 내면 속도에서 밀려 그야말로 뒷북만 치고 있는 꼴이 됩니다. 우루과이라운드 타결 전망을 내보내는 게 좋을 듯싶습니다."

"우리도 1면 톱으로 다루어야 합니다. 우리 신문이 아무리 여론 결정력이 강하다지만 이번 것은 워낙 대형입니다. 저의 판단에 의하면 이것은 대단히 큰 반향을 일으킬 사건입니다. 어차피 대어들지 않을 수 없는 사건인데 초반에 밀리면 모양이 영 좋지 않습니다. 내일 아침 1면 톱으로 실어야 할 것입니다."

"그러나 우리 아사히의 전통이 있지 않습니까? 요미우리가 특종을 때린 것을 뒤쫓아 톱으로 다룬 전례는 거의 없었습니다."

"자민당과 외무부를 비롯한 관계요로에서 축소 보도를 많이 부탁해오고 있습니다."

"여러분들은 긍지도 자존심도 없단 말이오? 이제 우리 언론은 더 이상 자국민의 납치에 관대해서는 안 돼요. 외국에서 우리 일본을 어떻게 보는 줄 알아요? 돈만 있는 나라, 인권이나 휴머니즘에는 무관심한 후진국가로 본단 말입니다."

"맞습니다. 며칠 전 외신기자 클럽에서 일본인인 것이 그렇게 부끄러울 수 없었습니다. 국가 목표를 위해서라면 국민이 납치되는 것쯤은 무시하는 나라가 일본이 아니냐고 말하는데, 정말 부끄러웠습니다. 이번에 우리 신문에서 이 기사를 적당히 다루면, 우리 아사히는 앞으로 외신기자 클럽에서 어떤 말도 할 수 없을 것입니다. 거짓말쟁이밖에 더 됩니까?"

"요미우리에서 빠뜨린 것이 있습니다. 피랍된 여성이 그 외에도 상당수 있고 심지어는 성적 학대까지 강요받고 있다는 것입니다."

편집국장의 눈이 번쩍 뜨였다.

"스즈키 기자, 방금 한 말 책임질 수 있나?"

"책임질 수 있습니다."

편집국장의 얼굴이 비로소 펴졌다. 그는 이를테면 아사히의 고집이라는 전통과 사안의 중대성 사이에서 고심하고 있던 차에 이 말을 듣자 양곤마를 수습한 심정이 되어 낭랑한 목소리로 결정을 내렸다.

"1면 전단으로 내보내. 엄청난 기사야."

다음 날 아침, 일본 전역이 들끓는 듯했다. 조간 기사를 접한 일본 국민들은 분통을 터뜨리며 곳곳에서 북한을 성토했다. 일부 성급한 시민들은 조총련 본부나 단체에 몰려가 위협적인 시위를 벌였고, 정부를 규탄하는 데모가 줄을 이었다. 당장 납치된 일본인들을 데려오라는 우익청년들의 데모는 과격한 정도를 넘어 파괴적이었다. 그럼에도 불구하고 대다수의 일본인들은 이 파괴적인 데모를 지지하고 있었다. 며칠이 지나도록 소요는 가라앉지 않고 오히려 더욱 확산되어가고만 있었다.

가네마루

"회장님."

노인은 눈을 감은 채로 입을 열었다.

"가네키 군인가?"

"네, 지금 소속 각료들의 회의를 보고 왔는데, 각료회의에서 북조선과의 수교협상을 중단할 거라고 합니다."

노인의 눈꺼풀이 꿈틀했다.

"바보 같은 놈들, 오자와는 어디 있나?"

"회의를 주재하고 있습니다."

"오라고 해."

잠시 후 사십대 후반쯤으로 보이는 깔끔한 모습의 사나이가 공손히 문을 밀며 들어왔다.

이 사나이가 바로 일본 정계의 황태자라 불리는 오자와 고이치였다. 이미 확실한 수상감으로 꼽히고 있지만, 자신의 정치생명이 단축될까 봐 수상을 맡지 않는다는 사나이였다. 현직 수상도 그의 사무실을 방문하여 자격을 테스트 받았어야 할 정도로 힘이 있는 그였지만, 이 노인의 앞에서는 오금도 제대로 펴지 못하는 듯했다.

"대령했습니다."

노인은 여전히 눈을 감은 채 벨을 눌러 비서가 들어오

자 낮은 목소리로 말했다.

"한국의 안기부장에게 전화를 걸어."

잠시 후 비서는 전화기를 노인에게 넘겨주었다.

"부장님 안녕하십니까? 일본의 가네마루입니다. 대통령께서도 편안히 계신지요? 다름 아니고 이번에 주신 선물은 잘 받았습니다. 뭔가 답례를 해드려야 할 텐데 적당한 게 생각나지 않아서요. 다음에 생각나면 보내드리지요. 그럼 안녕히 계십시오."

전화를 끊은 노인은 여전히 눈을 감은 채로 오자와가 있는 쪽을 향해 손을 내저었다. 오자와는 갑자기 일어나 땅바닥에 엎드려 크게 절을 하고 방을 나섰다.

이날 오후. 임시각료회의를 선포하는 수상은 별로 속이 편치 못했다. 수교협상을 중단하기로 합의를 본 다케시다파 각료들이 갑자기 태도를 바꾸었기 때문이었다. 수상은 약간 찌푸린 얼굴로 회의석에 앉아 의사봉을 두드렸다.

"오늘은 대단히 중요한 의제가 몇 가지 있습니다. 북조선과의 수교협상과 엔경제블록의 기본 구도에 대한 토의도 해야 합니다. 그 전에 지난번 관방성에서 결정하기로 했던 의제의 처리 결과를 관방장관으로부터 듣도록 하겠습니다."

수상이 있는 쪽으로 목례를 하고 일어선 관방장관은 단호한 어조로 보고했다.

"노무라증권 관련 서류를 제출하라는 미국의 요구에 대해서는 증권협회 차원에서 거부하기로 하고, 관방성에서는 일체 언급하지 않기로 했습니다. 상대하면 할수록 추문거리만 만드는 격이 되기 때문입니다. 일반 국민들의 여론도 미국의 요구를 주권을 침해하는 뻔뻔한 것으로 보고 있습니다. 다만 증권 부정 관련자에 대해서는 철저히 조사하여 세금을 추징할 것입니다."

"북조선과의 수교협상에 대한 것을 의논하도록 합시다."

수상은 다소 맥 빠진 소리로 의제를 바꿨다.

먼저 미야자와파의 문부상이 일어섰다.

"당분간 수교협상은 미루는 게 좋다고 생각합니다. 지금 국민의 여론이 대단히 악화되어 있습니다. 신문은 연일 머리기사로 써대고 있습니다. 전국부녀연합회를 비롯한 수많은 여성단체들이 벌떼처럼 일어나 정부에 진상규명을 촉구하고 있습니다. 일부 과격단체들은 북조선을 응징해야 한다며 격분해 있습니다. 텔레비전에서는 '남겨진 아이들'이라는 제목으로 엄마가 실종된 아이들을 화면에 비춰내고 있습니다. 실존 인물임이 밝혀진 치도세를 데려오라는 요구가 빗발치고 있습니다. 현재 외무성에서 북조선 당국에 치도세의 소재 확인과 면담을 요구해놓고 있으므로 북조선 측의 긍정적 조치가 있을 때까지 협상을 중단하고 기다려야 할 것입니다."

내무상의 발언이 이어졌다.

"뿐만 아니라 사건이 거의 사실로 밝혀진 이상 북조선에 대해 강력한 경고성명이라도 내야 할 것입니다."

수상은 오자와를 흘끗 쳐다보았다. 오자와는 오자와 위원회의 위원장으로서 북조선과의 수교협상에 대한 실질적 책무자였으며, 가네마루에게 신임받는 심복이기도 했다. 그러한 그가 아무 말 없이 가만히 있는 것이 수상에게는 어쩐지 불편했다.

"간사장의 의견은 어떻소?"

그는 기다렸다는 듯이 눈을 번쩍 뜨며 일어나 낭랑한 목소리를 토해냈다.

"지금 내무상과 문무상의 발언은 지당합니다. 북조선의 비인도적이고 주권 침해적인 행위에 대해서는 본인도 전 일본 국민과 더불어 분노를 금치 못합니다."

오자와는 여기서 말을 마치고 잠시 장내를 둘러보았다. 모두들 그의 입에서 무슨 말이 나올지를 지켜보고 있었다.

"하지만 여기에는 한두 가지 짚고 넘어가야 할 요소가 있습니다. 우선 이번의 치도세 납치사건이란 것이 전적으로 한국의 안기부에 의해 가장 미묘한 시기에 발표되었다는 것입니다. 한국의 안기부는 이제까지 이러한 사실을 계속 은폐하고 있다가 결정적 시기에 터뜨림으로써 우리와 북조선의 수교협상에 찬물을 끼얹었습니다. 게다가 이 사실을 우리 정부에 알리지 않고 언론에 교묘한 방법으로 흘림으로써 국내에 일대 소동을 일으키고 있습니다. 지금 그들은 회심의 미소를 지으며 추이를 관망하고 있겠지요. 북조선에서는 도저히 치도세를 내놓지 못할 테고 일본은 그 걸림돌이 없어지지 않는 한 절대로 북조선과 수교협상을 진행시키지 못할 거라고 생각하면서 말입니다. 정말 그들은 장난을 잘 치는 자들입니다."

오자와의 얘기를 듣는 좌중에 술렁거림이 번지고 있었다.

"그러나 우리는 여기서 수교협상을 중단시키면 안 됩니다. 지금 이렇게 한국의 공작에 휘말리기 시작하면 앞으로 헤어나지 못할 정도로 계속 당하기 쉽습니다. 세계 정상의 대일본이 한국 정보기관의 공작 대상이 된다는 것은 참을 수 없는 일일 뿐 아니라, 이미 백년대계를 세우고 이번 수교협상을 추진하고 있는 우리가 이런 정도로 길을 가로막혔다고 해서 중단한다면, 앞으로 아시아를 끌어나가야 할 우리의 위치에 흠을 내는 일이 되고 말 것입니다. 게다가 우리가 여기서 협상을 중단하고 북조선을 외국인 불법납치국으로 못박아버리면 북조선은 또다시 세계의 지탄을 면치 못할 테고, 따라서 더욱 고립되고 말 것입니다. 지금도 허약하기 짝이 없는 북조선은 그렇게 되면 현 체제의 지속 여부조차 불투명해지고, 어쩌면 민중 봉기를 피하기 위해 전적으로 한국과 제휴하게 될지도 모릅니다. 한국은 이 기회

를 놓치지 않고 바로 북조선에 대규모 경제지원을 하게
될 것입니다. 그것은 어쩌면 막바로 통일로 이어질 가
능성도 있습니다. 한반도의 통일은 동북아 지역에 엄청
난 변화를 몰고 올 것이고, 그렇게 되면 우리의 장기적
세계 전략에 많은 차질을 초래하게 될 것입니다."

오자와는 잠시 물잔을 들어 목을 축였다. 오자와는 정
가에서는 약관이라고 할 수 있는 사십대에 불과했지만,
가네마루 직계로서의 그는 막강한 영향력을 행사하고
있었다. 그가 일본의 미래를 총체적으로 설계하기 위해
만든 오자와위원회의 결론은 그대로 일본의 정책에 반
영되고 있었으며, 캄보디아 파병이라든지 급속한 재무
장 등도 모두 그가 주도한 위원회의 결론이었다. 한마
디로 그는 가네마루의 분신과도 같은 사람이었다.

"지금 우리는 북조선을 한국의 수중에 들어가도록 하
는 파티의 어리석은 주연이 되려는 순간에 있습니다.
대일본이 김현희라는 어린 여자의 세 치 혀에 의해 역
사적 과오를 범할 수는 없습니다. 우리는 북조선의 이
번 행위에 대해 눈을 감고 지나쳐야 합니다. 아니, 오히
려 한시바삐 수교를 성사시키고 북조선에 50억 달러의
원조를 제공해야 합니다. 그리고 남북조선이 유엔에 동
시 가입한 직후 북조선을 하나의 독자적인 국가로 인정
하는 성명을 발표해야 합니다. 그러면 북조선은 입지가
강화되고 동구 및 소련의 붕괴가 북조선 정권에 준 충
격을 상당히 완화시킬 수 있을 것입니다. 북조선이 현

체제를 지속하는 것은 우리의 아시아 전략 및 세계 전략에 대단히 중요합니다."

오자와는 마지막 대목에 힘을 주어 말하곤 자리에 앉았다. 그의 뒤를 이어 일어난 외무상도 그를 거들었다.

"북조선의 치도세 납치를 우리가 지나치게 추궁하지 않고 북조선이 이를 남한의 모략으로 반박하면, 국제 여론은 김현희의 증언을 남북 간의 신경전쯤으로 여기고 말 것입니다. 이런 점에서 북조선은 우리에 대해 고맙게 생각할 겁니다. 물론 여론을 의식해야 합니다. 형식적으로는 항상 치도세의 문제를 거론해야 합니다. 때로는 치도세의 문제로 협상을 지연시키거나 보이콧하는 기교도 보여야 합니다. 그러나 본질적으로는 치도세 문제와 수교협상과는 별개의 문제로 진행해나가야 합니다."

"그럼 그 문제는 좀 더 두고 보기로 하고 북조선과의 수교협상 중단은 발표하지 않는 것이 좋겠소. 이제 엔 경제블록의 기본 구도에 대한 토론을 시작합시다."

수상은 이미 결론이 뻔하다는 생각이 들자 의사봉을 두드리며 의제를 바꾸었다.

"동남아시아 지역은 전혀 문제가 없습니다. 다만 한국을 배제하자는 움직임이 일부 경제관료와 여러 경제 단체들에서 나오고 있습니다. 그들의 주장은 한국은 우리와 산업구조가 동일하고 통일이 된다면 대단한 잠재력을 가지게 될 것이기 때문에, 일본을 종주국으로 하는 관계 구도에 악영향을 미칠 수 있다고 판단하는 겁니다. 뿐만 아니라 쓸데없이 한국을 불러들여 동남아시아 시장을 잠식당할 필요가 없지 않느냐는 주장입니다. 또한 경제블록에 동참시킬 경우 어느 정도의 기술 이전은 불가피하게 해주어야 하는데, 여타 동남아 국가와는 달리 한국이 요구하는 기술은 우리로서도 아직 대단히 쓸모가 많은 기술이라, 한국같이 응용력이 뛰어나고 인적 자질이 좋은 나라에 괜찮겠지 하고 하나둘씩 주다 보면 어느 틈엔가 추월당해버리고 만다는 겁니다."

대장상의 발언이었다. 결국 그는 한국과 같이 엔경제블록을 형성하는 것이 무의미하다는 얘기였다.

"이번 아시아 각료회의에서도 우리의 아시아·태평양 방위 구상을 처음 회원국으로 가입한 한국의 외무장관이 거부하는 연설을 했습니다. 아시아 국가에 의한 독자적 방위구도는 엔경제블록 형성과 밀접한 관계가 있어 우리가 강력히 주장해왔고, 그동안 여러 동남아 국가들에서도 찬성해오는 분위기였습니다만, 한국의 외무장관이 현실적으로 미국을 배제한 방위구도는 별로 실현성이 없다는 요지의 기조연설을 하자 고개를 끄덕이는 회원국 장관들이 많았습니다. 이것은 앞으로 엔경제블록 형성에 있어 한국의 동참이 어떠한 결과를 가져올 것인가 하는 것을 명백히 보여주는 좋은 예라고 생각합니다."

"아시아에 의한 아시아의 방위는 우리의 원대한 구상

이 담겨 있으니만큼 이번에 상당히 큰 기대를 갖고 있었는데, 첫출발부터 이상하게 됐습니다. 어쨌거나 한국이 지나치게 강력해지는 것은 여러 가지 문제를 야기하게 되는 것이니, 이 점을 각별히 유의하여 앞으로의 정책에 반영하도록 해야 할 것입니다."

수상은 각료회의의 끝을 이렇게 맺었다.

그날 밤, 긴자의 요정 골목에서도 제일 깊숙한 곳에 자리 잡은 유서 깊은 요정 아오모리의 한 방에서는 조 전무와 이 기자가 마주 앉아 있었다. 두 사람은 간단히 1차를 하고 온 탓인지 얼굴에는 이미 취기가 올라 있었고, 흐뭇한 마음을 숨기지 못한 채 연신 싱글거리고 있었다.

"여보 이 기자, 고맙소. 일은 대성공이오. 이놈들이 비록 수교협상의 중단을 선언한 것은 아니지만, 북한에 대해 이은혜 사건의 해명을 요구하고 만족할 만한 대답이 있을 때까지 잠정적으로 수교협상을 보이콧하기로 했으니 우리의 의도대로 된 셈이오. 무엇보다도 이 기자의 공이 컸소."

"공이라니 무슨……. 그런데 한 가지 묻고 싶은 것이 있는데, 정확하게 대답해주시겠죠?"

"이를 말입니까? 아는 대로는 다 대답해드리겠소. 어차피 우리는 국가대사를 같이한 사람들 아니오?"

"내 생각으로는 일단 이렇게 하여 조일 수교에 제동

을 걸긴 했으나 일본이 이것으로 주저앉을 것 같지는 않단 말입니다. 앞으로는 어떻게 할 것인지 알고 싶은 겁니다."

"하하하. 이 기자가 이제는 나 대신 여기 책임자 해도 되겠소. 세부적인 것은 잘 모르지만 우리는 일본의 보수 우익에 대해 견제를 하는 방향으로 움직여나갈 것이오. 아마 본국에서 누군가가 들어왔을 거요. 그러나 현재까지는 나도 그 사람이 누군지 알 수 없소. 자리를 잡으면 그쪽에서 나에게로 연락이 오게 되어 있소."

"또 하나 알고 싶은 것은 야마구치파에서 한국에 막대한 자금을 쏟아붓고 있는 배후에 관한 겁니다. 야쿠자들이 경영하는 사업 중 가장 장사가 안 되는 곳이 한국이라는 것은 소문난 사실인데, 왜 그들이 그토록 많은 돈을 쏟아붓고 있는 것입니까?"

"좋은 질문을 해주었소. 이것도 보수 우익의 발호와 관련이 깊은 문제요. 아직 확실하지는 않지만 이러한 흐름의 배후에는 구로다케가 깊숙이 관련되어 있는 것 같소. 우리도 예의 주시하고 있지만 이 기자도 새로운 사실이라도 알게 되면 연락해주시오."

조 전무는 이 대목에서는 몹시 조심하는 것 같았다. 아무래도 상대방이 기자인지라 모든 것을 있는 그대로 말할 수는 없다고 생각하는지 뒤를 감추었다. 그러나 주익으로서는 구로다케라는 이름을 들은 것만 해도 대단한 정보를 얻은 셈이었다.

이 구로다케라는 인물은 일본인에게도 수수께끼의 존재였다. 소문에 따르면 내각의 멤버 한둘 갈아치우는 것쯤은 누워서 식은 죽 먹듯이 한다는 이 사람은 폭력세계와 줄을 대고 정계에까지 진출했으며, 자민당 중의원에 당선된 후 일본의 각종 정책에 영향력을 미치고 있다는 거였다. 또한 일본 자위대의 해외파병안 통과, 급속한 일본의 재무장, 핵무기 개발 등에 구로다케가 깊숙이 관련되어 있다는 소문이었다. 그러한 그가 야쿠자 자금의 한국 유입과 관련되어 있다면 이는 보통 문제가 아니었다.

중국이든 만주든 한국이든 역사적으로 군대에 앞선 야쿠자의 침투에 얼마나 참혹한 피해를 당했던가? 우리나라의 경우 국모인 명성황후까지도 야쿠자의 손에 죽임을 당하는 어이없는 사건이 있지 않았던가? 이에 생각이 미치자 주익은 갑자기 오싹 소름이 끼쳤다.

특히 정계와 유대가 깊은 야마구치파의 자금이 한국에 엄청나게 유입되고 있다면 이는 필경 단순히 장사를 위한 돈은 아닐 것이고, 그렇다면 이 돈은 한국 사회를 빠른 속도로 파괴하고 지배해나갈 것이었다. 순범의 메시지에 의하면 야마구치파의 두 번째 보스인 마사키까지 한국 검찰의 수사망에 떠오르고 있다 하지 않았던가? 이 정도라면 야쿠자는 이미 한국 사회 깊숙한 곳까지 침투해 있음에 틀림없다. 주익은 한시바삐 한국의 순범에게 연락해주어야겠다고 생각하며 씁쓸한 마음으로 술잔을 비웠다.

국립묘지의 비밀

 주익의 전화를 통해 야쿠자의 한국 침투 뒤에는 구로다케라는 자가 있다는 얘기를 듣게 된 순범은 착잡한 마음을 가눌 수가 없었다. 보수 우익에 의해 끌려가는 일본의 모습을 대변하는 것이 바로 야쿠자이고, 이들 야쿠자의 발호는 지난 역사 속에서 한국의 고통이었다. 물론 그때와 지금과는 모든 여건이 다르긴 하지만, 그렇다고 하더라도 본질적인 현상인 일본의 팽창은 조금도 다를 것이 없었다. 야쿠자는 역사적으로 일본 팽창의 선봉 역할을 톡톡히 수행해온 것이 사실이었고, 형태를 달리할 뿐 지금 한국 사회에 침투하고 있는 그들의 자금은 과거 식민시대의 침략이나 다를 바 없는 것이다.

 순범은 이런 생각 끝에 홍성표의 도주사건을 떠올렸다. 매수당하지도 실수하지도 않았다는 박 주임의 말을 그대로 믿어준다면 홍성표의 도주는 어떻게 이해해야 한단 말인가? 가능한 상황을 이것저것 꼽아보고 있을 때 후배가 전화를 건네주었다.

 "예, 권순범입니다."

 "권 기자, 나 박이오."

 "아, 박 형. 웬일이야?"

"웬일이라니? 나더러는 캐보라고 하고 정작 자기는 잊어버리고 지내는 거야?"

"그게 아니라, 하도 오랜만에 전화를 걸어왔으니까 그렇지."

"좌우지간 만나서 얘기하기로 하고, 지금 차 타고 그쪽으로 갈 테니까 정문 앞 길가에 좀 나와 있어."

"무슨 단서라도 찾았어?"

"글쎄, 만나자구. 아주 기가 막힌 일이니까."

순범은 개코 형사의 다소 들뜬 듯한 전화 목소리에 고무되어 얼른 취재수첩을 챙겨 기자실을 빠져나갔다.

순범이 잠시 시경 정문에서 기다리고 있자니까 흰색 프라이드가 오른쪽 깜빡등을 켜면서 앞에 와 멎었다. 프라이드는 개코 형사 박준기의 덩치에 비해 어울리지 않게 작은 편이었다.

"이 차, 박 형 거야?"

"아니, 주제에 무슨 재주로 차를 굴리겠어? 친구 찬데 필요할 때마다 종종 빌려 쓰지. 우리 서 옆에 있거든."

"근데 어디로 가려고 하는 거야?"

"조금만 기다려보라구. 놀라 자빠지지는 말고."

"이 양반이 도대체 뭘 가지고 이러실까?"

자동차는 서울역과 용산을 지나서 한강을 건넜다. 순범은 개코의 의기양양한 태도가 궁금하기 짝이 없었지만, 어쩌나 보려고 가는 대로 내맡겨두었다. 개코의 프라이드가 멈춘 곳은 국립묘지 부근의 식품가게였다. 개코 형사는 길가에 잠시 차를 세우고는 두 홉들이 소주와 오징어를 샀다.

"왜, 차 몰면서 술 마시게?"

"눈치하고는, 이러고도 기자야? 그래, 국립묘지에 참배를 가면서 술 한잔도 안 칠 거야?"

"무슨 소린지, 원?"

"자자, 가보자구."

"어딜?"

"경찰 출입 10년이라고 으스대더니 형광등이로구먼."

"무슨 소리야?"

"따라만 와."

개코 형사에게 소매를 붙잡혀서 찾아간 곳은 국립묘지의 국가유공자 묘역이었다. 두리번거리며 이름을 확인해나가는 개코를 바라보면서도 순범은 도무지 종잡을 수가 없어서 멍한 표정을 감추지 못했다.

"여기 있군. 어때?"

이용후. 묘비에 새겨진 이름은 분명히 사건 기록에서 본 이름과 같았다. 순범이 뒤통수를 얻어맞은 것처럼 멍한 기분으로 개코를 쳐다보았다.

"아, 아니 이게 어떻게 된 거야? 바로 그 이름이잖아! 이 사람이 그 사람이야?"

"그래, 바로 그 사람이야. 이용후."

"당신 정말 큰일 했구먼. 어떻게 찾았어?"

"말도 마, 그 영감태기 술을 얼마나 사줬는지 몰라."

"영감태기라니?"

"경찰병원 냉동실에 있는 영감 말이야."

"그런데 어떻게 그 영감을 만나게 됐어? 좀 속시원하게 얘기해보라구?"

"그거야 당연한 순서지. 교통사고에 무연고 시체라면 처리한 기록이 남아 있을 것 아닌가? 그래서 시체를 추적했지. 무연고자라면 통상 시립공동묘지에 묻거나 벽제화장터로 가게 되어 있거든. 지난번에 권 기자랑 사건기록부를 살펴볼 때만 해도 당연히 무연고 처리로 시립공동묘지나 화장터에 갔을 거라고 생각했지. 그러다가 이런저런 사건에 쫓겨 알아볼 새가 없었는데, 며칠 전에 과로로 죽은 동료 형사 문상차 경찰병원으로 갔다가 문득 이 사건이 생각나서 경찰병원 송시 기록을 살펴봤지."

개코 형사는 어금니로 병마개를 따고 종이컵에 소주를 부어 이용후의 묘 앞에 올리고 난 다음 담배를 피워 물면서 얘기를 계속했다.

"1978년에 시립묘지나 화장터에 보낸 시체 가운데 이용후라는 이름은 없었어. 1979년에도 마찬가지였지. 몹시 의아한 생각이 들더라구. 무연고자이면서 시립묘지나 화장터에 시체를 보내지 않았다면 도대체 그 시체가 어디로 갔을까? 그래서 냉동실로 갔더니 영감이 대낮부터 고주망태가 되어 있는 게 아니겠어? 아무리 물어봐도 못 들은 척 대답이 없길래 데리고 나와서 실컷 술을 사줬지. 영감태기가 웬 술을 그리 잘 마시는지. 좌우간 실컷 마시고 나더니 대뜸 하는 말이 이러더라구. ……화장터에 안 갔으면 시립묘지에 갔을 테고, 시립묘지에 안 갔으면 국립묘지에 갔겠지. 기가 차더구먼."

순범은 거기서 개코의 말을 끊었다.

"이봐, 개코! 그게 웬 선문답이야? 국립묘지가 어디 아무나 가는 데야?"

"물론 우리 같은 사람은 살인범을 수십 명 잡아도 못 가는 곳이지. 권 기자 자네도 국립묘지 가기는 틀린 사람일 테고. 근데 도대체 미국에서 건너와 차에 치여 죽은 신원 불명자가 국립묘지에 묻힌다는 게 상상이나 돼? 그렇지만 영감 말대로 사실이더라구. 영감이 그토록 쉽게 얘기할 수 있는 것도 간단한 이치더군. 연고자가 찾아가지 않고 시립묘지나 화장터에도 안 갔다면 국립묘지밖에는 갈 데가 없으니까. 국립묘지 송시기록부를 보니까 바로 이 사람이 올라 있질 않겠어? 그래서 어제 당신한테 부리나케 전화를 했지. 자리에 없더구먼. 나 혼자 쫓아와서 관리사무소에 확인을 하니 여기 묻혀 있더라구."

"여기는 국가유공자 묘역이잖아? 그렇다면 이 사람이 나라를 위해 무슨 일인가를 했다는 얘긴데, 무슨 일을 했는지는 알아봤어?"

"그게 말이야, 이상하게도 여기 묘지관리소에는 거기

에 대한 기록이 전혀 없어. 모든 사람이 어떤 이유로 여기에 묻혀 있는지 죄다 기록되어 있었는데, 이 사람만은 공적이랄까 뭐 그런 게 전혀 없더라구."

"거참, 괴상한 일이군. 국립묘지라면 누군가가 추천을 하고 심사를 해야 묻힐 수 있는 곳일 텐데, 매장 추천을 어디서 했는지는 알아봤겠지?"

"국가보훈심사위원실에 알아봤는데 청와대 추천에 따라 심사위원실에서 통과시켰다는 거야."

"청와대 추천? 내용은 뭐래?"

"그 당시 직원들이 없어서 잘 모르는 모양이야. 특별한 내용이 없는 것으로 봐서 대통령 직권에 의한 결정이 아니겠는가 하더군."

"뭐라고, 대통령 직권?"

순범은 뭐가 뭔지 갈피를 잡을 수가 없었다.

그도 그럴 것이 잔나비파의 박성길도 그렇게 생각하고 있는 눈치지만, 이제까지 공권력에 의해 무참하게 희생된 반체제 인사쯤으로 짐작해오던 피살자가, 당시의 최고권력자 박정희 대통령에 의해 국가유공자로 국립묘지에 묻혔다면, 이건 뭔가가 잘못돼도 크게 잘못된 거였다. 더군다나 경찰의 사건기록부에는 무연고자로 되어 있는 사람이 정부의 심사를 받아 국립묘지에 매장되었다는 것은, 분명 무언가가 왜곡되거나 은폐되어 있는 게 틀림없었다.

그렇다면 미국의 주소지에서 연락이 오지 않는 것도

수취인 불명 등의 단순한 이유 때문만은 아닐는지도 몰랐다. 순범은 갑갑한 생각이 들면서도 한편으로는 몸이 날아갈 듯이 가뿐한 기분을 느꼈다. 순범은 갑자기 거칠게 개코의 몸을 끌어안았다.

"역시 당신은 개코야. 틀림없는 개코라구. 아니 천재야 천재! 가자구, 이젠 사건 해결의 실마리도 잡은 셈이니까 한잔 때리자구."

"너무 그러지 말게. 별로 한 것도 없는데 비행길 태우니까 어지럽구면."

"좌우지간 오늘은 아무것도 생각하지 말고 화끈한 데서 코가 비뚤어지도록 마셔보자고."

순범이 종이컵에 따라둔 소주를 훌쩍 마시고는 오징어 다리 하나를 뜯으며 자리에서 일어나자, 개코 형사가 순범을 쳐다보고 한마디 했다.

"이 사람, 회사 일은 어떡하고 벌건 대낮부터 술타령을 하겠다는 거야?"

"왜, 회사에서 술집에 감사라도 나온다는 거야?"

"당신네 기자야 원래 백수건달이지만 나는 국록을 먹는 공무원인데 근무시간에 어떻게 술을 마시겠나? 종례에도 참석해야 하고, 최소한 들어갔다가 반장한테 얘기라도 하고 나와야 할 것 아냐?"

"그 쪼다한테 뭘 그렇게 시시콜콜 얘기하겠다는 거야? 이따가 전화나 한 통 걸어주기로 하고 그냥 가자구."

"그럴 수야 없지. 저녁에 만나서 한잔하기로 하고 일

단 헤어지자구."

개코는 순범을 신문사 앞에 떨구어주고 경찰서로 들
어갔다. 순범은 시경으로 전화를 걸어보고는 신문사로
올라가 자료실의 윤신애를 찾았다.

윤신애는 언제나처럼 쾌활한 표정으로 순범을 맞았
다. 신애는 신문사에 들어온 지 이제 일 년이 조금 넘
은 신참이지만, 조금도 눈치를 보거나 우물쭈물하는 법
이 없었다. 시원한 눈매에 오뚝 솟은 콧날이 서구의 미
인형인 데다가 붙임성도 좋아 사내들의 인기를 독차지
하고 있었다. 총각 기자들 중에 몇몇이 데이트를 신청
했다가 거절당했다는 소문도 있었는데, 그중에는 순범
도 끼어 있다는 사실무근의 소문도 나돌았다. 그렇지만
정작 소문의 당사자인 순범은 이 젊은 여자에게 별다른
감흥을 느끼고 있지는 않았다. 평소 자료를 부탁하면
꼼꼼하게 챙겨주는 신애를 그저 고맙게 생각하는 정도
였다.

"윤신애 씨, 1978년경의 청와대 동정과 이용후라는
사람에 관한 자료가 있으면 샅샅이 좀 찾아주세요. 다
음에 내가 근사하게 저녁 한번 살게요."

"저녁보다는 술이나 한번 사주세요. 소문을 듣자니까
권 선배가 술에는 일가견이 있다고 하던데요?"

"그래요? 소문이 좀 과장된 모양입니다만, 하여간 술
을 사든 밥을 사든 은혜는 꼭 갚지요."

"기대하고 있을게요."

순범은 뒷머리에 와 닿는 윤신애의 시선을 느끼며 자료실에서 나왔다. 그러고는 곧장 사무실로 가서 드문드문 앉아 있는 동료 기자들과 인사를 나누고는 밖으로 나갔다. 벌써 개코 형사와 만나기로 약속한 시간이 가까워오고 있었다.

이제야 뭔가 실마리가 풀리기 시작한 셈이었다.

오래전에 한번 와본 적이 있는 다방은 그때와는 음악이며 분위기가 달라져 있었다. 하드록의 귀청을 울리는 소리에 난감해하던 차에 개코가 들어오자, 순범은 얼른 그의 소매를 부여잡고 다방을 나왔다. 차를 안 마시고 그냥 나가는 것이 미안하긴 했지만, 그 안에 더 앉아 있는 것은 견딜 수 없는 일이었다.

"아무리 비싼 거라도 괜찮으니까 오늘은 먹고 싶은 거 있으면 뭐든지 얘기해. 하나도 안 빠뜨리고 다 사줄 테니까."

"아니, 오늘은 웬일이야?"

"글쎄 뭐든지 얘기하라니까?"

개코는 잠시 뭘 먹을까 고민하던 눈치더니, 이내 포기하는 표정으로 무덤덤하게 툭 내뱉었다.

"순대나 사줘. 맨날 먹던 게 맛있지."

"촌사람은 할 수 없군. 그래 뭐든지 사준다는데도 고작 순대야?"

말은 그렇게 하면서도 순범은 개코의 지극히 서민적

인 모습이 정겨웠다. 그의 이런 모습 때문에 결국 이용 후 사건의 열쇠도 찾아낸 것이 아닌가?

두 사람은 그날 밤 오랜만에 긴장을 풀고 순댓집에서 시작하여 생맥주와 양주집까지 순례를 하며, 느긋한 기분으로 코가 삐뚤어지도록 마셔댔다. 헤어질 때 순범이 애들 갖다 주라며 통닭까지 안겨주자, 개코 형사는 커다란 덩치에 어울리지 않게 수줍어하면서도 기분이 몹시 좋은 눈치였다.

물리학자

이튿날 아침은 거짓말처럼 머리가 개운했다. 코가 비뚤어질 정도로 마셨으면 십중팔구 머리가 띵하고 속이 울렁거리게 마련인데, 순범은 새로운 사실에 대한 기대감 때문인지 피곤한 줄을 몰랐다.

순범은 시경의 기자실에 전화만 걸어보고는 일찌감치 신문사로 직행했다. 복도에서 마주친 선배 기자가 걸음을 서두르는 순범에게 말을 걸어왔다.

"요즘 뭐하느라고 그렇게 쏘다녀?"

"글쎄, 늦바람이라도 났나 봅니다."

"그거 듣던 중 반가운 소릴세. 노총각이 늦바람 나는 것보다 더 좋은 일이 어디 있겠어?"

"번지수는 틀립니다만, 좌우지간 고마운 말씀입니다."

순범은 한달음에 조사실로 올라갔다. 윤신애가 부지런히 자료를 복사하다가 눈짓으로 인사를 보내왔다.

"뭐 좀 있어요?"

"있는 대로 찾아봤지만 보도자료에는 없었어요. 온갖 자료들을 뒤지다 해외 과학자 명단에서 겨우 찾아냈어요."

윤신애는 고생고생해서 찾았는데도 불구하고 자료가

몇 줄 없는 것이 억울하다는 듯 약간의 제스처를 보이며 순범에게 종이 한 장을 내밀었다. 순범은 종이를 받아들고 내용은 확인하지 않은 채 일단 윤신애에게 인사를 했다.

"윤신애 씨, 번번이 고맙습니다. 언제쯤 시간 내주시겠습니까?"

"그거야 뭐, 사는 사람 마음이죠."

"그럼 좋습니다. 이번 금요일 저녁 7시쯤 어때요?"

"연락 기다리고 있을게요."

"그럼 금요일에 만나기로 합시다."

"예, 안녕히 가세요."

자리로 돌아와 책상 위에 펼쳐놓은 복사지에서 이용후의 이름을 확인하는 순간 순범은 가슴이 뛰는 것을 느꼈다.

이용후.

1935년생. 1955년 도미하여 피츠버그대학에서 석사 학위, 펜실베이니아대학에서 물리학 박사 학위를 받고 미국에서 연구 활동을 하고 있음.

윤신애의 말대로 자료라고 하기에는 너무도 간단한 것이었지만 순범은 이 짧은 기록에서 눈을 뗄 줄 몰랐다.

물리학자?

물리학자 이용후는 도대체 어떤 사람이었단 말인가?

그리고 그는 무슨 이유로 죽어야 했을까? 깡패들을 시켜 그를 죽인 배후 인물은 도대체 누구란 말인가?

순범은 꼬리를 물고 새롭게 떠오르는 의문과 함께 물리학자와 대통령이 연관될 만한 꼬투리를 찾기 시작했다. 이용후에 대한 기록이 너무 없는 것에 대한 보충이라도 하려는 듯 윤신애가 복사해준 1978년경의 청와대 동정에 대한 자료는 큰 각봉투 하나가 넘치도록 많은 양이었다.

그러나 그 많은 자료를 한 줄도 빼지 않고 다 읽었음에도 불구하고 박정희 대통령과 물리학자인 이용후를 연결할 수 있는 끈을 찾아낼 수는 없었다.

큰 기대를 했던 만큼 실망도 컸다. 마지막 장을 덮는 순범의 몸과 마음은 지칠 대로 지쳐 있었다. 도저히 자리에 그대로 앉아 있을 수 없는 기분이었으므로 순범은 밖으로 나와 자동차를 몰고 북악스카이웨이로 향했다. 이용후 박사의 시체가 발견되었다는 지점을 지나 팔각정에 올라 머리를 좀 식히려 했지만, 머릿속에 깊이 뿌리박힌 물리학자의 의문의 죽음으로부터 헤어날 수 없었다.

이용후.

박성길은 그를 두고 안경을 낀 샌님 같은 모습이었지만 의지가 대단했던 사람이라고 했다. 폭력과 협박 앞에서 그는 무엇을 위해 끝내 입을 다문 채로 죽어갔단 말인가?

도시의 밤

순범은 갑자기 공허한 심정이 되어 누구라도 만나고 싶었다. 개코를 불러 술이나 한잔 마실까 하고 종로경찰서에 전화를 했으나 그는 출타 중이었다. 이럴 때 순범은 외로워지곤 했다. 그러나 만만하게 불러내 부담 없이 어울리기에 딱히 생각나는 사람이 없었다. 일반인과 기자와는 시간 구조가 같지 않은 터라, 한창 일하고 있을 친구나 동창을 불러낸다는 게 그리 마음 내키는 일은 아니었다.

신윤미, 이 여자에게 전화해볼까?

그러나 다음 순간 마음속에 망설임이 강하게 일었다. 재벌이든 경찰총장이든 영업시간 외에는 국물도 없는 여자라고 최 부장이 말하지 않았던가?

하지만 그날 신윤미가 자신을 대하던 태도는 결코 손님과 마담과의 단순한 관계만은 아니었다고 순범은 믿고 싶었다. 만약 전화를 했다가 거절을 당한다면? 허구한 날 사건이나 쫓아다니고 범죄자들이나 만나고 폭주하는 사건에 찌들 대로 찌들어버린 수사관들과 아귀다툼을 벌이는 순범이었지만, 여자 문제에 있어서만큼은 숙맥이었다. 순범은 마음을 결정하지 못하고 꽤 오랫동안 망설였다. 그러다 문득 전화통 앞으로 이끌려가는 자신을 느꼈다.

"신윤미 씨 있습니까?"

"네, 전데요. 어머, 권 기자님 아니세요?"

"아, 기억하시는군요."

순범은 가슴이 뭉클했다. 별것 아닐 수도 있는 일이지만, 긴 망설임 끝에 건 전화의 첫마디에 상대가 목소리만으로 자신을 알아주니, 순범의 우려는 씻은 듯이 없어지고 더욱 반가운 마음이 들었다.

"권 기자님 목소리는 특이하고 인상적이라서 한 번 듣고 모르는 사람이 없을 거예요. 그런데 이렇게 이른 시간에 웬일이세요?"

"왜 걸었는지는 확실치 않지만 지금 좀 적적해서요."

"호호, 미혼이시라 가까이 지낼 사람들이 많이 있으실 텐데 제가 생각났어요?"

"아니, 아닙니다. 저는 아는 사람이 없습니다. 혹시 시간이 괜찮으시다면……."

조금 시간이 흐른 뒤 수화기에서 다시 목소리가 흘러나왔다.

"지금 계시는 데가 어디신가요?"

"여긴 북악스카이웨이 팔각정입니다."

"어머, 왜 낮에 혼자 거기 계세요? 이제 보니 권 기자님 로맨티시스트인가 봐요."

"뭐 좀 생각할 것도 있고요."

"프라자호텔 로비 라운지 괜찮으세요?"

"좋습니다."

"한 시간 후에 거기로 나갈게요."

수화기를 내려놓는 순범은 날아오를 것 같았다. 업신여김이나 당하지 않을까 우려했던 것과는 오히려 정반대의 결과가 아닌가? 순범은 신윤미 같은 여자가 어떤 이유로 요정에 나가게 됐을까 하고 생각해보았다. 순범은 그렇게 상념에 잠겼다가 시간에 맞춰 팔각정을 내려갔다.

햇빛 아래서 보는 윤미의 모습은 지난날 삼원각에서 보았을 때와는 전혀 달랐다. 그날은 조명도 조명이려니와 머리를 뒤로 말아 올린 성숙한 여인의 분위기였었지만, 오늘은 화장기가 전혀 없어서 그런지 소녀처럼 앳되고 생기가 넘쳐 보였다. 부드럽게 풀어져서 일렁거리는 머릿결에서는 샴푸 냄새 같기도 하고 향수 냄새 같기도 한 은은한 여자의 체취가 풍겼다. 미인은 나이를 먹지 않는다는 말이 있었던가? 순범은 가끔 영화나 잡지 같은 데서 보면 나이가 만만치 않은 외국의 주연급 여배우들이 오히려 나이가 적은 단역 배우들보다 훨씬 젊게 보여 그 말이 맞구나 하고 생각한 적이 있었는데, 오늘 보니 바로 이 여자를 두고 한 말 같았다.

"나와주셔서 고맙습니다. 오늘은 아예 어려 보이시는군요."

"호호, 미혼의 미남을 만나서 그런 모양이에요."

윤미는 밝게 미소지으며 대답했다.

"거기에는 몇 시까지 가야 합니까?"

"거기라뇨? 아, 가게 말이군요? 저는 꼭 정해져 있는 편은 아니라서……."

"그럼 잘되었군요. 오늘은 윤미 씨도 어린 여학생이 되고 했으니 거기에 맞게 영화도 보고 생맥주도 한잔 마시고 좌우간 늦게까지 좀 재미있게 놀았으면 좋겠네요."

"호호, 우리 가난뱅이 아저씨가 극장표 살 돈하고 저녁 먹을 돈까지 다 있으세요?"

윤미는 생각 외로 소탈한 편이었다. 한국 최고의 고급 요정에서 거물들하고만 상대하는 구미호 마담이라고는 도저히 생각되지 않았다.

"그럼 이제 일어날까요?"

"저는 오랜만에 나왔거든요, 그래서 권 기자님만 괜찮으시다면 어디 교외로 나갔으면 해요."

"좋습니다. 어디로 모실까요?"

"시간에 부담 가지시는 거 아녜요?"

"전혀 아닙니다."

"피곤하지도 않고요?"

"괜찮습니다. 오히려 힘이 솟는걸요?"

"그럼 용인 자연농원 가는 건 어때요?"

"불감청이나 고소원이로소이다."

순범은 이 말을 해놓고 문득 후회가 되었다. 윤미가 알아듣지 못할 어려운 표현을 한 것이 마음에 걸렸다.

그러나 윤미는 개의치 않고 쾌활하게 웃으며 일어섰다. 아마 분위기로 보아 좋다는 말 정도로 알아들은 거라고 순범은 생각했다.

"어머, 권 기자님도 차 있으세요?"

주차장으로 걸어가는 자신을 보고 윤미가 의외라는 듯 말하자 순범은 빙그레 웃었다. 곧이어 순범이 차를 끌고 오자 윤미가 깔깔대고 웃었다. 순범도 윤미를 따라 함께 웃었다. 순범이 먼저 멋쩍은 웃음을 참으려고 헛기침을 하자, 윤미도 애써 웃음을 참으려는 듯 고개를 숙이며 손을 입가에 가져갔다.

"요즘 이런 차 보기 힘들어요. 오래됐지만 고장도 없고 무엇보다 정이 들었어요."

변명 섞인 말을 늘어놓는 순범이나 고개를 끄덕이는 윤미나 여전히 입가에 웃음기가 묻어 있었다.

"이 차 이름이 뭐예요?"

"K303요. 한 15년쯤 된 모델이죠. 옛날에 기아산업에서 만든 찬데 차체는 아주 튼튼해요."

윤미는 자신의 백색 그랜저 승용차는 주차장에 맡겨 두고 순범의 차에 같이 탔다. 자동차는 남산터널을 지나 한남동을 거쳐 경부고속도로로 접어들었다.

차창 밖으로 내다보이는 풍경은 두 사람의 마음만큼이나 시원하고 상쾌했다. 얼마 만에 이런 기분을 느껴보는 것일까? 여자와의 교제가 거의 없다시피 한 순범으로서는, 대학 시절 미팅에서 만난 여학생하고 송추로

놀러갔던 때 이후로 처음이었다.

늦여름의 잔광이 아직도 따갑게 느껴지는 가운데, 하늘엔 때 이르게 비늘구름이 끼어 있었다. 순범은 푸르게 물들어가는 하늘에 모든 것을 묻고 이대로 목적지 없이 달려만 가고 싶은 기분에 젖어들었다. 옆자리를 흘낏 돌아보자 어린아이처럼 좋아하는 윤미의 모습이 눈에 들어왔다. 어디선지 풍겨오는 꽃내음에 순범은 한껏 숨을 들이마셨다. 곁을 지나치는 트럭 운전사가 이들에게 손키스의 시늉을 해보이더니 휑하니 앞질러 갔다.

"낮엔 주로 뭘 하세요?"

"뭐 특별히 하는 일은 없는 편이에요. 책을 좀 읽기도 하고 가끔 지방에 갔다 오기도 해요."

"지방에는 무슨 일로요?"

"글쎄…… 친구들이 있어요."

"친구들이요?"

"네, 아주 어린 친구들이에요."

대화는 오래 이어지지 않았다. 워낙 여자들과 교제가 없었던 순범은 재치 있게 이 말 저 말 갖다 붙이지 못하는 스타일이었다. 윤미도 고급 요정의 마담 같지 않게 별로 말이 없는 편이었다. 그렇다고 대학 시절에 미팅하던 것처럼 이것저것 신상에 대한 것을 캐묻기에는 다소 궁상맞은 감이 들었다. 침묵이 오래 지속되어 거북했는지 윤미가 한마디 했다.

"우리 끝말 이어가기 할까요?"

"끝말 이어가기요? 그거 좋죠."

"근데 그냥 단어만 이어가는 것은 지루하니까 한자숙어로만 하기로 해요."

순범은 깜짝 놀랐다. 인문계 대학을 졸업한 후 신문사 기자로 십 년을 근무하고 있는 자신에게 술집 마담인 여자가 한자숙어로 끝말 이어가기 하자는 것을 어떻게 받아들여야 하는 것인가?

"해본 적은 없지만 재미는 있을 것 같군요. 그럼 먼저 시작하세요."

윤미는 상쾌하게 웃으며 조그만 입을 움직였다.

"역지사지 (易地思之)."

"지피지기 (知彼知己)."

"기인이사 (奇人異士)."

"사소취대 (捨小取大)."

"대동소이 (大同小異)."

"이심전심 (以心傳心)."

"심사숙고 (深思熟考)."

"고장난명 (孤掌難鳴)."

"명경지수 (明鏡止水)."

"수수방관 (袖手傍觀)."

"관포지교 (管鮑之交)."

"교우이신 (交友以信)."

"신신당부 (申申當付)."

"부전자전 (父傳子傳)."

"전후좌우 (前後左右)."

"우후죽순 (雨後竹筍)."

"순진무구 (純眞無垢)."

"구우일모 (九牛一毛)."

"모수자천 (毛遂自薦)."

"천려일실 (千慮一失)."

"실사구시 (實事求是)."

"시이불시 (視而不視)."

"시종여일 (始終如一)."

"일월성신 (日月星辰)."

"신상명세 (身上明細)."

"세고취화 (勢孤取和)."

"호호, 이제는 안 봐드릴래요. 그건 한자숙어가 아니잖아요? 아까 사소취대는 봐드렸지만요."

"하하, 그런데 그것은 어떻게 아셨어요?"

"저도 바둑을 좀 두거든요?"

"바둑을요? 아니 얼마나 두시는데요?"

"1급이요."

"아니, 그게 정말입니까? 어떻게 바둑을 1급이나 둘 수 있습니까?"

"권 기자님은 얼마나 두시는데요?"

"저는 3급입니다."

"다음에 한번 두기로 해요."

옛날에 황진이 같은 여자가 이랬을까? 순범은 속으로 놀라고 있었다. 이제 보니 이 여자는 인물만 빼어난 것이 아니라, 머리나 재주 또한 범상하게 볼 수 있는 여자가 아니었다. 최 부장이 옛날에 워낙 세게 놀았던 여자라고 말한 것은 순범이 통속적으로 받아들인 것 이상의 의미가 있는 것은 아닐까?

자연농원에 도착한 두 사람은 이십대 초반의 연인처럼 어둠이 내릴 때까지 정겹게 여기저기 돌아다녔다. 모처럼 이런 데 나와서 그런지, 윤미의 거리낌없는 태도가 편해서 그런지, 순범은 아무 생각 없이 순수하게 어울릴 수 있었다. 총각인 순범은 그렇다 치더라도, 십여 년을 요정에 몸담아온 윤미가 이렇게 순수하게 어울릴 수 있다는 것이 참으로 놀라웠다. 윤미를 바라보는 순범의 눈은 이제 경이로움을 넘어 신비스럽기까지 했다. 어둠이 깔리기 시작할 무렵 장미정원을 산책하며 살며시 손을 맞잡았을 때 거세게 고동치는 심장 소리를 들으며 순범이 나직이 물었다.

"도무지 이해가 되지 않습니다. 어째서 나같이 보잘것없는 남자한테 이렇게 잘해주는 거지요?"

윤미는 아무렇게나 손을 내맡기고 있는 것이 아니라 가볍게 손끝만 맡기고 있었다. 그러한 윤미의 모습은 순범에게 마치 가녀린 첫사랑의 여인과 같은 향수를 불러일으켰다.

이 여자는 다른 여자와는 달리 순범에게 두려움을 주

지 않았다.

"제가 오히려 묻고 싶은 말인걸요?"

그녀의 답변이 순범에게는 신기할 정도였다.

순범은 언젠가 텔레비전에서, 젊은 여자들을 상대로 어떤 남자를 좋아하느냐는 질문에 대해 자기에게 잘해주는 사람을 좋아할 것이라고 대답하는 것을 본 적이 있었다. 그때 순범은 그들의 저차원적 대답에 경악했다. 자기에게 잘해주는 사람을 좋아하겠다는 것은 얼마나 철저하게 타산적인가? 나를 좋아해주면 나도 너를 좋아하겠다. 이것은 다시 말하면 당신이 주는 만치 나도 주겠다는 것이고, 또 달리 말하면 당신이 나를 싫어하면 나도 같이 싫어하겠다는 뜻도 되고, 또 한 번 달리 말한다면 다른 사람이 나를 좋아해주면 그 사람도 좋아해주겠다는 뜻이 아닌가? 물론 지나친 논리의 비약일 수도 있고 감정을 언어로 표시하는 데 따른 응답자들의 미숙한 표현력 때문일 수도 있겠지만, 남녀가 만나는 것을 결코 가볍게 생각하는 스타일이 아닌 순범에게 여자들의 그런 대답은 실망스러웠던 것이다.

그러나 윤미는 순범의 이처럼 까다로운 잣대의 어디에도 걸리지 않는 겸손이 있었고 현명함이 있었다. 윤미의 대답은 짧으나마 여자에 대해 잃어가는 순범의 자신감을 되찾게 해주는 것이었다.

밤은 너무 빨리 찾아왔다. 어둠이 깔린 고속도로를 달리며 순범은 윤미를 만나서부터 지금에 이르기까지의 궤적을 찬찬히 더듬고 있었다. 프렌치 레볼루션의 공포 속에서 눈을 감은 채 자신의 팔을 꼭 잡고 있는 윤미의 체온을 느꼈을 때의 기분이란. 그대로라면 나뭇잎에 몸을 띄우고 태평양도 건널 수 있을 것 같지 않았던가? 비록 일개 유락용 탈것이지만 이대로 멈추지 말고 영원히 달렸으면 하는 마음에 얼마나 아쉬운 기분이 들었던가? 이제 서울에 도착하면 헤어져야 한다고 생각하니 순범의 마음은 어두워졌다.

늘 판에 박힌 단조로운 생활을 해오던 노총각의 순범에게, 윤미는 잠시였지만 새로운 세계에게로의 문을 열어주었다. 순범은 자신이 사랑에 빠지고 있다고 느꼈다.

"오늘은 이대로 헤어져야 하는 건가요?"

"⋯⋯."

"시간이 괜찮으시다면 맥주라도 한잔."

"호호, 아까 생맥주 사주기로 하셨잖아요?"

순범의 목소리에서 무거운 분위기를 감지한 윤미는 경쾌한 목소리로 그를 다시 '가난뱅이 아저씨'로 만들었다. 순범은 한남대교를 건너 차를 남산으로 몰았다. 하얏트호텔 스카이 펍으로 올라가 창가 쪽으로 자리를 잡은 순범은 위스키를 주문했다. 한강교 위에 꼬리를 물고 있는 자동차들의 헤드라이트 불빛이 불야성의 야광벽처럼 찬란하게 빛나고 있는 가운데, 멀리 관악산 위의 안테나 신호등이 도시의 밤을 지키는 파수꾼처럼 쉴 새 없이 명멸하고 있었다. 순범은 윤미에게 잔을 권하고는 스스로 잔을 채워 스트레이트로 들이켰다. 요즘의 총각답지 않게 이런 분위기에서 여자와 같이 술을 마시는 것이 순범에게는 이제껏 느껴보지 못했던 새로운 기분과 경험이었다.

'오늘 밤은 취하고 싶다. 내 마음 깊은 곳에서 나의 행동을 지시하고 제어하는 모든 윤리, 도덕, 가치관, 철학들을 알코올의 약효로 잠재워놓고 오직 본능이 이끄는 대로 끝없이 한번 가보고 싶다. 그 너머의 세계에 누구라도 한 사람 같이 가주기만 한다면 돌아오지 않은들 어떨 것인가? 인생은 어차피 외로운 것. 한 번 간 인생은 다시 돌아오지 않는다.'

순범은 다시 한 잔을 더 들이켰다.

"급하게 드시는 거 아녜요?"

윤미는 술을 마셔서 그런지 조명 탓인지 얼굴이 발갛게 물든 채로 순범을 염려했다.

여자, 신비로운 존재였다. 본래 여자에게 말을 잘 못하는 데다 술을 마시면 더더군다나 말수가 적어지는 순범은 그녀의 두 눈을 지그시 바라보다가 다시 잠자코 술만 마셨다.

홀의 가운데에서 라이브로 연주하고 있는, 동남아 계통으로 보이는 여가수는 은은하고 애절한 목소리로 멜라니 샤프카의 〈세상에서 가장 슬픈 것〉을 부르고 있었다. 어두운 조명 사이로 보이는 윤미의 얼굴은, 마치 멀리 다른 별에서라도 온 듯 순범의 시야 속에서 잘게 부서졌다가 뭉치고 뭉쳤다가 다시 잘게 부서지곤 했다. 순범의 목구멍은 윤미에게 하고 싶은 말로 꽉 차 있는 듯했다. 그런데 단 한 마디의 말도 밖으로 튀어나오지는 않았다. 가슴이 답답하고 숨이 가빠져오는 느낌. 순범은 내뱉듯이 말을 던졌다.

"오늘 밤, 윤미 씨와 함께 있고 싶습니다."

"……."

취중에도 순범은 윤미의 얼굴이 당혹감과 망설임과 형언할 수 없는 수많은 표정으로 잘게 나누어지는 것을 볼 수 있었다.

취한 것일까? 윤미의 얼굴이 순범의 어깨에 살며시 기대어왔다. 순범은 어색한 표정으로 윤미에게 무엇인가 말하려다가 그만두었다. 무슨 말을 어떻게 해야 할지, 아무것도 떠오르지 않았다. 다만, 지금은 자리에서 일어날 때라고 생각했다.

순범은 일어나서 계산을 치르고 프런트 데스크로 내려갔다. 프런트맨으로부터 열쇠를 건네받은 순범을 윤미는 말없이 따랐다.

룸에서 보는 도시의 야경은 색다른 감흥을 느끼게 했다. 줄을 잇던 자동차의 미등 행렬도 뜸해져 있었다. 텅 빈 공허감 속에서 시간만이 쉬지 않고 흐르는 듯했다. 세상에 오직 두 사람만이 존재하는 것 같았다.

순범은 윤미의 가느다란 허리를 부둥키며 침대에 눕혔다. 눈을 감고 있던 윤미의 몸이 가볍게 떨리는 듯했다. 순범의 입술이 윤미의 발간 볼에 살짝 부딪치자, 윤미의 손이 순범의 목을 살며시 끌어안았다. 순범은 천천히 윤미의 옷가지를 하나씩 하나씩 벗겨나갔다.

윤미의 하얀 피부가 완전히 드러나자 순범은 자신도 모르게 긴 숨을 내뱉었다. 부끄러운 듯 눈을 감은 윤미의 몸 내음이 순범의 신경을 어지럽게 자극했다. 순범은 윤미의 몸을 조심스레 쓰다듬기 시작했다. 순범의 손이 윤미의 가슴을 가만히 감싸쥐며 힘을 주자 윤미의 입에서 가벼운 신음소리가 새어나왔다. 그 순간, 순범의 입술이 윤미의 입술을 틀어막았다. 키스는 길고 달콤했다.

또다시 순범의 입술이 부드럽게 윤미의 몸을 핥아나갔다. 귀에서 목으로 가슴에서 허리로, 때론 천천히 때론 빨리……. 순범의 입술이 윤미의 몸 구석구석을 파헤칠수록 윤미의 허리에는 떨림이 더해왔다. 윤미가 더 이상 참지 못하고 순범을 힘껏 끌어안았다. 그러자 기다렸다는 듯 순범이 윤미의 몸 위로 자신의 몸을 밀착시켰다.

"아……!"

외마디 신음에 이어 윤미의 얼굴 표정이 잠깐이었지만 찡그려졌다가 다시 펴졌다. 윤미의 몸 안으로 불쑥 들어간 순범은 솟아오르는 혈기를 감당하지 못하고 거칠게 몸부림쳤고, 윤미는 순범의 몸짓에 깊은 나락으로 떨어져가고만 있었다.

도심의 깊은 곳 어딘가에서 밤새가 몸트림을 하는 듯
했다.

표 리

눈을 뜬 순범은 윤미가 이미 나가고 없는 것을 알았다. 아침에 얼굴을 대하는 어색함이 싫어서일까? 윤미는 작은 메모지를 머리맡에 남긴 채 가고 없었다.

메모지에는 다만 몇 개의 점이 찍혀 있을 뿐이었다. 역시 그녀다웠다.

잠시 어젯밤의 일을 생각하던 순범은 호텔을 나와 청진동에서 해장국으로 속을 풀었다. 그러곤 곧장 시경으로 들어갔다. 후배 기자들이 자리메움을 한다고는 해도 밥값은 해야지 하는 심정으로 오랜만에 일찌감치 출근했던 것이다.

역시 별일은 없었다. 시경에서 순범이 직접 뛰어다녀야 할 일이라면 벌써 텔레비전에서 난리를 쳤을 테니까.

"권 선배, 오늘은 좋은 일이라도 있는 모양입니다."

후배 기자 한 사람이 무척 개운한 표정으로 앉아 있는 순범에게 말을 걸어왔다. 순범은 오랜만에 가뿐한 기분으로 유쾌하게 대꾸했다.

"요즘 청춘사업이 한창이거든."

"그럼 국수는 언제 먹죠?"

"청춘사업 한다고 꼭 국수를 먹어야 하나?"

"지금 당장 국수를 먹어도 빠른 게 아니니까 그렇죠."

"언젠가는 먹게 되겠지, 뭐."

"권 선배도 참, 결혼 문제만 나오면 맨날 그렇게 흐리멍텅하시니까 아직도 장가를 못 드시는 거예요."

"고무신도 짝이 있다는데, 평생 홀아비로 지내기야 하려구?"

"좌우지간 알아줘야 한다니까……."

후배 기자가 화제에 흥미를 잃고 떨어져나가자, 순범은 기자실에서 나와 어슬렁어슬렁 시경의 이 방 저 방을 기웃거리며 사람들과 인사를 나눴다.

범죄와의 전쟁.

말에서 풍겨지는 뉘앙스가 좀 생뚱맞은 구석은 있지만, 이렇게 거창한 이름으로 특별근무를 할 때는 사무실이 벅적거리기만 하고 오히려 기삿거리는 없었다. 범죄와 전쟁을 치르겠다는데, 어떤 범법자가 감히 나서서 공권력에 맞설 수 있을까?

순범이 막 기자실로 돌아와서 신문사에 전화를 걸려고 할 때, 오랜만에 최 부장으로부터 전화가 걸려왔다. 최 부장의 목소리에는 여전히 힘이 있었다. 전화를 바꾸자마자 최 부장은 대뜸 뜻 모를 말부터 꺼내놓았다.

"권 기자, 참으로 대단해."

"뭐가요?"

"어젯밤엔 밀월을 즐기셨다고?"

"무슨 말입니까?"

신윤미를 만난 걸 두고 하는 말일까? 순범은 순간적으로 최 부장이 알 까닭이 없다는 생각을 하며 시치미를 떼고 되물었다.

"사실은 어제 저녁에 삼원각으로 누굴 좀 만나러 갔다가 우연히 알게 된 거니까 펄쩍 뛸 필요는 없소. 그보다 일은 좀 진전이 있소?"

"아직은 오리무중입니다."

"오리무중이란 말은 사건이 있었다는 얘기요, 없었다는 얘기요?"

"그렇게 일방적으로 판단할 수 있을 만큼 단순하지가 않습니다."

"단순하지가 않다면?"

"박성길이가 하는 말이 맞긴 맞는 것 같은데, 도무지 실마리를 풀어낼 수가 없단 얘기입니다."

"그렇다면 결국 그런 사건이 있었다는 얘기요?"

"글쎄요, 아직은 더 두고 봐야 알겠는데요?"

"만약에 사건이 있었고 누군가의 사주를 받아서 잔나비파가 손을 썼다면, 왜 하필 북악스카이웨이에 시체를 버렸을 것 같소?"

"북악스카이웨이에 시체를?"

"박성길이가 그렇게 얘기하지 않았소?"

"그러니까 시체가 그곳에 버려진 이유부터 따져볼 필요가 있다, 이런 말입니까?"

"경우가 그렇질 않소? 실제로 그런 일이 있었다면 하수인들이야 모르겠지만 시킨 사람은 까닭이 있을 테고, 또 사고사로 위장했다고 하더라도 하필이면 왜 사람이 잘 다니지 않는 북악스카이웨이에서 죽였겠소?"

"그럴듯한 추리이긴 하네요."

"이건 수사의 기본 상식일 텐데 천하의 권 기자가 어째 모를라고?"

그렇다. 최 부장이 무슨 생각으로 전화를 했든 그가 알려주는 대목은 그런대로 논리가 닿는다. 전화를 끊고 순범은 사건에 대해 다시 정리해보았다.

이용후를 죽인 다음 북악스카이웨이의 다른 장소에 버렸다고 했던 박성길의 말만 좇다 보니 그동안 놓치고 있었지만, 북악스카이웨이라는 장소 자체가 사건 해결에 있어서 결코 소홀히 취급할 수 없는 대목이었다.

북악스카이웨이.

이용후와 북악스카이웨이는 무슨 관련이 있단 말인가?

북악스카이웨이와 이용후의 관계에 대해 생각을 정리해나가던 순범은 최영수의 태도도 여러 가지로 미심쩍다는 것을 느꼈다.

전에는 한 번도 그런 일이 없었는데 느닷없이 전화를 해서는 술을 사달라고 하여 함께 마셨고, 순범이 셈을 치른 술자리가 끝나자 굳이 소매를 당겨서 생전 가본 적이 없는 고급 요정에서 향응을 베풀었다. 그러는 동안 구치소에 수감된 폭력조직의 우두머리를 붙여 13년이나 지난 사건을 던져주고 해결해보라면서 자신은 몸을 사린다. 요정의 마담인 신윤미를 소개해주고선 구미호니까 조심하라는, 경고인지 충고인지 모를 말을 남겼다. 어제 윤미를 만난 일까지 손바닥에 놓고 보듯이 훤히 알고 있다. 도대체 그의 의도는 뭔가? 그는 무엇을 노리는 것일까?

순범은 하루 종일 시경의 출입기자실 주변에서 서성거리다가 일과가 끝난 후 오랜만에 동료 기자들과 술을 마셨다. 예전엔 거의 매일이다시피 어울리던 사람들었지만 한동안 최 부장이 던져준 사건 때문에 뜸했던 것이다.

이튿날도 일찌감치 기자실로 나가 앉아 있는데 전화받는 아가씨가 신문사라며 전화를 건네주었다. 순범이 전화를 받자 바로 국장이 나왔다. 의논할 일이 있으니까 들어오라는 것이었다.

국장실로 들어서자 표정이 무척이나 밝은 국장의 모습이 눈에 들어왔다. 일이 잘못되어 부른 건 아닌 모양이었다. 순범이 들어서자 국장은 책상 위의 담뱃갑을 집어들며 일어섰다. 국장은 줄담배를 피우는 골초라서 잠시도 곁에서 담배를 떼어놓는 일이 없었다. 국장이 소파로 가서 먼저 자리를 잡고 앉으며 순범에게도 손짓으로 자리를 권했다. 순범이 맞은편에 앉자 국장은 담배를 꺼내 물며 얘기를 꺼냈다.

"자네, 미국에 다녀올 텐가?"

"미국에요?"

"응. 이번에 대통령이 유엔에서 연설하는 것이 마침 미국의 언론재단에서 주최하는 아시아 언론인 연수와 맞아떨어지고, 생각해보니 자네가 괜찮을 것 같아. 둘 다 별로 힘든 건 없으니까 바람 쐬는 기분으로 한번 갔다 오지. 자네가 그동안 고생도 많이 했고 차례도 된 것 같고 해서 내가 추천을 했지."

"고맙습니다만, 너무 갑작스런 일이라서……."

"당장 내일 떠나는 것도 아니니까 그렇게 알고 준비해두라구."

"떠나게 되면 언제쯤이나 될 것 같습니까?"

"글쎄. 저쪽에서 초청장도 와야 하고, 출국 절차도 밟아야 하니까 한 달 정도 걸리겠지? 아마 가게 되면 뉴욕에서 지내게 될 거야."

순범은 국장실에서 나온 다음에도 얼떨떨한 기분이었다. 전혀 뜻밖의 얘기를 듣게 된 것이다. 사건이나 쫓아다니던 놈에게 느닷없이 미국을 갔다 오라니? 국장이 거짓말을 할 리도 없을 테고, 그렇다면 가기는 가는 모양인데 전혀 실감이 나질 않았다.

순범은 이 미국행이 혹시 이용후 사건과 무슨 관계라도 있지 않을까 하는 생각을 해보았다. 그리고 이번 기회에 이용후의 연고자를 찾아봐야겠다고 생각했다. 이용후 사건 해결에 일말의 도움이라도 된다면 더할 나위 없이 좋은 여행이 될 터였다. 그렇지만 나타나지도 않는 연고자를 13년 전의 주소에 근거하여 찾아간들 무슨 성과가 있을 것 같지가 않았다. 혹 떠나기 전에 무슨 특별한 실마리라도 찾는다면 모를까.

신문사를 나서는데 윤신애와 현관에서 마주쳤다. 반가운 표정으로 손가락 일곱 개를 펴보였다. 7시의 약속을 확인하는 것이었다.

순범이 윤신애를 만난 건 충무로에서였다. 거리의 사람들 틈에서 보는 윤신애는 훨씬 생기 있어 보였다. 역시 젊은 여자다웠다. 여자는 석양 무렵부터 용감해진다고 했던가? 윤신애는 순범과 함께 걸어가면서 냉큼 팔짱을 끼어왔다. 순범은 윤신애의 냄새와 팔뚝을 죄어오는 촉감이 싫지 않으면서도 어쭙잖은 느낌이 들었다. 그러나 먼저 팔을 뺄 수는 없는 노릇이었다.

"무슨 생각 하세요?"

순범의 주춤하는 태도를 느꼈는지 윤신애가 즉각 물어왔다.

"어디로 모시면 좋을까 하구요."

순범은 짐짓 과장된 목소리로 대답했다.

"제가 정해도 된다면, 저 오늘 춤추는 데 좀 데리고 가주세요. 거기서도 술 마실 수 있잖아요?"

"춤추는 데?"

"학교 다닐 때는 친구들과 어울려서 자주 갔었는데 졸업 후에는 거의 못 갔거든요."

"나는 춤도 출 줄 모르는데, 춤추는 데 데리고 가서 윤신애 씨 잃어버리면 어쩌지?"

"나는 안 잃어버려요. 만약 잃어버리면 여기서 제일 미남을 찾습니다라고 광고하죠."

"그렇다면 좋아요. 하지만 저녁이나 먹고 가시죠?"

"저는 점심 먹은 걸로 아직도 배가 부른데요?"

"설마, 그럴라구요?"

"아니에요. 진짜로 괜찮아요."

"그래도 안 돼요. 저녁도 안 먹고 춤추러 가는 사람들이 어딨어요?"

순범은 사양하는 윤신애를 끌고 가까운 일식집으로 들어가서 초밥과 튀김을 시켜놓고 반주로 청하 네 병을 비웠다. 윤신애도 사양하지 않고 받아 마셔 서로 두 병씩 비운 셈이 되었다.

밖으로 나오자 이미 거리의 불빛은 휘황찬란하게 빛나고 있었다. 어둠이 깊을수록 불빛은 더욱 밝아지고, 밤이 깊을수록 새벽은 가까워지는 법. 일식집에서부터 볼이 발그스레하게 달아오르던 윤신애가 기대듯, 이제는 제법 익숙하게 팔짱을 끼어왔다.

순범은 마땅하게 윤신애를 데리고 갈 만한 곳이 생각나지 않아 무작정 강남 쪽으로 향했다. 현란한 네온사인 사이로 디스코라고 적힌 불빛이 보였다. 두 사람은 누가 먼저라고 할 것 없이 그곳으로 들어갔다.

입구에는 카니발이라는 대형 네온사인이 번쩍거리고 있었고, 간판의 크기에 걸맞게 제법 손님이 많았다. 범죄와의 전쟁이 선포된 이후 술집과 유흥장이 된서리를 맞았다고 매일같이 신문에 보도되는 내용이 아무래도 거짓말처럼 여겨졌다.

거의 벗은 몸으로 음악에 맞춰 춤을 추는 무희들. 화려하게 껌벅거리며 돌아가는 조명. 술 취한 사람들 앞에 낭자하게 늘어놓은 술병과 안주들. 이 집은 디스코장 중에서도 난잡한 부류에 속하는 듯했다.

그러나 윤신애는 별로 께름칙해하는 기색은 아니었다. 순범은 아무 데나 구석진 자리로 윤신애를 데리고 가서 앉았다. 술을 주문하고 기다리는 동안 순범이 민망해하는 표정으로 윤신애를 바라보자, 윤신애는 어떠냐는 듯이 싱끗 웃으며 마주 눈길을 보내왔다.

될 대로 되라지. 순범은 웨이터가 술을 갖다 놓자 목마른 사람처럼 스스로 잔을 채워 훌쩍 들이켰다. 그러는 순범을 바라보고 있던 윤신애는 순범이 잔을 내려놓자마자 술을 따라주었다.

"혼자만 마시기예요? 저도 한 잔 따라주세요."

순범이 겸연쩍게 웃으며 병을 들어 술을 따랐다. 윤신애가 술잔에 입을 댔다가 내려놓고는 순범을 쳐다보며 말했다.

"왜, 불편하세요?"

"아니, 불편하다기보다 분위기가 서먹서먹해서."

"그렇다고 기껏 데리고 와놓고선 화난 사람처럼 혼자서 술이나 따라 마시고 앉았으면 저는 어떡해요?"

"워낙에 촌놈인 데다가 주변머리가 없어서 그렇습니다."

"사실은 그게 아니고 제가 오늘 춤추러 오자고 한 게 싫은 거죠?"

"그럴 리가요."

"아니라면 저랑 춤추러 나가요."

윤신애가 자리에서 일어났다. 순범은 말꼬리를 잡혀 어이없어 하면서도 어쩔 수 없이 따라나설 수밖에 없었다. 윤신애는 아예 순범의 손목을 움켜쥔 채 춤추는 곳으로 그를 이끌었다.

여자란 도무지 알 수가 없는 동물이라고는 하지만, 이렇게도 사람이 달라질 수 있는 건가? 순범은 뜻밖에 당돌하고 용감한 윤신애의 태도에 적이 당황했다.

플로어로 나서자 윤신애가 순범을 마주 세우고 음악에 맞춰 몸을 움직이기 시작했다. 그녀는 춤을 제법 잘 추었다. 몸집에 알맞은 동작으로 사지를 흔들어대는 모습이 귀여워 보이기는 했으나, 무대 위의 다른 사람들처럼 과장된 표정으로 웃고 있는 것이 어쩐지 거슬렸다.

저마다 제멋에 겨워 정신없이 춤을 추는 모습을 보면, 사실 오금이 저리도록 매력적이고 보기가 좋다. 그런데 춤을 출 때의 얼굴 표정은 어떻게 관리해야 하는 것일까? 20분이고 30분이고 춤이 끝날 때까지 항상 재미있고 즐거운 양 웃어야 하는 것일까? 춤을 추면서 즐겁지 않은 기분을 느낄 때도 있을 텐데 그때에도 웃는 표정을 지어야 하는 걸까? 파블로프의 조건반사에 나오는 개처럼 춤이 시작되면 항상 웃어야 한다면 그것은 전혀 인간답지 못한 것이다.

그렇다고 해서 우울하고 심각한 표정으로 음악에 맞춰 몸을 흔들어대는 것 또한 얼마나 괴상한 짓인가? 비록 그 편이 솔직하다 하더라도 그것은 사지를 흔들어대는 춤과는 맞지가 않는다. 그렇다면 결국 기분이 즐거운 사람만 춤을 추어야 가장 자연스럽고 춤의 본질과도 맞는다는 얘긴데, 순범은 아무리 기뻐도 절로 춤이 나오는 것을 경험하지는 못했다.

윤신애는 순범이 춤을 추면서 웃지 않자 화난 얼굴로 물었다.

"무슨 기분 나쁜 일 있으세요?"

"아니요."

"기분 나쁜 일이 있어 보이는데요."

"없다니까요."

"그럼 왜 표정이 그래요?"

이렇게 물어오면 더 이상 어떻게 대답할 수가 없다. 그렇지 않다는 것을 설명하기까지에는 많은 에너지의 소모가 필요하고, 많은 무의미한 말을 해야 할 것이 뻔했다.

요란한 음악소리에 섞여 고함처럼 들려오는 그녀의 물음에 더 이상 답을 하지 않은 채 약간씩 몸을 움직이고 있는 순범은 현대를 살아가는 것이 무척 외로운 일이라고 생각했다. 정형으로 요구되는 행동을 하지 않으면 즉각 이상한 사람으로 몰려버리는 이 이분화된 구조의 숲을 빠져나간다거나, 동반자를 찾는다는 것이 결코 쉽지 않은 일로 생각되었다.

순범은 윤미의 모습이 자신의 존재를 끌어당기는 것을 느낄 수 있었다. 요란스런 음악이 끝나고 느릿한 블루스 곡이 흘러나오자 윤신애가 순범의 팔을 잡아끌었다.

"······."

"춤추러 왔잖아요?"

순범은 윤신애의 두 손을 잡고 천천히 움직였다. 윤신애는 봉긋한 가슴을 눌러왔다. 동시에 술기가 묻은 윤신애의 입술이 순범에게 다가왔다. 순범이 놀라며 약간 몸을 뒤로 젖히자 윤신애가 짤막하게 말했다.

"인생이란 상식적으로 즐기고 사는 거예요."

그러고는 휑하니 자리로 돌아가서 핸드백을 들고 나가버렸다.

순범은 음악과 윤신애가 던진 말 사이에 멍하니 서 있다가 음악이 끝날 무렵 천천히 플로어를 걸어나갔다.

"인생이란, 상식적으로 지키고 살아야 할 것도 약간은 있는 법이지."

순범의 독백이 조명등 빛 사이에서 어지럽게 흩어졌
다.

북악스카이웨이

재미 물리학자가 귀국하여 호텔에 머물렀고, 어느 날 교통사고를 가장하여 살해된다. 연고자라고는 아무도 나타나지 않고 시체만 국립묘지에 묻혀 있다.

상식적으로는 도저히 납득할 수 없는 일이지만 틀림없이 현실이었다. 이 불가해한 일이 일어날 수 있는 경우를 이리저리 생각하고 있을 때, 마침 개코로부터 전화가 걸려왔다. 복잡하게 꼬여 있는 사건일수록 오히려 단순하게 생각할 필요가 있다. 그런 점에서 개코는 적격이었다. 더군다나 사람을 몰아세우거나 밀어붙이지 않는다는 사실이 무엇보다 편했다.

"웬일이야?"

"번갯불에 콩 볶아 먹을 듯이 서둘러댈 때는 언제고, 지금 와서는 뭘 하느라고 죽치고 있는 거야?"

"사실은 자료를 좀 찾아봤어. 어떻게 된 게 들여다보면 볼수록 점점 미궁으로 빠져들어가는 것 같아."

"자료는 무슨 놈의 자료? 안 그러더니 어째 발로 뛸 생각은 않고 맨날 잔머리만 굴리고 앉았어?"

"그쪽은 뭐 좀 얻어낸 게 있는 모양이지?"

"있으나마나 광화문 쪽에서 좀 만나자구. 토요일이니까 오랜만에 순대에다 소주도 한잔 사주고. 일단 저번에 만났던 제과점으로 나오라구."

"왜 하필 광화문이야?"

"권 기자는 그게 틀렸어. 나와보면 알 걸 뭘하러 꼬치꼬치 캐물어?"

"알았어, 알았어. 내 소주값 듬뿍 넣고 나갈게."

"이제 쬐끔 마음에 드네그랴."

조금 서두른다는 생각이 들긴 했지만, 발로 뛰어야 하지 않겠느냐는 개코의 말이 책상 앞에서 상념에만 젖어 있던 순범에게 신선한 느낌을 주었다.

'개코는 역시 사람을 기분 좋게 만들어.'

순범은 한결 가벼워진 발걸음으로 광화문을 향해 갔다.

제과점으로 들어서자 개코 형사 박준기는 이미 빵과 우유를 시켜놓고 혼자서 먹고 있는 중이었다. 순범이 들어서자 그는 먹고 있던 빵을 얼른 삼키고 우유를 마신 다음 서둘러 일어섰다.

"계산하라구."

"왜 이렇게 서둘러? 들어왔으면 냉수라도 마시고 가야지."

"제길, 자기 바쁠 때는 숨도 못 쉬게 하더니 웬 냉수 타령이야?"

순범은 성큼 일어나 나가버리는 개코의 뒷모습을 보며, 일없이 저러지는 않을 것이라는 생각에 바로 따라 나섰다. 영문도 모른 채 따라오는 순범을 뒤로하고 개코는 광화문에서 경복궁 앞을 지나 총리 공관이 있는 삼청공원길로 앞장서서 올라갔다.

"도대체 어디로 가는 거야?"

"따라오기나 하라구."

"자기는 빵도 먹고 배가 부르니까 남이 배고픈 건 전혀 안중에도 없구먼."

"아니, 권 기자도 배고플 때가 있어?"

"그럼 나는 사람 아니야?"

"아이구 잘나긴? 밥값을 해가며 배도 고파야지."

"밥값을 못 했다니, 뭘 가지고 또 그래?"

"아직도 모르겠어? 현장이 바로 북악스카이웨이란 걸."

그렇다. 이제까지 순범은 가장 중요한 것을 간과하고 있었는지도 모를 일이다. 현장이야말로 사건의 가장 중요한 단서이거늘 자신은 왜 현장에 그렇게 무관심했을까?

일전에 최 부장의 지적을 받고 한동안 생각하다가 실마리가 풀리지 않아 그대로 내팽겨쳐두고 있었는데, 지금 또다시 개코의 경고를 받고서야 아차 싶은 마음이 들어 순범은 스스로에게 은근히 부아가 치밀었다.

"여태 뭘 하고 있다가 지금에 와서야 현장 운운하는지 몰라. 이제 개코란 별명도 한물간 거 아냐?"

개코는 대꾸하지 않았다. 자기가 현장에 소홀했다는 사실에 대한 어깃장으로 순범이 이런 말을 한다는 걸 그는 낌새만으로도 알 수 있었다.

사실이 그랬다. 개코 형사에게 자세하게 얘기는 안 했

지만, 최 부장이 삼원각으로 태우고 가던 도중에 현장이라는 말을 했고, 그다음에는 개코와 함께 택시를 대절해서 팔각정까지 답사를 하지 않았던가? 그러면서도 왜 북악스카이웨이에서 단서를 찾겠다는 생각은 못 했단 말인가?

"그래, 오늘은 어떻게 할 작정이야?"

"어떻게 하긴 뭘 어떻게 해, 당연히 현장조사를 해야지."

"현장조사를 하더라도 무턱대고 나설 수는 없잖아?"

"권 기자가 당연히 밥값 못 할 줄 알고 내가 요렇게 지도를 그려왔어. 어제는 도대체 아침부터 어디로 처박혔길래 종일 연락이 안 된 거야? 시경에 전화했더니 신문사 들어갔대고, 신문사로 전화했더니 다녀갔대고, 연락 안 된다고 죽치고 있을 수도 없어서 혼자 예비조사를 좀 했지."

국장을 만나고 나서 혼자 점심을 먹은 다음, 오후에는 목욕탕에 들렀다가 저녁에 윤신애를 만났으니 종일 연락이 안 될밖에. 순범은 개코에게 조금 미안한 생각이 들었지만 꼬치꼬치 얘기하기도 뭣해서 미국 핑계를 둘러댔다.

"어제 국장을 만났더니 대뜸 미국 가래잖아. 그래서 마음도 정리할 겸 해서 발길 닿는 대로 좀 돌아다녔지."

"국장이 미국 가랜다고? 언제?"

"당장은 아니겠지 뭐. 준비하려면 한 달쯤 걸린대나

봐."

"꼭 남의 얘기 하듯 하는구먼. 권 기자가 미국으로 가
고 나면 이번 일은 어떻게 되고?"

"글쎄? 떠나기 전에 해결하든지, 아니면 포기를 하든
지……."

"이제 와서 포기를 한다고?"

"지금이 아니라 떠날 때까지 해결이 안 되면 그렇게
하겠다는 거지."

"어쨌거나 나는 포기 못 해."

좀 약올라하는 표정으로 개코 형사의 얼굴이 벌겋게
상기되었다. 공연히 엉뚱한 일로 분위기가 이상해진다는
생각이 들어서 순범은 말투를 사근사근하게 바꾸었다.

"물론 나도 포기는 못 하지. 어쨌거나 나는 빠지고 개
코 당신만 바지저고리 만들진 않을 테니까, 그 점은 안
심하라구."

한두 마디 말로 풀어질 일도 아니어서 순범은 개코를
끌고 삼청공원 입구 쪽의 수제비집으로 데리고 들어갔
다. 점심도 먹어야 할 테고, 파전에다 막걸리라도 마시
다 보면 그를 달래기에도 좋겠거니 해서였다.

수제비집은 점심시간이 지났는데도 여전히 북적거렸
다. 겨우 방 한쪽 귀퉁이에 자리를 잡고 앉아서 수제비
와 함께 파전과 막걸리를 시켰다. 주문한 음식이 나오
기까지 개코는 성냥을 부러뜨리면서 딴전을 피웠고, 순
범은 담배 필터를 씹으며 한눈을 팔았다.

서로 어색하게 앉아 있다가 이윽고 파전과 함께 막걸리가 나오자 순범이 개코의 사발을 채웠고, 개코도 겸연쩍은 웃음을 흘리며 순범의 사발에 막걸리를 따랐다.

"막걸리는 오랜만인데, 건배나 하지?"

"부럽고 약은 오르지만, 미국 가는 거 축하해."

"반가운 말씀. 어쨌든 사건 해결을 위하여 건배!"

"위하여!"

순범이 사발을 치켜들자 개코도 마주 사발을 들었다. 함께 막걸리를 쭈욱 들이켜고 술잔을 내려놓자 순범이 먼저 막걸리를 따라주며 이야기를 꺼냈다.

"지도 좀 보여줘."

"그러지."

개코가 잔을 받아놓은 다음 잠바 윗주머니를 뒤적거려 지도를 꺼내는 사이, 순범은 자신의 잔에 술을 따랐다.

개코가 그린 지도는 팔각정을 중심으로 연결된 북악스카이웨이의 도로망과 중요한 지형지물이 색연필로 표시되어 있는 개략적인 약도였다. 그러나 순범은 그것만으로는 어떤 의미를 찾아낼 수 없었다. 말하자면 숨긴 사람만이 알아차릴 수 있는 암호문자로 그려진 보물지도 같은 거라고나 할까?

"이것만 가지고는 뭐가 뭔지 모르겠는데?"

"빨간 점으로 표시된 지점에 주목해보라구."

빨간 점은 세 군데에 표시되어 있었다. 시체가 발견된 지점을 중심으로 해서 삼각구도로 선명하게 찍혀 있는 것이 눈에 들어왔다.

"이 점들은 무엇이지?"

"사람이 있는 곳들이지. 이 점들 외에는 모두 숲이라 사람이 있지도 나타나지도 않아."

과연 개코는 개코였다. 그의 성실하고 엄밀한 조사에는 경의를 표할 수밖에 없었다. 그렇다면 시체가 발견된 현장 주변에 사람이 있을 수 있는 곳은 불과 세 곳밖에 없었다.

"이 점들이 무엇인지는 알아봤나?"

"알아봤지. 밑에서부터 하나는 청와대, 또 하나는 베어라는 경양식집이고 마지막 하나는 팔각정이야."

"그러니까 자네 얘기는 이 세 군데 중의 하나와 이용후가 관련이 있다는 얘긴가?"

"바로 그렇지."

개코가 자신 있는 표정으로 대답을 했다. 그러나 순범은 개코의 말에 별로 동의할 수 없었다. 왜냐하면 박성길은 이용후가 팔각정을 지나칠 때까지 잠자코 있었다고 하지 않았던가? 그렇다면 이용후가 가려고 했던 목적지는 이 세 군데와는 다른 곳, 즉 팔각정을 지나쳐서 있는 곳이란 얘기가 아닌가? 그럼에도 불구하고 순범은 개코의 지도에 의한 접근 방법에서 무엇인가를 얻을 수 있을 것 같았다. 자신이 평소에 가장 경계하던 고정관념의 포로가 되어, 이미 13년 전의 현장이니 단순한 땅바닥에 불과할 것이라고 생각했던 것을, 이 지도는 다른 각도에서 보게 해주었다.

지난번에 현장답사를 했을 때 수많은 건물들과 시설물로 인해 사람들이 많이 오는 곳이라고 생각했던 것이 잘못이라는 사실도 깨닫게 되었다. 눈에 보이는 것에 현혹되어 순범은 시차를 간과했던 것이다. 지금처럼 개발이 되지 않았던 당시에는 이 부근이 대단히 한적한 곳이었을 거라는 생각을 미처 하지 못했던 것이다. 물론 책상 앞에 앉아서는 생각해내기가 만만치 않은 것이었지만, 지도를 통해 보니 의외로 현장은 단서가 될 것 같았다.

"근래에 생긴 것들 말고, 팔각정 밑에서 정릉 쪽으로 가다가 옛날부터 있던 뭔가가 없을까?"

"고급 요정이 하나 있지. 삼원각이라고."

"뭐, 삼원각?"

자신도 모르게 반문함과 동시에 순범의 뇌리에는 신윤미와 최 부장의 얼굴이 떠올랐다. 맨 처음 만났을 때 최 부장이 데리고 간 데가 삼원각이 아니었던가? 최 부장이 북악스카이웨이를 주목하라고 했던 말과 삼원각이 어떤 관련이 있는 건 아닐까? 순범은 고개를 갸우뚱거리지 않을 수 없었다. 만약에 최 부장이 이용후의 죽음과 삼원각이 무슨 관련이 있다는 것을 알고 있었다면, 왜 진작 자신에게 일러주지 않았을까? 반대로 최 부장이 전혀 모르는 사실이라면, 북악스카이웨이를 주목하라는 말이나 삼원각에 데리고 갔던 일은 모두 우연이라는 것인가?

"권 기자, 내 생각에는 아무래도 이 세 군데를 잘 알아봐야 할 것 같아."

순범은 여기서 자신이 이용후에 대해 알아본 것을 개코에게 자세히 얘기해주지 않은 것을 깨달았다. 특히 박성길의 고백 중 팔각정을 지나쳐 갈 때까지 이용후가 말없이 앉아 있었다는 것을 말해주지 않은 것이 개코의 오판에 결정적인 작용을 했다고 느꼈다. 사람이 있을 수 있는 주위의 건물을 위주로 이용후와의 관련을 따져보려고 한다면, 시체가 버려진 장소보다는 차에서 내려 죽임을 당한 곳을 중심으로 살펴보는 것이 타당할 것이었다. 실제로 이용후는 팔각정을 넘어갈 때까지 아무런 말이 없었다지 않는가?

역설적이게도 개코의 이 오판은 순범에게 대단히 중요한 사실을 깨닫게 해주었다. 순범은 박성길의 얘기며 그동안 윤신애가 조사해준 자료를 통해서 알게 된 이용후의 신상 등에 대해 설명했다. 잠깐 망설여지기도 했지만, 최 부장이 전화를 걸어온 얘기며 삼원각으로 데리고 간 얘기까지 개코에게 털어놓았다.

"최영수라면 바늘구멍 같은 사람이지. 언젠가 무슨 사건 수사 때 잠시 그 사람과 같이 일한 적이 있었는데, 피의자가 토한 것을 버렸다고 얼마나 야단하던지. 수사에 관한 한 원칙 그 자체라고 해도 과언이 아닐 정도야. 그 사람이 전화를 해서 북악스카이웨이 어쩌고 했으면 틀림없이 이유가 있어. 그건 그렇고 지금 얘기대로라면 살해한 장소와 시체를 버린 장소가 다르다는 얘긴데, 여기에도 틀림없이 무슨 이유가 있겠구먼."

"그렇겠지?"

"근데 그걸 왜 이제야 얘기해주는 거야? 괜히 엉뚱한 지도나 그리고 사람 꼴만 우습게 됐잖아? 권 기자도 이제 보니 동업할 친구는 못 되네. 알맹이는 혼자 독차지하고, 나보고는 헛물만 켜라는 거야 뭐야?"

"얘기할 틈도 없었잖아."

"틈이 없긴, 마음이 없었던 거지."

"그렇다고 최영수와 어울려 요정에 갔던 얘기며 여자 얘기까지 털어놓긴 쑥스럽잖아?"

"삼원각이라면 내 주제에는 쳐다볼 수도 없는 곳인데, 호강하셨구먼? 그나저나 최영수가 권 기자를 삼원각으로 끌고 갔다면 내 느낌으로는 틀림없이 삼원각이야. 나는 그저 시체가 발견된 장소를 중심으로 사람이 있는 곳을 생각했을 뿐이었지만, 이용후가 팔각정을 지나칠 때까지도 아무런 말이 없었다면 이 세 곳이 아닌 건 확실하고."

얘기를 하는 동안 추가로 주문했던 막걸리도 바닥이 났고 수제비도 이미 다 먹은 터라, 순범은 계산을 하고 개코와 함께 수제비집을 나섰다. 한참 동안 기다려 겨우 택시를 잡아타고 삼청공원 쪽으로 올라갈 수 있었다.

웃돈을 얹어주고 택시 운전사에게 특별히 부탁하여 북악스카이웨이를 몇 번씩이나 훑으면서 왕복했다. 최 부장이 순범을 데리고 삼원각에 가지 않았다 하더라도 두 사람이 내릴 수 있는 유일한 결론은, 이용후가 그날 밤 가려고 했던 곳은 삼원각이 틀림없다는 것이었다. 왜냐하면 팔각정과 삼원각을 지나쳐서 있는 빌라촌이니 음식점이니 하는 것은 모두 근래에 생긴 것들이고, 그 당시에는 삼원각만이 거의 유일한 건물이었기 때문이다. 또 삼원각을 지나쳐서 얼마 가지 않아 아리랑고개와 정릉 입구인데, 프라자호텔에서 이쪽으로 가려면 북악스카이웨이보다는 돈암동을 거쳐서 가는 것이 훨씬 가깝고 빠르기 때문이었다.

막상 삼원각이라는 결론이 나오자 최 부장의 얼굴이 더욱 크게 부각돼왔다. 최 부장은 틀림없이 사건의 내막에 대해 무엇인가를 알고 있을 것 같은 느낌이 들었다. 그러나 자신이 알고 있다면 왜 굳이 남을 끌어들인단 말인가?

"꼭 낚시에 걸린 기분이야."

"낚시라구?"

"응, 최영수의 낚시. 최영수는 뭔가 알고 있다는 생각이 들거든."

"그럴까? 내가 보기엔 최영수도 속속들이 내막을 아는 것 같지는 않은데?"

"어쨌든 내려가서 목욕이나 하면서 정리하기로 하

지."

　택시를 멈추고 잠시 팔각정에 올라 인왕과 도봉과 하늘을 올려다보고 복잡한 시내를 내려다본 후 사건 현장을 지나 정릉 쪽으로 내려왔다.

　토요일 오후라 드라이브를 즐기는 승용차들이 제법 지나다니는 편이었지만, 순범과 개코처럼 택시를 타고 오는 사람은 없었다.

　잠시 택시를 세우고 길 아래쪽을 보니 바로 코앞에 골프 연습장이 있었는데, 산을 깎아낸 주차장에는 승용차들로 가득했다. 순범은 자연보호가 어떠니 환경보전이 어떠니 해도 돈 있는 놈들의 돈놀음에 몽땅 결딴이 난다는 생각을 해봤다. 제 모습대로만 있다면 얼마나 아름다운 경관인가? 이처럼 멋진 산을 깎아서 골프 연습장을 만드는 나라는 세계 어디에도 없을 것이었다.

　차를 타고 산비탈을 내려오는 길은 열어둔 차창으로 숲의 향기가 흠씬 밀려들어오는, 말 그대로 자연이었다. 본의 아니게 하늘을 이고 숲길을 달리는 북악스카이웨이의 드라이브 재미를 만끽한 셈이었다.

기자와 형사

대중목욕탕은 손님이 별로 많지 않았다. 토요일 오후
라서 그런지 비교적 변두리에 위치한 입지 조건 때문인
지 손님이 많질 않다 보니, 자연 두 사람이 차지하는 공
간은 그만큼 여유로웠다.

개코는 목욕탕에 오면 사우나부터 시작하는지 들어서
자마자 한증실로 향했다. 순범은 늘 하던 버릇대로 머
리부터 감았다. 머리를 감고 한증실로 들어가보니 개코
는 어느새 고행하듯 가부좌를 틀고 앉아 허우대에 걸맞
게 땀을 뻘뻘 흘리고 있었다.

"앉음새를 보니까 부처 해도 되겠어."

"갈비뼈 드러난 부처는 있어도 배가 튀어나온 부처는
없어. 혹시 달마라면 모를까?"

"부처든 달마든 그러고 앉아 있으니까 어울리는데?"

"이게 좋아 보이면 아예 머리 깎고 절로 들어가는 게
어때?"

"가끔 그러고 싶을 때도 있지."

콧잔등이며 구레나룻턱에 땀방울이 대롱대롱 매달리
자, 눈을 감은 채 손바닥으로 쓰윽 문질러 얼굴을 훔치
면서 개코는 또 말이 없었다. 순범도 한증실에서는 꽤
오래 견디는 편이지만 달마대사의 인내를 이겨낼 도리

는 없었다.

한증실에서 나온 순범이 냉탕으로 뛰어들어 자맥질을 하고 있으려니, 개코도 한증실에서 나와 냉수를 두어 바가지 뒤집어쓴 다음 따라 들어왔다. 개코가 들어오자 냉탕이 물결을 일으키며 밖으로 흘러넘쳤다. 커다란 몸을 유연하게 움직이며 헤엄을 치는 개코가 멈추기를 기다렸다가 순범이 다가갔다.

"사건에 대해 정리를 한번 해보지."

"정리를 어떤 식으로 할까?"

"지금까지 알아낸 것들을 항목별로 모아보지 뭐."

"그러자구. 우선 사건 자체를 누군가의 사주에 의한 살인이라고 규정하는 게 좋겠지? 물론 하수인은 잔나비파의 박성길과 부하들이고."

"그보다도 먼저 생각해봐야 할 일이 있을 것 같지 않아?"

"뭘 말이야?"

"최영수."

"나도 아까부터 그 생각은 하고 있었어."

"도대체 무엇 때문에 13년이나 지난 사건을 캐보라고 권했을까?"

"내 짐작으로는 최영수가 이 사건과 모종의 관련이 있는 것 같아."

"어떤 식으로?"

"지금으로야 분명하게 알 수가 없지. 다만 이 사건이

밝혀지면 혜택을 볼 수도 있는 사람이 아닐까 하는 생각은 들어."

"배후가 밝혀지면 최영수가 덕을 본단 말이지?"

"그럴 수도 있겠다는 얘기야. 그러니까 은근히 사건을 파헤쳐보라고 종용하는 것 아니겠어?"

"단순한 호기심일 수도 있잖아?"

"호기심만 가지고 이미 끝난 일을 들춰낼 바보가 있을까?"

"그렇긴 하겠네. 처음에 만났을 때 당신이 직접 파헤쳐보지 그러냐니까, 당시의 담당검사가 지금의 이거라고 하면서 자기는 곤란하다고 하던데?"

순범은 엄지손가락을 치켜세워 보였다.

"이거라니?"

"지금 최영수가 근무하는 지방검찰청의 청장."

"검사장이 손해를 보면 최영수가 덕을 본다?"

"검사장과 최영수가 검찰 내부의 계보상 서로 이해관계가 엇갈리는 경우라면 그럴 수도 있잖아?"

"그럴 거라면 굳이 이 사건이 아니어도 될 텐데?"

"결정적으로 불리한 약점이 될 수도 있는 사건이라고 판단하는 거겠지."

"난해하군. 검찰 내부의 파워게임이라면 우리 같은 피라미 공조체제로는 밝혀내기가 힘든데?"

"피라미 공조체제?"

"그렇잖아? 기자와 형사가 뭐 대단한 존잰 줄 알아?"

"훗, 자네는 기자가 얼마나 무서운 존재인지 모르는 모양이군. 모르긴 몰라도 최영수도 나에게 사건을 던지기까지는 무척 많은 생각을 했을걸. 달리 말하면 나를 이용하지 않고는 도저히 해결하지 못하는 어떤 특수한 사정이 있을 거야. 만약 최영수가 관련이 있다면 말이야."

"어쨌든 좀 떨떠름한데? 괜히 줄을 잘못 서서 고생하는 동료들이 얼마나 많아? 그저 우리 같은 조무래기는 정치적인 사건에는 명함을 내밀지 말아야 한다구. 파워게임이 뭐 우리 좋으라구 벌이는 꽃놀이패 싸움이겠어?"

개코는 잠시 양미간을 찌푸렸다. 순범이 냉탕에서 나오며 개코를 안심시키듯 말했다.

"지금으로선 확실하게 단정할 수 있는 단계가 아니니까, 최영수와의 관련 문제는 내가 본인에게 직접 부딪쳐서 알아볼게."

순범이 다시 한증실로 들어가자, 개코도 순범을 뒤따라 들어왔다. 순범이 모래시계를 거꾸로 세우고 앉자 개코도 옆에 앉으며 입을 열었다.

"아까는 최영수도 사건의 내막을 자세히는 모를 거라고 말했는데, 지금 생각해보니 아무래도 최영수는 뭔가 사건의 깊이를 알고 있는 낌새야."

"아까는 내가 그런 기분이라고 했더니 애써 부정하다가 이제 와서 왜 그렇다고 생각해?"

"처음 만난 날 권 기자를 삼원각으로 데리고 갔다고 했잖아? 적어도 내가 생각하기에는 이용후와 삼원각의 관계에 대해 암시하려고 그랬던 것 같아."

"이용후와 삼원각의 관계?"

"있을 수 있는 일이지. 지금이야 돈만 내면 갈 수 있는 데지만, 당시만 해도 아무나 갈 수가 없었던 곳 아냐?"

"당신은 이용후가 삼원각과 분명히 관계가 있을 거라고 생각한다 이 말이지?"

"그럴 수밖에. 아니라면 왜 삼원각으로 데리고 갔겠어?"

"사건 현장을 보여주기 위해서일 수도 있잖아?"

"물론 그럴 수도 있겠지만, 그보다는 삼원각이 목적지였다는 생각이 드는데? 어쩌면 사건과 삼원각의 관련성을 알려주기 위한 의도일 수도 있었겠고. 그러니까 일부러 삼원각으로 가면서 현장을 보여줬던 것 아니겠어?"

"그럴 수도 있겠지. 그런데 아까 현장을 조사하다가 또 하나 대단히 중요한 사실을 깨달았어."

"뭔데?"

"당신이 맨 처음 짚었던 것인데, 시체가 발견된 곳의 의미도 대단히 크지 않을까?"

"그 세 군데 중의 하나 말이지?"

"그렇지. 박성길의 말에 따르면 그들은 일단 팔각정 아래에서 사람을 죽인 후, 팔각정을 넘어와서 경복고등학교와의 중간지점에 시체를 버리도록 지시했단 말이야."

"그렇지."

"왜 하필 그 자리일까?"

"그렇군, 시체를 그곳까지 가지고 와서 버렸을 때에는 그에 상당하는 이유가 있어야 하겠지. 도대체 무슨 이유였을까?"

"이용후의 시체를 거기에 버림으로써 어떤 의미를 찾고자 했다면?"

"시체를 버리는 장소의 의미?"

"그렇지."

"그런 게 있을 수 있나? 거기가 무슨 특별한 지역이라도 된단 말인가?"

"되지."

"무슨 지역인데?"

"청와대 뒷산이 아닌가."

"청와대 뒷산?"

"그렇지, 이용후가 대통령 직권으로 국립묘지에 매장된 사실과 연결을 시킬 수 있지 않을까?"

"가능한 얘기군. 그렇다면 시체를 청와대 뒷산에 버림으로써 얻는 의미는 뭐지?"

"이용후의 죽음을 청와대에 알리려고 했겠지. 그것도 대단히 빨리……."

"어떻게 그런 생각을 하게 됐지?"

"여권 때문이지. 박성길이 얘기로는 그들이 여권은 도로 넣어두었다고 하지 않았나. 이것을 앞의 추리와

접목시킨다면, 그들은 청와대에 이용후의 죽음을 빨리 알리기 위해 여권을 도로 넣어둔 거야."

"어차피 죽은 사람이라면 빨리 알리나 늦게 알리나 무슨 차이가 있을까?"

"큰 차이가 있을 수 있지. 가령 그들은 청와대에서 이용후의 행방을 찾지 못해서 법석을 떠는 것을 우려했을 수도 있겠지."

"권 기자의 추리는 그럴듯하지만 그들이 청와대에 이용후의 죽음을 알리려 했다면 굳이 사고사로 가장할 필요가 있었을까?"

"그것도 같은 맥락에서 이해할 수가 있겠지. 즉, 사후 수습을 쉽게 할 수 있도록 배려한 것은 아니었을까?"

"글쎄. 그게 과연 가능한 얘기일까? 청와대라면 바로 대통령인데, 대통령의 사람을 죽여놓고 대통령이 수습을 쉽게 하도록 배려한다는 것이 말이 되는 애긴가 말이야."

"물론 나도 추측해보는 것일 뿐이야."

순범은 추리의 종결점이 비상식적으로 되어가자, 자신이 이용후가 국립묘지에 묻혀 있다는 사실에 너무 집착하는 것이 아닌가 하는 생각이 들었다. 그 당시 한국에서 대통령의 사람을 죽인다는 것이 있을 수도 없는 일이거니와, 죽이고 나서 대통령으로 하여금 쉽게 수습하도록 배려한다는 것도 어불성설이었다.

무언가를 골똘히 생각하던 개코가 순범에게 불쑥 말

을 던져왔다.

"박성길은 자기에게 일을 시킨 사람이 공무원 같다고 하지 않았나?"

"그랬지. 그것은 나도 확인해본 바야. 박성길이의 수배가 해제되었더군."

"그렇다면 그들은 청와대 직원들이 아니었을까?"

"가능성이 전혀 없는 것은 아니지. 그들은 일반 공무원과는 다른 대단히 특이한 자들이라고 했으니까."

"그렇다면 청와대에서 이용후를 살해하도록 사주하지 않았을까?"

"무엇 때문에?"

"이유는 모르겠지만 이렇게 생각해볼 수도 있지 않겠어? 이들은 이용후를 살해하고는 사고사로 가장하여 국립묘지에 매장함으로써 범죄를 은폐하며 모종의 선전효과를 노릴 수 있지 않았을까?"

"선전효과?"

"그렇지. 이용후를 아는 사람들에게 청와대가 이용후를 매우 극진하게 대접했다는 것을 보임으로써 의심도 받지 않고 그들의 충성을 이끌어내자는 거지."

"그럴듯한 얘기군."

"이용후의 연고자가 전혀 나타나지 않았다고 하지 않았나?"

"그랬지."

"그것도 청와대 같은 강력한 기관이 개입하지 않고는

불가능한 얘기 아니겠어?"

"그렇군. 그렇지만 그런 경우라면 시체를 북악스카이 웨이에 버릴 필요가 없는 것이 아닌가?"

"시체를 버린 장소에 너무 집착할 필요는 없는 것이 아닐까?"

"글쎄."

개코의 추리도 충분히 일리가 있었다. 두 가지의 상반된 결론이 모두 당당한 논리를 갖출 정도라면 사건을 파헤치기는 실로 지난한 일이 아닐 수 없었다. 그러나 하나 분명한 것은, 이용후는 삼원각으로 가다가 죽임을 당했다는 사실을 알아냈다는 것이다.

두 사람이 목욕탕에서 나와 찾아간 곳은 개코가 좋아하는 순댓집이었다.

뼈다귀로 끓여낸 해장국 국물을 얹어주는 인심에 늙수그레한 아저씨의 구수한 웃음만으로도 기분 좋게 마실 수 있는 곳이었다. 술자리에서 이용후의 얘기를 꺼내지 않으려고 서로 조심하는 탓인지 술잔은 여느 때보다 빨리 돌았고, 두 사람의 토요일 밤은 알코올 냄새로 흠씬 젖었다.

순범과 개코가 어깨동무로 순댓국집에서 나왔을 때는 이미 밤이었다. 토요일은 밤이 좋아. 악을 쓰듯 노래를 부르지 않더라도 역시 토요일은 밤이 좋은 날이었다.

"형수님한테는 종아리 맞을 소린지 모르겠지만, 오늘같이 좋은 날 그냥 들어갈 순 없잖아?"

"두말하면 잔소리지. 그건 그렇다 치고, 아까부터 형수님 형수님 해쌓는데 누구 약 올리자고 하는 소리야?"

"약 올리다니?"

"형수님이란 여자가 저 세상으로 떠난 지가 언젠데 형수님 타령이냐구?"

"뭐라구? 그러면 개코 형사가 홀아비란 말이야?"

"자다가 봉창 두드리는 소리 하고 자빠졌네. 내가 홀아비로 살아온 게 한두 핸가, 이제 와서 새삼스럽긴……."

"그래? 정말 몰랐어. 그럼 애들은?"

"애들이야 이제 좀 컸으니 자기들끼리 지내지. 자꾸 재혼하라고 성화들이지만, 애들 생각하면 영 내키지가 않아."

"그런 줄도 모르고, 내가 실수를 했네."

"둘쨋놈 낳다가 죽었는데, 그래서인지 그 녀석만 보면 제 어미 생각이 나서 더욱 안쓰러워. 애시당초 어미 정이라곤 모르는 놈이라 제 누나가 키우는 것이 그리 힘들지는 않은가 봐. 지난번에 권 기자랑 마시고 헤어질 때, 통닭 사줬잖아? 애들 갖다 줬더니 얼마나 좋아하는지, 왜 진작 저러지를 못했나 싶더라구."

순범은 허우대에 걸맞지 않게 섬세한 감성으로 풀어내는 개코의 말을 들으면서 콧마루가 시큰해지는 기분이었다. 순범은 말없이 개코의 등을 토닥였다. 건너편에 실내포장마차라고 쓰인 간판이 백열등에 반사되어 희미하게 보였다.

권력의 그늘

　월요일 아침 일찍 회사에 들렀다가 시경에 나온 순범
은 강력계, 외근계, 형사기동대를 돌며 홍성표에 관한
소문을 수집해달라고 부탁하고 다녔다. 이상하게도 소
문 한 조각조차 없는 것이 아무리 생각해도 모를 일이
었다. 폭력조직의 두목 중에 수배 안 된 사람이 하나라
도 있겠는가마는 일단 현장에서 도주하고 나면 그전과
달라질 것이 아무것도 없을 텐데, 홍성표는 이제껏 아
무런 소문도 없었다. 목격자들이 전하는 바로는 홍성표
가 대기하고 있던 승용차를 타고 도주했다고 하는데,
그 대기하던 자들이 누구였느냐에 대해서도 소문조차
없는 것이었다.

　순범은 최영수 부장에게 전화를 했으나 그가 회의 중
이었으므로, 경찰청의 국제형사과에서 얻어온 야쿠자
의 계보표를 훑어보았다.

　일본 야쿠자의 조직이란 참으로 상상을 초월할 정도
였다. 정상적인 것이든 비정상적인 것이든 이들이 벌이
고 있는 사업은 수백 종에 달했고, 큰 계보는 정식 조직
원만 만 명이 넘는 것도 있었다. 이들은 이미 메이지유
신 무렵부터 정치에 관여하여, 야쿠자의 두목이 내각의
일원이 되거나 정부의 실질적인 리더로 등장하는 일도

드물지 않았다.

이들이 벌이고 있는 사업 가운데 가장 놀라운 것 중 하나는, 태평양상의 섬들을 원주민으로부터 사들이거나 다른 형태로 지배하거나 해서 관광지를 만든다는 이유로 그 섬을 개발하는 일이었다. 그리고 그 일은 실제로는 일본의 영토 확장이나 다름없다는 사실이었다. 이러한 섬들이 태평양상에 수백 개가 넘는다고 하니 놀라운 일이 아닐 수가 없었다.

점심때가 다 되어갈 무렵 최 부장으로부터 전화가 왔다.

"나 최영수요. 권 기자가 전화했다는 메모를 보고 전화하는 거요."

"좀 만날 일이 있을 것 같아서 아침에 전화를 했지요."

"무슨 일이라도 있소?"

"일은 무슨 일. 그저 최 부장이 술을 살 때도 되지 않았나 해서 연락한 거지요."

"술 사는 거야 뭐 어렵겠소? 그보다는 얘기하는 분위기가 좀 이상한데?"

"그래요? 어떤 점이 이상합니까?"

"어쨌든 만나서 얘기하도록 합시다."

순범은 약속 장소를 정한 다음 저녁에 만나기로 하고 전화를 끊었다.

얘기하는 분위기가 이상하다고? 최 부장은 만나자고 하는 의도를 알아차렸을까? 저녁에 만나려면 최영수에게 알아볼 대목을 미리 정리해둘 필요가 있었다. 최 부장이 얼마만큼 진실하게 속을 보여줄지는 알 수 없지만, 만일의 경우를 생각해서 분위기로나마 대강의 진실을 감지할 수 있도록 질문의 요점들을 미리 정리해야 했다.

순범이 이런 생각을 하고 있을 때 강 기자가 전화를 넘겨주었다. 마침 기다리던 전화였다.

"권 기자, 전에 부탁했던 그 사람 신상 말이야. 확실히 아는 사람은 의외로 없는데, 그 사람이 맞는지 어떤지는 모르겠지만 베일에 싸인 사람이 한 사람 있더군."

"베일에 싸인 사람?"

"응. 기록은 전혀 없고 소문으로만 떠돌았던 사람이야."

"그런데 우리가 왜 몰랐지?"

"잠시 떠돌다 사라진 소문이라 제법 나이가 든 사람들만 어렴풋이 기억하는 것 같았어."

"어떤 소문인데?"

"미국에 있던 한국인 핵물리학자가 다리뼈 속에 원자탄 설계도를 감춰서는 한국으로 왔다는 거야."

"뭐? 뼛속에 설계도를 감춰?"

"그러고는 박 대통령에게 주고 바로 돌아갔다는 거야."

과학기술처에 출입하는 동료 기자의 전화는 허황되기 짝이 없었지만 순범은 한 귀로 넘겨버릴 수 없었다. 뭔가가 찡하고 가슴에 울려오는 것을 느낄 수 있었다.

소문과 이용후 사이에 무슨 관계가 있을 것만 같은 예감이 머리를 무겁게 파고들자 순범의 가슴이 두근거렸다. 자리에서 일어나 창가로 다가간 순범은 자신도 모르게 나직이 신음소리를 냈다.

"음…… 핵개발. 재미 물리학자 이용후."

순범은 이제껏 누구도 추적하지 못했던 엄청난 사건에 자신이 빨려들어가고 있는 것을 느꼈다.

순범이 약속 장소인 프라자호텔의 한 음식점으로 들어서자, 최 부장은 이미 도착해서 맥주를 마시고 있었다. 별실은 두 사람이 차지하기에는 지나치다 싶게 넓은 장소였지만, 얘기를 나누기에는 안성맞춤으로 한갓졌다.

"지금쯤은 연락이 올 거라고 기다리던 참이었소."

"연락을 기다렸다고요?"

"그렇소. 권 기자의 왕성한 활동력을 생각하면 진작에 연락이 와야 하는데, 오히려 늦은 감도 들고."

최 부장은 순범이 오늘 만나자고 하는 의도를 모두 알고 있다는 듯, 한 수 접고 들어가는 태도로 담담하게 얘기를 꺼냈다. 허장성세로 얘기를 꾸미는 게 아니라 사건을 던져줄 때부터 각본이 있었다는 얘기였다. 순범은 깡통검사의 명성을 익히 아는 터라 능히 그럴 수 있는 사람이란 걸 새삼 실감했다. 사건을 추적해가면서 얼핏얼핏 머릿속에서 떠나지 않던 생각, 즉 최 부장이 분명 사건과 관련이 있다는 느낌이 사실로 확인된 셈이었다. 그렇다면 최 부장은 도대체 사건과 어떤 관련이 있단 말인가?

"연락을 기다리고 있었다면, 들려줄 얘기도 준비했다

는 얘긴가요?"

"물론이오. 그렇지만 여기는 적당한 장소가 아니니까 가볍게 맥주나 마시고 식사를 한 다음 자리를 옮깁시다."

"그건 좋도록 하십시오."

고기를 구워 내놓을 때까지 구운 새우며 야채 따위의 군것질거리가 이것저것 나오는 철판구이는 식사를 하기에는 풍성한 편이었지만, 그렇게 주문해서 그런지 한 뼘 남짓의 작은 병으로 나오는 맥주는 술허기를 채우기에 어림없을 정도로 숨이 가빴다.

맥주를 곁들인 식사를 끝내고 최 부장이 계산을 하는 동안 입구에서 잠시 기다리면서 순범은 아까의 상황을 속으로 정리해보았다. 그러니까 최 부장은 처음부터 이런 순간이 오기를 기다리고 있었다는 얘기가 아닌가? 무슨 얘기가 나올지는 모르지만 결코 시시한 얘기는 아닐 것이다.

최 부장이 앞서서 간 곳은 뜻밖에도 프라자호텔의 프런트였다. 프런트에서 말 몇 마디로 열쇠를 받아내는 걸 봐서는 미리 예약이 되어 있는 모양이었다. 최 부장이 열쇠를 들고 앞장서며 턱짓을 하는 대로 순범은 영문도 모른 채 뒤따를 수밖에 없었다.

"미리 예약한 모양이지요?"

"예약도 않고 왔다가 권 기자를 이리저리 끌고 다닐 수는 없지 않소?"

"이것도 각본에 있는 내용입니까?"

"각본이라니?"

"그럼, 아닌가요? 지난번 압구정동 혼스시에서 처음 만난 순간부터 철저하게 각본대로 움직여왔다는 생각이 드는데요?"

"그랬나요? 하하하, 그렇다면 이거 단단히 실례를 했소. 하지만 오늘은 전혀 각본에 없는 스케줄이니까 안심하시오. 다만 권 기자가 오늘 만나자고 하는 게 술이나 마시자는 이유 때문은 아니라고 생각해서 준비를 했을 뿐이오."

'서소문 면도날이라는 소문이 헛것은 아니었군.'

순범은 다시 한번 깡통검사 최영수 부장의 치밀함을 새롭게 인식하지 않을 수 없었다.

엘리베이터가 멈춘 곳은 10층이었다. 엘리베이터에서 내린 최 부장은 텅 빈 복도를 가로질러 방문에 열쇠를 꽂았다. 호텔이나 여관에 들어올 때마다 느끼는 기분이지만, 아무도 없는 텅 빈 복도를 가로지를 때의 감정은 한마디로 표현할 수 없을 정도로 미묘한 여운을 남기곤 했다. 지금까지 호텔이나 여관에 대한 순범의 상상력은 주로 남녀 관계의 선입견에 의존하는 경우가 많았는데, 최 부장을 뒤따라 호텔방으로 들어오는 뜻밖의 처지에 놓이고 보니 뭔가 어울리지 않는다는 느낌과 함께 무척이나 어색했다.

"남자들끼리 이런 곳에 올 수도 있군요?"

"아니, 천하의 권 기자가 그 무슨 소리요? 비즈니스 클래스도 모르다니."

"비즈니스 클래스요?"

"그렇지. 남녀 간에 오면 러브호텔이고, 남자들끼리 오면 비즈니스 클래스 아니겠소?"

"그러니까, 지금 우리는 비즈니스로 만난다 이런 말씀이군요?"

"좋도록 생각하시오. 하지만 나는 오늘 이렇게 만나는 걸 굳이 비즈니스로 생각하진 않을 거요."

"비즈니스가 아니라면 고해성사라도 된단 말입니까?"

"권 기자를 만나 솔직하게 진실을 털어놓겠다, 이런 뜻이오."

최 부장이 진실을 털어놓겠다고 한다. 그렇다고 그가 진실이라며 털어놓는 것을 얼마만큼 믿을 수 있을까? 최 부장이 익숙한 솜씨로 옷장에서 가운을 꺼내 갈아입고 냉장고에서 맥주를 꺼내는 걸 바라보면서 순범은 최 부장이 뭔가 단단히 준비를 하고 있구나 하는 생각을 했다.

"우선 샤워라도 좀 하시오. 긴장을 풀고 편안한 분위기가 만들어져야 얘기도 제대로 될 것 아니겠소?"

순범은 최 부장이 권하는 대로 욕실로 들어가서 세찬 물줄기로 쏟아져내리는 샤워에 몸을 맡긴 채 한동안 서 있었다.

욕실 밖으로 나오자 최 부장은 창밖으로 북악산 쪽을 바라보고 있다가 찬 맥주를 한잔 권했다. 그는 소파에 기대앉으며 손에 들고 있는 맥주를 한 모금 마시더니, 순범의 얼굴을 무심한 표정으로 바라보다가 갑자기 툭 던지듯 말했다.

"사실 이용후 사건에 대해서는 나도 좀 아는 셈이오."

'역시 그랬구나.'

최 부장은 이 한마디를 던지고는 다시 맥주를 한 모금 마시기만 할 뿐 뒷말이 없었다. 아마도 순범으로 하여금 생각을 정리할 수 있는 시간을 주려고 하는 것 같았다.

"나는 박성길이가 그런 고백을 해왔을 때 직감적으로 이것은 보통 일이 아니라고 느꼈소. 무언가 대단히 깊은 음모가 숨어 있는 일이란 것을 깨달았단 말이오. 그 래서 기소 여부와는 상관없이 사건의 내막은 파헤쳐야 겠다는 생각이 들어 몇 번 현장답사를 했소. 아마 권 기자도 깨달았겠지만 이용후, 아니 이 박사가 가려고 했던 곳은 삼원각이었소."

순범은 숨이 막히는 듯했다.

최 부장은 다시금 말을 멈추고 맥주를 한 모금 마셨다. 순범은 최 부장이 잔뜩 뜸을 들이는 것으로 보아 무언가 중요한 얘기가 터져나올 것이라고 생각했다.

"이 박사는 삼원각의 신윤미에게로 가던 중이었소."

최 부장은 이 말과 더불어 순범의 얼굴을 흘끗 쳐다보았다. 순범과 신윤미가 급속도로 가까워진 사실을 알고 있는 그로서는 순범의 표정을 보고 싶었을 것이다. 순범은 짐짓 태연한 체했다.

"여기서 나는 두 가지 가능성이 있다고 생각했소. 하나는 이 박사가 자신의 기분이 동하여 스스로 삼원각으로 가려고 했을 경우이고, 또 하나는 신윤미가 이 박사를 불렀을 경우란 말이오."

최 부장의 말은 신윤미를 걸고 들어가는 말임에 틀림없었다. 말은 두 가지 가능성이라고 하지만, 최 부장의 표정이나 목소리에 힘이 들어가는 걸로 봐서 후자에 악센트를 두고 있었다.

"그렇다면 신윤미를 불러 조사해보지 그랬어요?"

순범은 자신도 모르게 이렇게 내뱉었다가 순간적으로 실수를 했다고 생각했다. 물론 윤미에 대한 자신의 애정이 즉각 이런 저항조의 응대를 불렀을 것이지만, 아무래도 경솔한 짓이었다. 그러나 최 부장은 모르는 체다음 말을 계속했다.

"박성길은 그 일을 시킨 사람들이 자기로 하여금 자가용 영업을 하는 것으로 가장하고 프라자호텔 입구에서 대기하라고 했고, 곧 이 박사가 나오자 신호를 보냈다고 했소. 그렇다면 이들은 이 박사의 행적을 꿰뚫어 보고 있었다는 말이 되지 않소? 즉, 이 박사가 어디로 가려는지를 미리 알고 있었단 말이오. 게다가 미리 북악스카이웨이의 현장에 박성길이의 부하를 대기시킨 것은 이 박사의 행선지가 삼원각이라는 것을 알고 있었다는 얘기지. 자, 그렇다면 그들이 이 박사의 마음속에 들어가 있었기 때문에 이렇게 잘 알고 있는 것이겠소?

아니면 삼원각에 있는 누군가와 사전에 모의를 하고 있었기 때문에 알고 있는 것이겠소?"

역시 최 부장은 면도날이라는 별명 그대로 예리하기 짝이 없었다. 불필요한 말은 단 한마디도 하지 않고 정확하고 예리하게 사건의 본질을 꿰뚫고 있었다. 그러나 순범은 왠지 모르게 마음이 다급해지는 것을 느끼고 있었다. 한마디라도 윤미를 위한 변명을 찾아야 한다고 생각했다.

"상대방이 도청을 하고 있었을 경우도 생각해볼 수 있지 않겠소?"

이 말을 들은 최 부장은 피식 웃었다. 이 웃음의 의미는 순범의 얘기가 전혀 가능성이 없는 것인 데다가 순범이 윤미를 위해 변명하기 위해 생각나는 대로 내뱉은 말이라는 것을 알기 때문이었다.

"권 기자, 아마 권 기자쯤 되면 이미 이용후 박사가 어떤 사람인지 알고 있을 것이오. 그는 박정희 대통령이 해외 두뇌 유치 계획에 따라 귀국시킨 사람 중에서도 아주 특별한 사람이었소."

"아주 특별한 사람?"

"혹시 박 대통령이 핵무기를 개발하려고 무척이나 애를 썼다는 얘기를 들어본 적이 있소?"

"핵무기?"

"이용후 박사는 박 대통령의 핵개발 계획의 중심축이었던 사람이라는 거요."

"……."

순범도 이런 생각을 해보지 않았던 바는 아니었지만 막상 최 부장의 입에서 이런 얘기가 나오자 놀라지 않을 수 없었다.

"그런데 이렇게 중요한 사람을 범죄자들이 마음대로 도청을 한단 말이오? 경호팀이 물샐 틈 없이 붙어 있을 텐데."

역시 틀림없는 말이었다. 순범은 앞으로는 신중하게 응답해야겠다고 생각했다. 마음만 앞서 함부로 대처하다간 오히려 역효과만 나고 말 것이었다.

"이렇게 본다면 신윤미라는 여자는 틀림없이 이 박사 피살에 관여하고 있는 것 아니겠소. 물론 권 기자로서는 동의하기 싫은 결론이겠지만."

순범은 잠자코 있었다. 순범이 침묵을 지키자 조금은 의기양양한 태도로 최 부장이 잔을 들어 목을 축였다. 그러나 이 순간 순범은 아주 이상한 것을 느꼈다. 지금까지 최 부장의 이야기로 미루어봐서는 틀림없이 신윤미가 관련되어 있는데, 왜 아무 관련도 없는 자신에게 사건을 던져주고 자신이 신윤미와 가깝게 되었을 때를 기다려 이런 얘기를 한단 말인가? 순범은 그 각본이라는 것의 의도를 알아차릴 수가 없었다.

"그렇다면 이렇게 분명한 사건에 나를 끌어들여 최 부장이 얻고자 하는 것은 무엇이오?"

이 대목에서 최 부장은 의기양양하던 표정을 싹 바꾸

고, 진지한 얼굴로 순범에게 가까이 다가앉으며 목소리를 낮추었다.

"문제는 신윤미 하나가 아니오. 신윤미와 박성길을 사주한 사람들이 뒤에 있을 것 아니오? 지금 신윤미를 데려다가 조사해봐야 모른다고 하면 그걸로 끝이오. 증거가 없소. 물론 명확한 증거만 있으면 즉각 구속수사를 할 수 있을 테지만, 권 기자도 알다시피 박성길이의 증언에 따라 그저 삼원각으로 가고 있었을 것이라고 추측하는 정도에 불과한 것 아니오. 게다가 이들의 배후에서 사주한 자들이 결코 보통 사람들은 아닐 것이오. 필시 막강한 힘을 가지고 있는 자들이겠지. 절대 겉으로 드러날 사람들이 아니오. 이 박사의 죽음은 어쩌면 우리로서는 알 수도 없고 설사 안다 해도 건드릴 수 없는 자들의 소행일 거요."

이 말을 하는 순간 최 부장의 눈에는 야릇한 빛이 스쳤다. 순범의 예리한 눈에 그것은 무엇인가에 대한 강렬한 적개심 같기도 했고, 두려움과 겹쳐진 체념의 눈빛 같기도 했다.

"훗, 최 부장의 입에서 그런 말을 들어보는 것은 처음인데요. 항상 자신만만하게 정의를 부르짖던 분에게서 그런 말이 나오다니."

그러나 순범은 최 부장의 말이 어쩌면 틀림없는 사실일 것이라는 생각이 들었다. 이 박사를 살해한 자들은 여봐란 듯이 시체를 청와대 뒷산에 버리지 않았던가.

"그럼에도 불구하고 우리는 신윤미를 파고 들어갈 수밖에 없소."

"아무 소용이 없다면서요?"

"지금에 와서 중요한 것은 드러나지도 않을 배후세력이 아니라 이 박사의 죽음 그 자체요."

최 부장은 전혀 뜻 모를 이야기를 하고 있었다. 공소 제기의 책임이 있는 검사로서, 살인이라는 극단적인 범죄를 저지른 자들에 대해서는 불가능한 일이라며 체념을 하고, 오히려 엉뚱하게 죽음 그 자체를 중요하다고 말하는 것은 도대체 무엇이란 말인가?

"죽음 그 자체가 중요하다니, 그건 무슨 말인가요?"

"중요하지. 너무도 중요한 얘기요. 다만 그것은 3일 후 이 방에서 다시 만나 얘기합시다. 그날은 내가 모든 것을 얘기하겠소."

"왜 하필 3일 후란 말입니까?"

"그 전에 권 기자가 한 군데 다녀올 곳이 있어서 그렇소."

"다녀올 곳이라니요?"

"삼원각."

"삼원각?"

"그렇소. 가서 신윤미를 만나고 오시오."

"왜 신윤미를 만나고 와야 하는 거요? 그 얘기와 신윤미가 무슨 관계라도 있단 말이오?"

"원래는 별 관계가 없소. 그러나 나의 판단에 의하면 기대했던 것보다 뭔가 일이 잘될 수 있을 것 같단 말이오."

"기대보다 잘되다니?"

"신윤미의 마음에 변화가 일어난 것 같단 말이지."

"무슨 변화?"

"이상하게도 그 여자가 권 기자를 사랑하게 된 것 같단 말이오. 물론 권 기자도 그 여자를 사랑하는 것 같고."

"그것이 이번 일과 무슨 상관이 있단 말이오?"

"대단히 큰 상관이 있지. 신윤미는 이 박사 죽음의 중심인물이 아니오? 그리고 권 기자는 그 죽음에 얽힌 비밀을 풀어야 할 사람이고. 그런데 두 사람이 가까워지면 일이 더 순조로워질 것이 아니겠소?"

"그렇다면 나에 대한 신윤미의 감정을 이용하란 말이오?"

"하하, 그렇게 극단적으로 얘기할 필요 없잖소? 두 사람이 서로 좋아하는 것은 자연스러운 일이오. 다만 권 기자가 내 이야기를 듣기 전에 먼저 신윤미를 만나면 이 박사에 대해 좀 더 소상히 알게 될 것이고, 그러면 일에 도움이 될 것이란 거지. 이런 점에서 권 기자와 신윤미가 가까워진 것이 잘된 일이라는 거요. 신윤미는 우리가 기대했던 것보다 의외로 많은 것을 얘기해줄지도 모르지. 사랑하는 사람을 위해서는 못할 일이 뭐가 있겠소?"

최 부장의 마지막 말은 틀림없이 빈정대는 투였다.

"사람의 자연스러운 감정을 일에 이용하는 것은 비겁

하지 않소?"

"감정을 이용하자는 것은 절대 아니오. 사실 권 기자가 신윤미를 만나서 아무런 얘기를 듣지 못한다 하더라도 문제 될 것은 없소. 그러나 현재로서는 우리나라에서 이용후 박사에 대해 가장 많이 알고 있는 사람은 바로 신윤미요. 그렇다면 꼭 일이 아니라 하더라도 그녀로부터 직접 이 박사에 대해 들어볼 필요가 있지 않겠소? 신윤미는 이제껏 아무에게도 이 박사에 대한 이야기를 한 적이 없소. 그러나 이번에 어쩌면 권 기자에게는 말을 할지도 모른다는 생각이 들어요. 자, 복잡하게 생각하지 말고 일단 한번 부딪쳐보고 3일 후 같은 시간에 여기서 다시 만납시다."

최 부장은 말을 끝내고 일어나 서둘러 옷을 갈아입었다.

"얘기를 하다 보니 약속시간을 넘기고 말았군. 그럼 권 기자, 3일 후에 만나기로 합시다. 그리고 참, 이걸 받으시오."

최 부장은 봉함이 된 봉투 하나를 건네주고 방을 나갔다. 가운을 걸친 채 뒤에 남아 있던 순범은 최 부장의 돌발스런 행동에 내용을 확인하지도 못하고 봉투를 받는 형편이 되고 말았다.

최 부장이 문을 열고 나가는 소리를 듣고 나서야 순범은 비로소 꼴이 좀 우습게 되었다는 생각이 들었다. 나름대로는 이용후 사건의 진실을 파헤치려고 최선을 다해 이리저리 뛰어다녔지만, 알고 보니 부처님 손바닥에서 뛰어놀던 손오공 꼴이었다. 게다가 최 부장이 던져주고 간 봉투를 뜯어보니 10만 원짜리 자기앞수표 쉰 장이 들어 있었다. 억누를 수 없는 오기가 치밀어올랐지만 순범은 꾹 눌러 참았다.

그러나 윤미의 일은 어떻게 해야 할 것인가? 정확한 것은 윤미의 이야기를 들어보아야 할 것이지만, 최 부장의 이야기는 대체로 맞는 것 같았다. 그렇다면 윤미는 무슨 이유에서인지는 몰라도 이용후 박사를 살해한 자들의 공범 역할을 했다는 얘기가 아닌가? 자신이 좋아하는 여자가, 더군다나 그토록 기품 있고 현명한 여자가 살인사건의 공범이라니……. 그것도 어쩌면 자신이 밝혀내게 될 사건에 연루되어 있다는 것은 참으로 비정한 일이었다.

어떻게 해야 할 것인지, 순범은 넋을 놓은 채 창밖으로 시선을 던지고 있었다. 시청 앞 광장을 꼬리를 물고 돌아가는 자동차들, 그리고 그 자동차에 타고 있는 사람들의 인생을 생각해보며, 순범은 운명이란 참 장난과 같다고 생각했다. 내일 아침 최 부장을 찾아가서 손을 떼겠다고 말해야 한다는 생각이 몇 번이나 들었지만, 한편으로 생각해보면 그것은 너무도 비겁한 행동이었다. 손을 떼고 나면 그 후의 윤미의 운명은? 최 부장이 말했듯이 손댈 수 없는 사건으로 묻혀지고 말 것인가? 아니, 그렇지는 않을 것이었다. 최 부장은 이 일을 결코 그냥 묻어두지는 않을 것이 분명했다. 검사인 최영수가 직접적으로 손을 쓰지 못하고 자신에게 철저히 매달리는 것으로 보아서는 무슨 특별한 사정이 있겠지만, 살인사건의 공범자를 검사인 그가 알면서 끝까지 그냥 놔두지는 않을 것이었다.

이렇게 생각하던 순범의 뇌리에 갑자기 스치는 생각은, 뭔가 최 부장 쪽도 약점을 가지고 있지는 않을까 하는 것이었다. 그렇지 않다면 부장검사인 그가 자신을 끌어들여서 사건을 이렇게 복잡하게 이끌어갈 필요가 전혀 없을 것이었다. 분명히 무언가 있기는 한데 그것이 무엇일까? 어쩌면 윤미는 나름대로 충분한 이유가 있지 않을까? 이런 생각과 더불어 순범은 윤미가 결코 살인에 가담할 사람은 아니라는 자신의 믿음을 굳혀갔다. 그것은 무엇보다도 수많은 사건을 접하고 사건 관계자를 만나본 베테랑 기자로서의 육감에서 오는 확신이었다.

순범은 앉은자리에서 종로경찰서의 개코에게 전화를 했다.

개코는 자리에 없었다. 순범은 개코의 무선호출기 번호를 눌렀다. 잠시 후 호텔의 교환을 거쳐 개코 형사의 목소리가 들려왔다.

"거기 어디야? 호텔 객실인 것 같은데 웬일로 초저녁부터 거기 들어 있어?"

"그렇게 됐어. 지금 어디에 있어?"

"좀도둑이 들었다는 신고를 받고 퇴근길에 나와봤

어."

"그래, 잡았어?"

"무슨 수로 잡아. 천방지축으로 날뛰는 게 좀도둑인데."

"개코가 못 잡는 걸 보니 좀도둑은 냄새도 안 나는 모양이지?"

"잡아도 잡아도 씨가 안 마르는 걸 보면 잡히는 이상으로 새로 생기나 봐."

"잡아들여서는 몽땅 재교육을 시켜서 내보내니 씨가 마르겠어?"

"그러게 말이야, 잡는 것도 중요하지만 잡고 나서의 처리가 더 중요한데, 우리도 골치 아파. 그건 그렇고 오늘은 어쩐 일로 삐삐까지 쳐서 부르고 난리야?"

"방금 최영수를 만났어."

"이번에는 아주 행동이 잽싼데. 웬일이야?"

"웬일은 무슨?"

"그래 뭐 좀 건졌어?"

"글쎄, 건진 건지 빠진 건지 나도 모르겠어."

"그건 또 무슨 소리야?"

"얘기를 듣고 나니 더 헷갈려서 하는 소리야."

"더 헷갈려?"

"그래, 일단 만나자구."

"이 시간에?"

"그래, 같이 갈 데가 있어."

"어딘데?"

"오늘은 당신 회포까지 풀어줄 테니까 얼른 날아와."

"괜히 헛물켜게 하지 마."

개코는 약간 들뜬 목소리로 전화를 끊었다. 꼭 회포를 풀어준다는 말보다는 순범이 자신을 잊지 않고 전화를 걸어준 것이 더 반가운 눈치였다. 다른 사람에게는 모르지만 적어도 개코에게 있어서 순범은 자꾸 어울리고 싶은 인텔리 친구였다.

두 사람이 1차로 간단하게 마시고 삼원각으로 찾아간 것은 밤 9시가 조금 지나서였다. 도중에 택시에서 최 부장을 만나 들은 얘기를 들려줬더니, 개코는 역시 하는 표정이었다. 그러나 순범은 최 부장과 나눈 이야기를 모두 들려주지는 않았다. 최 부장의 보안에 대한 당부는 차치하고라도, 우선 자신도 채 정리하지 못한 이야기를 들려주어야 할지 말아야 할지 아직 판단이 서지 않았기 때문이었다.

윤미는 순범이 낯선 손님과 함께 연락도 없이 찾아오자 놀라는 중에도 몹시 반가운 모양이었다. 갖가지 먹음직스러운 안주를 가득 차려오는 외에도 순범과 개코의 대화를 곁귀로 듣고는 아예 사람 수배까지 해두는 등 정성스럽게 두 사람을 맞이했다.

처음에는 신이 나서 잔뜩 들떠 있던 개코였지만, 막상 으리으리한 대문을 거쳐 까막눈도 번쩍 뜨일 만큼 각종 최고급 장식과 골동품 등으로 꾸며진 고풍스런 방에 들어오니 주눅이 드는 모양이었다. 평소에는 구경조차 못하던 음식이며, 꽃다운 나이에 날아갈 듯한 모습의 아가씨가 옆에서 시중을 들자 넋이 반쯤은 나간 사람처럼 앉아 있었다.

"이거 팔자에도 없는 호강을 하다가 벼락이나 맞는 거 아닌지 모르겠구먼."

"후후, 당신 호주머니는 넘보지 않을 테니 걱정 말고 있어."

"권 기자, 이거 이렇게 돈을 써도 되는 거야?"

"왜, 죽기 전에 이렇게 한번 써보면 안 돼?"

"무슨 소리야? 죽다니?"

"한 사오십 년 후에는 안 죽겠어?"

"이 사람 농담을 해도! 괜히 깜짝 놀랐잖아."

개코는 옆의 아가씨가 착 달라붙어 애교를 부리며 시중을 드는데도 별로 흥겨운 표정이 아니었다. 놀아본 놈이 놀 줄 안다고, 허구한 날 순대나 감자탕 따위를 안주로 소주에 취하던 주제에 고급 요정은 어쩌면 어림없는 자리일 수도 있었다. 그래서인지 서로 인사를 나눈 다음 술을 마시면서도 흥을 잃고 시큰둥하게 앉아 있는 개코에게 아가씨가 눈치를 살피며 한마디 건넸다.

"사장님은 무슨 일이 있으셨어요? 기분이 별로 안 좋아 보이시네요."

"나는 지금 기분이 좋은 건지 안 좋은 건지도 모를 지경이야."

개코가 퉁명스럽게 대답하자, 순범이 가로막고 나섰다.

"난생처음 호강을 해보니까 얼떨떨한 모양이지?"

"예끼, 이 사람. 누굴 놀리는 것도 아니고, 느닷없이 이런 데로 끌고 오면 어쩌자는 거야?"

"뭘 어째? 좋아하는 술 한번 걸쩍지근하게 마셔보자는 건데 무슨 준비운동이 필요한 것도 아니겠고, 이왕지사 왔으면 신나게 마시기나 하면 되지 뭐 그리 걱정이 많아? 매일같이 마시는 술, 이렇게도 마셔보고 저렇게도 마셔보고 그러는 거지."

"이런 데서 마셔가지고 기분 좋게 취할 수가 있겠어? 술이 코로 들어가는지 입으로 들어가는지도 모를 판인데."

순범의 말에 개코가 한풀 꺾이는 눈치를 보이자, 아가씨가 어색한 분위기를 누그러뜨리려는 듯 달래는 투로 개코에게 말했다.

"어머, 그렇다고 설마하니 술이 코로 들어가기야 하려구요?"

"사람은 저마다 주제에 맞게 놀아야 한다 이 말이야."

개코의 불거진 태도를 바꿔준 것은 결국 아가씨의 재치였다. 개코가 전혀 고집을 꺾으려고 하질 않자, 개코의 불만이 자기 탓이라도 되는 듯이 토라지는 말투로 아가씨가 자리에서 일어서려고 했던 것이다.

"박 사장님 기분이 언짢으신 게 저 때문이라면 제가 나갈게요."

개코가 순간적으로 당황하며 난감한 표정을 지었다.

그것만으로도 더 이상 시비를 가릴 처지가 못 되는데
도, 신윤미가 개코의 표정을 살피면서 한술을 더 떴다.

"애를 내보내고 딴 애를 부를까요?"

"아니, 그런 말이 아니오. 이 사람 탓은 아니라니까."

"그럼 됐어요. 이제부턴 아무 말씀 마시고 즐겁게 마
시기예요?"

개코는 꼼짝없이 술자리에 발목을 잡힐 수밖에 다른
도리가 없었다. 개코의 태도가 얌전해지자 그다지 흥
겹게 시작한 술자리는 아니었지만 밤이 이슥하도록 술
을 마시게 되었다. 개코는 처음과는 달리 술이 얼큰하
게 오를수록 제법 아가씨의 볼을 비벼대거나 어깨동무
로 껴안기도 하면서 거리낌없이 다정한 사이가 되어가
는 눈치였다. 순범은 개코의 변화에 안도하면서 신윤미
와 은근한 눈길을 교환했다.

그럭저럭 술자리가 파하고 나서 순범은 개코를 아가
씨와 함께 미리 준비된 숙소로 밀어넣고, 신윤미와 함
께 밖으로 나왔다. 두 사람은 윤미의 차를 타고 북악스
카이웨이를 내려와 윤미의 집으로 갔다. 윤미는 지난번
에 밤을 같이 보낸 탓인지, 순범이 어디로 가야겠다고
말하지 않았는데도 자연스럽게 자신의 집으로 차를 몰
았다.

순범은 조용히 차를 몰고 있는 윤미의 곁에 앉아 무거
운 마음을 어쩌지 못하고 있었다. 처음으로 사랑할 수
있을 것 같은 여자에게 지난날에 대해서 묻는다는 것

은, 여자를 얼마나 처참한 상태로 밀어넣는 처사인가? 그것은 가혹한 고문이나 다름없는 것이었다. 순범은 순간적으로 이용후 박사에 대해 묻는 것을 그만둬버릴까 하는 생각도 해봤지만, 최 부장이 이미 알고 있는 이상 자신이 먼저 묻는 것이 나을 것이라고 생각했다.

순범은 윤미로부터 지난날의 이야기를 듣는 데 두 사람의 감정이 섞이는 것을 원하지 않았기 때문에, 자동차 안에서 약간 건조한 음성으로 서두를 꺼냈다. 그리고 그 뒤는 모두 윤미에게 맡겨둘 생각이었다.

"혹시 이용후 박사라는 분을 아십니까?"

순범과 함께 삼원각을 나온 후로 몹시 즐거워 보이던 윤미는 이 말을 듣는 순간 충격을 받은 듯 멈칫하며 아무런 대답이 없었다. 한참의 시간이 흐르도록 기나긴 침묵만이 계속되었고, 질문을 던진 사람이나 받은 사람이나 숨소리조차 내지 않았다. 자동차 엔진 소리만이 차 안의 좁은 공간에 살아 있는 것처럼 느껴졌다. 이윽고 자동차가 윤미의 집에 도착하자 두 사람은 말없이 집 안으로 들어섰다.

불빛 아래 비치는 윤미의 얼굴에 눈물이 고여 금방이라도 흘러내릴 것 같았다. 순범은 아무 말도 하지 않은 채 그녀의 어깨를 살며시 끌어안았다.

숨겨진 밀월

윤미의 방은 깨끗하게 정리되어 있었다. 두 개의 찻잔에 따라진 작설차의 내음이 코끝으로 번져왔다. 윤미는 아무 말도 없이 찻잔을 내려다보고 있다가 가만히 고개를 들어 순범을 바라보았다. 순범도 윤미의 시선을 피하지 않고 마주 바라보았다. 윤미의 눈에는 원망이 배어 있는 듯했다. 윤미의 눈에서 다시금 소리 없이 눈물이 흘러내렸다.

약간의 시간이 흐른 후, 윤미는 손수건으로 눈가의 눈물을 닦았다. 그러곤 희미하게 웃어 보였다. 눈물자국이 묻어난 그녀의 얼굴에 쓸쓸함이 엿보이는 듯했다. 순범은 그러한 윤미가 안쓰러워 마음이 아파왔다.

"지난 세월 동안 아무에게도 하지 않았던 얘기지만 권 기자님께는 하겠어요. 그런데 박사님에 대한 얘기는 최 부장이 하던가요?"

"그런 셈입니다."

"최 부장이 권 기자님을 여기에 데리고 올 때부터 오늘 같은 일이 있을 줄 짐작은 했어요."

"짐작하다니요?"

"그 사람이 일없이 권 기자님을 데리고 왔을 리는 없다고 생각했어요. 딱히 드러내놓고 말하지는 않았지만,

그는 박사님이 혹시 제게 무슨 중요한 사실이라도 말씀하신 것이 없을까 해서 끈질기게 파고들었죠. 그러나 저는 박사님에 대해 단 한 마디도 그에게 말한 것이 없어요. 박사님의 사망에 대해 뭔가를 알아내려고 집요하게 추궁하더니, 지난번에는 권 기자님과 같이 왔더군요. 그래서 저는 오늘과 같은 날이 올 줄 알았던 거죠."

"그런데 윤미 씨는 왜 박사님과 관련된 얘기는 한마디도 하지 않으려고 하는 거죠?"

"믿을 수 없어요."

"무엇을 믿을 수 없다는 얘긴가요?"

"이 나라의 관리들, 나아가서는 이 나라 정부를요."

"정부를 못 믿겠다는 얘기는?"

"박사님과 박 대통령이 살아 계실 때는 민족의 영웅 운운하던 고급 관리들이 박사님 사후에는 위험한 사람으로 몰아붙이더군요. 최 부장 같은 사람도 박사님에게 해를 끼칠 사람이 틀림없어요. 그래서 저는 박사님과 관련된 이야기는 한마디도 하지 않기로 맹세했어요."

"그런데 그토록 오랫동안이나 하지 않고 있던 얘기를 어째서 내게 해주겠다는 겁니까?"

윤미의 얼굴에 약간 당혹스런 표정이 떠올랐다가 이내 사라졌다.

"느낌 때문이죠. 권 기자님은 다른 느낌을 줘요. 최 부장에게 이용만 당하고 말 분이 아니란 느낌이 들어요."

말을 마치고 한참 동안 무엇인가를 생각하던 윤미는

결심을 한 듯, 어떻게 보면 체념이라도 한 듯이 허공을 응시하다가 순범의 얼굴에 눈길을 모으고는 말문을 열었다.

"박사님을 모시게 된 것은 어명을 받았기 때문이에요."

순범은 숨이 턱 막혔다. 바로 이거다 싶어 긴장하면서도 짐짓 아무렇지도 않다는 듯 빠른 속도로 되물었다.

"어명이라니요?"

"각하의 명령이죠. 돌아가실 때까지 약 일 년 정도 박사님을 가까이에서 모셨지요."

"괜히 옛날이야기를 꺼내게 해서 미안하군요."

"아니에요……"

순범은 윤미가 말을 던져놓고도 한동안 회상에 잠기면서 이야기를 정리하고 있다는 느낌을 받았다. 옛 생각에 빠져드는 듯한 윤미의 표정은 격정을 누르고 침착해지려 애쓰는 것이 역력히 드러나 보였지만, 눈에는 어느새 작은 이슬방울이 맺히고 있었다.

순범은 문득 윤미의 몸이 마치 처녀와도 같이 순수하던 것이 생각났다. 오랜 세월 동안 남자를 모르고 살아온 것이 분명하던 그녀의 몸이 순범에게는 무척이나 이상하게 느껴졌던 것이다. 어쩌면 윤미의 홀로 사는 생활이 이 박사의 죽음과 관련이 있는 것이 아닐까 하는 생각이 들었다. 그러나 아무리 이 박사와 예사 관계가 아니었다 해도 수절하는 것처럼 산다는 것이 있을 수 있는 애긴가? 순범은 여기에는 필경 무슨 이유가 있을 것이라고 생각했다.

마음 급한 순범에게 윤미의 침묵은 몹시 지루하게 느껴졌다.

"제가 처음으로 삼원각에 나오던 날이 바로 박사님을 뵌 날이에요. 그날은 저와 유명한 영화배우가 된 윤희가 같이 사랑채에 불려갔지요."

"사랑채라고요?"

"그저 우리끼리 그렇게 부르는 이름이죠. 매번 장소가 바뀌기도 하고 때로는 삼원각으로 직접 오시기도 하셨지만, 대통령께서 가까운 분들과 술을 마시는 자리를 우리는 사랑채라고 불렀죠."

순범은 지금도 깊은 매력을 간직하고 있는 윤미의 용모로 보아 능히 그런 자리에 불려갈 만하다는 생각을 했다.

"처음부터 대통령의 명령으로 이 박사를 모시게 되었나요?"

"그런 셈이죠. 박사님을 처음 만난 날은 그해의 첫눈이 내리던 날인데, 무언가 크게 축하할 만한 일이 있었던지 무척 유쾌한 분위기였어요. 각하는 물론이고 모인 사람들이 모두 얼큰하게 취기가 올라 흥겹게 놀았어요. 그러나 아무리 유쾌한 자리라도 분위기에 잘 적응하지 못하는 사람이 한둘은 꼭 끼어들게 마련 아니겠어요? 박사님이 바로 그런 분이시더군요. 다른 사람들이 노는 분위기에 자연스럽게 어울리지 못하고, 도무지 어색하고 낯설어하는 기색이 역력했어요. 같이 왔던 정보부장이나 경호실장 같은 사람들이 분위기를 망치는 박사님에 대해 못마땅한 기분을 갖는 눈치였어요. 그런데 이상하게도 각하께서 박사님께 유달리 신경을 쓰시는 거예요. 깍듯이 경어를 쓰시는 것은 물론 호칭도 이 박사가 아닌 박사님이었어요. 정신없이 떠들고 노래 부르고 하는 와중에서도 박사님의 기색을 살피시다가, 박사님이 약간 소외된 듯한 감을 잡으시고는 당신 곁에 앉아 있던 저에게 이런 말씀을 하시는 거예요. 박사님께서는 이런 분위기를 좋아하시지 않으니까 네가 잠시 바깥으로 모셔 첫눈 구경이나 하면서 말동무나 되어드려라.

저는 각하의 말씀에 따라 박사님을 모시고 바깥으로 나갔어요. 각하께서는 이미 그때 박사님이 곁에 앉아 있던 김 양에게는 눈길도 주지 않고 각하의 곁에 앉아 있던 제게 자주 눈길을 던지시는 기색을 눈치채셨던 모양이더군요. 박사님께서는 각하의 파트너로 앉아 있던 제가 같이 나가자고 하니까, 일순 놀라시면서 각하의 얼굴을 쳐다보시더군요. 각하께서는 조용히 웃으시면서 고개를 끄덕이셨어요. 그런데 놀랍게도 각하의 미소를 본 박사님은 갑자기 표정을 붉히면서 무척 당황해하시더군요. 어쩔 줄을 모르고 쩔쩔매던 박사님의 표정이란, 참 얼마나 우습고 순진해 보이던지……

저는 다른 사람들이 볼까 봐 얼른 박사님의 손을 붙잡고 밖으로 나왔어요. 태어나서 처음으로 남자들의 그런 자리에 가본 제가 어쩌면 그렇게 대담하게 행동할 수 있었는지. 지금 생각하면 그것은 아마 박사님 때문이었을 거예요."

"순진하신 분이었나 보군요?"

"어린아이처럼 아주 티없이 맑은 분이셨어요."

과거를 회상하는 윤미의 얼굴에 쓸쓸한 미소가 스쳐 갔다. 순범은 윤미의 처연한 표정과 고독한 미소에서 이 박사와 윤미의 관계가 예사스런 것이 아니었음을 느낄 수 있었다.

"그날 내린 첫눈은 여느 해와 달리 아주 펑펑 쏟아지고 있었어요. 박사님과 저는 경복궁 부근을 거닐며 조용히 소원을 빌었지요. 저는 오랫동안 앓아누우신 아버지의 쾌차와 오래전 집을 나가버린 어머니의 행복, 그리고 그해에 대학 시험을 치르는 남동생의 합격을 빌었어요. 박사님은 별로 소원을 비시는 것 같지 않았어요. 그런데 제가 잠시 저를 찾는 경호원과 얘기하는 동안 경복궁 담을 마주하고 눈을 감은 채 몰래 소원을 빌고 계신 게 아니겠어요? 살며시 다가간 저는 그때 깜짝 놀랐어요. 왜냐하면 아주 낮은 목소리로 빌고 계시던 박사님의 소원 중에 자신을 위한 것이라곤 단 하나도 없었거든요. 오로지 우리 동포의 행복과 우리나라의 번영만을 비는 것이었어요. 저는 세상에 이런 분도 있나 싶어 놀라웠지만, 한편으로는 무척 자랑스러웠어요. 대통령께 극진한 존경을 받는 이런 분과 같이 첫눈 오는 밤을 걸고 있다는 것이 제게는 색다른 기분을 주었어요.

사실 저의 머릿속에는 저의 어려움과 고통을 담보 삼아 저를 유린하려던 돈 많은 사람, 배운 사람, 힘을 가진 사람들이 얼마나 추악한 존재인가 하는 생각이 떠나지 않고 있었는데, 세상에는 이런 분도 있는가 싶더군요. 어깨와 머리에 온통 하얀 눈을 덮어쓰고 일행이 있던 방으로 들어간 우리는 모든 사람들의 놀림을 받았지만 하나도 부끄럽지 않더군요. 그날 이후로 그분은 제게는 종교가 되어버렸어요. 박사님을 알게 된 것이 저의 눈을 결정해버리고 저의 사람됨을 결정해버렸어요. 저도 역시 박사님처럼 흥청망청한 파티 같은 것을 싫어하게 되더군요."

"일 년 가까이 모셨다고 했던가요?"

"그렇지만 어쩌다가 한 번씩 이곳으로 찾아오셨으니까 일 년이라는 게 무슨 의미가 있겠어요? 각하께서는 절더러 박사님이 오래전에 부인과 사별하신 외로운 분이니 특별히 잘 모시라고 말씀을 하셨어요. 박사님은 저를 무척 좋아하시면서도, 하시던 일 때문인지 철저히 극기를 하시더군요. 어쩌다가 함께 밤을 보내신 다음 날은 새벽같이 없어지곤 하셨어요. 마치 기차 시간에 늦은 사람처럼 뒤도 안 돌아보고 급히 나가시는데, 저는 박사님이 할 일이 많으신 분이라는 걸 알았기 때문에 이해하곤 했지만, 마음 한편으로는 서운하기 짝이 없었어요. 그런데 사실은 박사님이 저와 헤어지기 싫은

마음을 이겨내기 위해 일부러 뛰어나가버리시곤 한다
는 것을 우연한 기회에 알게 되었어요. 그때 얼마나 눈
물이 났는지……. 심성이 깊은 만큼 정도 깊은 분이었
어요."

"윤미 씨도 이 박사님을 좋아했던 모양이죠?"

순범은 다소 묘한 기분이 들어 투박스레 물었다. 그럴
것이라 생각은 하고 있었지만, 윤미의 목소리를 통해
윤미와 이 박사의 관계를 직접 듣게 되자 자신도 모르
게 목소리가 달라져 나왔던 것이다. 이러한 순범의 마
음을 전혀 눈치채지 못하는지 윤미는 여전히 애잔한 음
성으로 말을 이어나갔다.

"좋아했어요. 자상한 아버지 같기도 하고 순진한 소년
같기도 해서 정이 들 대로 들었어요. 돌아가시고 나서
부터는 생각날 때면 항상 거기 가는 버릇이 생겼어요."

"거기라니요?"

"묘소에요."

"국립묘지 말인가요?"

"그래요."

"국립묘지에 계신다는 것은 어떻게 알게 되었나요?"

"각하께서 직접 말씀해주셨어요."

"이 박사가 돌아가시고 난 다음에도 박 대통령을 만
났나요?"

"서너 번 정도 뵈었지요. 늦은 밤 갑자기 찾아오곤 하
셨어요. 돌아가신 박사님 생각이 난다며 찾아오셔서는

저하고 늦도록까지 박사님 얘기를 하곤 하셨어요. 눈물을 보이신 적도 있고요."

"박 대통령이 눈물을 보여요?"

"그래요. 어느 날인가 찾아오신 각하께서는 저와 함께 박사님을 그리워하다가 아무 말 없이 고개를 돌리고 눈물을 흘리시더군요. 그날 밤 저도 어찌나 가슴이 메이던지 아무 소리도 못 내고 주르르 눈물만 흘렸어요. 각하께서는 제가 슬퍼하는걸 보고 눈물을 거두시면서 오히려 저를 위로해주셨죠. 그런데 그것이 마지막으로 본 각하의 모습이 되고 말았어요. 그로부터 얼마 후 각하께서도 돌아가셨으니까요."

"박 대통령은 이 박사님의 죽음을 어떻게 생각하고 있었습니까?"

"교통사고라고만 하시더군요. 그러나 저는 각하의 표정을 보고 알아차렸어요. 단순한 교통사고가 아니란 것을요."

"당시 박사님과 같이 오던 사람들은 어떤 사람들이었습니까?"

"경호실장과 정보부장이 같이 오곤 했어요. 그런데 어느 날인가 좋은 일이 있어서 온 날엔 같이 오신 분이 있었어요. 그 당시 그분은 무슨 장관이었던가 봐요. 각하께서 그분을 장관이라고 부르셨으니까요."

순범은 귀가 번쩍 뜨였다. 당시 삼원각을 찾아온 사람들 중 살아 있는 사람은 이 사람밖에 없을 것이기 때문이었다.

"무슨 장관인지는 기억이 나지 않나요?"

"확실히는 기억이 나지 않는군요. 뭔가 좀 특이한 부서의 장관이었던 것 같았어요."

"좀 더 기억해보세요. 특이한 부서의 장관이라면?"

"무슨 과학, 아, 과학기술처였어요. 그분이 미국에 계시던 박사님을 한국으로 모셔온 분이라고 하는 것 같았어요. 각하께서 그분이 박사님을 모셔온 것을 대단히 칭찬하셨으니까요. 아마 박사님과 친구라고 하는 것 같았어요."

순범은 속으로 쾌재를 불렀다. 이제 확실한 사람을 잡은 것이다.

"또 다른 것은 없습니까? 아무리 사소한 것이라도."

"워낙 오래된 일이고 또 당시에는 특별히 들어두어야 한다고 생각하지 않았기 때문에 별로 생각나는 것은 없군요."

잠시 말을 멈추고 옛날 일을 기억해내려고 애쓰는 윤미의 미간이 살짝 찌푸려졌다. 윤미는 눈을 감고 한참 동안 있다가 갑자기 무언가가 떠오른 듯이 눈을 번쩍 떴다.

"언젠가 네 분이 몹시 기쁜 일이 있어서 오신 날이었어요. 그때 특히 각하께서 얼마나 기뻐하시는지 정보부장이 건배를 제의했어요. 그러자 네 분은 흔쾌히 술잔을 부딪치며 '1980년 8월 15일을 위하여!'라고 하던 것이 생각나는군요. 그래서 제가 무슨 일이 있기에 그날을 위해 건배하시는가 물었더니, 경호실장이 갑자기 얼굴빛을 바꾸던 게 생각나요."

"1980년 8월 15일이라……. 그날을 위해 건배한 것으로 봐서는 무언가 특별한 날임이 틀림없는데, 경호실장이 얼굴빛을 바꿨다면 매우 중요한 일이 있다는 얘기가 되겠군요. 그 밖에 달리 기억나는 일은 없습니까?"

"더 이상은 특별히 기억나는 것이 없군요. 하지만 다시 한번 찬찬히 생각해보고 도움이 될 만한 것이 생각나면 다음에 뵐 때에 말씀드리죠."

순범은 윤미의 슬퍼하는 기색을 보고는 더 이상 이 박사의 죽음에 대해 캐물을 수 없었다. 이렇게 순수한 여자를 최 부장은 이 박사 살해의 공범이라고 밀어붙이고 있지 않은가? 순범은 자신이 윤미의 보호자가 되어줘야 한다고 생각했다. 그럼에도 이 박사가 살해되던 날 밤, 왜 삼원각을 향해 갔었는지는 매우 궁금했다. 그러나 윤미의 슬퍼하는 얼굴에 대고 그 해명을 요구할 수는 없는 일이었다. 순범은 윤미에게 최 부장의 동향을 어느 정도 알려주어야겠다고 생각했다. 그것은 윤미로 하여금 최 부장의 함정에 빠지는 것을 막아주고, 어쩌면 윤미 스스로 그날 밤 이 박사의 삼원각행을 설명하게 하는 계기가 될지도 모르는 일이었다.

"최 부장은 지금 당시 이 박사님을 살해한 범인으로부터 고백을 듣고 있습니다."

"박사님을 살해한 사람이라고요?"

"그렇습니다."

"어떤 사람인가요?"

"박성길이라는 조직폭력단 두목이죠. 그의 말에 따르면 이 박사님은 그날 밤 북악스카이웨이로 가자고 했답니다."

이 말은 들은 윤미의 얼굴에 다시 눈물이 흘렀다. 순범은 윤미의 슬픔이 너무 지나치다고 생각되자 슬쩍 말머리를 돌렸다.

"그런데 삼원각에는 주로 어떤 사람들이 오는 편입니까?"

윤미는 손수건으로 눈물자국을 닦아내고 다시 평정을 회복한 후 가라앉은 목소리로 대답했다.

"어떤 사람들이라고 꼭 꼬집어서 말할 수는 없을 거예요. 여러 종류의 손님들이 다 드나들고 있으니까요."

"그래도 주로 오는 손님층이 있을 것 아닙니까?"

"자신이 정말 힘 있다고 생각하는 사람들이죠."

"힘 있다고 생각하는 사람들?"

"제일 많기로는 정치하는 사람, 사업하는 사람, 관리, 언론인 등인데 요즘은 예약이 없는 일반 손님도 받고 있어요. 세월이 많이 흘렀다고 할까요? 10년 전만 해도 웬만한 이름 가지고는 여기에 예약을 한다는 것이 어려울 정도였으니까요."

"그럼 지금은 그때보다 많이 못하겠군요?"

"그럼요. 한때는 요정정치라는 말이 있을 정도로 중

요한 국사가 이곳에서 몇몇 사람의 손에 의해 요리되기도 했었죠."

"아까 언론인들도 많이 온다고 했는데 그건 왜죠?"

"정보 때문이에요. 국사가 이곳에서 이루어질 정도로 수많은 정보가 이곳으로 모이고 이곳에서 흩어지곤 하니까요."

"말하자면 술자리에서 취재를 한다는 것이군요?"

"그게 제일 쉽지 않아요? 술자리에서는 누구나 조금씩 흐트러지게 마련이고, 그러다 보면 흘러나오는 정보도 많겠지요."

"취재 경쟁도 아주 치열하겠군요?"

"그럼요. 그래서인지 이곳에는 웬만한 신문사의 고참 기자들은 물론이고 서울에 주재하는 외신기자들도 대부분 출입하고 있어요. 이들의 술값은 대부분 정치인이나 기업가들이 대신 치르지만, 어쩌다 이들이 술값을 내는 날은 그네들 얘기대로 소위 큰 물건이 건너가는 거죠."

"외신기자들 말고 외국 손님들은 없습니까?"

"왜 없겠어요? 우리나라에 나와 있는 외교관들이나 다국적기업, 상사 주재원들치고 삼원각을 출입하지 않는 사람은 드물 거예요."

그랬구나. 세상에는 이런 곳이 있었구나. 순범은 대략 이해할 만했다. 어차피 자기들 돈 안 내고 술을 마시는 사람들이니 최고의 술집을 찾을 것이고, 그러다 보니 자기들끼리 어울리게 되고……. 요정에서 뭐가 나와도 나온다는 말이 맞긴 맞는 말이었다. 이러니 예전에 국무총리도 모르고 있던 시월유신과 같은 비밀을 삼원각의 마담이 미리 알고 있다가 자신과 가까운 야당 정치인을 피신시켰다는 가십기사가 있을 수 있었구나 하는 생각이 들었다. 출세를 하려면 이런 곳의 마담 하나 물어두는 것이 지름길이라던 얘기도 이제야 실감이 났다. 우선 당장 눈앞에 앉아 있는 윤미도 이미 당대의 최고권력자 박정희 대통령과 마주 앉기를 예사로 하지 않았던가?

"오늘은 여러 가지로 고맙군요. 윤미 씨가 내게 얘기해준 것은 모두 큰 도움이 되는 중요한 내용입니다. 윤미 씨의 희망대로 나는 이 박사님의 일과 죽음을 진실대로 파헤칠 생각입니다. 이런 점에서 앞으로도 윤미 씨의 도움이 많이 필요할 겁니다."

말을 마친 순범은 윤미에게 가볍게 고개를 끄덕이고는 밖으로 나왔다. 지금은 자신과 윤미와의 시간을 가질 때가 아니기 때문이었다. 윤미는 그저 처연한 얼굴로 말없이 순범을 배웅했다.

혼자 남은 윤미는 암흑 같은 절망감에 휩싸였다. 10여 년 만에 처음으로 이 박사만큼 순수하게 자신을 감싸줄 수 있는 남자를 만났다고 생각했는데, 세상은 그녀를 편히 놔두지를 않았다.

3일 후, 순범은 프라자호텔로 최 부장을 만나러 갔다.

지난번의 그 객실에 순범이 도착했을 때 먼저 도착한 최 부장은 소파에 앉아 신문을 보고 있었다. 시계를 보니 7시에서 5분쯤 지나 있었다. 공무원이라 그런지 최 부장의 시간 약속은 정확하기 짝이 없었다. 찬바람이 감도는 그의 인상이 시간과 관련해서도 그대로 이어지는 느낌이었다. 그는 순범이 도착하자 습관적으로 손목시계를 들여다보았다. 말은 없었지만 5분이라는 시간의 낭비에 대해 은연중 질책하는 것 같았다. 그러나 최 부장의 첫마디는 매우 경쾌했다.

"어서 오시오, 권 기자. 차가 막히지는 않던가요?"

"늦어서 미안하군요."

"괜찮소. 요즘 서울의 교통 상황이란 것이 약속 시간을 웬만해서는 지킬 수 없게 만드는 것 아니오? 그보다 그래, 삼원각에는 갔다 왔소?"

최 부장은 일어나 웃옷을 벗고는 냉장고에서 얼음을 꺼내고 위스키를 따라서 순범에게 건네주며 가볍게 물었다.

"어느 분 명령이라고 가지 않을 수 있었겠어요? 가서 신나게 한잔 퍼마시고 돌아왔지요. 홀아비도 하나 달고 가서 오랜만에 객고도 풀게 해주고. 무슨 돈인지는 몰라도 최 부장이 준 돈으로 왕후장상 못지않게 한번 잘 놀다 왔습니다."

"하하하, 그래요? 그 홀아비란 아마 박준기 형사를 얘기하는 모양이지. 앞으로도 가고 싶으면 언제든 얘기만 해요. 내 돈은 아니지만 얼마든지 줄 수는 있으니까."

최 부장은 개코에 대해서도 훤히 알고 있었다.

"최 부장 돈이 아니라면 누구의 돈이란 말이오?"

"글쎄, 국고라 해야겠지?"

"국고라니요? 국고에서 꺼내 술을 마신단 말이오?"

"이미 마셨잖소?"

"국고인 줄 모르고 마신 것 아니오?"

"하하하, 앞으로 나라를 위해 큰일 할 사람이 그 정도 국고를 축낸 것 가지고 뭘 그래요?"

"나라를 위해 큰일 할 사람?"

"그렇지 않소? 뭐가 될진 모르지만 지금으로서는 이용후 박사의 죽음과 관련한 의혹을 파헤치는 것이 나라를 위하는 일이니까."

"이미 최 부장이 모두 알고 있는 사실인데 내가 더 이상 뭘 해볼 수 있겠어요? 이제와 생각해보면 최 부장은 박성길의 고백을 듣기 전에도 이 박사에 대해 알고 있었던 것 같은데."

"역시 예리하군. 대강은 알고 있었던 셈이지. 부장을 통해서 얘기를 들은 바 있으니까."

"부장이라니?"

"국가안전기획부장. 부장은 바로 고등학교 선배에다 대학교 선배라서 여러모로 나를 돌봐주는 사람이오."

최 부장의 얼굴에서 자신의 든든한 배경에 대해 자부심을 가지는 표정을 읽을 수 있었다. 출세를 하려면 줄을 잘 서야 한다고 했던가? 순범은 줄을 잘 서야 한다는 말이 권력의 길에서는 아주 폭 넓게 통한다는 것을 너무나도 잘 알고 있었다.

"안기부장이 얘길 해줬으면 사건에 대해 훤하게 알고 있을 텐데, 나한테 파헤쳐보라고 한 건 무슨 이유입니까?"

"그게 그렇지가 않아요. 내가 아는 건 고작 사건의 배경과 결과일 뿐 과정에 대해서는 전혀 아는 바가 없거든. 그래서 권 기자에게 부탁한 거요."

"내게 부탁한 거라구요?"

"그럼, 아니오? 내 생각으로는 그 정도로 운을 떼면 천하의 권 기자가 알아차리지 못할 리가 없다고 생각했는데?"

"나를 너무 과대포장해서 바라보고 계시는군요. 아무리 각본에 그렇게 나와 있더라도 나는 전혀 부탁을 받은 기억도 없고, 또 설사 부탁을 받았다 하더라도 기자가 알아낼 수 있는 사실이란 건 한계가 있는 것 아니겠습니까? 더구나 국가의 최고급 정보를 다루는 안기부장과 잘 통한다는 최 부장께서 보시기엔 아주 젖비린내 나는 수준 아니겠습니까? 실제로 거의 한 달이 걸려 찾아낸 결과가 겨우 이용후라는 이름 석 자 정도니까."

"그건 그렇지가 않소. 사실은 부장도 직접 움직여볼 수 있는 여지가 없어서 내게 따로 부탁했던 일이거든."

"도무지 믿을 수가 없는 일인데요? 날아가는 새도 떨

어뜨릴 만큼 권력의 핵심 중의 핵심이라는 안기부장이 13년 전의 사건을 캐기 위해 후배인 검사에게 부탁을 하고, 검사는 다시 사건기자에게 부탁을 한다? 도대체 그걸 누가 믿겠어요?"

"믿고 안 믿고의 문제가 아니오. 13년 전이면 나는 겨우 검사시보를 벗고 지청에서 근무할 때이고 나이 차이가 나서 부장과는 일면식도 없었지만, 당시에 부장은 청와대로 파견되어 근무를 하던 촉망받는 검사였소. 공식적으로는 사정비서실 소속이었지만 대통령의 은밀한 지시에 의해 실제로 맡았던 일은 바로 이용후 박사를 관리하는 역할이었다고 해요."

"이용후 박사를 관리하는 일?"

"그렇소. 이 박사가 경호실의 설치는 분위기를 극도로 싫어했기 때문에, 박 대통령은 부장이 근무하던 사정비서실에 이 박사의 관리를 맡겼소."

"그러다가 어느 날 이용후 박사가 죽었단 말이죠?"

"그 바람에 부장은 박 대통령의 눈 밖에 나서 한직으로만 돌았다는 거요. 대통령이 바뀌면서 사정이 풀려 승진을 거듭한 끝에 안기부장까지 올라갔지만, 이용후의 죽음에 대한 의혹이 영 머리를 떠나지 않더라는 거지. 분명히 타살이라는 심증은 가는데 물증이 없다고나 할까? 더구나 박 대통령도 사건이 일어난 다음에는 이용후 박사의 죽음에 대해 함구령을 내렸다 하니, 권력의 눈 밖에 난 사람이 독자적으로 수사할 처지도 아니라서 덮어둘 수밖에."

"그걸 이제 와서 부장이 되었으니까 캐보겠다는 뜻입니까?"

"그런 뜻만은 아니오. 물론 그 사건 자체에 대한 의혹도 의혹이지만, 이용후 박사의 활동 실적이 안개 속에 파묻혀 있다는 사실 때문에 파헤쳐보려는 거요."

"활동 실적이요?"

"그렇소. 아무리 대통령과 단독으로만 일을 추진했다 하더라도 그것이 핵개발과 관련한 것인 만큼 뭔가 흔적이라도 있어야 하는데, 도무지 그런 걸 찾아낼 수가 없다는 얘기요."

"말하자면 뭔가 흔적이 있어야 정상인데, 너무나도 깨끗하니까 오히려 그게 이상하다는 말이군요?"

"그런 셈이오. 미국이나 소련에서는 통치자의 권한과 관련하여 핵가방, 또는 블랙박스란 말을 사용하지 않소? 어느 나라나 핵문제는 통치전략의 일환이기 때문에 전임 대통령의 핵개발 계획에 대한 정보는 반드시 찾아내야만 하는 거요. 물론 박 대통령이 직접 주도하여 은밀하게 추진하다 갑자기 죽는 바람에 흔적을 찾아낸다는 게 쉽지는 않겠지만."

"그러니까 이용후 박사가 귀국한 후에 핵개발과 관련하여 활동한 실적이 반드시 있을 거라는 말이군요?"

"물론이오. 박 대통령의 죽음과 핵개발 계획이 무관하지 않다는 얘기도 심심찮게 나도는 걸 보면 틀림없이 뭔가 비밀이 있을 거요."

"박 대통령의 죽음과 핵개발 계획이 관련되어 있다는 애긴가요?"

"의심해보지 않을 수 없는 일 아니오?"

핵물리학자 이용후 박사가 귀국하여 활동하다가 죽었다. 교통사고를 가장한 청부살인을 당한 것이다. 그리고 이용후 박사가 죽은 지 불과 일 년도 못 되어 박정희 대통령이 피살되었다.

핵개발이라고 짐작되는 계획을 은밀하게 추진해온 것으로 보이는 두 사람이 일 년 사이에 모두 죽음을 당했다면, 이거야말로 보통 일은 아니었다. 순범은 순간적으로 머리카락이 곤두서는 기분을 느꼈다. 단순히 이용후의 죽음과 최 부장과의 관련 부분을 캐보겠다는 생각을 품고 그를 만났는데, 최 부장은 진실인지 어떤지는 알 수 없지만 순범이 상상조차 할 수 없었던 엄청난 부분까지 털어놓았다. 도대체 이런 상황을 어떻게 받아들이고 어떻게 해석해야 할 것인가?

"지금 내가 왜 이런 얘기를 듣고 있어야 하는지 도무지 알 수가 없군요."

"나는 권 기자에게 간절하게 협조를 구하고 있는 중이오."

"안기부장이 뒤를 봐주는 최 부장이 나 같은 사람에게 무슨 협조를 구할 일이 있을까요?"

"이 문제는 부장도 어쩔 수가 없는 일이라고 하질 않

소?"

"부장도 어쩔 수가 없는 일이라구요?"

"그렇소. 안기부장이라면 국가안보를 관장하는 자리 아니오? 그런데 취임을 하고 보니 처음부터 없었는지 있다가 없어졌는지는 알 수 없지만, 박 대통령과 이용후 박사가 관련된 부분의 정보는 눈을 씻고 찾아봐도 없더라는 거지. 안전기획부의 역할로 보면 박 대통령에 대한 정보는 그렇다 치더라도, 당연히 이용후 박사에 대한 정보는 있어야 할 것 아뇨? 그러니 누굴 믿고 함부로 일을 맡길 수가 있겠소?"

"부장쯤 되는 사람이 자기 부하도 믿을 수가 없다면, 나 같은 사람은 어떻게 믿을 수가 있단 말이오?"

"적어도 권력의 그늘에서 기생하는 인간은 아니니까."

"권력의 그늘에서 기생하는 인간?"

"나 같은 부류의 인간이라고 해두지 뭐. 권 기자는 권력의 속성에 대해 진지하게 생각해본 적이 있소?"

"글쎄요. 별로 깊이 생각해본 적은 없는 것 같습니다."

"나는 권력이란 여러 갈래로 줄을 세우는 힘이라고 생각해요."

"줄을 세우는 힘이라……."

"그렇소. 권력은 많은 사람들을 여러 방향으로 줄 세워 무한경쟁의 충성심을 시험하는 과정이란 말이오. 중심을 향해 앞으로 나란히 줄을 서서 앞사람의 움직임에 따라 이리 휘둘리고 저리 휘둘리는 모습을 한번 상상해 보시오. 끔찍한 일 아니오? 그렇지만 권력의 보상 능력은 상상을 초월할 만큼 무한하기 때문에 그만큼 달콤한 유혹이기도 하지. 줄을 잘 서서 그런 권력의 핵심에 접근해간 사람이 바로 부장 같은 사람 아니겠소? 그러니 권력의 중심부에서 밀려나기 싫은 건 당연하겠지?"

"권력은 그렇다 치고 나한테 협조를 구한다고 했는데, 뭘 어떻게 하라는 말입니까? 사건의 진실을 밝히는 일이 단지 권력에 보탬이 될 뿐이라면 이쯤에서 나는 손을 떼고 싶소."

"그렇게 할 수는 없을 거요. 그리고 권 기자가 사건을 파헤치는 일이 권력을 위한 일이라고만 할 수도 없고."

"권력을 위한 일이 아니라면?"

"이 문제는 부장 개인이나 누구의 권력을 위한 일이 아니라 국가 전체의 안보와 관련된 일이오."

"그건 또 무슨 말입니까?"

"글쎄, 금방 끝날 것도 아니니까 우리 안주 시켜서 술이라도 마셔가며 마저 얘기를 나누는 게 어떻겠소?"

최 부장은 전화로 룸서비스를 불러 안주를 시켰다. 순범은 그를 바라보면서 저런 게 권력인가 하는 묘한 경계심과 함께 권력이라는 이름으로 포장된 최 부장의 우뚝한 그림자에 뒷덜미가 서늘할 정도로 위압감을 느꼈다. 권력의 보상 능력은 무한하므로 그만큼 달콤한 유혹이기도 하다고?

최 부장은 룸서비스가 안주를 가져오자 옷장에 걸린 양복 주머니를 뒤져 빳빳한 만 원권 지폐 두 장을 팁으로 줘서 내보내고는 다시 냉장고에서 위스키와 콜라를 꺼냈다. 온더락스 잔에 얼음을 넣고 콜라를 채운 다음 양주잔에 술을 따르는 최 부장의 동작은 아주 자연스러웠다.

"먼저 핵문제에 대한 인식의 폭을 넓히기 위해 부장이 대통령을 만나서 나눈 얘기를 해드리겠소."

두 사람이 밀폐된 호텔방에서 마시기에는 제격으로 술자리가 만들어지자 최 부장이 입을 열었다. 도대체 깡통검사의 입에서는 어디까지 얘기가 쏟아져나올 것인가? 순범은 전혀 예기치 못한 상황으로 이야기가 흘러가자 일말의 불안감마저 들기 시작했다.

태평양의 바람

"각하, 부르셨습니까?"

"오, 부장 어서 오시오."

"오늘 다른 일정을 모두 취소하시고 절 부르셨다면서요?"

"그래요, 우선 앉기나 합시다."

대통령은 과묵하면서도 치밀하게 일을 처리하는 부장을 신임했다. 단순히 신임하는 정도가 아니라 인간적으로도 좋아하고 의지하고 있었다.

검사 출신으로 일처리에 빈틈없고 우직한 충성심을 발휘하는 부장이야말로 대통령이 속을 터놓고 어려움과 고충을 의논할 수 있는 가장 알맞은 상대였다. 그것은 대통령과 동향이자 고등학교 후배라는 연줄을 뛰어넘는 절대적인 신뢰감에서 비롯되는 것이었다. 특히 군인 출신이면서도 강단을 숨기려는 대통령에게는 부장의 변함없는 충정이 항상 든든했다.

국가안전기획부는 중앙정보부 시절부터 국내 문제, 특히 정권 유지를 위한 정치사찰이나 공작정치 따위에 깊숙이 개입하면서 악명을 쌓아오다가, 결국은 면모를 새롭게 한다는 구실로 이름까지 바꿨지만, 일순간에 달라질 수는 없었다. 다만 부장이 취임하고 나서 예전처럼 여론의 표적이 되지 않도록 소리 없이 일하는 정보 기관의 풍토를 만든 점은 어느 정도 평가를 받을 만했다. 특히 민주화 요구에 몸 둘 바를 모르는 대통령은 부장이 소리 없이 하면서도 중요한 대목마다 말끔하게 일을 해치우는 것에 대단히 만족하고 있었다.

대통령은 먼저 탁자로 가서 앉았다. 부장이 조심스럽게 마주 앉았다.

"무슨 특별한 지시사항이라도 계신지요?"

"오늘 갑작스레 부장을 부른 것은 내가 은밀하게 의논할 일이 있어서요."

대통령이 운을 떼는 분위기가 여느 때와는 썩 다른 느낌을 주었기 때문에 부장은 순간적으로 긴장했다.

"부장이 보기에는 우리 방위력이 어느 정도일 것 같소?"

"북쪽의 도발에 대해서는 그런대로 막아낼 수 있을 것으로 보고 있습니다."

"북쪽의 도발이라?"

직업군인 출신인 대통령이 방위력에 대해 물어오자 부장은 의외라는 생각이 들었다. 대통령이 질문하는 의도는 무엇일까? 정권 안보를 책임진 통치정보의 책임자가 지녀야 할 무게가 오늘따라 부장의 어깨를 유난히 짓누르는 기분이었다.

"부장이 보기에 내가 대통령이 된 다음 우리 정부가 추진하는 일 중에서 첫손에 꼽을 수 있는 정책이 뭐라고 생각하시오?"

"북방정책 아니겠습니까?"

"그렇소. 북방정책은 적어도 내가 재임하는 동안 통일의 실마리를 풀어야 한다는 생각으로 시작했어요. 한마디로 북경과 모스크바를 통해서 평양의 문을 열어보겠다는 뜻이지. 지금까지 어느 정도 성과를 거둔 것도 사실이고. 정부에 반대하는 사람들은 돈을 뿌려 생색이나 내자는 낭비 외교니 정권 유지를 위한 국내 전시용이니 하고 떠들어대지만, 통일에 대한 생각이 없이 어떻게 분단국가의 대통령으로 앉아 있겠소?"

"옳은 말씀이십니다. 국민들도 북방정책만큼은 아주 환영하고 있습니다. 일부 반대론자들이야 원래가 반대를 위해 반대하는 사람들이고, 대다수 국민들은 찬성하는 쪽입니다. 해방 후 40년 이상 어느 정권도 이루지 못한 그동안의 성과가 어찌 과소평가받을 수야 있겠습니까? 이미 대부분의 동구권은 물론이고 소련과도 수교했고, 중국도 이젠 단순한 교역 차원을 넘어 국교 정상화로 나아가는 단계 아닙니까? 게다가 이번 가을에 유엔 동시 가입만 성사된다면 통일에 대한 확실한 전망이 서는 셈이지요."

"그건 사실이오. 북쪽에서도 유엔 동시 가입과 때맞추어 지금 진행중인 고위급회담에서 공동합의문 채택에 응해올 걸로 기대되오. 그런데……."

대통령은 말문을 열어놓고 뜸을 들였다. 부장은 이번

면담에 대해서는 도무지 종잡을 수가 없었다.

"그런데 이 모든 변화를 일거에 무위로 만들어버릴 엄청난 일이 일어나고 있단 말이오."

"북한의 핵개발 말씀입니까?"

"그렇소. 이 핵개발은 소련과 동구의 변화에 겁을 집어먹은 북한이 체제 유지를 위해 내세우고 있는 고육지계이지. 북한 정권의 입장에서는 흔들리는 민심을 진정시키고 분출하는 민주화 욕구를 억누르기 위해 전 인민에게 새로운 허상을 씌워야 할 필요를 강하게 느끼고 있고, 특히 북한 정권은 변하지 않는다는 걸 확실하게 보여야 한다고 생각한단 말이오. 게다가 소련과 동유럽 공산주의 국가들이 붕괴한 후 강한 위기의식을 느끼고 있는 북한 정권은 핵개발을 강력하게 추진함으로써 국내외적으로 정권을 확고하게 하려는 것이지. 실제로 북한이 핵개발을 한다는 얘기가 나오고 나서부터 북한 주민의 들뜬 분위기가 무척 가라앉았소. 핵개발 때문에 미국도 북한과 고위급관리회담을 계속하고 있는 판국이니 어느 정도는 그들의 의도가 맞아 들어가고 있다고 봐야겠지."

"정확한 판단이십니다."

"그런데 북한의 핵개발이 점점 진행되는 것 같고, 그들이 핵사찰을 피하는 것이 대단히 심각한 문제로 번져 가는 것 같단 말이오. 특히 미국의 대응이 말이오."

"북한 폭격설을 말씀하시는 겁니까?"

"그렇소. 며칠 전에 국방장관이 체니를 만났는데, 북폭 작전계획까지 다 짜두었다며 이제는 선택의 문제만 남았다고 얘기했다는군."

"그래서 그 양반이 엔테베 작전 운운하였군요."

부장은 며칠 전 국방장관이 북한의 핵시설물이 있는 것으로 보이는 영변 일대에 대해, 국제원자력기구의 핵사찰을 허용하지 않으면 무력을 행사해서라도 제거해 버리겠다고 하여 국내외에 커다란 물의를 빚었던 일이 떠올랐다. 너무나 호전적인 이 발언에 대해 많은 국민들이 우려하자, 부장은 국방장관에게 넌지시 유화적으로 해명할 것을 권고한 바 있었다.

"그래서 김 특보하고 외무장관이 미국 측의 동의를 얻어 우리가 남북 핵 동시 사찰이란 걸 내놓기로 했단 말이오."

"저도 좋은 안이라고 생각했습니다."

"참, 부장은 알고 있지. 그런데 미국에서 하는 얘기가 남북 핵 동시 사찰이 이루어지려면, 우리 쪽에도 쓸데없이 북한의 오해를 받을 수 있는 요소가 하나도 없어야 한다는 거요. 아무리 사소한 일이라도 시빗거리가 될 수 있다는 얘기지."

"우리나라의 핵 관련 설비에 대해서는 미국에서 철두철미 감시를 하고 있지 않습니까? 국제원자력기구의 정기사찰은 빼고도 말입니다."

"그런데도 미국 측에서는 또 요구하는 게 있어요."

"요구라면……?"

"예전에 박 대통령이 핵개발을 할 당시의 진척 상황에 대해 북한에서 물고 늘어질 가능성이 있으므로, 당시의 모든 성과를 빠짐없이 알려달라는 얘기요."

"그것은 지나친 얘기군요. 이미 당시의 자료는 그들이 다 가져가지 않았습니까?"

"아마 그들은 이번 기회에 아예 한반도에서 핵개발에 관한 한 수학공식 하나까지도 없애버리려고 하는 모양이오."

"핵에 관해서만큼은 미국은 우리나 북한이나 똑같이 위험하다고 보고 있습니다. 아마 과거에 박 대통령이 핵개발을 아주 깊숙이까지 진척시켰던 것에 대해서 놀랐던 모양입니다."

"그랬던 것 같소. 지난번에 부시와 공동선언을 하러 미국에 갔을 때 배석한 미국 관리들 중 하나가 박 대통령 때는 얼마나 힘들었는지 모른다고 하면서, 왜 쓸데없이 우산을 잘 씌워주고 있는데 굳이 우비를 입으려고 했는지 모르겠다며 조크를 던지더구먼."

"안전하기야 우산보다도 우비가 낫겠다고 판단했으니 그러지 않았겠습니까? 남의 우산이란 건 언제든 걷어가버리면 그만일 테니까요."

부장은 이 말을 해놓고는 순간 후회했다. 듣기에 따라서는 비아냥거리는 얘기가 될 수도 있을 것이기 때문이었다. 대통령은 그러나 별로 개의치 않는 것 같았다.

"어차피 러시아, 중국, 일본 등 강대국으로만 둘러싸인 우리로서는 국방에 한계가 있게 마련이고, 그러자면 미국에 의존하지 않을 수 없으니까 그들이 해달라는 대로 해줄 수밖에. 게다가 북한의 핵개발 저지야말로 당면한 과제니까 부장이 당시의 핵개발 실적 중 남은 것이 있나 잘 챙겨보시오."

"알겠습니다."

"참, 또 한 가지. 미국 측에서는 박 대통령 당시 핵개발 중에 교통사고로 사망했던 그 이 뭐라는 박사 있지 않소? 이 뭐더라?"

"이용후입니다."

"아, 그렇지. 그 사람 주변에 대한 조사를 철저히 해보는 것이 당시의 핵 관련 정보를 얻는 데 도움이 될 거라고 얘기하는 것 같았소."

"이미 미국에서 다 조사했을 텐데요."

"그런데 뭔가가 있을 것이라고 생각하는 듯한 느낌을 받았소. 뭔진 모르지만 세상에 알려지지 않은 것이 있지 않겠느냐고 생각을 하는 것 같았소."

"그렇게 생각하는 근거가 있지 않겠습니까?"

"글쎄 말이오. 그들이 각 분야에 걸쳐 조사한 것의 결론이 서로 짝이 안 맞는다는 거지. 처음에는 우리가 뭔가를 숨긴 줄 알았다는거요. 지난 1980년 당시 우리가 했던 핵 포기 약속까지도 의심했었다는 거지. 그 후 오랫동안 비밀리에 조사를 해온 그들은 박 대통령의 죽음

과 더불어 아예 드러나지 않은 뭔가가 있지 않았을까
하는 결론을 내리게 되었다는 거지."

"그래서 차제에 북한의 핵개발과 더불어 우리 쪽의
잠재적 가능성도 뿌리부터 잘라버리려는 것이군요."

"심지어 그들 중에는, 지금 북한 핵개발의 중심인물
인 그 경 모라는 박사 있잖소?"

"예, 경원하라고 합니다. 우리 안기부에서도 그자를
주목하고 있습니다. 미국에서 원자탄 제조에 관여하다
가 북한으로 들어간 사람입니다."

"이용후 박사와는 미국에서 친했던 사람이라고 하더
군. 그 사람과 이용후 박사 사이에 무슨 관계가 있지 않
았을까 생각하는 사람도 있었소."

"답답하기 짝이 없는 상황입니다. 얼마 전에 들어왔
던 그 스탠퍼드대학의 루이스 박사라는 자도 북한에 가
서 꽤 을러댔던 모양입니다. 남북 핵사찰에 대한 조건
을 놓고 북한 측과 갈 데까지 갔던 적도 있다고 합니
다."

"어쨌든 쓸데없는 의심을 받을 필요가 없으니까 이용
후 박사 주변에 대해서는 부장이 알아보시오."

"알겠습니다."

최 부장의 얘기를 듣고 앉았노라니 순범은 숨이 턱턱
막히는 기분이었다. 어떻게 이런 사실을 믿을 수가 있
단 말인가? 최 부장이 비록 안기부장과 연줄이 닿은 인

물이라고 하더라도, 어떻게 국가기밀 중에서도 아주 핵심적인 기밀에 속할 이런 내용을 호락호락하게 알려줄 수가 있을까? 최 부장은 도대체 안기부장과 어느 정도로 깊은 사이란 말인가?

"왜 내게 그런 사실을 알려주는 거지요?"

"오늘은 진실을 털어놓겠다고 하지 않았소?"

"내가 알고 싶은 진실은 다만 이용후 박사의 죽음과 최 부장이 어떻게 관련되어 있는가 하는 정도일 뿐이오."

"그러나 그 얘길 하자면 결국 이렇게 시작할 수밖에 없다는 걸 이해해주시오. 내가 권 기자에게 사건에 대한 이야기를 꺼냈던 것은 나로서는 대단한 모험이었소. 부장은 자칫 잘못하여 안기부에서 박 대통령 당시의 핵 개발과 관련된 일을 조사한다는 것이 알려지면 국제적으로 민감한 반응이 일어날 것이고 따라서 북한에도 어떤 트집거리가 될까봐 몹시 조심하고 있었소. 그래서 내게 이 박사의 죽음에 대해 캐보도록 한 것이오. 나는 어떻게 해야 극비리에 이 사건을 캘 수 있을까 생각하다가 결국은 권 기자를 생각해낸 거요. 기자라는 신분 때문에 몹시 망설였지만 오히려 더 자연스러울 수도 있고, 공무원이 아니란 점에서 문제를 야기시킬 것도 없고, 무엇보다도 권 기자가 유능하기 때문이오."

"그러니까 이 사건에 관한 한 최 부장은 내가 기자로서보다 비밀을 지킬 수 있는 수사관으로 일하기를 바란다는 얘기군요. 그러나 나는 누구의 지시나 명령을 받아서 일하는 사람이 아니오. 따라서 수사관으로 일할 수는 없소."

"누가 수사관으로 일하라 그랬소? 권 기자는 기자로서 사건의 진실만 파헤치면 되는 거요. 다만 보도를 하는 데 있어서 국익을 우선으로 해달라는 것과 알게 된 내용을 내게도 알려달라는 거지. 적어도 국익을 생각한다면 아무 기사나 함부로 쓰지는 못할 것이 아니오?"

"어느 정도는 최 부장의 의견을 존중하겠지만 쓸데없는 간섭은 일절 사절이오."

"그야 여부가 있겠소? 어쨌든 고맙소. 나는 권 기자가 나의 의도를 따라줄 것으로 생각했소. 무엇보다도 이것은 나라를 위한 일이잖소?"

'무엇이 나라를 위한 일이라는 말이오?'

순범은 이렇게 말하려다 그만두었다. 과연 남북 동시 핵사찰이 나라를 위한 일이고, 이를 위해 핵개발의 흔적을 조사하여 모두 미국에 넘겨주는 것이 나라를 위한 일일까? 순범은 정치나 외교 등에 대해 과히 밝은 편은 아니었지만, 대통령과 안기부장이 나눈 대화라는 것을 듣고 나서 무언지 모를 실망감이 가슴 깊숙이 퍼져 나오는 것을 느끼고 있었다. 물론 대통령과 안기부장의 얘기니 나라를 위한 깊은 생각들이겠지만, 민족의 백년 대계라는 관점에서 보면 참으로 한심한 얘기가 아닐 수 없었다. 동시 사찰이라는 것이 결국은 이미 핵을 가지고 있는 주변 강대국들에게 우리는 핵무기를 가지고 있지 않으며 앞으로도 가지지 않겠다는 것을 남북이 서로 조사하여 알려주자는 얘기가 아닌가?

물론 당장 눈앞의 과제인 북한 핵개발을 저지하기 위한 주체적 방안이라고 생각될지는 모르지만, 이는 역사의 법칙에 벗어나는 일이 아닐 수 없었다.

개인이든 국가든 힘을 가지려고 노력해야만 하고 이러한 노력만이 장기적인 안전의 기틀이 되는 것은 역사의 정한 이치이다. 지난날의 역사 속에서도 같은 나라 혹은 민족이면서도 갈라져 있었던 경우가 수도 없이 많았다. 하지만 다시금 결합하여 강성해지는 국가는 비록 갈라져 있을 때라 하더라도 당장 눈앞의 상호 위협과 안전보장에 급급하여 주변의 강대국과 제휴하여 같은 민족에게 대응하는 경우는 없었다. 오직 망해가는 나라만이 자신의 형제에 대응하기 위해 끊임없이 외국과 제휴를 하고, 그러다가 외국의 간섭에 시달리고, 사정에 변화가 생겼을 때는 어이없이 무너져버렸던 것이다. 이러한 일반적 역사법칙의 관점에서 볼 때 북한의 핵개발에 대응하는 대통령과 안기부장의 대화에 일말의 불안감을 느꼈다.

순범이 이런 생각을 하는 것을 아는지 모르는지 최 부장은 몹시 흡족한 표정이 되어 순범의 잔을 다시 채웠다. 순범은 미묘한 기분으로 술잔을 입으로 가져가면서, 자신이 관여하는 이용후 박사 사건의 의미를 되씹어보고 있었다. 어떤 관점에서 박 대통령과 이 박사를 보아야 할 것인가? 또 어떤 관점에서 이들과는 전혀 다른 길을 걷는 지금의 대통령을 보아야 할 것인가? 이런 것들에 대한 생각을 정리하지 못하고서는, 이미 정치적 의미를 크게 내포하고 있는 이 박사 사건에 대한 자신의 접근은 다만 속 빈 강정에 불과할 것이었다.

이용후 박사는 어느새 순범을 조금씩 바꾸어가고 있었다. 술과 신문사 일에 익숙해진 만큼 한편으로 권태를 느끼기 시작하고 있던 순범은, 허우적거리던 일상의 늪에서 벗어나 갑자기 신선한 파도에 몸을 실은 듯 새로이 충전되는 기분을 느꼈다.

이튿날 아침, 투숙했던 프라자호텔의 객실에서 순범이 깨어났을 때 최 부장은 이미 양복 차림으로 소파에 앉아서 신문을 읽고 있었다. 지난밤에도 늦게 잠자리에 들었는데 어느새 일어나서 기다리다니? 순범은 최 부장의 부지런함이 예사가 아니라는 생각을 하면서 약점이라도 잡힌 사람처럼 면구스러워하는 표정으로, 그러나 여전히 침대에 배를 깔고 누운 채 투정 섞인 시비조의 인사를 건넸다.

"아니, 늦게 잠자리에 드신 분이 새벽부터 웬 소란입니까?"

"새벽부터 웬 소란이냐구? 허허허, 지금이 몇 신 줄이나 아시오?"

"글쎄, 몇 시나 됐어요? 일찍 일어났으면 깨우시지,

또 혼자만 내뺄 생각을 한 건 아니겠죠?"

"벌써 9시가 다 됐소. 내 딴엔 권 기자의 아침잠을 방해하지 않겠답시고 고양이처럼 살금살금 움직였는데, 웬 소란이냐니 어이가 없구먼. 그렇잖아도 아침 일찍 먼저 나갈까 하다가 권 기자에게 일러줄 얘기가 아직도 남아 있어서 깨어나길 기다렸소."

"일러줄 얘기라니요?"

"신윤미에 대해서 궁금한 게 많을 텐데?"

순범은 침대에서 벌떡 일어나 앉았다. 최 부장이 자신의 속셈을 빤히 들여다보고 있다는 생각이 들었다. 지난밤에는 대통령과 국가안전기획부장을 빌려 너무나 엄청난 얘기를 하는 바람에 사실 신윤미에 대해서는 물어볼 기회도 없었고 엄두도 내지 못했던 것이다.

"왜 놀라는 거요?"

"도대체 신윤미와 이용후 박사의 죽음과는 어떤 관계가 있습니까?"

"너무 그렇게 성급하게만 굴지 마시라니까. 신윤미와 이용후 박사가 관련이 있을 거라고 생각하는 건 권 기자나 나나 마찬가지요. 그렇지만 그건 어디까지나 심증일 뿐이잖소? 그나마 심증조차도 확인할 방법이 없으니까 권 기자에게 한번 알아내보라고 한 것 아니오? 이제는 권 기자가 나보다 신윤미에 대해서는 아는 게 더 많을 거요."

"그렇다면 신윤미에 대해서 내게 설명해주겠다는 것

은?"

"처음에도 내가 얘기했지만 신윤미는 결코 호락호락한 여자가 아니오. 신윤미가 개인적으로 권 기자와 얼마나 밀착되어 있는지는 알 수 없지만, 결코 어설픈 불장난이나 할 그런 여자는 아니오. 내가 신윤미가 구미호니까 조심하라고 말한 건, 개인적으로 친밀하다 하더라도 섣불리 속을 드러내 보이지는 않을 거란 의미였소."

"그런데 왜 나와 신윤미를 엮는 각본을 짰습니까?"

"주지는 말고 받아와야 하니까."

"그럼 신윤미가 누군가의 사주를 받고 있단 말입니까?"

"그건 모르는 일이오."

"그런데 왜 구미호라고 경계를 합니까?"

"보통의 요정도 아니고 국제정치 무대라고 일컬어지는 삼원각에서 장장 13년을 버텨왔으니까."

삼원각은 보통의 요정이 아니라 국제정치 무대라고? 순범은 최 부장의 얘기를 들으면서 신윤미의 모습을 떠올렸다. 삼십대 초반의 나이라고는 해도 여전히 우윳빛으로 피어나는 피부에다 눈부시게 아름다운 여자. 현명하면서도 겸손하기 짝이 없는 여자. 자신의 마음을 편하게 해주는 여자. 자신에게 더할 나위 없이 잘해주는 여자. 처녀와도 같이 순결했던 몸으로 자신과 함께 꿈같은 밤을 가졌던 여자. 그 여자의 태도가 모두 가식이고 그녀의 진짜 얼굴은 가면 속에 감추어져 있다는 얘긴가? 그렇다면 며칠 전 눈물을 흘리며 처연한 표정으로 이용후 박사에 대해 이야기하던 것도 모두 허위 고백이란 말인가?

그러나 다음 순간 순범은 고개를 절레절레 흔들었다.

"삼원각이 국제정치 무대란 말은 무슨 뜻입니까?"

"그건 권 기자가 알아보시오. 어쩌면 이용후 박사의 죽음과도 전혀 무관하지만은 않을 거요."

삼원각을 국제정치 무대라고 운을 떼놓고 나서도 최 부장은 설명을 하려고 들지 않았다. 어디까지나 그것을 알아내는 일은 순범의 몫이라는 태도였다.

최영수 부장검사는 도대체 누구인가? 함께 투숙하여 몇 시간을 마주 앉아 얘기를 나눴으면서도 그의 정체에 대해 도무지 알 수가 없었다. 그저 알 수 없는 정도가 아니라 오히려 만나기 전보다 더욱 미심쩍은 인물로 다가온 셈이었다.

게다가 그는 만날 때마다 사건에 대해 뭔가를 알려주는 듯하면서도 결국은 숙제만 잔뜩 안겨주고 있었다.

"최 부장은 알고 있지만 내 스스로 알아내라고 알려주지 않겠다는 겁니까, 아니면 모르니까 알려줄 게 없다는 겁니까?"

"양쪽 다 조금씩. 지금 내가 알려줄 수 있는 정보는 오히려 방해가 될 뿐 도움이 되지 않을 수도 있다는 얘기요. 그럼 이쯤에서 나는 먼저 일어나겠소."

청부살인

최 부장이 나가고 난 후 뒤따라 호텔을 나온 순범의 머리는 무거울 대로 무거워져 있었다. 도대체 누구의 말을 들어야 할지 전혀 판단이 서지 않았다.

순범은 시경의 기자실로 출근했다. 한데 평소 보이던 각 언론사의 조장급 기자들이 한 사람도 보이지 않았다. 큰 사건이 일어나기 전에는 없던 일이라 순범은 마침 자리를 지키고 있는 다른 신문사의 후배 기자에게 물어보았다.

"다들 해장술이라도 마시러 간 건가? 왜 이렇게 아무도 없어?"

"아니 권 선배, 모르고 있었어요?"

"뭘?"

"모두 현장에들 나갔어요."

"현장이라니, 무슨 일이라도 났단 말인가?"

"조직폭력배의 두목이 형무소에서 살해당한 사건이 오늘 새벽 발생했어요."

"뭐라고, 형무소에서 살해당해?"

"그래요. 저는 여기서 속보 받으려고 대기하고 있는 중인데 아무래도 본사로 직접 날아갈 것 같아요."

"무슨 형무손데?"

"청주교도소요."

순간 순범의 머리는 망치로 거세게 얻어맞은 것처럼 울려왔다. 자기도 모르게 후배 기자의 어깨를 거머잡으며 내뱉듯이 물었다.

"이름이 뭐야?"

"이름은 박 뭐랬는데, 하여간 잔나비파 두목이란 것 같았어요."

후배 기자의 말이 채 끝나기도 전에 순범은 전화기를 들었다. 검찰청의 최 부장을 찾았으나 그는 부재중이었다. 전화를 끊지 않고 이것저것 물어보려는데 막 걸려오는 전화를 후배 기자가 넘겨줬다. 최 부장이었다.

"권 기자, 나요. 얘기 들었소?"

"그렇잖아도 지금 막 전화를 하고 있는 참입니다."

"나는 지금 인터체인지로 들어서고 있소. 청주로 내려가는 길인데 권 기자도 바로 내려오시오."

"알았습니다."

순범은 전화를 끊고는 바로 뛰어나가려다 말고 다시 한 군데 전화를 했다.

"박준기 형사 바꿔줘요."

잠시 후에 상대가 나오자 순범은 숨넘어가는 소리로 외쳐댔다. 여느 때 같으면 한마디 변죽이라도 울렸을 개코는 역시 베테랑답게 순범의 목소리만 듣고도 비상 상황임을 알아차렸다. 순범도 이것저것 얘기할 새도 없이 경찰서 정문 앞에 나와 있으란 말만 던지고는 바로 주차장으로 뛰었다.

"박성길이가 피살되었다고? 그것도 교도소 안에서? 아니 그럴 수가 있는 거야?"

"그렇대. 최 부장도 지금 내려가고 있는 중이야."

"세상에! 형사생활 17년에 폭력단 두목이 교도소에서 피살되는 경우는 처음 보네. 근데 도대체 어떤 놈들 소행이란 말이야?"

"알 수 없지. 내려가봐야 뭐라도 알 수 있겠지."

말은 그렇게 하면서도 순범의 머리는 도대체 누구의 소행일까 하는 생각으로 가득 차 있었다. 교도소 안에서의 우발적 사고일까, 아니면 박성길에게 원한이 있는 다른 조직의 보복일까? 그것도 아니면 이 박사 사건에 대한 입막음으로 누군가가 살해한 것일까? 이런저런 생각이 갈피를 잡지 못하도록 여러 갈래의 가능성을 제시하며 떠올랐다. 일단 고속도로에 접어들자 전조등을 켜고 비상등을 깜박이며 무서운 속도로 내닫는 순범의 차를 보고 다들 길을 비켜줬다. 그러나 워낙 오래된 차라 최고 속도로 달리자 금방 엔진에 무리가 오기 시작했다.

"속도를 조금 줄이지 그래."

옆좌석에서 근심스레 계기판을 보고 있던 개코가 한마디 했다. 불안한 모양이었다. 순범이 조금 속도를 줄이자 옆으로 비켜섰던 차들이 곧 순범의 차를 추월했다. 추월하면서 다들 고개를 돌려 이쪽을 쳐다보는 품이, 달리지도 못하는 차를 가지고 웬 소란을 떠느냐고 힐난하는 것 같았다.

순범의 차가 청주교도소 정문에 도착했다. 철문은 굳게 닫혀 있었고 교위를 조장으로 한 교도대원들이 철문 앞에 늘어서서 삼엄한 경계를 펴고 있었다.

"수고 많군. 책임자 오라고 해."

일견 깐깐한 성격으로 보이는 의경은 순범의 당당한 태도에 약간 기가 죽는 듯했으나 이내 신분증 제시를 요구했다. 신분증 제시야말로 근무자들의 가장 강력한 무기이자 사람을 판별하는 유일한 근거였다.

철문 앞에서 차를 제지당하고 신분증 제시를 요구받은 순범은 갑자기 버럭 소리를 질렀다.

"책임자 오라고 했잖아. 우린 서울시경 감식 전문가들이야. 뒈진 놈 피가 마르기 전에 빨리 혈청검사를 해야 한단 말이야. 사정사정해서 없는 시간에 내려왔더니 왜 이렇게 귀찮게 해. 금방 봐주고 빨리 올라가야 한단 말이야."

이때 개코가 옆에 있다가 슬며시 경찰 신분증을 내보이고는 다시 집어넣었다.

"서울시경 감식 전문가들이라고 합니다. 신분증은 확인했습니다. 바쁘다고 보통 난리가 아닙니다. 내려와달라고 사정해서 왔는데 금방 다시 올라가야 한답니다."

"통과시켜."

현장은 이미 말끔하게 치워져 있었다. 정황이 너무도 분명한 사건이라 감식을 한다든지 할 필요도 없는 것이었다. 순범은 잠시 형사로 행세하며 눈에 띄는 교도관들에게 상황에 대해 필요한 질문을 해서 몇 마디 듣고는 바로 교도소장실로 갔다.

소장은 풀이 죽은 얼굴로 자신의 책상에 앉아 있고 그 앞의 소파에는 최 부장이 여러 사람들을 상대로 질문을 하고 있다가 순범을 보자 반색을 했다.

"권 기자, 어서 오시오. 이리 앉으시오."

"일찍 도착한 모양이군요. 여기는 박준기 형사입니다."

"박 형사, 얘기는 들었소. 같이 앉으시오."

"어떻게 된 사건입니까?"

"나보다 여기 이 목격자들에게 듣는 것이 낫겠지. 자, 다시 처음부터 설명해보시오."

최 부장의 지목을 받은 교도관은 잔뜩 주눅 든 표정에 기어들어가는 목소리로 사건의 자초지종을 털어놓았다.

"아침 기상나팔이 울림과 거의 동시에 3사 7방에서 복역수들의 고함이 들려 뛰어가보니 이미 박성길은 엎어져 있었고, 강두칠이 박성길을 올라타고 미친 듯이 숨골을 찔러대고 있었습니다. 곧이어 뛰어온 동료들과 함께 문을 열고 강두칠을 붙잡았습니다. 강두칠은 끌려나오는 그 순간까지도 멈추지 않고 박성길을 찔러대길래 제가 발로 차서 쓰러뜨렸습니다. 박성길을 뒤집어보니 이미 죽어 있었어요."

설명은 아주 간단했다. 이어서 같은 방에서 복역하던 사십대 남자가 최 부장의 눈짓을 받고 자신이 목격한 상황을 진술했다.

"기상 시간이 되어 눈을 뜨고 있었죠. 그런데 평소에는 맨 늦게 일어나던 빨간명찰이 옆에서 부스스 일어나는 소리가 들려요. 저는 별일도 다 있다고 생각하며 농담이라도 한마디 하려다가 며칠간 그놈이 지독한 저기압인 것을 생각하고 그냥 있었어요. 근데 이놈이 박 사장님 쪽으로 걸어가더니 손에 들고 있던 흉기로 곤히 자고 있는 박 사장님의 목을 확 찍어버렸어요. 외마디 비명소리가 끅 하고 들렸는데 이놈이 그다음부터는 목과 숨골만 죽어라고 내려찍더군요. 어찌나 기세가 살벌한지 깬 사람들이 고함만 쳐댔을 뿐 감히 말리지 못했어요."

"평소에 두 사람의 사이는 어땠나요?"

"별문제 없었어요. 빨간명찰은 늘 조용하게 지내는 편이었습니다. 박 사장님은 여기서 왕놀음 했죠. 이 방에서뿐만 아니라 이 빵깐 전체에서 왕이죠. 우리 방은 참 재미있었어요. 평소 싸움 한 번 안 나고, 박 사장님한테 들어오는 거 많아서 다들 사이좋게 나눠 먹고, 옛날에 잘나가던 얘기들 해가면서 참 재미있게들 지냈어요. 빨간명찰도 박 사장님에게는 고분고분했고, 또 박 사장님도 빨간명찰에게는 사형수 대우를 해줬어요. 처음 박사장님이 들어왔을 때 약간 충돌이 있을 뻔했는데 박 사장님이 사고 안 나게 하면서도 멋있게 휘어잡더군요. 빨간명찰도 나중에는 형님 형님 하며 박 사장님을 따랐지요. 그런데 왜 갑자기 이런 일이 생겼는지 알 수가 없어요."

"평소 박성길이가 하던 얘기 중에 뭐 특별한 것은 없었나요?"

"늘 가벼운 얘기만 하곤 했어요. 누군가가 옛날 주먹 쓰던 얘기를 해달라고 하면 몹시 싫어했어요. 박 사장님을 아는 사람들은 참 많이 변했다고들 얘기하더군요."

"강두칠의 죄목은 무엇입니까?"

순범은 서류철을 가지고 옆에 앉아 있는 당직 계장에게 물었다.

"존속살해입니다."

"누구를 살해했습니까?"

"자신의 아버지를 살해했습니다."

"어머니는 있습니까?"

"예, 어머니와 동생 셋이 있습니다."

"최근에 면회 온 사람은 누가 있습니까?"

"처남이 온 걸로 기록되어 있습니다."

"언제 왔었습니까?"

"그저께 오후에 왔었습니다."

"대화 내용 중에 특이한 것이 있었습니까?"

"별다른 것은 기록되어 있지 않습니다."

"박성길의 면회 상황은 어땠나요?"

"처음에는 좀 오는 편이었는데 박성길이가 오는 사람마다 앞으로는 오지 말라고 꾸짖듯이 얘기하곤 했습니다."

"무슨 서신 연락 같은 것도 하지 않았나요?"

"전혀 없었습니다."

"흉기는 무엇이었습니까?"

"칫솔을 갈아서 뾰족하게 만든 것이었습니다."

순범은 다시 동료 복역수에게 물었다.

"강두칠은 언제부터 이 뾰족한 칫솔을 가지고 있었습니까?"

"보통 때는 가지고 있지 않던 물건이었는데 그저께 저녁부터 갈기 시작했습니다. 사형수에 대해서는 무슨 일을 하든 일체 간섭도 알은체도 하지 않기 때문에 우리는 보고만 있었습니다. 박 사장님이, 두칠이 너 머땜시 그라냐고 하자 이놈이 싱긋이 웃으면서, 심심해서요 라고 대답한 것이 요 며칠 새 그놈이 한 말의 전부였어요. 박 사장님인들 그놈의 칫솔에 찔려 죽으리라고는 생각도 하지 못했을 겁니다."

박성길이 평소 감방에서 처신을 잘했는지 동료 복역수는 박성길의 죽음을 무척 애석하게 생각하는 것 같았다. 평소 부르던 것이 습관이 됐는지 이 사람은 죽은 박성길에게도 꼭 '님'자를 붙이고 있었다. 그러고 보면 순범도 박성길을 만나는 동안 꽤 정이 든 것 같았다. 예전에는 어땠을지 몰라도 근래에 순범이 만날 때에는 이 박사를 살해한 것에 대해 심한 양심의 가책을 느끼던 박성길이었다. 순범은 거의 울먹이다시피 범인을 잡아 달라고 하던 그의 얼굴이 떠오르자 마음이 쓰려왔다.

이 박사의 일로 인해 마음이 크게 상해 있지 않았다면 상대가 아무리 표독하게 달려들었다고 해도 칫솔 따위에 찔려 죽을 박성길은 아니었다. 그는 아마도 스스로의 삶을 거의 포기한 상태로 지내고 있었는지도 모른다는 생각이 들었다.

이때 노크 소리와 함께 문이 열리더니 대여섯 명의 형사가 강두칠을 데리고 들어왔다. 최 부장이 연락을 해서 일단 청주경찰서로 압송되어 갔던 강두칠을 다시 데려온 모양이었다. 수갑이 차이고 포승으로 꽁꽁 묶였으나, 강두칠은 들어오면서부터 악을 쓰고 욕을 하며 이리저리 몸부림을 쳐댔다. 어차피 사형선고를 받고 있는 중이라 그런지 그는 조금도 겁먹거나 질리지 않고 방 안에 있는 모든 사람을 향해 입에 담기 힘든 욕설을 뱉어냈다.

도저히 못 봐주겠는지 최 부장이 갑자기 일어나 강두칠의 뺨을 세차게 후려쳤다. 강력부와 특수부를 돌며 많은 폭력 두목들과 아웅다웅하는 사이 원한도 생기고 정도 든 그에게 박성길의 피살은 충격적이었을 것이다. 게다가 살인범이 고개를 뻣뻣이 들고 있는 꼴을 부하직원들처럼 보고만 있을 수는 없는 노릇이었을 거였다.

불시에 뺨을 한 대 얻어맞은 강두칠이 섬뜩한 눈으로

최 부장을 노려보자, 이번에는 담당 간수가 일어나 주먹으로 얼굴을 한 대 쳐서 쓰러뜨렸다. 강두칠은 터진 입술에서 피가 배어나오자 혓바닥으로 씻으면서 천천히 일어나더니, 땅바닥에 피섞인 침을 뱉고는 독한 목소리로 내뱉었다.

"그래 죽여라, 이 씨팔 새끼들아. 저승에 갈 때 그냥 갈 줄 아냐?"

이 말을 듣고 형사들 중 하나가 강두칠의 머리카락을 뒤에서 움켜잡으며 목을 젖히고는 주먹으로 내려치려는 찰나, 최 부장과 순범이 거의 동시에 만류했다. 형사는 분을 참지 못해 씩씩거리면서 최 부장에게 호소하듯 말했다.

"영감님, 이런 짐승 같은 놈을 구태여 교수형을 시킬 필요가 있습니까? 이 자리에서 때려죽이는 것이 더 낫지 않습니까?"

형사는 마음으로부터 울분이 일어나는 것처럼 말하고 있었지만, 최 부장을 향한 태도는 공손하기 짝이 없었다. 순범은 권력의 힘이 이런 것인가 하고 생각하면서 개코를 슬쩍 돌아봤더니 개코도 빙긋 웃었다.

강두칠은 조금도 수그러들지 않은 채 독기를 뿜어대고 있었다. 어차피 죽을 목숨이라고 생각하는 그에게 두려울 것이란 없는 듯했다.

강두칠의 독기 어린 발악을 지켜보던 순범이 천천히 일어나더니, 최 부장에게 눈짓을 해보이고는 강두칠을 사람들과 몇 발자국 떨어진 곳으로 데려갔다. 순범이 강두칠의 귀에다 대고 몇 마디 속삭이자 강두칠은 거짓말처럼 온순해졌다. 순범은 개코를 쳐다보며 한 번 씩 웃더니 최 부장에게 작별인사를 했다.

"서울에서 다시 연락드리죠."

"왜? 지금 올라가려고?"

"가면서 박성길의 방에 잠시 들렀다 가면 됩니다. 사물을 한번 보고 가려고요."

이때 당직 계장이 옆에서 끼어들었다.

"박성길의 사물은 다 여기에 가져왔습니다. 별다른 것은 없던데요."

당직 계장이 가리키는 책상 위에는 책이며 수건, 칫솔, 치약, 비누 등의 사소한 것들 외에 몇 가지 물건이 놓여 있었다. 아무것도 빼지 않고 다 가지고 온 모양이었다. 순범이 이것저것 살펴봐도 별로 특별한 것은 없었다. 소설책 몇 권과 며칠 전 것으로 보이는 신문 한 장, 그리고 염주와 내의 몇 벌이 고작이었다. 박성길은 의외로 검소한 데가 있는 사람이었다.

올라오는 차 안에서 개코는 심드렁한 표정으로 순범의 곁에 앉아 일절 말이 없었다. 순범도 아무 말 없이 운전만 하고 있었다. 개코는 순범이 숨넘어가듯 서둘러 청주로 내려오면서 그 바쁜 중에도 자신을 불러준 데 대해 매우 흐뭇했었다. 뭇 촌형사들의 존경 어린 눈길

속에서 노련한 서울 강력계 베테랑의 솜씨를 과시하며, 전국구 폭력배인 박성길 사건은 나 같은 사람이 다루는 것이란 걸 보여줄 수 있을 것으로 생각했다.

그러나 막상 내려와보니 자신이 할 일이라곤 전혀 없었다. 더욱이 민생합수부장인 최영수 부장검사가 있어 의견 한마디 제시할 상황이 되지 않았던 것이 못내 떨떠름했다. 더군다나 경찰도 아닌 기자 신분의 순범이 최 부장의 암중 지원으로 마치 수사관처럼 혼자 설치며 관계자들에게 이것저것 캐묻는 것에 비위가 상할 대로 상해버렸던 것이다. 십분 양보하여 이것까지 받아들인다 하더라도, 그렇게 설친 순범이 한 조사의 전부라는 것이 말 몇 마디 물어보고 사물 한 번 훑어보고 범행을 저지른 강두칠에게는 아예 아무것도 물어보지 않은 채 귓속말 한마디 하고는 휙 나와버린 것이 고작이었다는 사실에 어이가 없었다.

17년간의 형사 생활을 거쳐 개코가 체득한 살인사건의 수사라는 것은, 우선 살인범을 독방에 잡아넣고 죽지 않을 정도로 두들겨 팬 다음, 점잖고 인정 있어 보이는 형사가 들어가 피도 닦아주고 담배도 권하고 설렁탕도 한 그릇 시켜주면서, 많이 괴롭지, 언제든 마음 편할 때 내게 얘기해, 나는 자네 마음 다 이해해라고 해야 되는 것이었다. 좀 독한 놈일 경우에는 이런 과정을 한두 번 더 반복하면 되었다. 그런데 아무것도 모르는 저 권 기자의 하는 꼴이란, 개코의 눈에는 문자 그대로 꼴불

견이 아닐 수 없었다.

잔뜩 부어 올라가던 개코는, 그러나 한 가지 이상한 점이 있었던 것을 떠올렸다. 맹탕 같은 권 기자가 그토록 사납게 날뛰던 강두칠을 어떻게 해서 귓속말 한마디로 조용히 잠재웠을까 하는 것이었다. 자신이 생각하기에도 독이 오를 대로 오른 강두칠은 무섭게 두들겨 맞아서 정신을 잃을 정도가 되어야 겨우 조용해질 것으로 보였는데, 도대체 귀에 대고 무슨 아양을 떨었기에 순한 양으로 만들 수 있었을까 하는 것이 무척이나 궁금했다.

"이봐, 수사반장."

개코는 순범을 비아냥조로 불렀다. 개코의 장점 가운데 하나는 자신이 이해가 가지 않는 부분에 대해서는 남의 의견을 솔직히 구한다는 것이었다.

"왜 그래?"

"수사 결과가 어때?"

"지금 생각 중이야."

"조사한 거나 뭐 있다고 생각 중이야, 생각 중이긴?"

"별로 많이 조사할 것도 없는 일이잖아. 단 한 가지 핵심적인 것 외에는……."

"단 한 가지의 핵심적인 것?"

"그렇지. 왜 죽였느냐는 것."

"그래, 그걸 알아냈어?"

"지금 생각 중이라고 그랬잖아."

개코는 별로 할 말이 없었다. 도대체 이 친구는 무엇을 생각하고 있다는 말인가? 자신은 아무것도 느끼지 못하겠는데 이 친구는 무엇을 저리도 심각하게 생각하고 있단 말인가?

"아까 그 살인범 말이야, 권 기자가 뭐라고 했기에 갑자기 그렇게 수그러들었지?"

"뭐라고 했을 것 같아?"

"모르니까 물어보는 거 아냐?"

"그게 다 관련이 있는 얘기야. 그 친구는 마음이 무척 괴로운 상태라 일부러 사람들에게 시비를 걸고 있는 중이었어. 실컷 두들겨 맞기라도 하고 싶었던 거지. 그 이유란 게 뭐겠어?"

"난 아무 판단도 서지 않는데."

"그는 박성길하고 아무런 원한도 없었던 거야. 오히려 어떤 면에서는 좋아하기도 했을 것 같아. 어쨌거나 아무런 원한도 없는 박성길을 죽이고는 괴로워서 어쩔 줄 모르고 매라도 맞고 싶었던 거지."

"강두칠이가 다른 폭력조직의 일원이었을 가능성도 많지 않겠어? 아무래도 박성길의 죽음을 보는 데 있어서 폭력조직 간의 원한관계를 무시할 수는 없지 않겠어?"

"강두칠은 조직폭력배가 아니야. 그의 죄명은 존속살해니까. 조직폭력배는 아예 부모를 잊어버리지 부모 때문에 괴로워하다 살해하거나 하진 않아. 강두칠은 아버지에 대한 분노 때문에 결국은 아버지를 살해했던 거야. 다른 가족들을 위해 스스로 희생한다고 생각했겠지."

"어떻게 그렇게 단정할 수 있나?"

"어머니와 누이가 가끔 면회를 온다지 않아? 패륜아 같으면 아무도 면회를 오지 않지."

"그렇다면 자네의 결론은?"

"물론 청부살인이지. 아까 내가 강두칠의 귀에다 대고 한 말은 당신 처지를 가엾게 여겨서 가족에게 넘어간 돈에 대해서는 모른 체해줄 테니 조용히 하라고 했지. 그렇지 않으면 그 돈을 압수하겠다고 했어."

"귀신이구먼!"

개코는 진정 탄복하고 있었다. 이 권 기자라는 사람은 얼마나 머리가 빠른 자인가. 그 짧은 순간에 어떻게 이런 사정을 모두 꿰뚫을 수 있단 말인가. 이에 비하면 후려 패고 설렁탕 사주는 식의 수사는 얼마나 한심한 방법인가. 이렇게 생각하니 개코는 민망할 뿐이었다.

"권 기자, 미안해."

"무슨 소리야, 갑자기?"

"아까 나는 아무것도 모르고 권 기자를 괘씸하게 생각하고 있었거든. 이제 보니 모두 내가 못난 탓이잖아."

"원 사람도 참, 왜 그렇게 싱거워? 그런데 풀리지 않는 의문이 하나 있어."

"뭔데?"

246

"왜 박성길을 죽였을까 하는 거야."

"누가 죽였는데?"

"누가 죽였든 앞으로 15년을 교도소에 있어야 하는 박성길을 죽일 이유라는 것이 있을 수 없잖아."

"그렇군, 교도소에 있는 사람을 청부까지 해가면서 죽인다는 것은 이상한 일이군."

"아까부터 그걸 생각하고 있던 중인데, 아무래도 내 생각으로는 이 박사를 죽인 자들과 무슨 관계가 있지 않을까 하는 생각이 들어."

"원한이 있다고 해서 장장 15년이나 교도소에서 썩을 사람을 청부해서 죽일 사람이 세상에 어디 있겠어."

"그 점은 이 박사를 죽인 자들도 마찬가지야. 박성길이 형무소에서 이 박사에 대해 떠벌린 것도 아니고, 무엇보다도 박성길 자신이 그들의 정체를 모르고 있는데도 불구하고 박성길을 죽일 필요는 전혀 없잖아."

"강두칠을 면회 왔다는 그 처남이라는 자를 만나봐야 할 것 같지 않아?"

"물론 그자가 키를 쥐고 있지. 그러나 그자는 없는 자야."

"없는 자라니?"

"만날 수 없는 자란 뜻이지."

"강두칠의 처남이랬잖아."

"오늘은 우리 개코가 감기라도 걸렸나 봐. 통 냄새를 못 맡으니. 이봐, 교도소에 면회를 하려면 가족이나 가까운 친척이 아니면 면회가 안 된다는 규정이 있잖아. 그럼 친구나 일 관계로 면회 가는 사람이 늘 써먹는 촌수가 뭐야? 친척이긴 친척인데 성이 다른 만만한 친척이 뭐 있어? 처남 아냐, 처남. 그렇담 이 처남이란 자도 가짜가 분명하단 얘기지. 그런 건 검찰에서 조사할 테니까 우리는 나중에 결과나 보자구. 진짜 처남일 수도 있으니까."

이렇게 대화를 끝내면서도 순범의 머릿속은 이 박사를 죽인 자들이 도대체 무슨 이유로 교도소 안의 박성길을 죽였을까 하는 생각으로 가득 차 있었다.

개코를 종로경찰서 앞에 내려주고 시경으로 돌아오자 바로 최 부장에게서 연락이 왔다. 최 부장은 오후에 청주를 출발할 거라면서 저녁에 리버사이드호텔 커피숍에서 만나자고 했다. 회사에 보낼 기사를 작성하여 후배 기자에게 넘겨주고 순범은 최 부장을 만나러 갔다.

"살인을 청부한 놈들은 이 박사를 살해한 놈들과 관련이 있다고 봐야 할 것 같아. 다른 원한관계 같은 것은 드러나는 게 없더군. 게다가 원한관계 같은 걸로 형무소에서 15년이나 살 사람을 청부살해하는 경우는 없어. 그리고 조사해보니 강두칠에겐 처남은 없더구먼. 그러니 처남이라고 면회하고 갔던 놈이 살인을 청부한 놈임에 분명해."

"어떻게 그렇게 빨리 알았어요?"

"강두칠이가 얘기한 거요."

"쉽게 얘기해요?"

"권 기자가 귀에다 대고 몇 마디 한 후로는 아주 고분 고분해졌거든. 그런데 도대체 뭐라고 한 거요?"

"최 부장이 보통 사람이 아니기 때문에 법대로 처리 하지 않을 수도 있다고 했을 뿐인데."

"그래서 그렇게 겁을 집어먹었나?"

"그런데 어째서 형무소에 있는 박성길을 굳이 죽이려 했을까요?"

"글쎄, 비밀이 탄로날 것을 두려워했겠지. 그러나 박 성길은 상대방의 정체를 모르는 데다 형무소에 있는 그 가 정체를 캐낼 수 있는 것도 아니고, 또 박성길이가 나 와 권 기자 말고는 아무에게도 이 박사 사건에 대한 얘 기를 꺼낸 적도 없단 말이오. 나도 아무에게도 이 얘기 를 하지 않았으니 권 기자와 나 말고는 아는 사람이 있 을 수가 없어요. 혹시 권 기자가 누구에게라도 얘기한 건 아니겠지?"

순간 순범의 뇌리에 번뜩 떠오르는 사람이 있었다. 설 마 그럴 리가? 그러나 그 여자 말고는 아무에게도 박성 길에 대한 얘기를 한 적이 없지 않은가? 물론 개코는 예 외로 치고…….

순범의 머리에 떠오른 사람은 신윤미였다. 이 박사의 죽음을 그리도 슬퍼하며 이 박사에 대한 존경심으로 살 아가고 있는 신윤미에게 박성길의 고백을 얘기해주지 않았던가?

그런데 그 결과가 이렇게 나타났단 말인가? 순범은 도저히 믿을 수가 없었다. 자신이 판단하는 한 신윤미는 절대 그럴 여자가 아니었다. 그렇지만 지금 박성길의 죽음은 무엇을 말하는가? 신윤미 말고는 의심할 사람이 아무도 없지 않은가? 혹시 자신이 잘못 생각하고 있는 것은 아닌가?

순범이 약간 멈칫하는 것을 본 최 부장이 다시 물었다.

"왜, 누구 얘기한 사람이라도 있단 말이오?"

"아, 아니. 아니요. 얘기한 사람은 없어요."

"거참 이상한 일이군. 아무에게도 얘기를 안 했다면 어째서 박성길이 노출됐을까?"

최 부장과 헤어져 집으로 돌아오는 차 안에서도 순범의 머릿속에는 온갖 생각이 떠올랐다가 지워지곤 했다. 이치로 봐서는 박성길의 존재를 알고 있는 신윤미를 의심하는 게 당연하지만 순범은 자신의 눈도 믿고 싶었다.

'그 여자 조심하시오. 세상에는 구미호라는 게 있다지 않소?'

최 부장이 까닭 없이 이런 말을 하지는 않았을 것이다. 신윤미에 대한 자신의 애정이 어쩌면 자신을 눈먼 장님으로 만들고 있는 건지도 모를 일이었다. 다른 무엇보다도 견딜 수 없는 것은 자신의 순수한 마음이 속고 있을지도 모른다는 사실이었다.

순범은 차에서 내려 삼원각으로 전화했다. 윤미를 찾아 시내로 급히 나오라고 얘기하고는 일방적으로 전화를 끊었다. 전화를 끊고 생각하니 자신이 너무 서두르는 것이 아닌가 하는 생각도 들었다. 그러나 윤미에 대한 미움이 가슴속으로부터 꿈틀대는 것은 어쩔 도리가 없었다.

"언제 오셨어요?"

생각에 잠겨 있는 순범의 앞에서 윤미의 음성이 들려왔다. 고개를 들어 쳐다보니, 윤미의 얼굴이 발그스레했다. 이미 술을 마신 듯한 얼굴이었다. 순간 순범의 마음에 똬리를 틀고 있던 미움의 감정이 고개를 쳐드는 듯했다.

"술을 마신 모양이군……."

"약간. 일찍 오신 손님이 있어서요."

"손님이 오면 항상 술을 마시나요?"

"그런 건 아니지만……."

윤미는 무엇인가 평소와는 다른 기분을 느꼈는지 대답을 흐리며 순범의 얼굴을 쳐다보았다.

'그렇지. 이 여자는 술집의 마담에 불과한 여자이다. 손님이 오면 술을 마시고 마음에도 없는 웃음을 짓는……. 이런 여자에게 내가 사랑을 느끼고 범죄까지 덮어주려고 노심초사한다는 것은 환상이요, 착각이다. 이런 여자를 위해 내가 박성길의 얘기를 해주고, 이 박사의 죽음을 파헤치려는 최 부장을 속였단 말인가?'

"박성길이 얘기를 누구에게 한 적이 있나요?"

거칠고 딱딱하게 내뱉은 순범의 질문이 윤미를 놀라게 만든 모양이었다. 윤미는 조심스레 순범의 기색을 살피는 듯했다.

"박성길이라는 사람이 누군데요?"

"시침을 떼는 것이오, 아니면 정말 몰라서 이러는 것이오?"

윤미에게 한마디 쏘아붙인 순범의 머릿속에 최 부장이 하던 말이 떠올랐다.

'권 기자, 조심하시오. 그 여자에게는 총각 한둘 보내는 건 문제도 아닐 거요. 옛날부터 워낙 세게 놀았던 여자거든. 세상에는 구미호란 게 있다지 않소?'

"일전에 내가 윤미 씨 집에서 일러주던 게 생각나지 않는단 말입니까?"

"아, 그때 박사님을 살해한 폭력 두목이라던 사람 말이군요."

"그 사람 얘기를 아무에게도 하지 않았단 말입니까?"

"그 사람 얘기를 누구에게 하겠어요?"

이쯤 되면 더 이상 어떻게 해볼 도리가 없었다. 무엇을 더 물어본다는 것도 추궁한다는 것도 어느 정도 아귀가 맞아야 가능한 것이다.

"그 박성길이가 교도소에서 피살되었는데 박성길에 대해서 아는 사람은 나와 개코 형사, 그리고 최 부장과 당신뿐입니다."

"그래서 저를 의심한단 말이지요? 그러나 저는 아무에게도 그 사람에 대한 이야기를 하지 않았어요. 그때 권 기자님에게 말씀드렸잖아요. 박사님에 관련된 것은 지난 13년간 아무에게도 얘기한 적이 없다고요."

"지금 상황은 아무도 당신의 그런 말을 믿어줄 수가 없게 되었습니다."

"그렇다고 해도 제가 없는 말을 할 수는 없잖아요."

대화는 평행선이었다. 느긋한 성격의 순범도 이렇게 되자 화가 치밀어 올랐다. 끝까지 보호해주기 위해 진실을 들으려고 했으나 이 여자는 철두철미하게 자신을 속이려 하고 있었다.

"그렇다면 이 박사는 왜 그날 밤 삼원각으로 가려고 했었습니까? 무슨 술자리가 있었던 것도 아닌데 삼원각으로 가려고 했다는 것은, 윤미 씨를 만나려고 했던 것이 아니었습니까? 박성길 일당이 미리 알고 기다리고 있었던 것을 보면 그것은 이 박사 스스로의 결정은 아니었단 말이 됩니다. 그러면 당시 대통령과의 술자리가 없는데도 그 시간에 이 박사를 삼원각으로 부를 사람이 누가 있었단 말입니까? 그건 단 한 사람. 바로 신윤미, 당신뿐입니다. 내가 지난번에 박성길에 대한 얘기를 한 것은 최 부장이 윤미 씨를 이 박사 피살사건에 연루된 공범으로 보고 있기 때문에 조심하게 하려는 의도에서였는데, 그 말을 한 지 3일 만에 박성길이 살해됐습니다. 지금 최 부장은 죽은 박성길이 이 박사의 죽음에 대해 고백한 것을 아는 사람 중에 범인이 있다고 생각하고 있고, 나도 같은 생각입니다."

윤미는 이 말을 들으면서 조금도 당황하거나 놀라지 않았다. 오히려 꼿꼿한 자세로 순범의 얼굴에 시선을 둔 채 듣고 있었다. 마치 윤미 자신이 순범의 말 속에서 무슨 단서라도 찾으려 하는 것 같았다.

"지난번에 말씀을 드리려 하다가 그만둔 얘기를 오늘은 해야겠군요. 그날 저는 박사님이 오실 것이라는 연락을 받지 못하고 있었어요. 박사님이 오실 때는 며칠 전, 아주 특별한 경우라 하더라도 최소한 몇 시간 전에는 제게 연락이 오는데 그날은 아무런 연락도 오지 않았어요."

"그렇다면 이 박사가 삼원각으로 간 것은 윤미 씨와는 아무런 관계도 없다는 말인가요?"

"그래요."

"그럼에도 불구하고 이 박사가 삼원각으로 가던 중이었다면 누군가가 이 박사를 속였다고 생각할 수밖에 없군요. 그렇다면 누가 이 박사를 속였을까요?"

이렇게 물으면서도 순범의 마음은 반신반의하고 있었다.

"당시로서는 박사님을 삼원각으로 오도록 얘기할 수 있는 사람이란 각하 외에는 두 사람밖에 없어요. 경호실장과 정보부장이죠."

윤미의 얘기는 사건에 대해 전혀 다른 시각을 제공했

다. 이 박사가 삼원각으로 가는 중이었지만 윤미에게
사전 연락이 없었다면, 그리고 윤미가 이 박사에게 연
락한 게 아니라면, 이 박사의 죽음은 의외로 박 대통령
의 측근에 의해 저질러졌을 수도 있었다. 그것도 불시
에 이 박사에게 연락해서 삼원각으로 오게 할 수 있는
사람이란 바로 박 대통령의 왼팔과 오른팔인 경호실장
과 정보부장뿐이 아닌가? 그러나 그것이 가능한 얘긴
가? 순범의 뇌리에 퍼뜩 떠오르는 게 있었다.

'만약에 이 박사와 박 대통령 사이에 무슨 문제가 생
겨 이 박사가 미국으로 돌아가려 한다거나 하는 일이
있었다면, 박 대통령이 그냥 보낼 수 있었을까? 극비로
해야 하는 핵개발 같은 것이 모두 노출되고 말 텐데.'

그러나 박 대통령의 초빙에 의해 귀국한 이 박사와 박
대통령 사이에 무슨 문제가 있을 수 있었다는 얘긴가?
곰곰 생각하던 순범의 뇌리에 불현듯 박 대통령의 독
재가 떠올랐다. 숱한 학생들의 희생을 불러왔던 박 대
통령의 독재를 이 박사가 보고만 있지는 않았다면…….
박 대통령이 아무리 이 박사를 아끼고 존경했다 하더라
도, 그는 자신의 독재에 대해 비난하는 사람은 누구를
막론하고 그냥 두지 않았을 것이다. 그래서 어느 날 이
박사를 예정도 없이 삼원각으로 오라고 하여 박성길 일
당을 시켜서 살해하고는, 개코의 말대로 국립묘지에 매
장하여 청와대의 행위를 위장한다. 만약에 윤미의 말이
사실이라면 이렇게밖에는 달리 해석할 수 없었다.

순범은 윤미를 믿고 싶었다. 그러나 박성길의 죽음을 놓고 보면, 윤미밖에는 용의자를 찾을 수가 없었다. 개코는 자기가 사건에 끌어넣은 사람이고, 최 부장은 사건을 조사하는 사람이다. 만약에 그에게 박성길을 죽여야 할 필요가 있었다 하더라도 자신에게 알리고 죽일 필요는 없는 것이었다. 미심쩍은 사람은 오직 윤미뿐이라는 것은 자연스러운 결론이었다.

그러나 이 여자의 말을 어쩐지 믿고 싶었다. 이것은 사건기자로서 지금까지 살아온 순범의 육감이었다. 논리를 믿을 것인가 육감을 믿을 것인가의 갈림길에서 순범이 택한 것은 결국 육감이었다.

일단 이렇게 마음을 결정하자 순범은 조금 전 자신이 윤미를 대했던 태도가 부끄럽게 느껴졌다. 설사 윤미가 박성길의 죽음에 관련이 있다 하더라도 자신의 태도는 지나친 것이 틀림없었다. 어쩌면 윤미는 마음의 상처를 받았을 수도 있다. 윤미에게 느꼈던 미움의 감정이 그대로 자신에게 돌아오는 것을 느끼며 순범이 망연자실한 표정을 짓고 있자 윤미는 오히려 위로의 말을 건넸다.

"믿어줘서 고마워요. 누구라도 이런 상황이라면 저를 의심할 수밖에 없을 거예요."

순범은 윤미의 작고 기다란 손을 와락 쥐었다. 사과를 하지 않고는 견딜 수 없을 것 같았다. 도저히 그냥 헤어져서는 잠이 들 수 있을 것 같지 않았다. 자신에 대한 분노와 윤미에 대한 미안함, 그리고 가슴속에서 치밀어 오르는 무언지 모를 강렬한 감정이 순범을 그 자리에 그냥 앉아 있을 수 없게 만들었다.

"일어나시죠."

"어디로 가시게요?"

"오늘 밤은 도저히 그냥 헤어질 수 없을 것 같군요."

윤미는 이 말을 듣자 슬쩍 말머리를 돌렸다.

"참, 미국에 가신다면서요?"

"네, 모레 갑니다."

"좀 쉬어야 하지 않을까요?"

"윤미 씨와 함께 있는 게 좋습니다."

윤미는 가만히 고개를 돌렸다. 창밖을 바라보는 그녀의 눈길에는 오랜 세월을 홀로 지낸 여자의 외로움이 짙게 배어 있었다.

통일 시대

다음 날 아침 시경으로 출근한 순범은 우선 신윤미가 얘기한 당시의 과학기술처 장관에게 연락을 해봐야겠다고 생각했다. 그리고 저녁에는 미리 약속해둔 친구 대석을 만나야 했다.

한두 군데 연락하여 당시 과기처 장관이었던 정건수의 전화번호를 알아낸 순범은 바로 전화를 했다.

"정 장관님 댁이지요? 저는 반도일보의 권순범 기자라고 합니다. 장관님 계십니까?"

저쪽에서는 별로 까다롭지 않게 전화를 바꾸는 모양이었다.

"예, 정건수입니다."

"전화로 초면에 실례합니다. 재직하시던 당시의 과학기술 정책에 대해 인터뷰를 하고자 하는데, 편하신 시간에 찾아뵈면 어떻겠습니까?"

"과학기술 정책에 대해서요? 어떤 관점에서 쓰는 겁니까?"

"박 대통령 당시 불모지였던 우리나라의 과학기술을 양성하기 위해 애썼던 분들의 증언과 숨은 얘기를 듣고자 하는 것입니다. 정 장관님부터 시작해서 지금의 장관님에 이르기까지 밀착취재를 할 예정입니다."

"나는 좀 빠지면 안 되겠소? 사실 당시의 정책에 대해서는 나보다 정책실장이나 담당관이 더 잘 알 텐데."

"그러나 이것은 역대 장관의 노고와 공적을 취재하는 것이 중요하기 때문에, 장관님을 인터뷰하지 않으면 알맹이가 빠질 것입니다. 힘드시더라도 잠시 시간을 내주시면 정말 고맙겠습니다."

"알겠소. 그러면 질문의 요지를 미리 서면으로 보내주시오. 내 아는 대로 성실히 답변을 작성하여 서면으로 보내드리겠소."

"그 당시의 분위기를 직접 느끼고 써야 하기 때문에 직접 만나뵙는 게 나을 것 같습니다. 시간이 많이 걸리는 일도 아니니 협조해 주십시오."

"아니야. 나는 요즘 별로 사람을 만나지 않고 지내는 편이니 인터뷰는 사절합니다."

그 말과 함께 상대는 전화를 바로 끊어버렸다. 순범은 화가 치밀어 올랐지만 꾹 눌러 참았다. 어차피 해야할 인터뷰라면 인내를 갖고 기다리는 편이 나을 것이라고 판단했기 때문이다. 하루 이틀 있다가 다시 전화를하기로 하고, 오후 내내 기획기사를 작성하고는 저녁이되자 대석과 약속한 장소로 나갔다.

대석은 갈색으로 그을린 얼굴을 하고 로비의 소파에앉아 있었다. 근 10년 만에 만나는 두 사람이지만 조금도 달라지지 않은 것을 보고는 반가움이 더했다. 공부만 한 대석은 순범에 비해 한두 살은 적어 보였다. 본래 약간 까무잡잡한 편이었던 그의 얼굴은, 오랜 세월을 캘리포니아 태양에 그을려서인지 예전 한국에 있을 때보다 더욱 검어진 것 같았다.

호텔 로비는 10년 만의 해후를 나누기에는 곤란한 장소라 두 사람은 곧 근처의 뒷골목 소줏집으로 자리를 옮겼다. 오랜 외국 생활을 하면 사람의 식성이나 기호도 바뀌는 모양인지, 대석은 예전과 같지 않게 얼큰한 동태찌개에 소주를 시키더니 대뜸 순범의 잔이 넘치도록 따르고는 건배를 청했다.

"이 친구, 자네 많이 바뀌었구먼. 한국에 있을 때는 늘 고급 레스토랑이나 찾고 하더니, 되려 외국에 나갔다 와서 사람이 바뀌었어."

"말도 마. 김치니 고추장이니 찌개니 하는 것이 바로 한국이더라구."

"그래 이번에 박사 학위를 땄다면서?"

"후후, 꽤 오래 걸린 셈이지. 이것저것 하면서 공부하자니 만만치는 않더군."

"이젠 자리를 잡아야겠군."

"자리? 말도 말게. 대학은커녕 연구소에도 들어갈 데가 없다고들 난리더구먼. 미국에서 말로만 들을 때는 설마 했는데 막상 와서 보니 엄두가 나지 않아."

"어디 좀 알아봤나?"

"모교에 가서 대략 얘기만 듣고 온 편이네만 기다리는 선배가 하도 많아 아예 응모도 하지 않기로 했네. 마

침 미국의 내 지도교수가 연구직을 제공하고 있으니 거
기서 하고 싶은 공부를 좀 더 해야겠어. 특히 '세계질서
의 개편'이라는 과제를 가지고 지도교수와 내가 공동으
로 연구해 국무성에 제출하기로 했네. 용역비가 꽤 많
이 나와 오랜만에 좀 여유 있게 지내면서 인간다운 생
활도 할 수 있을 것 같아."

"그럼 이제까지는 인간다운 생활을 하지 못했단 말
인가?"

"글쎄, 사람이 사는 방식이니까 그것도 인간의 삶이
랄 수는 있겠지만, 유학생들의 대부분은 몹시 어려운
생활을 하고 있다고 봐야지. 시간이 아까워 아르바이
트에 매달려 있을 수도 없고, 어떤 때는 시험 하루 전날
남의 파티에 봉사하러 가서 밤새 칵테일을 나를 때도
있었지. 발을 동동 구르면서도 얼굴에는 항상 미소를
띠고 있어야만 했어."

"그렇게 고생해서 학위를 따와도 여기에는 시간강사
자리 하나도 만만치 않으니 한심한 생각이 절로 나겠
군."

"하하, 자네 어찌 유학생들의 마음을 그리 잘 아는가?
그럼에도 불구하고 나는 우리나라의 젊은이들이 해외
에 나가서 공부를 하면 할수록 좋다고 생각하고 있어.
하루가 다르게 바뀌는 세계에서, 자원 하나 변변하게
없는 우리 7천만 민족이 굶지 않고 살아가려면, 우리의
유일한 재산인 고급 인력을 한 사람이라도 더 양성하는

것 외에 달리 무슨 방법이 있겠나?"

"어째 우리가 7천만 민족이야? 5천만이지."

"이 사람, 아 북한 주민은 우리 민족이 아닌가?"

"동포이기는 하지……. 자, 한잔 들자구."

대석은 단숨에 술잔을 들이켰다. 순범이 그의 잔에 다시금 가득 술을 부었다.

"바야흐로 통일시대에 살면서 아직도 그렇게 마음의 준비가 되어 있지 않으면 어떡하나? 그런 식으로 우리 국민 한 사람 한 사람이 주체적 자각을 하지 못하고 있으니 자꾸 끌려만 가고 있는 거라구."

"하긴, 자네 말이 맞네. 그런데 자네는 우리나라의 통일에 대해 어떻게 생각하나?"

"시기가 점점 무르익어가고 있지. 러시아가 이미 우리와 수교를 했고, 미국과 일본도 한반도의 통일을 반대할 명분이 없는 데다가, 중국도 지금은 북한과의 전통적인 우호관계 때문에 속도를 늦추고 있긴 하지만 우리와의 교류가 확대일로에 있지. 게다가 천안문 사태 이후 미국이 주도하는 고립화를 탈피하기 위해 전력을 다하고 있어. 중국의 외무장관이 뉴욕에 머물면서 한 달에 70명이 넘는 각국의 외무장관들을 만나고 있어. 우리와도 계속 접촉하고 있으니까 머지않아 수교가 될 것으로 봐. 통일을 하자면 앞으로 몇 년 동안의 준비가 대단히 중요하지."

"주로 어떤 준비를 해야 하는 거야?"

"아까도 말했다시피 국민 개개인이 스스로가 통일이라는 역사적 과업의 주인이 되려는 태도가 무엇보다도 가장 중요하겠지."

"구체적으로는?"

"통일에는 반드시 통일 반대세력이라는 것이 있게 마련이야. 국내에선 주로 기득권층이고 국외에는 주변 국가들이지. 이들은 늘상 교묘한 수법으로 통일의 유해한 측면을 부각시키기 마련이지."

"예를 들면?"

"자네 그 통일비용 논의라는 게 가끔 신문에 등장하는 것을 볼 거야. 학자에 따라 무척 차이가 많은 이 통일비용이라는 것을 신문을 통해 본 사람들은 통일에 대해 별로 내켜하지 않게 돼. 엄청난 비용을 통일의 대가로 지불해야 한다고 생각하면 굳이 당대에 고생을 하면서 통일을 할 필요가 있을까 하는 회의가 들게 돼 있지. 그러나 통일의 형태가 어떻게 그들이 생각하는 방식만이 있겠어. 왜 우리가 꼭 독일식의 통일만을 해야 하고 그런 막대한 비용을 쏟아부어야 하겠어?"

"그럼, 자네는 어떤 방식의 통일이 우리나라에 가장 맞다고 생각하나?"

"당분간은 1국가 2체제가 좋겠지. 북한의 국가 구조를 그대로 두어 안정성을 해하지 않는 범위에서, 자본과 기술을 대거 이전해주어 북한을 경제적으로 부흥시켜야 해. 그렇게 하면 독일식의 순간 흡수에서 오는 충격을 대단히 완화시킬 수 있지. 게다가 북한의 뛰어난 노동력과 주민들의 잘살고 싶은 욕구에 조금씩 불을 지펴놓으면, 북한은 순식간에 신흥공업국으로 일어서게 될 가능성이 많아. 이렇게 되면 우리는 먼저 경제공동체를 이룰 수 있게 되는 거지. 그다음에 남북 간의 산업구조를 적당히 조정하여 세계 무대에 같이 대응하게 되므로, 남한으로서도 무조건적인 희생이 아니라 오히려 이문이 남는 장사가 될 수도 있는 거라구."

통일의 기반도 닦고 이득도 남긴다는 대석의 말에 순범은 고개를 갸우뚱했다.

"그렇게만 되면 얼마나 좋겠나만 북한 정권이 쉽게 이를 받아들이겠어?"

"몇 가지 문제가 있는 듯이 보이지만, 결국은 신뢰의 문제야. 북한 정권은 현재 모순된 상황에 빠져 있어. 경제개발은 해야 하는데 의식 개방은 하면 안 된다는 거지. 정권이 붕괴될까 봐. 북한의 김일성 정권이란 어떻게 보면 피해망상적 자폐증 환자로 볼 수 있어. 그러니 자꾸 끌어내야 해. 북한 정권이 안심할 수 있도록 상호신뢰를 쌓는 일이 정부로서는 무엇보다도 중요한 과제야."

대석이 자신의 잔을 입으로 가져갔다. 순범도 대석을 따라 자신의 잔에 있던 술을 입속으로 털어넣었다. 대석이 소리나게 술잔을 내려놓더니, 숟가락으로 동태찌개 국물을 떠먹었다. 순범은 그러한 대석을 바라보며 물었다.

"어떤 식으로 상호신뢰를 쌓아야 하지?"

"우선 미국에 맹종하지 않는다는 것을 보여야 해. 비단 보일 뿐만 아니라 실제로도 미국 의존적인 사고를 버려야 해. 시대가 바뀌고 있고 미국도 바뀌고 있거든. 세계의 모든 나라가 바뀌고 있는데 우리나라만 바뀌지 않고 있어. 지금 북한이 더욱 폐쇄적으로 되고 있는 데는 우리의 책임도 커. 러시아, 중국 등과 떨어지게 된 북한이, 모든 대북정책을 미국과 의논하고 미국의 동의를 얻고자 하는 우리나라 정부에 대해 어떤 생각을 하고 있겠어? 달리 방법이 없으니 핵개발이니 뭐니 하는 수밖에 없지. 자꾸 고립되어가는 상황에서 핵개발을 주장하는 군부 강경파의 목소리가 거세질 수밖에 더 있겠어?"

"그러나 북한의 남침 위협이 아직 제거되지 않았는데 우리가 미국과 꽉 붙어 있는 것 이상 좋은 방법이 있겠어?"

"불이 났을 때 든든한 소방 장비를 갖고 있다면 매우 안심이 되는 일이겠지. 그러나 더 좋은 방법은 불이 나지 않도록 미리 예방을 하는 게 아니겠어? 침략에 대응해 미국이라는 소방 설비에 투자하는 것도 물론 중요한 일이지만, 불이 날 수 있는 원인을 제거해야지. 즉, 북한을 자폐증의 최후 단계인 자살이나 발작으로 몰아넣지 않는 것이 더욱 중요하다구. 이것은 미국이 할 수 있는 일이 아니야. 바로 우리만이 할 수 있는 일이지. 이런 관점에서 본다면, 틈만 있으면 북한에 대해 미국과 공동 대응한다는 정부의 발표는 한심하기 짝이 없는 얘기지. 우리에게는 우리의 지혜가 담긴 정책이 있어야 하는 거야."

"자네는 정부에 대해 꽤 불만이 있는 모양이군. 그렇다면 북방정책에 대해서도 뭔가 할 말이 있을 것 같은데?"

"북방 못지않게 우리에게는 남방도 중요하지. 풍부한 자원과 구매력을 가진 동남아시아가 지금 바야흐로 잠에서 깨어나고 있질 않은가? 앞으로 이 지역의 성장은 괄목할 만할 거야. 일본이 이 지역에 들이는 정성을 보면 그들이 어떻게 생각하고 있는지 알 수 있지. 그러나 변화하는 세계 속에서 우리의 입지가 외교를 통해서 확보되어야 한다는 점에서는 북방정책이란 것도 훌륭한 거지. 정부가 북방정책의 성공을 업적으로 내세운다는 얘기는 미국에서도 듣고 있어. 그러나 북방정책이라는 것이 그렇게 단기간에 성패가 보이는 일은 아니야. 중요한 것은 얼마만큼 시대를 보는 안목을 가지고 앞장서서 우리의 역사를 펼쳐갈 것인가 하는 정신의 문제지. 이미 세계가 바뀌어가고 있는데 한반도에만 강요되고 있는 안보의 논리를 어떻게 뛰어넘어 진정한 민족의 길을 열어갈 것인가 하는 게 중요한 문제야."

"그러니까 자네도 북방정책은 찬성한다는 거지?"

"후후, 그렇다고 해두어야겠지. 다만 돈이 아깝지만."

"30억 달러를 두고 하는 말인가?"

"얼마나 아까운 돈인가? 더군다나 줄 필요가 전혀 없는 돈이었으니⋯⋯."

순범은 자신도 모르게 대석의 말에 수긍하고 있었다. 대석의 말은 순범보다는 확실히 몇 단계 높은 고차원적인 것이었다. 순범은 자신 없는 말투로 대석에게 물었다.

"모스크바를 통해서 평양의 문을 열겠다는 돈인데 그 나름의 의미가 있지 않을까?"

"바로 그거야. 그 사고가 문제지. 왜 직접 평양에 못 주냔 말이야."

대석은 북방정책에 찬성하면서도 방법에 있어서는 상당한 불만을 가지고 있는 것 같았다.

"자네는 북한 문제에 대해서는 약간 서두르는 듯이 보이는데?"

"시간 때문이야. 세계가 무역전쟁으로 가고 있는 지금 북한만이 폐쇄의 빗장을 걸고 있어. 시간이 가면 갈수록 더 뒤떨어지게 돼. 이것은 결국 누구의 손해일까? 과연 북한만의 손해일까? 북한의 손해는 바로 우리의 손해라는 생각이 있어야만 진정 통일을 할 수 있는 거야."

"그러나 북한이 핵무기를 개발하려고 혈안이 되어 있으니 우리로서는 참으로 답답한 노릇이 아닌가? 그것을 막지 못하고서는 아무런 일도 같이 할 수가 없는 것 아니겠어?"

"자네는 참으로 답답하군. 그러고도 여론을 이끌어가

는 기자라고 할 수 있겠어? 그것은 우리에게 강요되고 있는 외부의 논리이지 진정한 우리의 생각, 다시 말하면 자네의 생각도 아니란 말이야. 자네가 진정으로 한 번 생각해보게. 이 어려운 시점에서 참된 우리 민족의 앞날을 위해 취해야 할 길은 어떤 것인지 말야. 한 가지 분명한 것은, 북한을 때려잡아 핵무기를 포기시키는 것만이 우리의 방법은 아닐 거라는 거지."

대통령과 안기부장이 나눈 대화 내용을 듣고 답답하기 짝이 없었던 순범의 가슴에 대석의 말은 시원하게 내려앉았다. 두 사람의 대화는 여기에서 끝났지만 순범의 마음속에 번진 작은 불씨는 술자리가 파하고 집으로 돌아가는 차 안에서도 꺼질 줄 몰랐다.

저팬 플랜

　한편, 이날 저녁 도쿄 신주쿠의 한 작은 카페에서는 주익이 《아사히신문》의 스즈키 기자를 만나고 있었다. 한일물산 조 전무로부터 야쿠자의 뒤에 구로다케가 있다는 말을 듣고 나서부터 주익은 암암리에 구로다케의 뒤를 조사하다가 심상치 않은 기색을 느끼게 되었다. 곧 내각에서 결정될 원자력 에너지 수급 계획에 대해 소수 여론을 형성하고 있는 단토 에너지성 장관파에 대한 약점 잡기에 구로다케가 혈안이 되어 있는 것을 느낄 수 있었다.

　무슨 이유에서인지 모르지만, 구로다케는 부하들을 잔뜩 풀어 단토를 비롯한 몇몇 각료와 의원들의 돈 관계를 비롯해서 여자 관계와 사생활까지 철두철미하게 캐고 있었다. 주익으로선 도저히 이해가 가지 않는 일이었기에 평소 잘 알고 지내는 스즈키 기자에게 알아보기 위해 만나고 있는 중이었다. 스즈키는 지난번 김현희의 회견 때 주익으로부터 정보를 받아 편집국장으로부터 칭찬을 들었던 것이 생각나는 듯, 주익을 보자 고맙다는 인사를 먼저 건네고는 맥주를 따라 권했다.

　"스즈키 기자, 구로다케의 뒤를 봐주고 있는 사람은 누굽니까?"

"저쪽에서는 이시이가 봐주고 있고 정계에서는 가네마루가 봐주고 있지만, 당선이 된 후로는 가네마루의 오른팔처럼 행동하고 있습니다. 전하는 바로는 구로다케를 괜찮게 본 가네마루에게 이시이가 그를 진상했다고 하더군요."

과거 막부 시절 가신의 집에 괜찮은 사무라이가 있으면 진상을 받던 일본의 전통은 현대에 와서도 그대로 이어지고 있는 모양이었다. 중의원에 당선된 사람까지 주고받는 이들. 더군다나 한 사람은 야쿠자의 두목이고, 또 한 사람은 자민당의 실세인 가네마루인 것이다. 이 모든 일이 주익의 상식으로는 도저히 납득이 되지 않았다.

"그런데 그 구로다케가 왜 에너지 위원들의 약점을 캐고 있는지 알 수가 없군요."

"구로다케가 에너지 위원들의 약점을 캐고 있다구요?"

"그래요. 그것도 아주 혈안이 되어 있어요."

주익의 말을 들은 스즈키는 한참 무엇인가를 생각하는 듯 말이 없다가 이윽고 무거운 표정으로 입을 열었다.

"그렇다면 그것은 내각의 에너지 장기 수급 계획에 대한 결정을 앞두고 압력을 가하기 위한 것일 겁니다."

"그 에너지 수급 계획이란 것은 무엇입니까?"

"원자력 에너지의 근간을 무엇으로 할 것인가 하는 거지요."

"그게 무슨 뜻이죠?"

"일본의 원자력 에너지를 농축우라늄으로 하느냐, 아

니면 플루토늄으로 하느냐를 결정하는 것입니다."

"그런데 왜 구로다케가 혈안이 되어 위원들의 약점을 캐고 있습니까? 구로다케가 하는 일이라면 지금 같아서는 가네마루의 일이라고 봐도 무방할 텐데……."

"에너지 위원들 중 상당수는 농축우라늄으로 결정해야 한다고 생각하고 있습니다. 이것을 바꾸어보려고 하는 거겠죠."

"무엇으로 바꾸려 하는 거죠?"

"플루토늄으로 바꾸려는 것입니다."

"왜 바꾸려고 하는 걸까요?"

"글쎄요, 그것에 대해서는 자신 있게 말할 수는 없군요."

스즈키는 약간 말꼬리를 흐렸다. 주익은 아사히에서도 가장 유능한 정치부 기자라는 그가 이유를 알지 못할 리가 없다고 생각했지만, 알 수 없다고 하는 데야 더 이상 캐물을 수는 없는 노릇이었다.

그러나 바로 이 시각, 주익이 있는 곳으로부터 불과 5백 미터밖에 떨어지지 않은 룸살롱에서는 그 이유를 분명히 알려주는 상황이 벌어지고 있었다.

룸살롱치고는 지나치게 두껍고 견고하게 만들어진 문앞에 서 있는 딱 벌어진 삼십대의 얼굴을 보는 순간, 에너지위원회의 책임간사인 에자키는 그만 질려버렸다. 아무런 표정도 없이 마치 하나의 장승이나 조각상같이 서 있는 이 어깨의 얼굴은, 마치 수십 조각의 천으로 맞취 기운 듯했다. 어깨는 그러나 에자키와 같이 들어오는 사십대 초반의 사나이를 보는 순간 허리까지 숙여 절을 했다.

"아무도 들여보내지 마라. 전화도 바꾸지 말고."

사나이의 매정하리만치 짧게 끊어지는 지시에 어깨는 대답 대신 다시 한번 고개를 깊이 숙여 보였다. 에자키에게 자리를 권한 사나이는 맞은편 소파에 등을 기대며 스트레이트잔에 위스키를 가득 채웠다. 사나이의 위스키 따르는 동작은 지극히 완만한 것이어서, 정중하게 잔을 받고 있는 에자키는 오랫동안 자세를 유지해야만 했다.

'빌어먹을.'

당장 자리를 박차고 나오고 싶었으나 에자키는 꾹 눌러 참았다. 야쿠자 출신의 중의원인 이 사나이의 비위를 건드리는 것은 대단히 불편한 결과를 가지고 올 것이었다. 당장 문 밖에 서 있는 거한의 얼굴이 떠올랐다. 잔을 받고 난 에자키는 상대방의 잔에 술을 따르며 이 사나이가 자신을 만나자고 한 이유가 무엇일까를 생각했다. 사나이는 자신의 잔을 들어 에자키를 향해 건배 시늉을 하고는 기분 좋은 듯 단숨에 털어넣었다.

"에자키 선생, 당신은 지금 세계가 어떻게 변하고 있다고 생각하오?"

"변하다니요?"

"국제 정세에 대해 선생은 별반 생각하고 있는 것이 없나 보구려. 이번 에너지 장기 수급 계획의 중요성을 설명하기 위해 나는 먼저 간단하게 국제 정세에 대해 몇 마디 하고 싶소."

구로다케의 건방진 태도에 비위가 몹시 상해 있던 에자키는 거창하게 내뱉는 서두를 듣자 노골적으로 불쾌한 표정을 드러냈다. 도쿄대학 출신인 자신이 일개 야쿠자 출신으로부터 국제 정세에 대해 들어야 한다는 것은 우습기 짝이 없는 일이었다. 그러나 에자키의 이런 표정을 보면서도 구로다케는 조금도 거리끼는 기색이 없이 당당하고 자신 있는 목소리로 자신의 정세관을 펴 보였다.

"62세에 장군이 된 도쿠가와 이에야스는 변화에 대처하는 최선의 길은 오직 힘을 키우는 것이라 했소. 나는 이 말을 철칙으로 생각하고 있는 사람이오. 그런데 바야흐로 세계는 무서운 속도로 변하고 있소. 자본주의 국가들 간의 살벌한 대결을 그나마 억제하고 있던 저 공산주의 국가들이 모두 없어지고 말았소. 그들도 이제는 자본주의를 지향하며 경쟁의 대열로 밀려오고 있소. 이제는 이념에 의해 적과 동지를 나누던 낭만적인 시대는 모두 끝나고, 오직 국가의 이익에 의해서만 이합집산하는 새로운 시대가 열리고 있소."

의외로 구로다케의 서두는 논리적이고도 간결했다. 에자키는 술잔을 입으로 가져가며 그의 얼굴을 주시했다.

"우리나라도 그동안 미소 대결구도에 힘입어 경제발전에 전력을 경주할 수 있었고, 이제 와서는 미국과 선두를 다툴 수 있는 위치에 이르게 되었소. 그렇지만 소련의 붕괴는 우리에게 뜻하지 않던 문제점을 가져다주고 있소. 거두절미하고 얘기하면, 소련이라는 위험한 괴물이 없어지자, 아니 없어진 건 아니오, 여전히 위험하지. 좌우간 이 소련이 공산주의를 포기하는 바람에 우리는 오히려 미국과 노골적인 대결을 해야 하는 입장에 처하게 되었소. 물론 아직은 무역전쟁이라는 이름의 시장쟁탈전에 불과하지만, 이제 시간이 좀 지나면 이 시장쟁탈전은 필연적으로 자원쟁탈전을 수반하게 될 거요."

여기까지 말한 구로다케는 처음의 멸시하는 표정과는 달리 에자키가 경청하고 있는 것을 보고는 더욱 당당한 표정으로 말을 이었다. 구로다케가 이미 아무도 들여보내지 말라고 지시를 해둔 데다가 방 안은 방음장치가 매우 잘되어 있기 때문인지 그의 목소리는 조용한 공간에 낭랑하게 울렸다.

"이 자원쟁탈전에서도 자원이 풍부하고 막강한 군사력으로 세계를 주름잡는 미국이 우리에 비해 단연코 우세할 것은 불문가지의 일이오. 자원이라는 것은 시장과는 달리 오직 상업적인 방법만을 통해 얻어지는 것은 아니오. 때로는 경제적 요인보다는 정치, 군사적 요인이 더 중요하게 작용한다는 얘기요. 앞으로 미국과 유럽을 상대로 한 거센 무역전쟁이 어떻게 진행될지는 모르지만, 이제 더 이상 우리의 방위를 미국의 손에 맡기고 있을 수 없다는 것은 분명하오. 게다가 소련의 붕괴로 말미암아 이 지역에서 힘의 공백이 생기고 있소. 이 공백을 틈타 중국은 틀림없이 급속도로 군비를 증강할 것이오. 그들은 아시아의 주인이 되려 하고 있소."

처음의 분위기로 보아서는 무슨 되지도 않는 억지를 쓰면서 기업의 로비나 하려는 것으로 생각했던 에자키는, 구로다케가 제법 논리정연한 어조로 세계의 변화를 짚어나가자 내심 놀라움을 금치 못했다. 더군다나 그가 말하고 있는 것은 모두 자신이 평소 생각하고 있던 것이기도 했다.

"에자키 선생, 지금은 오직 힘을 키워야 할 때요. 앞으로 일어날 수 있는 모든 변화에 대비해야 하오. 15억의 인구를 가진 저 거대한 땅 중국. 아직도 우리의 땅을 돌려주려 하지 않는 머리 위의 러시아. 또 핵무기를 가진 인도와 파키스탄의 분쟁은 언제 어떤 형태로 아시아를 뒤흔들어놓을지 모르는 일이오. 저 광활한 시베리아와 망망한 태평양을 지갑만 가지고 경영할 수는 없는 일이 아니오? 이제 우리 일본은 힘을 가져야만 하오."

이 말을 할 때 구로다케의 표정은 엄숙했고 눈에서는 강한 빛이 나오는 듯했다. 그 눈빛이 에자키를 정면으로 향했다. 물론 기대 반 협박 반의 뜻을 품고 있는 눈빛이었다.

이제 에자키는 조금도 구로다케를 멸시하지 않았다. 오히려 어떤 외경심 같은 것이 마음 깊숙이에서 우러나오고 있었다. 술병을 들어 구로다케의 잔을 채우며 에자키는 부드러운 목소리로 물었다.

"힘을 키운다는 말은 무엇을 뜻하는 것입니까?"

"우리나라는 경제력에 걸맞는 군사력을 가져야 하오. 지금 한창 재래식 무기를 갖추고 있지만 이 군사력의 종점은 결국 핵무장이오. 핵이 없이 미국, 중국, 러시아, 유럽 등과 군사력을 논할 수가 있겠소? 저 하찮은 인도조차도 핵을 보유하고 있지 않소? 다행히 우리는 걸프전을 기화로 엄청난 돈을 내고 부시를 설득했소. 프랑스와 영국도 우리 편이 되어 미국에 영향력을 행사했지. 머리에 든 것이 없는 핵 관계자들은 농축우라늄의 가격이 안정세에 있다며 우라늄을 고집하지만, 몇 십 배의 부대 비용을 지불하고 우리가 플루토늄을 선택한 것은 오직 미래의 일본을 위한 것이기 때문이오."

"그렇다면 내가 할 일은 무엇입니까?"

"핵에너지의 효율로 볼 때 우라늄을 이용하는 것보다 플루토늄을 쓰는 것이 낫다고 언론에 발표해주고, 플루토늄을 선택하게 된 것은 전적으로 에너지위원회의 결정이라고 얘기해주시오."

바로 5백 미터도 떨어지지 않은 곳에서 이런 상황이 벌어지는 것을 알 리 없는 주익은 구로다케의 의도를 알아보기 위해 스즈키에게 이것저것 우회해서 질문을 하고 있었지만 역시 별 소득은 없었다. 이 양순한 젊은 기자는 주익에게 자신의 짐작을 말하는 것이 적절치 못하다고 생각하는 모양이었다.

약간 머쓱해진 두 사람은 그냥 헤어지기도 뭣해 이런저런 얘기를 하며 맥주를 마시고 있었다.

"새로 임명된 야마구치파의 조장 중에 한국인이 있는데 활약이 대단하다고 하는군요. 며칠 전에는 밤에 암습을 받은 마사키를 목숨 걸고 보호하다가 칼을 맞고 병원에 입원했다는데 살아날 수 있을지 모른다는 거예요. 마사키는 물론 야마구치까지도 병원에 들러 열성으로 간호하고 있는데, 잠시 의식을 회복한 그는 마사키가 살아 있는 것을 보고는 눈물을 흘리더라는 거예요. 야마구치와 마사키도 따라 눈물을 흘려 온 병실이 울음바다가 됐다고 하는군요. 이 사람 때문에 야마구치파의 의리가 알려져 다른 파에서 야마구치파로 옮기려는 야쿠자들이 줄을 서고 있다는군요."

스즈키의 얘기는 안주 삼아 한 말이었지만, 목숨을 바쳐 야쿠자 두목을 살려낸 그 조직원이 한국인이라는 것을 굳이 밝힌 것이 무슨 의도가 있는지 몰라 주익은 어떻게 응답을 해야 할지 몰랐다. 좀 더 앉아서 잡담을 나누다가 나왔지만 기대와는 달리 스즈키를 만난 것은 별소득이 없었다.

여느 해와 달리 유난히 무덥던 여름은 언제 그랬느냐는 듯이 자취도 없이 물러가고, 아침저녁으로 신선한 바람이 부는 게 가을이 이미 성큼 다가와 있었다. 옷자락 밑으로 찬바람이 스며들기 시작하면 사는 곳이 일정한 사람들조차도 이리 갈까 저리 갈까 망설이며 낙엽이 구르는 대로 바람이 부는 대로 마음을 부여잡지 못하고 방황하기 마련이었다.

출국을 하루 앞두고 있는 순범의 마음은 정말이지 흐르는 강물 위에 떠 있는 한 줄기 풀잎처럼 방황하고 있었다. 비록 대통령의 유엔 총회 연설을 취재하기 위한 출장이지만, 가을에 여행을 한다는 것 자체로 순범의 마음을 설레게 하기에 충분했다.

신문사 간부들에게 출국 인사를 하고 최 부장을 만나 이용후 박사와 박성길의 죽음에 관한 얘기를 나누면서도, 순범은 윤미의 일은 한마디도 꺼내지 않았다. 최 부장은 박성길 사건을 청부한 자에 대해서는 여전히 밝혀진 것이 없다고 했다. 검찰이 조사한 바에 따르면 강두칠은 일금 2천만 원이 가족에게 전해진 사실을 확인한 후 바로 범행을 저질렀으며, 여동생은 오빠의 친구라는 사람으로부터 돈을 받고 이 사실을 오빠에게 알리기만 했을 뿐 다른 것은 전혀 아는 바가 없다는 것이었다. 물론 처남이라고 교도소의 근무일지에 기록하고 면회를 한 자가 열쇠를 쥐고 있겠지만 그의 행적은 감감할 뿐이었다.

최 부장은 박성길의 증언 사실을 알고 있는 사람 중 하나가 용의자임에 틀림이 없다며 순범에게 누구더러 얘기한 적이 없느냐고 집요하게 캐물었지만, 순범은 역시 고개를 가로저었을 뿐이었다.

최 부장의 사무실을 나온 순범은 개코를 불러 점심을 같이 먹었다.

개코는 순범의 앞에 슬며시 하얀 봉투 하나를 밀어놓았다. 겉면에 '장도'라 씌어 있는 것을 본 순범의 얼굴에는 웃음이 번졌다.

"약소하지만 넣어둬. 워낙 미미한 금액이라 아예 달러로 교환을 해서 넣었어. 어쨌든 이번에 꼭 단서를 얻어와야 해."

개코와 헤어져서는 출국에 필요한 여러 가지를 챙기고 일찍 집으로 돌아가 쉬었다. 밤에 삼원각으로 전화를 하여 윤미와 통화한 것이 한국에서의 마지막 일이었다. 윤미는 잘 다녀오라는 인사와 함께 이런 말을 덧붙였다.

"박사님은 외동딸이 있다는 얘기를 하셨어요. 의사가 되고 싶어 하는 귀여운 아이라고 하셨던 것이 기억나는 군요."

날짜변경선

뉴욕. 황혼이 내리면 이 거대한 도시는 새롭게 분장한다.

빌딩들이 서로 겨루듯이 하늘로 치솟는 마천루의 도시, 뉴욕.

그 황혼이, 아름다운 도시의 스카이라인 위로 저녁이 찾아오면

노을진 하늘을 찌르고 우뚝 선 엠파이어 스테이트……

맨해튼, 그 분주한 도시는 황홀한 옷으로 갈아입고

나는 그 화려한 밤의 세계로 외출을 한다.

비행기의 기내지에서 읽은 대한항공의 광고면은 지나치게 뉴욕에 대해 호들갑을 떤 게 아닐까 싶었다.

"날짜변경선을 건너는 중입니다. 다시 시계를 맞추십시오."

스튜어디스는 그 말 한마디를 끝으로 다시는 우리말을 들어볼 수조차 없는 게 아닐까 하는 생각이 들도록, 한국어 방송에 이어 혀 꼬부라진 영어 방송으로 끝을 맺었다. 순범은 스튜어디스가 날짜변경선을 지나고 있으니까 시계를 다시 맞추라는 말을 하지 않았더라면 그런 게 있는 줄도 모르고 지나쳤을 것이다. 날짜변경선이란 게 지도 위에서 태평양에 그어놓은 인위적인 약속의 날줄에 지나지 않으니까. 그러나 날짜변경선이란 말은 순범에게 이제 정말 서울을 떠났구나 하는 느낌을

주기에 부족함이 없었다.

앵커리지를 거쳐 뉴욕의 케네디공항에 도착한 것은 서울을 떠나 열세 시간을 족히 날아온 다음이었다. 그런데도 서울에서 떠날 때처럼 뉴욕은 여전히 낮시간이었다. 말하자면 순범을 태운 비행기는 계속해서 태양이 비치는 대낮만을 골라 태평양 상공과 북극의 하늘, 그리고 광활한 북아메리카의 하늘을 날아온 셈이었다.

순범은 비행기에서 내내 윤미 생각에 빠져 있었다. 지난번에도 얼핏 느꼈었지만 이틀 전 윤미와 같이 지냈던 밤, 순범은 너무나 큰 충격을 받았던 것이다. 놀랍게도, 너무나 놀랍게도 윤미는 남자 경험이 거의 없는 듯했다. 정확하게 알 수는 없었지만, 적어도 대단히 오랜 세월 동안 남자와 밤을 보낸 적이 없는 것만은 확실했다. 너무도 수줍은 태도, 낯선 세계로 들어가는 처녀의 몸짓, 순범의 남성 앞에 파르르 몸을 떨던 윤미. 다음 날에도 흐트러지지 않은 윤미의 모습은 너무나도 순수하게 보였다.

대낮에 출발하여 대낮에 도착한 케네디공항에는 뉴욕에 상주하는 임선규 특파원이 마중을 나와 있었다. 임선규 특파원과는 일면식도 없었지만 카메라를 둘러멘 걸로 봐서, 그리고 어딘지 모르게 기자 냄새를 풍기는 차림새로 봐서, 순범으로 하여금 금방 알아보게 했다.

임선규 특파원도 마찬가지인 모양이었다. 종이에다 권순범이니 임선규니 하는 글씨를 써서 머리 위로 치켜

들지 않아도 알아볼 수 있을 만큼, 두 사람 모두가 기자라는 직업에 이력이 붙은 셈이라고나 할까?

임선규 특파원은 순범이 짐수레를 끌고 나오자 대뜸 다가와서 물었다.

"권순범 기자요?"

"그렇습니다. 임선규 선배시죠?"

"어딜 가나 기자란 직업을 숨기고 살기는 틀린 것 같은데? 처음 보자마자 대뜸 서로를 알아볼 정도니까 말이야."

"나와주셔서 감사합니다."

"안 나왔다가 후배한테 무슨 원망을 들으라고?"

뉴욕에 파견된 지 5년째라는, 훤칠한 키의 임선규 특파원은 사람 좋아 보이는 서글서글한 눈매로 정말 격의 없이 덥석 손을 맞잡으며 반갑게 순범을 맞아주었다.

"국내에서는 남북한 유엔 동시 가입 문제로 시끌벅적한데, 본무대인 이곳에서도 무척 바쁘시겠죠?"

"그저 그래. 하긴 뭐, 우리 민족에게나 중요한 문제지 양키들에게야 관심거리나 되겠어?"

"대통령까지 뉴욕으로 날아와 유엔본부에서 연설을 한다기에 저는 잔뜩 기대를 가지고 왔습니다."

"한번 가보자구. 미리 가서 여러 가지 준비해둘 것도 있고, 권 기자 나름대로 중점 취재할 것을 미리 봐두는 것도 좋겠지."

두 사람은 대통령의 일정에 맞춰야 하는지라 쉴 사이

도 없이 바로 유엔 빌딩으로 차를 몰았다. 케네디공항에서 맨해튼까지의 거리도 꽤 먼 편이었다.

유엔본부에서 대략의 준비를 마친 다음, 이번 취재를 위해 로스앤젤레스에 미리 들렀다 오는 정치부 소속의 홍정표 기자를 마중하기 위해 두 사람은 라과디아공항으로 나갔다.

비행기의 도착을 기다리는 동안 순범은 수도 없이 많은 동양인들을 보고 깜짝 놀랐다. 한국이나 중국, 혹은 일본인들로 보이는 이들 중에는 유별나게 여대생 또는 그 또래로 보이는 처녀들이 많았다. 여러 팀에게 물어본 결과 그들은 모두 일본에서 구경 온 사람들이라는 것을 알 수 있었다.

"아니, 웬 일본인들이 이렇게나 많습니까?"

"여기뿐만이 아니고 지금 전 미국이 일본인들로 홍수를 이루고 있다네."

"저 많은 사람들이 무슨 일로 이곳에 오는 겁니까?"

"글쎄, 아마 관광이라고 봐야겠지. 그러나 이렇게 보면 단순한 관광 이상의 의미가 있는지도 모르지."

"관광 이상의 의미라니요?"

"음, 저들이 미국에 오는 것은 하나의 자연스런 흐름이야. 우선 엔의 위력이 크다고 볼 수 있지. 그러나 그것보다도 지금 일본은 세계의 일본, 태평양의 주인 일본을 소리 높여 외치고 있지. 이제 그들은 예전처럼 미국을 배우러 온다는 기분이 아니라 미국을 즐기러 오고 있어. 저들은 여기 와서도 영어는 한 마디도 하려 들지 않아. 재미있는 것은 미국인들이 오히려 일본어를 하면서 저들을 끌어들이고 있지. 이 극심한 불황 탓에 항공운송이든 관광이든 불경기를 모르는 일본인들이 뿌리는 돈에 매달리지 않을 수 없는 노릇인 모양이야.”

“이런 현상이 얼마나 지속될까요?”

“글쎄, 당분간은 계속될 것으로 봐야지. 그렇지만 이런 현상이 지나치기 때문에 오는 부작용도 서서히 생기고 있어.”

“부작용이라니요?”

“예를 들면 일본의 소유욕 같은 것이 지나쳐 미국인들의 반감을 사는 일이 점점 많아지고 있어. 록펠러 빌딩을 비롯한 미국 문화의 심장을 일본이 돈으로 사버리는 데 대한 우려와 반감 같은 것이나, 일본인들이 하와이의 땅값을 잔뜩 올려버려 미국인들을 내몰고 일본화시켜가는 데 대한 적개심 같은 것이 점점 심해지고 있어. 이것이 종내는 우리에게 미치는 영향도 만만치 않을 것 같아.”

“우리에게 미치는 영향이라뇨?”

“작게는 무역 마찰 같은 것이고, 크게는 태평양의 긴장 고조로 인한 복잡한 정치외교적 관계지. 현실적으로도 우리나라가 일본에 대한 경고의 희생양이 되어 쓸데없는 피해를 입는 경우가 많아. 더욱 분통 터지는 것은 일본이 미국과의 문제를 만들지 않기 위해 우리나라를 끌고 들어가는 거지. 적지 않은 수의 미국 회사들이 거의 일본에서 제공하는 정보에 근거하여 우리 기업들에 대한 반덤핑 제소를 한단 말이야. 우리나라는 미국과 일본 양쪽에서 얻어터지면서도 제대로 대응하는 경우는 하나도 없어. 그저 한국식으로 좀 봐주쇼 하는 게 한국 정부나 한국 기업의 최선책이야. 여기서 가만히 지켜보다 보면 답답한 적이 한두 번이 아니야. 한국에서 잘났다고 설쳐대는 인물들, 한심하기 짝이 없어. 모두 우물 안 개구리에 불과해. 세계무대로 뻗어나와 정말 강자들과 싸우려는 생각은 하지도 못하고 그저 약한 백성들이나 뜯어먹고 사는 거지."

순범의 가벼운 질문에 임선규는 의외로 흥분하는 듯했다. 두 사람이 얘기하는 동안 비행기가 도착한 듯 사람들이 쏟아져나왔다.

홍정표 기자가 맨 먼저 나왔다. 역시 정치부 기자다운 민첩한 행동이라고 생각한 순범은 자신과 비교해보며 웃음을 지었다. 자신과 같은 막걸리 기자와는 보는 눈도 많이 다를 것이라 생각되었다.

"아니, 한솥밥을 먹으면서도 아직 초면이야?"

"글쎄 말입니다. 다른 신문사에서 옮겨온 데다 출입처가 서로 달라 그랬나 보죠."

홍정표를 태우고 숙소로 돌아가면서 임선규는 신바람이 나는 눈치였다. 운전대를 잡고 카스테레오에서 흘러나오는 음악을 들으며 손장단까지 맞추고 있었다.

"임 선배는 제가 올 때는 시큰둥하시더니 홍 기자가

도착하니까 신바람이 나시는 모양이군요?"

"이 친구 아주 생사람을 잡는구먼. 내가 언제 자네에게 시큰둥하게 굴었다고 그래? 혼자보다는 둘이 낫고, 둘보다는 셋이 낫다는 얘기지. 홍 기자가 도착해서 신이 나는 것은 우리 숙소가 이제 제법 활기를 띨 것 같아서지, 자네하고 홍 기자를 차별대우 하겠다는 게 아니잖아?"

임선규는 그러나 별로 기분 나빠 보이지 않는 태도로 어르고 달래며 순범의 말을 받았다.

"임 선배의 기분이 좋아보여서 농담 좀 한 겁니다."

"알아, 이 사람아. 오늘은 기분 좋은 날이니까 한잔 걸치자구."

세 사람이 들어서자 과연 숙소는 활기가 넘쳤다. 뉴욕에 혼자 파견되어 그동안 꽤나 적적했던 모양인지, 임선규는 유난히 즐거운 표정으로 연신 싱글거렸다. 장기 해외근무자의 경우 가족과 함께 나오는 게 보통이지만, 자식들 교육 문제 때문에 그럴 수 없었다고 했다.

숙소의 분위기를 더욱 활기차게 만든 건 홍정표의 여행용 가방 속에서 마구 쏟아져나온 고추장이며 미역이며 오징어며 멸치며 대구포며 김 따위의 마른 찬거리들이었다. 홍정표가 조금은 멋쩍은지 뒷머리를 긁적거리긴 했지만, 안줏감으로도 더할 나위가 없어서 술병을 따자 곧바로 푸짐한 술자리가 마련되었다. 미국 땅에서 고추장에다 오징어, 대구포라니? 순범도 순범이었지만, 양념하여 볶은 고추장의 감칠맛에 임선규가 환장을 하는 것은 충분히 이해할 만했다.

"누가 이렇게 자상하게 준비를 해서 보냈어?"

임선규가 대구포를 고추장에 듬뿍 찍어서 입으로 가져가며 물었다.

"마누라가 미국에서는 밥을 안 먹고 사는 줄 알아요."

"역시 결혼은 해봐야 맛을 알겠구먼. 나는 건너올 때 몸만 달랑 떠날 준비를 하는데도 챙겨주는 사람이 없어서 종일 몸서리를 쳤는데, 결혼한 사람은 이런 것까지 준비해 올 수 있다니."

"그래도 총각이 좋습니다. 결혼하고 후회 안하는 사람 없다잖아요."

저녁 늦도록 화기애애한 술자리가 계속되었다. 역시 술자리의 압권은 고추장에 찍어 먹는 오징어와 대구포였다. 두 사람보다는 세 사람이 더욱 신바람이 난다는 임선규의 말을 실감할 수 있는 자리였다. 세 사람은 다음 날 유엔총회장에서 하기로 되어 있는 대통령의 연설에 대한 취재 계획을 대충 의논하고 술자리를 끝냈다.

유엔총회에서 마침내 남북한의 동시가입안이 만장일치로 가결되고, 유엔본부의 함마슐드광장에 태극기와 인공기가 나란히 게양되었다.

남쪽이 적극적인 데 비해 북측은 다소 소극적이었다는 평가가 있었지만, 남북이 함께 유엔에 가입했다는 건 중요하고도 분명한 하나의 사건임에 틀림없었다. 국제외교 무대에서의 경쟁심리가 작용하여 남북이 서로 상대방을 견제하려는 생각을 일시에 떨쳐버릴 수야 없겠지만, 정부가 천명한 대로 서로 돕고 도움을 받는 공존공영의 남북관계로 발전해나갈 수 있으면 좋겠다는 바람을 한민족이라면 누군들 가져보지 않았으랴.

분단된 민족의 비애를 남들이 어찌 알랴만, 그동안 냉전의 희생양으로 유엔의 본무대에 발을 들여놓지 못하다가 마침내 유엔에, 그것도 남북이 동시에 가입하여 정회원국이 되었다는 사실을 순범은 눈물겹게 받아들였다. 뉴욕에서 5년째 생활해온 임선규조차도 유엔본부에 나부끼는 태극기를 보고는 콧마루가 시큰한지 말을 잇지 못했다.

유엔 동시 가입의 클라이맥스는 역시 대통령의 유엔 총회장 기조연설이었다. 9월 24일 오전 스피커로 중계되는 연설을 들으면서, 내용도 내용이지만 정회원국의 국가 원수로서 당당하게 총회장에서 연설할 수 있다는 사실이 순범은 더욱 소중하게 여겨졌다.

코스모폴리탄 I

　순범은 유엔본부 취재를 마치자 한시바삐 이용후의 주소지로 되어 있는 보스턴으로 달려가고 싶은 마음이 굴뚝같았다. 그렇지만 본사에서 미리 마련해둔 아시아 언론인 세미나에 이틀간은 참가하지 않을 수 없었다. 본사에서는 기왕 사람을 비용 들여 미국까지 보내는 김에 세미나 참가까지 시키는 것을, 미래에 대한 돈 안 드는 투자쯤으로 생각한 모양이었다.

　이 이틀간의 세미나는 시간표가 그렇게 빡빡한 것은 아니었다. 첫날 오전은 미국에서 활동하는 언론인의 주제발표, 오후에는 세미나 참가자들과 토론하는 일정으로 잡혀 있었고, 다음 날은 언론사와 기업을 방문하는 것으로 되어 있었다. 기업을 방문하는 것은 언론재단의 광고주에 대한 배려 또는 언론사와 기업의 공모라고 생각되지만, 방문 기업은 한국에도 진출해 있어서 이름이 귀에 익은 다국적 기업이라 한 번쯤 가보는 것도 괜찮을 듯싶었다. 이러한 기업에서 뒷받침하는 연수란 것은, 진출 대상국의 언론인들을 불러들여 사전에 친분을 쌓아둠으로써 현지에서 문제가 발생했을 때 원군으로 활용할 수 있다는 계산에 근거하고 있을 터였다. 결국은 세계 시장을 장악하려는 다국적 기업과 언론의 맞장

구질 같은 거였다.

아무리 그렇기로 연수가 전혀 무의미하다고 할 수는 없었다. 특히 오전에 마지막 차례로 나서 주제발표를 했던 앤더슨 정이라는 사람을 만난 것은 순범으로서는 하나의 행운이었다. 앤더슨 정은 한국 출신의 기자였을 뿐 아니라 순범이 미국으로 건너온 가장 큰 이유라고 할 수 있는, 이용후 박사에 대해 훤하게 꿰뚫고 있었기 때문이었다.

"혹시 여러분 가운데 한국에서 오신 분도 계십니까?"

앤더슨 정이 자기소개를 한 다음 주제발표를 하기 전에 연수 참가자들에게 던진 질문이었다. 순범을 비롯하여 여섯 사람이 손을 들었고, 그는 알았다는 말과 함께 자기도 한국에서 태어난 사람이라는 걸 덧붙였다. 그의 말은 한국 사람을 만나게 되어 반갑다는 말처럼 들리기도 했지만, 오히려 같은 아시아권의 언론인을 대상으로 한 연수 과정이니까 미국에서 활동하는 아시아계 언론인이 주제발표를 하는 것도 좋지 않느냐는 뜻을 훨씬 강하게 풍기고 있었다. 말하자면 뉴욕에서 활동하는 아시아계의 코스모폴리탄이라고 생각해주면 좋지 않겠느냐는 식이었다.

《뉴욕 저널리스트 신디케이트》에 소속된 프리랜서 기자라는 앤더슨 정은 언론인이란 과연 무엇을 위해 봉사해야 하느냐를 주제로 발표했는데, 아시아라는 지역의 특수성 때문인지 세미나에서 가장 활발하게 토론이 벌어졌던 주제이기도 했다.

"세상은 흔히 언론인에게 다음 세 가지의 덕목을 요구하고 있습니다. 첫째, 진실을 밝혀내기 위해 봉사해야 한다는 것입니다. 둘째, 사회의 정의를 실현하기 위해 봉사해야 한다는 것입니다. 셋째, 세계의 평화를 실현하기 위해 봉사해야 한다는 것입니다. 그러나 저는 여러분에게 다음과 같은 질문을 하고 싶습니다.

진실이란 무엇인가?

사회의 정의란 무엇인가?

세계의 평화란 무엇인가?

아마도 여러분은 진실은 진실이고, 정의는 정의고, 평화는 평화라고 대답할 수도 있을 것입니다. 그러한 대답은 동어 반복적인 토톨로지의 세계에서는 논리적으로 결코 틀릴 수 없는 말이겠습니다만, 복잡한 현실 사회와 밀착해서 살아갈 수밖에 없는 언론인의 가치판단으로서는 틀린 대답이라고 할 수밖에 없습니다. 이것이 틀린 대답이라면 언론인은 자유롭지 못하다는 얘기가 됩니다. 진실을 밝힐 수 있는 자유, 사회의 정의에 이바지할 수 있는 자유, 세계의 평화를 위해 노력할 수 있는 자유를 박탈당하고 있다는 것입니다. 여러분에게 다시 질문을 하겠습니다.

여러분의 진실은 계급과 언론 자본의 이익을 뛰어넘을 수 있는가?

여러분의 정의는 권력의 압력을 뛰어넘을 수 있는가?

여러분의 평화는 국가이기주의의 벽을 뛰어넘을 수 있는가?

바로 이런 문제에 대해서 나는 여러분과 허심탄회하게 얘기를 나눌 수 있었으면 합니다."

그날 세미나가 끝나고 나서 순범은 세미나장을 빠져나가는 앤더슨 정을 일부러 찾아가서 인사를 나눴다.

"정 선배님을 뵙게 돼서 영광입니다. 반도일보의 권순범 기자입니다."

"이런 자리에서 고국의 동업자를 만나게 되니 참으로 반갑소."

"혹시 사석에서 만나뵐 수 있는 기회가 있겠습니까?"

"그거야 뭐 특별히 어려울 게 있겠소? 언론인이란 원래가 사람 만나는 직업인데."

"고맙습니다. 명함이라도 한 장 주시면 제가 연락드리겠습니다."

"그럽시다. 반도일보라면 뉴욕에 임선규 씨가 나와 있지 않아요?"

"맞습니다. 임선규 선배를 아시는군요? 뉴욕에 와서 임 선배님과 함께 지내고 있습니다."

앤더슨 정은 순범에게 사무실과 자택의 주소와 전화번호가 함께 적힌 명함을 건네주었다.

다음 날은 기업체를 방문하여 건성으로 홍보 브리핑을 받은 후 홍정표가 관광이나 하자고 소매를 끌었지만, 순범은 그의 제의를 뿌리치고 숙소로 돌아갔다. 관광을 하러 나간다고는 하지만 카메라를 메고 여기저기 기웃거리다 보면 오히려 관광을 당한다는 기분이 들 때가 많아 별로 마음이 내키지 않았던 것이다. 순범이 숙소로 돌아가자 임선규는 노스캐롤라이나 지방으로의 1박 2일 출장을 끝내고 일찍 돌아와 있었다.

어제 앤더슨 정을 만났을 때 들은 말이 있어서 순범은 임 선배에게 앤더슨 정에 대해서 물어봤다.

"임 선배, 혹시 앤더슨 정이라는 분 아세요?"

"권 기자가 그 사람을 어떻게 알아?"

"어제 세미나에서 주제발표를 했는데, 따로 인사도 나눴습니다."

"몇 차례 만나서 인사를 나눈 적은 있지만 자세히는 모르겠어. 재미동포 풀기자로서 상당히 인정을 받고 있는 모양이던데?"

"그런가 봐요. 어제 세미나에서도 상당히 당당하고 스케일이 큰 인상을 주던데요?"

"그렇더라도 조심하는 게 좋을걸?"

"조심을 하라구요?"

"응. 내가 알기로는 반체제 인사로 찍혀서 귀국도 못한다는 것 같던데?"

"앤더슨 정이 반체제 인사라고요?"

"그래, 박 대통령 시절만 해도 기세가 등등했던 모양이야."

순범은 임선규의 얘기를 들으며 콧수염을 기른 앤더 슨 정이 세미나에서 열정적으로 토론하던 모습을 떠올렸다.

"여러분도 엠바고라는 말을 알고 있겠죠? 보도유예 요청이라고 할 수 있는 이런 관행은, 권력이 군림하는 나라에서는 어디서나 존재할 것입니다. 한국에서 문제가 됐던 보도지침이라든가, 몇몇 정정이 불안한 나라에서 시행되는 공권력의 검열 행위는, 엠바고라기보다 언론에 대한 일종의 폭력이라는 생각이 듭니다. 심지어 일본에서는 천황가에 대한 기사를 다룰 때는 언론이 스스로 알아서 긴다는 식으로 엠바고 동맹을 맺는 한심한 작태마저 일어난 것으로 압니다."

앤더슨 정은 《뉴욕 저널리스트 신디케이트》에서 프리랜서로 활동하는 유능하고 경험 많은 언론인답게 막힘이 없었다. 그러나 냉철하고 당당하게 해박한 지식을 펼쳐 보이는 전문가로서의 자신감을 비집고 얼핏얼핏 드러나는 외로움의 정체는 무엇일까? 열림과 닫힘의 기묘한 부조화와 열정과 허무가 극단적으로 교차하는 표정은 어디서 나오는 것일까?

스스로 한국 출신이란 걸 밝히면서도 코스모폴리탄이란 사실을 애써 고집하는 앤더슨 정의 태도에는 헤아릴 수 없는 모순이 감춰져 있는 느낌이었다. 능력이 없으면 살아남기 힘든 국제무대의 경쟁 속에서 언론인으로 입신하기까지 그가 겪었을 우여곡절을 짐작해보면 그의 처신을 이해하지 못할 바도 아니었다. 그러나 앤더슨 정의 외로움을 읽어내기 시작하면서 순범은 애당초 선망의 시선으로 바라보던 마음을 바꾸어 점차 연민의 시선을 보내지 않을 수가 없게 되었다.

반체제 인사로 찍혀서 귀국조차 하지 못한다면 그에게는 찾아갈 조국이 없는 것이 아닌가? 아무리 코스모폴리탄이라 하더라도 조국이 귀국을 거절하여 찾아가고 싶을 때 찾아갈 수 없는 형편이 된다면, 살아가는 일에 무슨 신바람이 나겠는가? 앤더슨 정은 그만큼 외로운 것이다. 그가 목소리를 높여 반대하던 유신은 오래전에 용도폐기되어 역사의 뒷전으로 밀려났고, 박정희 대통령도 이미 저 세상 사람이 되어 땅속에 묻혀 있는데도 그는 끝내 돌아갈 수가 없는 것이다.

순범은 앤더슨 정을 만나보고 싶은 생각이 들어 그의 사무실로 전화를 했다. 따로 전화를 받는 사람이 없는 모양인지 제법 오래 벨이 울린 다음 그가 나왔다.

"어제 만나뵈었던 반도일보 권순범입니다. 바쁘시지 않으면 한번 뵙고 이것저것 얘기라도 좀 들었으면 해서요."

"하하하, 어디 관광이라도 좀 다니지 않고."

말은 그렇게 하면서도 그는 순범의 전화가 무척 반가운 모양이었다.

"그렇다면 저녁에 만나 술이나 한잔 하는 게 어떻겠소?"

"고마운 말씀입니다. 어디서 만나는 게 좋을까요?"

"유니언 스퀘어에서 6번가 쪽으로 나오는 길가에 잭슨빌이라는 술집이 있어요. 거기서 만나지요."

잭슨빌은 바로 길가에 있어 찾기가 쉬웠다. 먼저 도착해 맥주 한 병을 시켜놓고 앉아 있자니 앤더슨 정도 바로 들어왔다.

위스키나 토닉 혹은 맥주 한 잔을 시켜놓고 핥아먹듯이 홀짝거리는 미국 사람들 틈에서, 목마른 나그네처럼 맥주를 시켜 벌컥벌컥 들이켜는 동양인을 보고는 바텐더가 재미있다는 눈길을 던졌다.

"서울 다녀오신 지는 꽤 되셨죠?"

"한 20년은 되는 것 같소."

"줄곧 뉴욕에서만 생활하셨습니까?"

"그렇진 않아요. 한때는 로스앤젤레스에서도 살았소."

"로스앤젤레스에는 우리 동포들이 많이 살고 있다죠?"

"그런 셈이지. 심지어는 서울특별시 나성구라는 얘기까지 있잖소?"

"로스앤젤레스라면 미국에서도 동포들이 가장 많이 모여 사는 데니까 뉴욕보다는 살아가기가 편하지 않아요?"

"동포들이 많기는 뉴욕도 마찬가진데, 미국에서 살다 보면 때로는 동포들이 많다는 사실이 부담스러운 경우도 더러 있어요."

"그건 무슨 말씀입니까?"

"동포들 사이의 반목과 질시가 견디기 어려운 때도 있으니까요."

"갈등이 심합니까?"

"한때는 굉장했던 시절도 있었소. 심지어는 본국 정부에서 그런 갈등을 조장하기도 했으니까."

"유신 시절처럼 말입니까?"

유신 시절이란 말에 앤더슨 정이 지그시 순범을 건너다보았다. 순범은 앤더슨 정의 눈에 힘이 들어가는 걸 느꼈다.

"누가 그럽디까?"

"뉴욕에서는 이미 짜한 얘기라면서요?"

"그럴지도 모르겠소. 내가 좀 나서긴 했지만, 그때만 해도 미국에 사는 동포들 중에서 뜻 있는 사람들은 대개가 유신을 반대했으니까. 본국 정부에서는 또 그것을 포용하는 대신에 반체제로 몰아서 적대시했고."

"지금도 반정부적인 활동에 참여하십니까?"

"반정부적인 활동이라 했소? 박 대통령의 독재에만 반대했을 뿐, 우리는 한 번도 반정부적이라고 생각해본 적은 없소. 박 대통령이 죽고 나서 활동의 표적을 잃어버린 것도 우리가 반정부적이란 수사에는 도무지 어울리지 않는다는 증거가 아니겠소."

"지금은 표적을 잃어버린 셈인데도 귀국할 수 없는 까닭은 뭡니까?"

"묘하게도 머리 나쁜 정부일수록 악습은 그대로 받아들입디다. 전과가 있다 이런 말이겠죠?"

"말하자면 유신에 반대했던 전과 때문에 정권이 바뀐 지금도 귀국할 수가 없다는 말씀입니까?"

"내가 생각하기로 그것 말고는 다른 이유가 없어요."

"유신이 언제 적 얘긴데, 지금까지도 그것 때문에 고국에 돌아갈 수조차 없단 말입니까?"

"유신을 반대하기만 하면 무조건 친북한 인사로 블랙리스트에 올라갔으니까, 그런 게 아직도 유효한 모양일 테지?"

"친북한 인사요?"

"본국 정부에서 그렇게 분류를 했던 모양입디다."

"친북한 활동을 한 사람도 있었겠죠?"

"있기야 있었지. 실제로 평양을 다녀온 사람도 더러 있으니까."

"정 선배께서는 박 대통령의 유신을 반대하긴 했지만 친북한은 아니란 말씀이군요?"

"권 기자도 편을 가를 참이오? 미국에서 살긴 하지만, 유신을 반대한 사람들은 나름대로 본국에 대한 충정이 있었기 때문이오. 그걸 본국 정부가 포용하지 못하고 옹졸하게 대처하는 바람에 본의 아니게 많은 반체제 인사를 만든 게 아닐까 하는 생각도 들어요."

"그렇다면 지금은 어느 쪽입니까?"

"6·25가 끝나면서 반공 포로를 석방할 때 남쪽도 북

쪽도 선택할 수 없었던 일부가 중립국 인도로 가서 정
착했다는 얘길 들은 적이 있는데, 아마도 나는 그런 부
류가 아닐까 하오. 남쪽에서는 친북한 인사라고 내몰
고, 북쪽과는 체질적으로 맞질 않고, 그래서 나는 여전
히 떠돌이인 셈이오. 내 본명이 정영민인데, 군이 앤더
슨 정이라고 바꾸게 된 것도 갈 데가 없어 코스모폴리
탄 흉내를 낼 수밖에 없었던 때문이오.”

“북쪽의 회유도 상당했다고 들었는데, 정 선배께서는
그런 회유를 받은 적이 없었습니까?”

“여러 번 회유를 받긴 했소. 그러나 남쪽에서 적대시
한다고 해서 썩 마음에 들지 않는 북쪽과 손을 잡는 것
도 우스운 일 아니겠소?”

앤더슨 정은 순범을 향해 반문을 하면서 잔에 남아 있
는 맥주를 홀쩍 들이켰다. 앤더슨 정의 어깨가 더욱 아
래로 처지는 느낌이었다.

“여기선 그만 마시고 우리 집으로 가면 어떻겠소?”

“너무 폐를 끼치는 게 아닐까요?”

“마누라도 없이 혼자 사는 집인데 폐랄 게 뭐 있겠소.”

“왜 혼자 사시는 겁니까?”

“환갑을 바라보는 나이가 되도록 결혼을 안 했다고
하면 믿겠소?”

앤더슨 정은 모호하게 얼버무리며 더 이상 말문을 열
지 않았다.

앤더슨 정의 아파트는 순범이 묵고 있는 숙소와도 그

리 멀지 않은 거리의 워싱턴 스퀘어에 인접한 그리니치 빌리지에 있었다. 미국에서 혼자 사는 남자의 아파트는 냉장고와 텔레비전을 빼면 볼품이 없을 것이라고 생각했던 순범의 선입견은 앤더슨 정의 아파트를 보고 나서 수정할 수밖에 없었다.

아파트는 그렇게 넓은 면적은 아니었지만, 베토벤과 모차르트, 쇼팽과 바흐 등 유명한 음악가들의 데스마스크로 벽면을 장식한 주인의 취향을 말해주듯, 오디오 시스템이 거실을 거의 차지하고 있었다. 앤더슨 정은 거실로 들어서기가 무섭게 버릇처럼 음반을 올려놓았다.

"음악을 좋아하시나 보죠?"

"음악을 싫어하는 사람도 있소?"

"그래도 꾸며놓으신 걸 보니까 보통 정도는 넘는 것 같아서요."

"음악에는 국경이 없다질 않소? 코스모폴리탄의 유일한 호사취미라고 생각해주구려."

"정 선배가 부러워서 드리는 말씀입니다."

"부러울 게 뭐 있겠소?"

"제가 음악에는 아주 무식한 편이거든요."

"음악이 아니라도 마음 붙일 데만 있다면 그보다 좋은 일이 없을 테지."

앤더슨 정의 말투에서 다시 쓸쓸한 분위기가 느껴졌다. 순범은 애써 모르는 척하고 엉뚱한 화제를 꺼냈다.

"연애라도 해보시지 그러세요?"

"연애라고 했소? 하하하, 이 나이에 연애라도 해보라고?"

앤더슨 정은 짐짓 큰 소리를 내며 웃음을 터뜨렸다. 음악소리에 뒤섞이는 웃음소리가 공허한 울림으로 거실에 퍼졌다.

"아직도 정정하신데 뭘 그러세요?"

"젊었을 때도 연애다운 연애 한번 못 해봤는데, 지금 이 나이에 연애라니?"

"연애를 하는데 나이가 무슨 상관입니까?"

웃음을 멈춘 앤더슨 정의 얼굴에 순간적으로 처연한 표정이 떠올랐다.

"권 기자는 지금 연애하는 아가씨라도 있소?"

"저는 아직 마땅한 기회를 얻을 수가 없었습니다."

앤더슨 정은 순범의 대답을 듣고 빙그레 웃으며 찬장에 놓인 술을 가져오고, 냉장고에서 얼음과 안줏거리를 꺼내 탁자 위에 간단한 술자리를 마련했다. 순범은 작은 술잔에 위스키를 따르면서 온더락스 잔에 얼음을 채우고 치즈나 소시지 따위의 안주를 차리는 앤더슨 정의 손놀림이 무척 익숙하다는 생각을 했다.

"입에 맞을지는 모르지만 자, 우선 한잔합시다."

"감사합니다. 오늘의 특별 초대는 정말 잊을 수 없을 겁니다."

"특별 초대랄 게 있겠소? 궁색하게 살아가는 꼴을 보

여드려서 그저 민망스러울 따름이지."

"별말씀을 다 하십니다. 저는 아주 편안합니다."

"그렇다면 다행이오. 자고 갈 방도 넉넉하니까 아예 내일 들어가겠다고 숙소로 연락을 하면 어떻겠소? 늘 상 혼자 살다가 오랜만에 정겨운 손님이 오셔서 그런지 갑자기 집 안이 활기를 띠는 것 같아서 오늘 밤엔 권 기 자를 보내고 싶지 않구려."

"그러시다면 염치 불고하고 하룻밤 신세를 지겠습니 다."

순범이 숙소로 전화를 걸어 임선규 특파원에게 용건 을 전하자, 여러 가지 잔소리가 많은 걸 적당히 몇 마디 응수해주고는 전화를 끊었다.

"정 선배, 혹시 이용후 박사라는 분을 아십니까?"

큼지막한 위스키 병을 반쯤 비워 제법 얼근하게 술기 운이 올랐을 때 순범이 물었다. 느닷없이 던지는 순범 의 질문에 앤더슨 정은 한동안 말뜻을 헤아려보기라도 하는 것처럼 신중한 태도로 순범을 건너다보았다.

"이용후라고 했소?"

"예."

"어째서 내가 이용후란 사람을 잘 알고 있을 거라고 생각했소?"

역시 이 사람은 아는구나……. 흥분되는 가슴을 진정 하며 순범은 앤더슨 정의 얼굴을 똑바로 쳐다보았다.

"아, 알고 계시는군요."

"그런데 왜 권 기자는 이 박사에 대해 관심을 가지는 거요?"

"우연한 기회에 의문의 죽음을 당한 사람을 추적하다 보니 그분이 바로 이 박사인 것을 알게 되었습니다."

"의문의 죽음이지. 더구나 이 박사는 얼마나 아까운 인물이오?"

앤더슨 정은 아주 밀접한 관계를 맺고 있었던 사람에 대해서나 사용할 법한 말투로 이용후 박사에 대해 얘기를 했다.

"정 선배도 이용후 박사가 교통사고로 죽었다고 생각하십니까?"

"글쎄요. 그 문제에 대해서라면 내가 권 기자보다 아는 게 적지 않겠소? 이 박사는 귀국해서 죽었으니까."

"뺑소니 교통사고로 처리되어 있긴 한데 의문투성이입니다. 사건처리 자체가 무성의한 것은 말할 것도 없고, 무연고자로 처리되었으면서도 국립묘지의 국가유공자 묘역에 묻혀 있거든요."

"그럴 수도 있겠지. 결코 평범한 사람은 아니었으니까."

"유공자라면 공훈 내용은 뭡니까?"

"핵물리학자가 공훈을 세운다면 어떤 분야겠소? 내 생각엔 박 대통령의 초청으로 귀국해서 핵무기 개발에 참여하지 않았을까 싶소."

"그렇다면 이용후 박사는 한국으로 봐서는 대단히 중

요한 인물인 셈인데, 우연한 교통사고로 죽을 수가 있을까요? 혹시 다른 이유 때문에 누군가가 죽였을 가능성도 있지 않을까요?"

"가능성이라면……. 도대체 누가 이용후 박사를 죽였다는 거요?"

"글쎄요, 확실하게 증거가 없으니까 뭐라고 할 수가 없겠군요. 혹시 박 대통령이 그랬던 것은 아닐까요?"

"만약에 박 대통령이라면 무엇 때문에 이용후 박사를 죽이겠소?"

"그게 바로 어려운 점입니다. 그러나 그 서슬 퍼렇던 시대에 박 대통령 말고 감히 누가 한국에서 이 박사를 죽일 수 있었을까요? 그래서 박 대통령을 떠올려본 겁니다. 그러나 한편 생각해보면 이 박사는 박 대통령의 간청에 의해 한국에 들어간 사람이니 박 대통령이 죽일 이유는 없을 테고……. 도대체 어떻게 가닥을 잡아가야 할지 모르겠습니다."

"권 기자는 왜 이 박사의 죽음을 그렇게 단순하게만 생각하는 거요?"

"단순하게만 생각하다니요?"

"그는 이미 국제적 인물이었소."

"국제적 인물이요?"

"그렇소, 그의 죽음의 배후에는 국제적 음모가 도사리고 있을 가능성이 몹시 크다고 나는 생각하고 있소. 즉, 박 대통령도 어쩌지 못하는 상황이 있을 수 있지 않았겠소?"

"국제적 음모라면?"

"여러 가지 가능성이 있을 수 있겠지. 북한을 비롯한 소련도 관계가 있을 수 있다고 봐야겠지. 이 박사가 남한에 들어가면 당시 군사적 우위를 확보하는 것을 최우선적 과제로 생각하던 북한에게는 치명적인 위협이 된다고 생각하고 있었을 것이오. 소련도 인공위성을 통해 이 박사를 스물네 시간 감시한다는 말이 있었으니 의심할 만하겠지. 그러나 북한이나 소련이 한국에서 이 박사를 살해하는 것은 현실적으로 불가능한 일이었을 거요. 결국 귀결점은 미국으로 돌아간다고 봐야겠지."

"미국이요?"

앤더슨 정의 이 말은 순범의 머리를 둔탁한 뭔가로 내려치는 듯했다. 이것이 대체 가능한 얘기인가? 미국이 한국에서 대통령이 초청한 사람을 살해한다? 물론 그랬다면 사람을 시켜서 했겠지만, 남의 나라에서 사람을 죽이라는 명령이란 권부 깊숙이에서 나오는 것일 수밖에 없다. 틈만 있으면 세계평화와 자유민주주의를 수호한다는 미국이 남의 나라에서 남의 나라 사람을 죽인다는 발상이 가당키나 한 것일까? 하지만 한편으로 생각해보면 이 모든 것은 가능한 일이었다.

왜 진작 미국을 생각하지 못했던가? 추리가 진전되지 못했던 것은 오직 박 대통령만이 그 당시 한국에서는 유일한 힘의 원천이라고 생각했던 데 있었다. 미국이라는 가정을 도입하면, 이 박사의 살해에서부터 박 대통령의 뒤처리에 이르기까지 모든 과정이 자연스럽게 연결이 되었다.

미국은 하수인을 시켜 이 박사를 살해한 후 시체를 북악스카이웨이에 버린다. 이것은 첫 번째 추리에서 생각했던 대로 박 대통령에 대한 노골적 경고이다. 여권을 남겨두어 신분이 즉각 확인되게 한 것이나 사고사를 가장한 것이나, 파문을 극소화하기 위한 배려라고 볼 수 있다. 즉, 사건이 쓸데없이 크게 번지는 것을 막고 은밀히 대통령에게만 협박을 가하기 위한 술책인 것이다. 그렇다 하더라도 이상한 것은 박 대통령의 대응이 아닌가? 박 대통령은 어째서 이 박사의 죽음을 파헤치지 않고, 심지어는 그 하수인들조차 밝혀내지 않고 이들이 의도했던 대로 사고사로 사건을 묻어두었을까?

의문은 새로운 방향에서 생겨나기 시작했다.

"그런데 미국이 이용후 박사를 죽여서 얻는 건 뭘까요?"

"한국의 핵무기 개발을 저지시키려는 것이었을 거요."

"이 박사 한 사람을 제거하는 것으로 핵개발을 저지할 수 있다고 생각했을까요?"

"이 박사는 한국 핵개발의 심장이었을 거요."

"이 박사가 그렇게도 대단한 분입니까?"

"그렇소. 아인슈타인이 20세기 전반의 물리학을 좌지

우지했다면, 이용후 박사는 20세기 후반을 좌지우지하는 물리학자라고들 했소."

"그렇게 위대한 분을 함부로 살해할 수 있는 겁니까?"

"거기에 미국의 양면성이 있소. 개인의 인권과 자유를 존중하지만, 그런 미국의 얼굴 뒤에는 자기네 국익에 도움이 되지 않는 행동을 한다고 여기면 어떤 사람이라도 가차 없이 제거해버리는 또 하나의 감추어진 얼굴이 있소."

"그런데 왜 하필이면 한국에서 죽였을까요? 미국에서도 얼마든지 죽일 수도 있고, 아예 귀국을 하지 못하도록 할 수도 있었을 텐데?"

"거기에는 이 박사 개인의 무한한 고민과 번뇌가 있었을 거요. 이 박사가 대단한 것은 세계에서 가장 강력한 압력을 받고도 조국을 위해 귀국한 용기를 보면 알수 있을 것이오. 이 박사의 존재 자체가 당시 한미 관계의 핵심을 좌우할 정도라, 박 대통령이 이 박사를 빼내간 것을 두고 카터 정부에 대한 선전포고라는 말들이나왔었소. 만약에 미국이 이용후 박사를 죽였다면, 미국 정부가 이 박사를 한국에서 죽임으로써 박 정권을 응징하려는 이유 때문이라고 봐야 할 거요. 한국의 독자적인 핵무기 개발에 대한 저지와 박 대통령에 대한협박이라는 일석이조의 이유 말이오."

"그럴 수도 있겠군요? 그런데 이 박사가 미국도 모르

게 귀국해버렸단 말입니까?"

"당연하지 않소? 미국이란 나라가 이 박사처럼 중요한 인물을 그냥 내버려둘 것 같소? 경호라고 할 수도 있고 감시라고 할 수도 있겠지만, 철두철미하게 지키고 있었음에도 불구하고 일본에서 열린 학술회의에 참가했다가 감쪽같이 귀국해버렸던 거요."

"미국에서는 적색경보가 발령됐겠군요?"

"물론이오. 당시는 박정희 대통령이 카터 정부에서 주한 미군의 철수를 시작하는 바람에 심각한 안보 위협을 느끼고 핵무기 개발에 열중할 때였는데, 이용후 박사가 몰래 귀국을 했으니 미국은 당연히 한국이 핵무기 개발에 성공할 것으로 판단했겠지. 때마침 박동선 사건이 터지고, 중앙정보부장을 지낸 김형욱이 미국 의회의 청문회에 나서는 바람에 박정희 대통령의 심사가 뒤틀릴 대로 뒤틀려 있는 데다, 미국이 중앙정보부 요원을 매수하여 청와대를 도청한 사건까지 겹쳤으니 양국 관계가 어떤 상태였겠소?"

"짐작할 만합니다. 말하자면 이용후 박사는 냉각된 한미 관계의 틈바구니에서 희생되었다고 할 수도 있겠군요?"

"물론 그렇게 말할 수도 있겠지만, 어느 누구도 감히 범접할 수 없는 우수한 재능을 가지고도 약소민족으로 태어난 운명 때문에 희생되었다고 할 수 있을 거요. 이 박사가 활동하는 동안 그는 적어도 미국에서 살아가는 우리 동포의 자부심 그 자체였으니까."

"그런 유명한 분이 어떻게 국내에는 전혀 알려지지 않고 있었을까요?"

"그것은 아마 그 당시의 유신 때문이었을 거요. 박 대통령으로서는 철저하게 유신독재를 반대했던 이 박사의 존재를 국내에는 완전 은폐하려고 했겠지. 핵개발과 연관되었기 때문에 그의 죽음도 파묻혀 있었을 테고, 그 후 신군부 세력도 이 문제를 정식으로 맞닥뜨려 해결하려고 들지 않았지. 오히려 정권을 창출할 당시의 많은 약점을 해소하는 데 핵을 열쇠로 사용했을지도 모르는 일이오. 만약 그랬다면 미국 측 의도와 맞아떨어져 핵개발과 관련된 사항들을 묻어두려는 데 협조했을 거요. 그렇지 않고서야 지난 10여 년간 핵개발에 관여한 수많은 사람들 중 어째서 한 사람도 일언반구가 없겠소? 권 기자가 국내에서 이 박사에 대해 알아보려 했을 때 얘기하는 사람들이 없었던 것도 이런 이유 때문일 거요."

"그러나 지금은 정부에서 압력을 넣는다든지 하는 일이 거의 없을 텐데요?"

"그 정도 비밀을 알고 있는 사람들에게는 압력의 의미가 좀 다르지. 그들이 싫어하는 것은 정부의 압력보다도 오히려 미국 측의 직접적 눈길일 수도 있겠지. 무엇보다도 그냥 덮어두면 그만인 것을 나서서 뭐하랴 하는 패배주의랄까 노예근성 같은 것이 문제일 거요. 책

임 있는 위치에 있는 사람들이 역사의식이 어쩌면 그리
도 박약한지……."

"이 박사는 미국에서도 상당히 인정을 받았던 분 같
더군요. 시카고대학의 정교수가 된 것을 보면 말이죠."

"시카고대학의 정교수 같은 것이 문제가 아니오. 세
계 최고인 페르미연구소의 실질적인 최고책임자였소.
그 세계 최대의 연구소가 이 박사의 사인을 받고서야
실험을 했다고 하니, 인정받은 정도가 아니라 하나의
신화라고 해야 할 거요. 결국은 그 신화 때문에 운명을
재촉하고 말았지만……. 한 가지 일화만 소개하겠소.
적어도 아인슈타인과 비견할 수 있는 인물이라는 걸 일
찌감치 증명해준 일화라고 할 수 있소."

앤더슨 정은 이용후 박사가 펜실베이니아대학의 박사
과정에 입학할 당시의 일화를 차분하게 들려주었다.

코스모폴리탄 Ⅱ

    펜실베이니아대학에서 보는 박사학위 시험은 3일간 하루에 여덟 시간씩 필기시험이 있었고, 구술시험도 있었다. 본래 이용후는 하버드대학에 입학하고 싶었지만 담당교수와의 의논이 그렇게 되었고, 또 하버드는 입학금이 비쌌기 때문에 합격이 된다 하더라도 다닐 수 있을지 자신할 수 없어 펜실베이니아대학을 지망했다.

    입학시험 과목은 해석역학, 광학, 상대성원리, 원자 및 핵물리학, 열역학, 양자역학, 수리물리학 등 16개 과목이었다. 시험결과는 전체 평균 93점이었다. 차점 합격자의 평균이 71점인 것을 감안한다면 엄청난 차이였다. 이 점수는 펜실베이니아대학 역사 이래 처음 있는 일이었고, 더구나 물리과 지망생 중 미국의 전 대학 역사에도 없는 점수였다.

    펜실베이니아대학 박사학위 입학시험에 최고 득점을 맞자 프린스턴고등연구소(아인슈타인 박사가 일하던 곳)의 프레이저 박사가 대담을 요청해왔다.

    "귀하의 성적은 펜실베이니아대학뿐만 아니라 전 미국의 물리과 박사학위 지망생 중에서 역사 이래 가장 뛰어난 성적이라는 게 저희 연구소가 검토한 결과입니다. 특히 귀하의 시험지를 검토한 결과 새로운 이론의 전개나 학설까지 포함되어 있다는 것이 본 연구소의 검토 결론입니다. 놀라운 일입니다. 더구나 한국에서 유학 온 학생으로서 이런 성적을 올릴 수 있는 비결이라도 있습니까?"

"저의 조국 한국은 일제의 통치와 6·25 전쟁, 전쟁 후의 폐허 속에서 허덕이고 있습니다. 그런 조국을 등지고 떠나온 저로서는 최선을 다하는 것이 도리라고 믿고 성심을 다했습니다. 특히 저는 어린 시절 공자의 '논어'에 심취해 있었는데, 공자의 말씀 하나하나가 저에게는 힘이 되고 있습니다."

"귀하께서 낸 답안지 중 원자 및 핵물리학에 관한 답안지는 그 자체가 훌륭한 논문인데, 앞으로 박사학위 논문은 무엇으로 정하실 예정입니까?"

"글쎄요. 현재로는 'K이론 중간자와 핵자현상의 이중분산 표시식에 의한 분석'이란 가제를 달아놓고 구상 중입니다."

"좋은 것 같습니다. 저희 연구소에서도 꼭 필요한 것 같습니다. 귀하를 초빙하여 저희 연구소에서 연구원으로 같이 일했으면 하는데 의향은 어떠신지요?"

"글쎄요. 아직 공부하는 몸이지만 불러주시면 최선을 다하겠습니다."

"감사합니다. 귀하를 만난 것이 영광입니다. 더구나 저희 연구소에 오시게 된 것도 환영합니다. 귀하가 미국에 있는 것도 참으로 다행인 것 같습니다."

대화는 이렇게 끝났다. 이용후는 프린스턴의 정연구원으로 들어갔다. 특히 이용후의 담당교수인 크라인 교수가 기뻐해 주었다. 세계 석학의 집결지인 프린스턴연구소에 서른도 안 된 사람이 정회원이 된 것은 처음 있는 일이었다.

펜실베이니아대학의 박사과정에 입학할 당시부터 다른 사람의 추종을 불허하는 천재성으로 두각을 나타냈던 이 박사가 비록 일찍 죽음을 맞이하는 바람에 수상을 하지는 못했지만, 노벨상 후보로 지명된 것은 어쩌면 당연한 결과였는지도 모른다. 이용후 박사는 대학과 연구소에서 양진녕 박사를 비롯한 미국의 유명한 물리학자들과 함께 연구한 실적을 가지고 있으며, 미국의 핵과학 문제가 있을 때 거의 독보적인 이론을 제시하여 20세기 후반은 이 박사가 지배하는 과학시대라는 말이 나돌 정도였다고 한다. (위의 내용은 도서출판 뿌리에서 펴낸 공석하 편저, 《핵물리학자 이휘소》에서 인용한 것임을 밝힙니다.)

순범은 앤더슨 정의 얘기를 들으면서 이 박사라는 천재가 일찍부터 재미동포들의 신화로 자리 잡을 수밖에 없었던 이유를 미루어 짐작할 수가 있었다.

"아, 그런 분이었군요. 정말 자랑스러운 인물이었군요. 그런 분을 결국은 우리가 힘이 없어서, 우리 국민이 무지해서, 강대국의 전횡에 목숨을 잃게 하고 말았군요."

순범은 가슴속 깊은 곳에서부터 말할 수 없는 울분이

솟아오르는 것을 느꼈다. 이런 천재가 우리 땅에서 외국의 앞잡이들 손에 목숨을 잃도록 수수방관하고 있을 정도로 우리는 미약한 민족에 불과한 것인가? 아니, 그 존재조차도 모르고 있을 정도였다면 우리는 무엇을 하면서 살아오고 있었던 것인가? 참담한 자괴감이 가슴을 무겁게 짓누르는 것을 떨치기라도 하려는 듯 순범은 이 박사에 대해 계속 질문을 던졌다.

"정 선배는 언제부터 이용후 박사를 알게 되었습니까?"

"박 대통령이 유신헌법을 선포한 다음이니까, 1972년인가 1973년인가 되었을 거요. 미국의 동포들 중에서 뜻 있는 사람들이 유신에 반대하는 모임을 만들어 활동하기 시작했는데, 이 박사는 유신에 반대하는 동포들의 중심인물이었던 셈이오. 나도 그때 뉴욕에 살면서 부지런히 모임을 쫓아다녔는데, 그러다 보니 자연히 시카고에 자리 잡고 보스턴에 정착해 있던 이 박사와 가깝게 지내는 사이가 되었고."

"이용후 박사가 유신헌법에 반대했다는 겁니까?"

"단순히 반대하는 입장이라고 얘기해선 안 되지. 그는 유신이라는 초법적인 제도로 국민의 기본인권을 짓밟는 한국의 독재정부에 대해 말할 수 없는 분노를 표출시키곤 했소. 사실 유신을 두고는 당시 미국의 입장이 다소 묘한 데가 있었소."

"묘한 입장이라니요?"

"냉전 상태에서 최대의 목표를 공산주의의 확산을 막는 데 두고 있었던 미국으로서는 한국이 독재를 하더라도 강력한 정부를 구성하여 공산주의에 대항하는 것을 찬성하는 측면이 있었소. 그런데 이 박사가 강력히 반대하고 나서자 미국 정부 내의 유신 지지 여론은 소멸될 수밖에 없었지."

"이 박사는 정치감각도 있었던 모양이군요?"

"글쎄, 그것을 정치감각으로 봐야 할지 어떨지는 모르겠지만 그가 강한 역사의식을 가진 것은 틀림이 없소. 자신은 천재였지만 그는 늘 한국의 가난한 동포를 잊지 않았소. 유신이 선포된 직후 여기 있던 과학자들은 처음에는 다소 미온적이었소. 많은 사람들이 국내에 기반을 두고 있었기 때문에 일단 정황을 살피는 분위기였소. 여러 가지 입장이 뒤섞여 유신을 찬성하자는 여론도 상당히 일어날 것 같은 분위기에서 이 박사가 단독으로 유신을 반대하는 장문의 비난성명을 냈소. 그러자 재미과학인협회에서 바로 이 성명을 채택함으로써 미국에서의 유신 반대 불길이 활활 타올랐던 거요."

"그런 이 박사가 어떻게 박정희 대통령의 초청을 받아 귀국했단 말입니까? 박 대통령으로서는 누구보다도 이 박사가 눈엣가시였을 텐데요? 이 박사로서도 독재자를 위해 핵개발을 한다는 것을 받아들일 수 없었을 테고요."

"거기에는 사연이 있지. 박 대통령으로서는 아무리

유신헌법을 반대한다고 하더라도 미군 철수가 코앞에 닥친 입장에서 매달릴 수 있는 인물이 이 박사밖에 없었다는 생각이 들어요. 이 박사는 또 유신에 반대하는 입장과 귀국하는 동기를 서로 다르게 생각했던 것 같소. 이를테면 유신에 반대하는 것은 독재자인 박 대통령에 대한 반대고, 귀국을 한 것은 국가의 존망에 관한 결정이라는 거지요."

"그러니까 핵무기 개발이 국가를 위기로부터 구할 수 있는 방법 가운데 하나라고 믿었단 말입니까?"

"결과적으로는 그렇게 된 셈이 아니겠소? 1974년엔가 귀국했을 때 초청을 받아 청와대로 가서 박 대통령을 만났는데, 그때의 화제가 주한 미군의 철수였다고 들었어요. 이 박사는 박 대통령이 진정한 민주주의를 위해 노력하면 미국의 태도도 많이 달라질 것이라고 얘기를 했는데, 박 대통령은 주한 미군을 움직이는 건 반드시 그 때문만이 아니라 미국이 자기 나라의 이익에 너무 급급하기 때문이라고 하더랍니다. 그래서 미국으로 돌아온 이용후 박사는 한때 주한 미군의 철수를 중단시키기 위해 동분서주하기도 했소."

"이 박사가 주한 미군의 철수를 중단시키려 했다구요?"

"그렇소. 이 박사가 강력하게 주한 미군의 동결을 주장하자 미국 내의 유명한 핵물리학자들이 이 박사의 뜻에 동조하여 미국 정부에서도 재고하지 않을 수 없었고, 그 결과 당시의 포드 대통령이 한국의 독자적인 핵개발 중단을 촉구하면서 주한 미군을 동결하기로 결정했다는 겁니다."

"이용후 박사의 입장에는 어쩌면 이율배반적인 조국 사랑의 뜻이 감춰져 있다는 생각도 드는군요?"

"그렇다고 봐야겠지. 유신을 반대하면서 주한 미군의 철수를 반대한 것도 그렇고, 카터 정부가 들어서면서 주한 미군의 철수가 어쩔 수 없는 기정사실로 굳어지자 이번에는 아예 귀국해서 스스로 반대해온 유신의 당사자 박 대통령과 손을 잡고 일한 것도 그렇고."

"그런데 실제로 이 박사가 귀국한 다음 박정희 대통령에게 협력해서 이뤄놓은 결과가 있습니까?"

"그거야 나로서는 알 수가 없지만, 뭔가 결과가 있지 않았겠어요? 이 박사가 교통사고로 죽었다고 알려진 지 얼마 되지 않아서 한국이 핵무기를 개발했다고 언론에서 왁자지껄하게 떠든 적이 있는데, 그게 바로 이 박사의 작품이 아닐까 하는 생각을 해보긴 했소."

"그런데 이상합니다. 당시에 그런 노력을 기울여 핵무기를 개발했다면 실제로 그만큼의 개발 결과가 남아 있어야 하는데, 지금 한국에서는 핵무기에 관한 한 거의 흔적조차 알려진 게 없으니 말입니다."

"자세히는 알 수가 없지만, 미국이 한국의 독자적인 핵무기개발을 전력을 다해 막아온 전례로 미뤄봐서는, 정통성이 결여된 박 대통령 이후의 정권에 대한 미국의 지지와 다시는 핵무기를 개발하지 않겠다는 전면 포기의사를 맞바꿨을 수도 있지 않겠소?"

"그러니까 신군부 세력을 규합하여 집권에 성공한 전두환 대통령이 미국의 지지를 얻어내기 위해 다시는 핵무기를 개발하지 않겠다고 약속했다는 얘깁니까?"

"단지 그럴 수도 있겠다고 생각해봤을 뿐이오. 당시 한미 간에는 어떤 거래가 있었기에 쿠데타와 광주항쟁 등으로 세계적 비난을 받던 신군부 세력을 레이건 미국 대통령이 당선된 후 맨 처음으로 만나주었을까 하고 의문을 품어본 일이 있소. 그 파격적 대우는 상식으로는 도저히 납득이 가지 않는 일이었거든."

"이런 가능성은 없을까요? 박 대통령도 이 박사가 죽은 지 일 년도 채 못 되어 김재규 중앙정보부장의 총격을 받고 갑자기 죽었으니까, 혹시 비밀스럽게 감춰둔 개발의 성과를 찾아내지 못했을 가능성은 없을까요?"

"그럴 수도 있겠지만, 핵심 당사자 두 사람이 다 유명을 달리해버린 지금에 와서 그 비밀을 어떻게 찾아낼 수 있겠소?"

순범은 유신헌법을 반대하다가 본국 정부로부터 반체제 인사로 낙인찍힌 코스모폴리탄 언론인으로부터 이용후 박사의 얘기를 듣게 되리라곤 애초에 생각지도 못했다. 더구나 이용후 박사 역시 유신헌법을 맹렬히 반대했던 사람이라고 하지 않는가?

이 박사가 유신을 반대했음에도 불구하고 그를 초청한 박 대통령이나, 초청에 응해서 귀국한 다음 대통령과 의기투합하여 국가의 존망이 걸린 핵무기 개발을 위해 힘을 합쳤을 것으로 짐작되는 이용후 박사나, 정말 인간적으로 대단한 고뇌와 결심을 했을 거라는 생각을 순범은 지울 수가 없었다.

민주주의와 동포에 대한 뜨거운 사랑으로 일관해왔다는 이용후 박사가 당신의 독재는 싫지만 오직 조국을 위해 내가 가진 능력으로 당신에게 협조하겠다고 결심한 이율배반적인 근거를 도대체 어떻게 평가할 수 있을까?

순범은 앤더슨 정의 얘기를 듣고 난 다음에도 여전히 답답하기는 마찬가지였다. 결국 확실하게 손에 쥔 것 없이 생각만 가지고 서로 얘기를 나누다 보니, 마음속에서 여러 가닥의 심증만 얽힐 뿐 무엇 하나 속 시원하게 결론을 내릴 수가 없는 게 안타까웠다.

그러나 앤더슨 정을 만나 얘기를 나누면서, 특히 이용후 박사를 화제로 삼으면서 순범은 전력이야 어떻든 그가 뜨거운 피를 나눈 동포라는 사실이 점점 선명한 인상으로 다가왔고, 한 겨레 한 민족이라는 든든한 유대가 마음을 푸근하게 해준다는 걸 느낄 수가 있었다.

"만약에 지금이라도 박정희 대통령이 이용후 박사의 도움을 받아서 핵무기를 개발했던 근거와 실적을 찾아낼 수 있다면 어떨까요?"

"누가 찾아내느냐에 달렸겠죠?"

"누가 찾아내느냐에 달렸다니요?"

"그것을 제대로 쓸모 있게 활용할 수 있는 사람이 찾아낸다면 그게 바로 횡재라고 할 수 있겠지만, 그렇지 않은 사람이라면 오히려 화근이 될 수도 있을 테니까. 그러나 그럴 가능성은 추호도 없다고 봐야 할 거요. 박 대통령 시해 직후부터 미국이 가장 신경을 곤두세우고 추적했던 것이 바로 그 부분인데, 이미 미국에서 모든 것을 정리했을 거요."

"혹시라도 찾아낼 수가 있다면 그것을 어떻게 활용하는 게 가장 쓸모가 있을까요?"

"핵무기 개발의 근거와 실적을 활용하겠다고?"

"정 선배 말씀대로라면 정말 목숨까지 바쳐가며 간신히 이룩한 결과물 아닙니까?"

"목숨을 바쳐가며 이룩한 결과물이긴 하지. 사실 그때보다는 요즘이 한국으로서는 더욱 핵무기가 절실하게 필요할 거요. 세상이 많이 달라졌거든."

"세상이 많이 달라졌다고요?"

"그런 셈이지. 박 대통령은 결국 핵무기 개발의 가장 큰 목적을 북쪽의 위협으로부터 남쪽을 지키는 데 두지 않았겠소? 그러한 판단은 이용후 박사도 마찬가지였고."

"그렇지요. 그러니까 미국이 주한 미군을 철수하려고 하자 기를 쓰고 핵무기를 개발하려고 했던 거고요."

"그러나 나는 지금의 남북 관계가 박 대통령 시절과는 달라져도 한참 달라졌다고 생각해요. 나는 이제 남

쪽이나 북쪽이나 주적이 바뀌어야 한다고 믿소. 세계는
바야흐로 국가이기주의의 시대, 민족자존의 시대가 아
니겠소? 그렇다면 우리도 더 늦기 전에 우리 민족이 함
께 잘살 수 있는 새로운 시각으로 세계사의 흐름에 대
응해야 할 거란 말이오. 냉전이 장송곡을 울리는데도
언제까지 우리는 분열과 갈등을 거듭하면서 우리끼리
헐뜯고 할퀴며 남 좋은 일만 시키고 있어서야 되겠소?"

"그렇지만 주변 강대국들의 도움 없이 남북이 화해
하여 통일로 나아갈 수 있는 기회란 별로 없질 않습니
까?"

"무슨 답답한 소리요? 이런 노래도 못 들어봤소?"

미국 놈들 믿지 말고,
소련에게 속지 마라.
일본 놈들 일어선다,
조선 사람 조심해라.

"나는 이 노래가 바로 한반도의 지정학적 운명을 꿰
뚫고 있다고 믿소. 아마 지금도 별로 어긋나지 않는 현
실이라고 할 수 있을 거요. 미국의 시장개방 압력과 주
한 미군의 군사비 증액 압력은 무엇을 뜻하겠소? 과거
의 역사에 대한 반성은 고사하고, 오히려 적반하장 격
으로 덤벼들어 불균형 무역을 통해 경제 종속을 획책
하며 끊임없이 독도에 대해 영토분쟁을 일으키는 일본

의 야심은 또 무엇을 뜻하겠소? 지금은 국내 문제로 발톱을 드러내지 않고 있지만 언제라도 다시 침을 흘리며 한반도를 넘볼 소련과 중국까지, 하나같이 편안한 이웃은 아닐 거요. 그런데도 주변 강대국들의 도움을 받아요?"

"그렇다고 남북이 대치하고 있는 현실을 무시할 수는 없지 않겠습니까?"

"물론 현실을 무시할 수야 없을 테지. 그렇지만 본국 정부에서 걸핏하면 써먹는 통치권이란 걸 정작 써먹어야 할 자리가 바로 남북 문제라는 생각이 들어요. 내가 생각하기로는 조금이라도 정권 차원의 욕심이 아니라 민족의 장래를 생각한다면, 이제야말로 남북이 서로 통제에만 신경을 쓸 일이 아니라 경제적인 협력은 말할 것도 없고 정치군사적인 협력과 외교적인 협력을 통해 진정으로 민족공동체적인 방어체제를 마련해야 할 때라는 거요."

"지금 남북 간에 고위급회담이 열리고 있는데, 이번 연말에는 좋은 소식이 들릴 거란 예상도 나오고 있질 않습니까? 남북의 총리가 남북기본합의서에 서명할 거란 얘기 말입니다."

"그것만으로도 대단한 진척인 셈이지요. 그러나 남북기본합의서에 서명만 한다고 해서 남북 관계가 일사천리로 발전되지는 않을걸요?"

"그렇겠죠. 서로 총부리를 겨누면서 반세기 가까이

적대적인 입장으로 살아왔는데, 한꺼번에 모든 불신을 해소하고 갑작스럽게 협력을 해나갈 수는 없겠죠."

"내 말은 그런 뜻이 아니오. 합의서니 뭐니 하는 형식적인 절차도 중요하지만, 문제는 아무리 사소하더라도 실질적인 교류와 협력이 이뤄져야 한다는 거요. 겉으로는 서로가 명분을 앞세우며 통일을 들먹이지만, 실제로는 여전히 분열과 갈등을 조장하고 있다는 생각을 지울 수가 없어요. 내 말이 지나치다고 할지 몰라도 해외 동포들을 대하는 남북의 태도를 보면 내가 얘기하려는 뜻을 짐작할 거요."

"해외동포들을 대하는 태도라구요?"

"그렇소. 지금 남쪽의 인구가 대략 4천5백만, 북쪽의 인구가 대략 2천3백만인데 해외에서 사는 동포가 5백만이라고 하질 않소? 이 5백만을 두고 남북이 서로 자기 편으로 만들려고 법석을 떨어요. 이런 작태는 정말 한심하기 짝이 없다는 생각이 들어요. 서로 자기 편으로 만들려고 애쓸 게 아니라 남북의 당국자끼리 교류하고 협력하는 문제는 아무래도 제약도 많을 테고 속도를 낼 수도 없을 테니까 해외동포들을 이용해보라는 거지. 해외동포들이 얼마나 자연스럽게 윤활유 구실을 해주겠소?"

"해외동포들이 윤활유 구실을 할 수 있단 말씀입니까?"

"그렇지 않구요? 흔히 범민련이라고 하는 조국통일범민족연합이 문제가 되는 걸로 알고 있는데, 사실 이 문제가 바로 남북의 당국자가 해외동포를 바라보는 시각을 비교적 잘 드러내 보여주고 있다고 생각돼요. 남쪽은 범민련 남쪽 본부가 재야단체를 중심으로 결성되어 있다고 하여 전혀 포용할 뜻이 없는 것 같고, 북쪽은 북쪽대로 당국자 간의 접촉에는 무성의하면서 남쪽에 대한 공작 차원에서 범민련을 이용하려고만 하니까, 뜻이 훌륭한 단체인데도 성과가 없을 수밖에."

"정 선배도 범민련에 참여하고 있습니까?"

"그렇지는 않소. 하지만 남쪽과 북쪽은 물론이고 해외동포도 함께 참여하는 이런 단체가 남북 체제의 어느 한쪽으로 기울지 않고 남북 양쪽 당국자의 편파적인 시각만 극복해낼 수 있다면 정말 훌륭한 통일의 촉매제 역할을 할 수 있을 거라고 생각하고는 있소."

"제가 보기에 남쪽에서는 범민련이 북쪽으로 편향된 단체라고 생각하는 것 같고, 북쪽에서는 남쪽의 당국자 간 교류원칙을 깨뜨릴 수 있는 계기로 범민련을 이용하려는 눈치가 보이는 것 같은데요?"

"그런 게 모두 잘못되었다는 얘기요. 남쪽이나 북쪽이나 모두 당국자 사이의 교류를 정례화하면서, 범민련을 통일에 대한 노력의 일환으로 인정하고 수용하여, 마음이 있어도 선뜻 해결하기가 어려운 문제를 해결할 수 있도록 부추긴다면 결과가 어떻겠소?"

"불법적인 단체로만 규정하지 않더라도, 일정한 테두리 안에서 민족의 동질성을 확보한다든지 민간 교류를 확대한다든지 하는 측면에서, 통일을 위해 웬만한 일은 해낼 수가 있을 테죠?"

"내 말이 바로 그 말이오. 민간 교류의 힘이란 게 바로 자발성에서 나오는 건데, 북쪽은 그걸 이용만 하려 하고 남쪽은 또 민간교류라면 무조건 백안시하니 이래저래 답답한 노릇 아니오?"

애기를 하느라고 음악이 흐르는 줄도 모르고 있었는데, 잠시 말을 멈추고 듣자니 무슨 곡인지는 알 수 없지만 무척이나 애절한 선율이 흘러나왔다.

한껏 조명을 줄여 은근한 분위기에서 벽면의 데스마스크들이 내려다보는 가운데 두 한국인의 열띤 토론과 함께 술병은 비어갔고, 엠파이어 스테이트 빌딩의 꼭대기에서 내쏘는 빨갛고 푸른 불빛이 교대로 창을 스치는 사이로 뉴욕의 밤은 깊어만 갔다.

케임브리지 광장

앤더슨 정의 집에서 잠시 눈을 붙이고 일어난 순범은 새벽부터 서둘렀다. 임선규의 아파트에 가서 간단한 옷가지를 챙겨 나오면서 임 기자에게는 대충 둘러댔다.

뉴욕에서 보스턴까지는 펜실베이니아 역에서 앰트랙으로 가는 편리한 노선이 있었다. 미국에서 가장 오래전에 건설된 철도 중의 하나인 이 노선은 새벽이라 그런지 여객이 별로 없이 한산한 편이었다. 그럼에도 불구하고 몇 사람 안 되는 1등석 손님이 다 타기를 기다렸다가 비로소 개찰을 하는데도 불평 한마디 없는 대다수 2등석 손님들을 보고, 순범은 미국은 역시 개인자본주의 국가라는 것을 실감했다.

미국이란 사회는 오직 돈이었다. 그러다 보니 사람들은 철저히 물질적 가치에 집착하게 되고, 남자들은 왜소하기 짝이 없었다. 그러나 그만큼 그들은 정확한 것이다. 쓸데없는 감정이 개입하여 일의 본말을 전도하는 경우란 없다. 실력만큼 정확히 대접받는 사회, 그러다 보니 사회 구조는 철저히 경쟁적이고 투쟁적이다. 달리 말하면 약한 자들은 달리 기댈 곳이 없다. 유럽처럼 공동체 의식에 의한 사회 보조도, 한국처럼 사람들의 심정적 동정도 받지 못하고 비참한 생활로부터 헤어날 수가 없는 것이다. 순범은 40여 세에 불과한 미국 흑인 남자의 평균수명을 떠올리고는 쓴웃음을 지었다. 할렘을 외면한 채 달아나는 미국이 세계를 간섭한다는 것도 우스운 일이 아닌가?

다섯 시간 정도 달린 후에 기차는 보스턴에 도착했다.
보스턴의 센트럴 스테이션에서부터 지도를 보며 찾아간 사건기록부상의 주소지는 의외로 쉽게 찾을 수가 있었다. 그러나 그곳에는 예상했던 대로 이용후 박사의 연고자는 아무도 없었다.

주소지에 살고 있는 중년의 미국인 부부는 자신들이 벌써 10년도 넘게 그 집에서 살아왔다고 했다. 얼마 전에 한국에서 순범이 보낸 편지도 이들이 수취인이 아닌 것을 확인한 배달부가 도로 가져갔다고 했다. 미국은 우편 서비스가 워낙 좋아 수취인 불명인 경우에도 몇 단계건 추적하여 수년 혹은 수십 년 후에라도 배달되는 경우가 있다지만, 10여 년을 다른 사람이 여기서 살아왔다면 이용후의 연고자를 찾는 것은 거의 불가능한 일로 생각되었다.

두 다리에 맥이 풀려 허탈해하는 순범이 보기에도 안쓰러웠던지 중년의 집주인은 자신을 마이클이라고 소개하며 악수를 청해왔다. 어려운 순간 힘들게 찾아온 낯선 땅에서 뜻밖에 받아보는 친절에 순범은 콧마루가 시큰했다.

"내가 이사 오기 전에 여기서 오래 살았다면 혹시 이 동네에서 오래 산 사람 중에 아는 사람이 있을지 모르니 연락이나 한번 해봅시다."

"고맙습니다."

어차피 다른 방법은 없으니 그렇게라도 해볼 수밖에 없었다.

"워낙 세월이 흘렀으니까 기억은 하더라도 주소를 아는 사람은 없을 것 같지만⋯⋯. 이리 잠시 들어오시오."

"감사합니다."

마약과 섹스와 범죄로부터 미국을 지켜내는 건 마이클 같은 중산층에게 남아 있는 청교도 정신이란 걸 실감하면서, 순범은 커피 한 잔과 함께 베풀어지는 친절을 고맙게 받아들였다.

마이클은 한 시간 가까이 여기저기 전화를 하고 묻고 하는 수고를 아끼지 않더니 결국은 단서를 하나 찾아냈다.

"겨우 알아냈소. 길 건너 동네 끝에 사는 중국인 할머니하고 여기 살던 할머니하고 매우 친하게 지냈다 그러는군요. 그 할머니에게 물어보면 뭐라도 알 수 있을 것 같군요. 그나마 이 사실을 아는 사람도 동네에 한 사람밖에 없습니다. 그 중국인 할머니 집에는 지금은 아무도 없군요. 여기 전화번호가 있으니 직접 해보시든지 찾아가보시든지 하십시오."

순범은 마이클의 친절에 거듭 감사를 표하고 전화번

호를 받아서 나왔다. 미국에도 사람이 살고 있다는 걸 비로소 실감한 기분이었다.

순범은 간간이 전화를 걸어보며 중국인 할머니가 돌아올 때까지 수족관, 하버드대학 등을 구경하며 시간을 보냈다. 하버드대학이 있는 케임브리지 광장에는 곳곳에서 연주하는 사람, 노래를 부르는 대학생 보컬 그룹, 재주를 부리는 사람들을 볼 수 있었다. 이들 중에는 구경을 하는 사람들이 던져주는 1달러짜리 지폐로 학업을 지속해, 나중에는 장관이 되고 재벌이 된 사람도 있다고 했다. 이 자유분방한 거리에서 순범은 한국의 권위주의적 사회 시스템이 참 답답하고 보잘것없다는 느낌이 자꾸 들었다.

오후 늦게 연락이 된 중국인 할머니의 집으로 달려간 순범은 실망하지 않을 수 없었다. 여기서 살던 할머니는 10여 년 전에 아무런 기별도 없이 외동손녀를 데리고 이사를 가버렸다는 것이었다. 그 후 서너 번 전화가 오기는 했으나 이사 간 곳의 주소나 전화번호는 일러주지 않았다는 거였다.

"참 이상해요. 아주 친하게 지냈는데 왜 그렇게 갑자기 아무런 말도 없이 이사를 가고 말았는지. 아주 멀리 간 것 같지도 않았는데……. 보스턴 주변에 있는 작은 타운이라 했거든요."

"가족은 누가 있었습니까?"

"외동손녀가 있었어요. 이름이 미현이라고 했어요. 아

주 예쁜 아이였는데 동네에서는 천재라고 소문난 아이
예요."

더 이상은 아는 것이 없는 중국인 할머니를 뒤로하고
나올 수밖에 없는 순범의 발걸음은 무겁기만 했다. 어
디로 이사갔는지도 모르는 사람들을 찾을 방법이라는
것이, 아무리 생각해도 떠오르지 않았다. 일단 호텔을
잡아두고 밖으로 나오기는 했지만 막상 호텔 문을 나서
는 순간부터 가볼 만한 곳도 해볼 만한 일도 떠오르지
않았다. 별로 희망이 있을 것으로는 생각되지 않았지
만, 일단은 한인회에 물어보기라도 하는 것이 현재로서
는 할 수 있는 일의 전부라고 생각하고 순범은 전화번
호부에서 보스턴 한인회를 찾았다. 총무라고 자신을 밝
힌 사십대 목소리의 남자는 이용후 박사에 대해서는 잘
알고 있었으나, 그 유족에 대해서는 전혀 아는 것이 없
다고 했다. 이 박사의 가족은 어느 날 갑자기 이사했으
며 모든 소식이 끊어졌다고 했다. 중국인 할머니와 같
은 얘기였다.

자, 이제 어떻게 할 것인가? 할 수 있는 일이라고는
아무것도 없었지만 도저히 이대로 한국으로 되돌아갈
수는 없는 일이었다.

일단 저녁을 먹고 생각해볼 양으로 순범은 지하철을
타고 시내로 향하다가 차이나타운이라 표시된 역에서
내렸다.

무슨 주루라고 쓰인 음식점에 들어가니 중국인 주인

이 웃음 띤 얼굴로 자리를 권했다. 화려한 내장이나 집기 비품 등이 모두 고급인 것에 비해 음식값은 상상도할 수 없을 정도로 쌌다. 워낙 많은 음식점이 모여 있다보니 경쟁에 의해서 싼 이유도 있겠지만, 재료 등이 풍부한 미국에서 인건비만 부담되지 않는다면 이렇게 싸게 팔아도 충분히 수지를 맞출 수 있다는 얘기였다. 역시 넓은 나라가 좋기는 좋구나 하는 생각이 들었다. 반면에 한국 생활수준이 올라가면서 모든 물가가 턱없이 빠른 속도로 올라가는 것을 보면, 역시 한반도라는 좁은 지역에 살기에는 우리 동포의 수가 너무 많다는 생각이 들었다.

어떻게 생각하면, 통일은 민족단일체를 이룬다는 역사적 소명을 수행하는 외에도, 남한의 경제사회적 측면에서 오히려 더 필요한 것이 아닌가 하는 생각이 들었다.

음식은 훌륭했다. 반주로 마신 고량주는 한국에서 흔히 마시던 것보다 훨씬 도수가 높은 탓인지 몇 잔 마시지 않았는데도 얼굴 가득히 취기가 올라 음식점을 나올 때쯤에는 서늘한 가을바람이 무척 시원하게 느껴졌다.

위도상으로는 어떤지 몰라도 보스턴은 서울보다 가을이 더 빨리 찾아오는 것처럼 느껴졌다. 시원한 맥주를 한잔 마시고 싶어진 순범은 지하철을 타고 케임브리지로 갔다. 아무래도 퇴락해가는 도시의 한가운데서, 기껏해야 록스타들의 사진이나 보면서 컴컴한 조명 아래서 마시는 맥주보다는, 케임브리지의 대학촌에서 젊은이들을 보며 마시는 맥주가 나을 것은 두말할 필요도 없는 일이었다.

하버드대학 정문 바로 옆의 노상카페에는 이미 많은 사람들이 모여, 맥주나 포도주 혹은 위스키를 한 잔씩 시켜놓고 제각기 무슨 얘기들을 나누며 초가을 밤의 정취를 즐기고 있었다.

순범은 목이 마르던 참에 생맥주를 한 잔 시켜 벌컥벌컥 들이켰다. 옆자리에서 순범을 가만히 지켜보던 한 청년이 웃음을 참지 못하겠다는 듯 킥킥거렸다. 순범이 쳐다보자, 청년은 손을 들어 술을 들이켜는 시늉을 해 보이며 농담을 건넸다.

"당신은 속에 불이라도 난 사람 같군요."

별로 밉상이 아닌 이 젊은이의 농담에 순범도 슬며시 웃음이 나왔다. 남이야 술을 마시든 퍼붓든 한국에서야 무슨 상관이랴마는, 원래 모르는 사람에게 말 잘 걸고 좀 싱거운 데가 있는 양키의 악의 없는 농담은 이런 경우 거의 예외 없이 건네지는 것이다. 마침 다소 심심하던 순범에게는 오히려 대화거리가 되어 썩 유창하지는 않은 영어였지만 농담을 건넸다.

"중국인들이 내 배에 불을 질러놓았어."

가볍게 터져나오는 웃음과 함께 양키는 어디서 왔느냐고 물었다. 순범이 한국이라고 대답하자 이 친구는 마침 잘 만났다는 표정으로 아예 자리를 옮겨왔다.

"나는 동양사를 전공하는 하버드대학생인데 마침 잘

만났소. 한국의 통일에 대해 어떻게 생각합니까?"

순범은 통일에 대해 깊이 생각해 본 적은 없었지만, 이 순간 잘 모르겠다고 대답하고 싶지는 않았다.

"머지않아 통일이 될 거요."

"머지않아라면 언제쯤을 얘기하는 겁니까?"

아무도 확실히는 모르지만 수년 안에 통일의 기틀이 확립되고, 어쨌든 금세기 안에는 통일이 될 것으로 생각한다고 대충 얘기했다. 그러나 청년은 꼼꼼하게 순범의 말꼬리를 잡았다. 한국 현대사라도 공부하는지 그 방면의 지식이 순범에 못지않았다.

"한국의 대통령이 앞으로 10년 안에 통일이 된다고 말한 지 2년이 됐습니다. 귀국의 대통령이 임기를 마치고 6년 후면 통일이 된다는 얘긴데, 귀국의 노력을 보면 대단히 어렵지 않을까 생각이 드는군요. 남북 간의 대화도 잘 이루어지는 것 같지 않고요."

머리는 있는 대로 헝클어지고 낡아빠진 청바지에 길거리에서 아무렇게나 산 반팔 셔츠를 입고 있는, 다소 너저분한 청년으로부터 이런 말을 듣자 순범은 가슴이 따끔해지는 것 같았다.

"이번에 유엔에 동시 가입한 것을 비롯해서 남북 간에 변화가 많이 일어나고 있어요. 학생을 위시한 신세대의 통일 욕구도 대단하고. 아마 대통령의 말대로 되겠지요."

"나는 그렇게 생각하지 않아요. 독일과 같은 강한 나

라도 통일을 준비하는 데 장구한 시간이 걸렸어요. 지금 한국이 들이고 있는 노력과는 비교도 되지 않는 것이었죠. 그렇지만 단 하나, 지금은 세계가 변하고 있기 때문에 북한도 이 변화의 물결에 따를 수밖에 없어요. 그러나 이것은 그들이 고수해오던 체제에 균열이 오는 것이기 때문에 북한 정권은 지금 진퇴양난의 곤란한 입장에 빠져 있어요. 자칫 잘못하면 돌발사태가 일어나게 되고, 이것은 막바로 남한에 지대한 영향을 미치게 되죠.”

“돌발사태라뇨?”

“우리 연구소에서는 김일성이 사망하자마자 김정일이 군부에 의해 숙청될 것이라고 봐요. 그리고 한동안은 북한 내에서 당과 군이 여러 갈래로 갈라져 권력투쟁과 충돌이 일어날 것으로 보고 있는데, 이 단계에서는 남한이 어느 쪽에도 가담하거나 동조할 수 없을 거예요. 이 권력투쟁과 동시에 북한에서는 인민의 폭동이 일어나게 될 것으로 보이는데, 권력을 잡은 사람은 인민을 달래주어야 해요. 아니면 억압하든지.”

“남침의 가능성을 얘기하는 겁니까?”

“억압의 경우에는 남침으로 방향을 전환할 가능성이 있는 것은 사실이죠. 그러나 권력투쟁의 여파가 남아 있는 데다 실질적으로 인민의 마음을 완전히 장악하지 못한 상태에서는 전쟁으로 몰고 가기가 어려울 것입니다. 그렇다면 정반대로 인민을 달래려고 할 것입니다. 이 경우에는 넘치는 인민의 욕구를 억제할 수 없을 거예요. 인민은 흩어진 권력 추종자들을 숙청하겠지만, 스스로 문제를 해결할 인민의 지도자를 찾는 것은 불가능할 겁니다. 오직 강력한 외부 세력의 도움만이 해결책인데 남한이 개입하지 않을 수 없게 되고, 열화와 같은 민족감정에 못 이겨 남한은 잘못하면 예기치 않은 통일을 하게 되죠. 이 예기치 않은 통일이 남한에는 매우 커다란 짐이 될 것입니다. 작약하는 환호와 감격 속에서 오히려 경제는 뒷걸음질할 수밖에 없습니다. 이 충격을 흡수하고 다시 국제 경쟁의 대열에 끼어들 즈음이면 이미 너무 많은 시간을 잃어버린 후가 되겠죠. 이러한 방식의 통일은 독일의 통일보다 더 나쁩니다. 준비하여 이룩해내는 통일이란 관점에서 볼 때는 그렇게 낙관적이지는 않을 것으로 생각합니다."

이 싱거워 보이는 청년이 막힘없이 한국의 통일에 대해 얘기하자 순범은 놀라움과 함께 한편으로는 기분이 썩 좋지 않았다. 남의 나라 통일에 대해 이러쿵저러쿵 얘기하는 것에 속이 편하지 않은 것도 있었지만, 보잘것없어 보이는 청년이 웬만한 한국의 전문가 못지않게 의견을 개진하는 것이, 마치 한국인이 못나 자국의 통일에 대한 문제조차도 남이 더 정확하게 짚고 있는 것 같은 인상을 주었기 때문이다.

요컨대 이 친구의 논지는 10년 안에 통일이 된다고

대통령이 말만 해놓고 그에 맞는 노력을 안 하는 것은 한심하지 않느냐, 북한에 정변과 폭동이 일어나 예기치 않은 통일을 하게 될 것을 기대하고 있느냐, 그런 통일은 득보다는 해가 될 것이 아니냐 하는 것이었다. 일반인과 다른 기자의 신분이면서도 깊이 있게 토론을 해 들어가지 못하는 자신이 부끄러웠다. 순범은 당신은 매우 많이 아는 사람이군 하고 말해주는 정도에서 청년과의 대화를 끝냈다.

맥주 한 잔을 더 시켜 마시면서 순범은 속으로 곰곰이 생각해보고 있었다. 평소 한국에서만 있을 때는 통일에 대한 문제를 그다지 진지하게 생각해보지 않았고, 통일 논의는 정부의 몇 개 부처와 학생들이나 하는 것으로 여겨왔지만, 미국에서 우연히 만난 청년이 통일에 대한 조국의 태도에 대해 날카롭게 비판하는 것을 대하자 순범의 마음속 깊이에서 잠자던 애국심이 꿈틀거렸다.

자신은 한국에서 무엇을 하며 살아왔던 것일까? 매일 시경 기자실에 눌러앉아 무슨 특종 기사나 없을까 하며 두리번거리고, 선정적인 정보나 쫓아다니고, 가끔 신문에 주변 사람들을 실어주고 거들먹거리던 것이 자신이 하던 일의 전부가 아니었던가? 철들고 나서부터 지금까지 오직 자신의 이기적 목표에만 열중해왔지 언제 한번 올바른 국가관을 가지려고 노력한 적이 있었던가? 아무리 현대가 국가관을 가지기 힘든 시대라고는 하지만, 같은 동포가 남북으로 갈라져 강대국의 입김에 정신을 못 차리는데도 자신은 진정으로 민족과 국가라는 문제를 생각해본 적은 없지 않은가?

물론 대북 관계와 통일에 대해서는 정부부터가 확고한 견해를 가지지 못하고 흔들릴 대로 흔들려오고 있는 것이 사실이지만, 자신 역시 그때그때 대안 없는 비난만 했지 뚜렷한 견해를 가지고 추이를 예의 주시해 오지는 않았던 것이 사실이었다. 적어도 기자라면 그것도 유엔 가입을 취재하러 온 기자라면, 이 외국 청년에게 통일에 대한 자신의 견해를 당당히 밝힐 정도는 되어야 했다. 순범은 자신이나 정부나 너무 초라하다는 생각이 들었다.

밤이 이슥해지도록 순범은 케임브리지의 광장에 홀로 앉아 무엇인가를 깊이 생각하고 있었다. 주변의 자리를 메웠던 사람들이 하나 둘 일어나고, 카페의 밤을 밝히던 장식등도 모두 꺼져버렸는데도 순범은 한동안 일어날 줄을 몰랐다.

조국을 위하여

다음 날 아침 일찍 일어난 순범은 샤워를 하고 미국식 아침식사를 마친 다음 호텔을 나와 다시 케임브리지 광장으로 갔다. 어젯밤 침대에서 곰곰 생각해본 결과 이 박사의 딸이 의사가 되고 싶어 했다는 신윤미의 말과 딸이 천재였다는 말을 종합하면, 그 딸은 아마도 의대에 다니거나 졸업했을 가능성이 있었다. 물론 그 확률이란 것을 자신할 수는 없었지만, 지금의 순범으로서는 이 정도로 추정할 수 있는 근거나마 있는 것이 오히려 다행스러울 정도였다.

천재라는 말을 들을 정도였으면, 아마 미국에서도 이름이 있는 하버드의대나 아니면 최소한 보스턴의대는 다닐 것으로 생각되었다. 할머니가 손녀를 데리고 떠나면서도 보스턴 부근에 머물렀다는 것은, 좋은 의과대학이 보스턴에 있기 때문이었을 가능성도 있는 것으로 판단되었다.

보스턴의과대학의 학생처에 가서 대략 사정을 둘러대고 학생 이름이 수록되어 있는 컴퓨터를 살펴봤다. 그러나 이미현이라는 이름은 찾을 수 없었다. 수소문을 하여 한국인 유학생회를 찾아 물어보았으나 역시 모른다는 얘기였다. 다시 하버드의대로 찾아간 순범은 보스턴의대에서와 마찬가지로 이미현이라는 이름을 찾았으나, 역시 똑같았다. 이 대학에서는 한국인 유학생회를 찾는 것조차 쉽지 않았다.

점심도 거른 채 정신없이 뛰어다녔지만 희망적인 소식을 하나도 얻지 못한 순범은 힘이 쭉 빠졌다. 가냘픈 희망이긴 했으나 나름대로는 합리적 근거가 있다고 생각했었는데, 이젠 해볼 수 있는 일이 더 이상 없다고 생각되자 낙담만이 들었다. 세상일을 낙관적으로 생각하는 순범이었지만, 이쯤 되자 포기하지 않을 수 없었다.

어깨가 축 처져 대학 본부를 나서는 순범을 누군가 뒤에서 불러 세웠다. 돌아보니 아까 순범의 물음에 친절하게 대답해주던 한국인 유학생이었다.

"참, 아까 찾던 사람이 이용후 박사의 딸이라 그랬죠? 그렇다면 이분을 찾아 물어보는 것이 어떨까 하는 생각이 드는군요?"

유학생이 건네주는 것은 하버드대학교의 한국인 물리학과 교수의 이름이었다.

"다행히 제가 물리학 전공이라 언젠가 교수님께서 이용후 박사님에 대해 말씀하시던 것을 기억하고 있어요. 딸에 대해서는 아시는지 어떤지 모르겠지만, 공부와 관련해서는 도움을 많이 받았다고 하셨거든요."

이 말을 듣는 순범의 귀가 번쩍 뜨였다. 물에 빠진 사람 지푸라기라도 잡는다고, 별로 가능성이 없는 정보에도 이끌릴 수밖에 없는 상황에서 이 얼마나 반가운 얘기인가? 멀리까지 따라와서 일러주는 동포 유학생에게 인사하고, 그가 일러준 대로 물리학과 강의동 한쪽 끝에 있는 조세형 교수의 연구실을 찾아갔다.

순범은 이제 도움을 받을 수 있는 데라곤 여기밖에 없다는 생각이 들어 이제까지의 사정을 자세히 얘기하고 미현에 대해 묻자, 의외로 그는 소파를 권하고 음료수를 내오며 꼬치꼬치 물었다.

"그러니까 이용후 박사의 의문의 죽음을 파헤치기 위해서 미국에까지 왔다는 얘기군요?"

"그렇습니다. 그래서 그의 유일한 혈육인 이미현을 찾고 있습니다."

"내가 가르쳐주겠소."

키가 큰 조세형 교수는 생긴 것만큼이나 시원하게 대답했다. 순범은 이 뜻밖의 사람에게 눈물이 나도록 고마운 마음이었다. 혹 이 사람으로부터도 이 박사의 죽음에 대해 무언가를 알 수 있지 않을까 하는 생각도 들었다.

"혹시 이용후 박사에 대해 제게 알려줄 말씀은 없는지요?"

"그 일에 대해 나는 별로 아는 것이 없소. 다만 추정할 뿐이오. 그러나 하나 확실한 것은, 그와 박 대통령의 결합을 막기 위해 미국 정부는 모든 노력을 다했다는 것이오. 그런데도 이 박사가 극비리에 귀국하자 그를 담당하던 정보기관의 고위 담당자들이 모두 좌천되었소."

"정보기관에 이 박사를 담당하던 사람들이 있었단 말입니까?"

"정보기관뿐만이 아니오. 국무부나 국방부, 항공우주개발국, 이루 말할 수 없이 많은 미국의 정부기관이 그를 주시하고 있었소. 그런데 그가 극비리에 귀국했으니, 책임져야 할 사람들이 당연히 있어야 했겠지. 문제는 책임 추궁만으로 모든 문제가 해결되었을까 하는 것이오."

"그렇다면?"

"당연히 다시 데려오려고 했겠지."

"그러나 그것이 어떻게 가능하겠습니까?"

"그랬겠지. 다시 데려올 수는 없었겠지. 거기서 우리는 이 박사의 죽음을 생각할 수 있지 않겠소?"

역시 학자라 그런지 그는 가볍지 않으면서도 논리정연하게 이 박사의 죽음에 대한 의문을 설명했다. 그의 얼굴에 어려 있는 비감한 표정을 보며 순범은 다시금 이 박사에게 강렬하게 끌려드는 자신을 느꼈다.

"이 박사는 어떤 분이었습니까?"

조세형 교수는 침통한 표정으로 창밖을 내다보며 자조 섞인 목소리로 대답했다.

"우리 국민들이 이 박사에 대해 잘 모르는 것은 안타까운 일이오. 이 박사 같은 분이 있었다는 사실을 아는 것만으로도 가슴이 뿌듯해지고 힘이 생길 텐데."

"일화 같은 것이 있으면 얘기를 좀 해주시죠."

기억을 더듬으며 조세형 교수가 담담하게 이야기를
시작했다.

1973년 워싱턴공항에서 한국으로 돌아가기 위해 비
행기 트랩을 오르는 강신주 국장의 마음은 착잡하기 그
지없었다. 떨어지지 않는 발걸음을 한 발짝씩 내디딜
때마다, 한국에서 목을 뽑아 기다리고 있을 사람들의
얼굴이 하나씩 떠올랐다. 자신만을 믿고 있을 교수들의
얼굴과 헤아릴 수도 없이 많은 학생들, 그리고 연구원
들을 생각하자니 도저히 이대로는 돌아가지 못할 것 같
았다. 그러나 해볼 수 있는 것이라곤 하나도 빠짐없이
다 해본 마당에 이제 돌아서서 더 이상 어떻게 할 것인
가? 맥없이 좌석에 털썩 주저앉는 그의 머리에 악몽처
럼 어제의 기억이 되살아났다.

"서울대학교가 그런 정도의 연구소를 필요로 한다고
는 생각지 않소. 물론 한국에서는 제일가는 학교라는
것은 인정하지만, 어떤 면에서는 새로 생기고 있는 우
리의 주립대학보다도 못하오. 서울대학교를 졸업하고
여기로 유학 오는 많은 학생들을 보지만 창의력이 너
무도 부족하오. 이런 정도의 연구시설은 아직은 필요가
없을 것으로 봅니다."

"그러나 우리에게 배정하기로 했던 차관이 이스라엘
로 돌아간 것에 대해서는 다른 면에서의 고려가 있었다

는 것이 중론입니다. 폰더 실장님, 지금 우리나라는 한 창 일어나고 있습니다. 세계 어느 나라 학생들하고 견 주어도 우수하기 짝이 없는 수많은 한국의 학생들이 대학 4년 동안 실험 한 번 못 해보고 졸업하고 있습니다. 그러니 아까 말씀하신 대로 창의적 교육이 될 리가 없고 이것은 세계적으로도 큰 손실입니다. 지금 우리에게 있어 이 차관은 훗날의 몇 백억 달러보다도 중요합니다. 부디 선처를 바랍니다."

"세계를 위한 먼 안목에서의 투자라면 아무래도 예루살렘대학이 낫겠지. 아무려면 유태인이 일본인에게 배운 한국인보다 못하겠소?"

강 국장은 치밀어 오르는 분노와 비참하게 꺾여진 자존심을 어떻게 해야 할지 몰랐다. 마음 같아서는 모두 내동댕이치고 일어나 고함이라도 지르고 나가버리고 싶었지만, 꾹꾹 눌러가며 애걸하다시피 매달렸다. 그러나 이미 정계나 재계의 유력한 유태인들로부터 막강한 압력을 받은 국무성 관리들은 강 국장의 차관 요청에 냉담할 뿐이었다.

당시 전국에 연구소다운 연구소 하나 없던 한국의 현실에서 서울대학교에 자연과학 연구소를 짓는 등의 과학진흥 계획은 전국의 수많은 교수와 연구원, 대학원생을 비롯한 과학도들의 열화 같은 지지를 받았으나 재원을 마련할 길이 없었다. 건립비용 중 8백만 달러를 우선 마련하기 위해 미국 정부의 차관을 얻으러 왔던 문

교부의 강신주 국장은, 처음에 국무성이 보인 긍정적 반응에 가슴이 뿌듯해졌다.

그러나 과학입국의 미래가 보이는 것 같아 설레던 마음은 불과 일주일이 지나지 않아 먹구름으로 뒤덮이고 말았다. 비슷한 종류의 차관 요청을 이스라엘의 예루살렘대학이 해오고, 뒤따라 막강한 유태인들이 국무성에 압력을 넣자, 한국에 차관을 줄 것 같았던 국무성의 방침이 급선회하고 말았던 것이다. 사태의 악화에 깜짝 놀란 강 국장은 끼니도 거른 채 약간이라도 힘이 되어 줄 수 있을 것 같은 사람들을 발이 부르트도록 찾아다녔으나, 각계각층에서 미국 사회를 지배하고 조종하는 유태인들이 뒤에 있는 것을 안 의회나 행정부의 친한 인사들은 건성으로 고개를 끄덕일 뿐, 누구도 나서려는 사람이 없었다.

하긴 유태인들이 버티고 있는 한 누가 나선다고 해서 될 일은 아닌 것 같았다. 먼저 귀국해버린 경제기획원의 교섭단과는 달리, 누구보다도 과학교육의 필요를 뼈저리게 느끼고 있는 데다 수많은 대학 관계자들의 기대까지 두 어깨에 짊어진 강 국장은 도저히 그냥 돌아갈 수가 없었다. 그리하여 천신만고 끝에 마지막으로 소개를 받고 찾아간 재무성의 차관심사관실에서 결국은 치욕적인 언사를 당하고 만 것이었다.

약소민족의 비애를 안고 비행기에 탄 강 국장의 비통한 심정은 끝내 한줄기 눈물로 솟아올랐다. 눈물 속에 떠오르는 수많은 과학도들의 실망하는 모습에 더욱 괴로워하며 눈을 감고 있는 강 국장에게 스튜어디스가 다가왔다.

"강신주 씨가 맞습니까?"

"그렇습니다만."

"게이트에서 누가 찾습니다."

"누가요?"

"누군지는 모르겠어요."

미소 띤 얼굴로 말하긴 했지만 쌀쌀맞을 정도로 간단하게 대답하고 돌아서는 스튜어디스의 뒷모습을 보며, 강 국장은 어떻게 해야 하나 망설였다. 자신이 내린 상태에서 비행기가 이륙하는 것도 문제였지만, 이륙 직전의 비행기에 와서 자신을 찾을 만한 사람이 누군지 도무지 가늠할 수 없어서였다. 그러나 빈손으로 돌아가는 일이 고통스럽던 강 국장은 망설임 끝에 일어나 비행기에서 내렸다. 무슨 일인지는 모르지만, 지푸라기라도 잡고 싶은 심정의 강 국장으로서는 그냥 앉아 있을 수 없었다.

두리번거리며 게이트로 나간 강 국장에게 안경을 낀 남자가 다가오며 손을 내밀었다. 전혀 모르는 얼굴이라 강 국장은 어리둥절해 하면서도 손을 잡았다.

"안녕하십니까? 이용후라고 합니다."

생소한 이름에 뭔가 잘못됐구나 싶어 후회하는 마음이 물밀듯 밀려왔지만, 강 국장은 바로 돌아설 수도 없는 노릇이라 시계를 보며 인사를 나누었다.

"서울대학교 차관 문제를 해결하지 못하고 가신다는 얘기를 듣고 급하게 달려왔습니다. 보스턴에서 오느라 시간을 맞추지 못하고 이렇게 소동을 벌여 죄송합니다. 좀 더 일찍 왔어야 하는데 중요한 연구에 빠져 있느라 전혀 소식을 못 듣고 있었습니다."

강 국장은 꾀죄죄한 와이셔츠에 구겨진 양복을 걸친 이 유약하게 생긴 사람의 얘기를 어떻게 받아들여야 할지 몰랐다. 막강한 미국 의회의 의원들이나 주미 대사의 간곡한 호소도 전혀 도움이 되지 못한 일을, 이 사람은 어떻게 생각하고 보스턴에서 여기까지 와서 이륙 직전의 자신을 불러낸다는 말인가.

다시 시계를 보는 강 국장의 귀에 비행기가 이제 곧 이륙할 것이라는 방송이 들려오고 있었다. 실망과 초조가 뒤섞인 강 국장의 마음은 곧바로 짜증으로 치달았지만, 점잖은 그는 불편한 심기를 꾹 눌러 참았다. 이 사람의 행색이 초라하기 짝이 없긴 해도 자신의 말대로 보스턴에서 여기까지 허겁지겁 달려온 정성은 이번 방문길에서 만났던 그 누구와도 비교가 안 되는 것이었기 때문이다.

"누구에게 가서 얘기해야 합니까?"

강 국장은 일의 어려움을 설명하기조차 귀찮아 말없이 돌아서려다가, 보스턴에서 워싱턴까지 와준 이 사람의 성의를 무시할 수도 없어 약간 날카로운 목소리로 대답했다.

"차관에 대한 결재권을 가진 사람을 말하는 것입니까?"

"그렇습니다. 누구에게 결정권이 있습니까?"

그런 것도 모르면서 뭘 어떻게 하겠다는 것인가. 강 국장은 다시 한번 시계를 들여다보며 짜증스럽게 물었다.

"그러면 각별히 통하는 분이 있는 것은 아니란 말입니까?"

"담당책임자에게 열정을 가지고 설득하는 것이 제일 좋은 방법일 것입니다. 가면서 얘기하시죠."

담담하나마 자신 있게 얘기하는 이 사람의 목소리에는 항상 누군가 유력한 사람, 유태인들보다 강력한 힘을 행사할 수 있는 사람만을 찾느라 신경과민이 되어 있던 강 국장의 마음을 끄는 묘한 힘이 있었다.

강 국장은 국무성으로 가야 할 것이라고 말했다.

그러나 막상 국무성에 도착하여 담당책임자인 존슨 국장의 방 앞에 서자 강 국장의 발걸음은 저절로 멈추어졌다. 존슨 국장은 결코 무례하다고 할 수는 없었지만, 어딘지 모르게 사람을 깔보는 듯한 웃음을 띠고서 과학진흥 차관의 부적절함을 조목조목 지적했었다.

그는 애초에 품은 자신의 생각과 다른 의견에 대해서는 견고하기 짝이 없는 자기방어의 성을 쌓고 있는 사람이었다. 나름대로 강 국장이 논리적으로 차근차근 한국의 현실을 얘기하자 모든 것을 다 이해한다는 듯이 고개를 끄덕이고는 있었으나, 사실은 한마디도 귀기울여 듣지 않던 그와는 더 이상 대화가 될 것 같지 않았던 것이다.

어차피 여기까지 다시 온 바에야 밑져야 본전이라는 생각으로 강 국장은 이용후라는 사람의 뒤를 따라 존슨의 방으로 들어갔다.

그러나 비서에게 신분을 밝힐 때 이 사람이 자신을 학자라고 소개하는 것을 들은 강 국장의 심정은 허탈하기조차 했다. 특별한 기대를 한 것은 아니었지만, 학자라니. 이런 일에 무력한 신분의 학자가 나서서 할 수 있는 일이 뭐가 있단 말인가. 그의 뒤를 따라 들어가는 강 국장은 온몸에서 힘이 빠져나가는 것을 느꼈다.

그러나 다음 순간, 강 국장은 깜짝 놀라고 말았다.

존슨 국장이 즉각, 그것도 비서를 시키지 않고 자신이 직접 나와 맞이하는 것이었다. 지난번에 차관 획득이 불가능하다고 판단하고 먼저 떠나버린 경제기획원의 교섭단과 같이 왔을 때에는, 의회의 아시아태평양위원장과 주미 대사의 소개 전화를 받고도 한 시간 가까이나 기다리게 하던 존슨 국장이었다.

"이용후입니다."

"어서 오십시오. 존명은 익히 들어 알고 있었습니다. 오늘 이렇게 뵙게 되어 영광입니다."

강 국장은 자신에게 손을 내미는 존슨 국장의 태도가 지난번과는 너무나 달라 다시 한번 어리둥절해야만 했다.

'이용후? 언제 이런 이름을 들어본 적이 있었던가?'

존슨이 이런 정도로 정중하게 대할 사람이 한국인 가운데 있었단 말인가? 강 국장은 존슨의 접객실로 안내되어 소파에 앉으면서도 솟아오르는 호기심을 어쩔 수 없어 새삼 이용후라는 사람의 얼굴을 살폈다.

존슨은 태도뿐만 아니라 앉는 자리도 달랐다. 전에는 주미대사관의 고위 간부를 포함한 여러 명의 교섭단을 양옆에 앉히고 가운데 버티고 앉았던 존슨이, 이번에는 이용후라는 젊은 사람의 맞은편에 앉아 옷깃까지 여미는 품이 결코 예사 손님으로 대하는 것이 아니었다.

미국 행정부에서 이 정도 대접받는 사람을 자신이 모르고 있다는 것이 이상스럽기 짝이 없어, 강 국장은 여전히 어리둥절한 채였다. 그런 가운데 이용후가 차분한 목소리로 말문을 열었다.

"알고 계시겠지만 한국의 서울대학교는 수많은 수재가 모여 있는 명문대학일 뿐만 아니라 한국 과학발전의 개척자 역할을 하고 있습니다. 그런데 유감스럽게도 이 대학에는 자연과학의 가장 기초적인 실험을 할 수 있는 초보적 연구시설조차 없습니다. 한국이 일본의 침략을 받아 반세기 가까이 식민지 수탈에 신음하고, 해방 후 강대국의 이데올로기 싸움에 휘말려 전쟁을 치르고 국토가 두 동강이 났지만, 휴전 후 약 20년도 안 되는 짧은 기간 동안에 한강의 기적이라 불리는 무서운 경제성

장을 이루며 세계로 도약하고 있습니다. 서구의 물질문명을 정식으로 받아들이기 시작한 지 이제 겨우 20년밖에 안 되는 나라가 이렇게 무섭게 발전한 예는 세계 역사상 유례가 없었고 앞으로도 없을 것입니다. 이것은 한국인의 저력을 보여주는 좋은 예가 될 것입니다. 국장님, 지금 한국에 자연과학 연구소를 하나 마련토록 도와주시는 것은 한국인들에게 날개를 달게 해주는 매우 의미가 큰 일입니다. 이 연구시설을 바탕으로 한국인들은 반드시 세계의 발전에 도움되는 일을 해내고 말 것입니다. 도와주십시오."

매우 신중하게 듣고 있던 존슨은 이용후가 말을 끝내자 아주 솔직한 말을 해왔다. 강 국장 일행에게는 그토록 빙빙 돌려서 하던 이야기를 이용후의 앞에서는 진실 그대로 털어놓는 것이다.

"사실은 우리도 한국의 부흥에 대해서는 깜짝 놀라고 있습니다. 한국인들이 갖고자 하는 이 연구시설이 한국의 미래에 어떤 의미를 갖는지 너무도 잘 알고 있고, 따라서 한국에 이 시설을 마련하도록 도와주고 싶은 마음도 있습니다. 그러나 한정된 차관을 예루살렘대학에서도 요청해왔고, 유력한 유태인들이 움직인 결과 결국은 예루살렘대학으로 가게 됐습니다. 우리도 매우 안타깝게 생각하고 있습니다만, 워낙 강력한 곳에서 내려오는 압력이기 때문에 어쩔 도리가 없습니다."

"이스라엘은 우리와 다릅니다. 그들은 충분한 돈이

있습니다. 그러나 우리는 이 차관이 아니면 자금을 조달할 수가 없습니다. 국무성에 부탁해오는 유태인들이 누굽니까? 제가 그들을 한 사람 한 사람 모두 만나 설득하겠습니다."

이용후가 이렇게 말하자 존슨은 매우 곤란한 표정을 지었다. 그로서는 이용후에게 국무부에 압력을 가하고 있는 유태인들의 이름을 알려줄 수는 없는 노릇이었다. 그러나 이미 내막을 얘기한 데다 이용후가 만나서 설득을 하겠다고 나서는 데에야 무조건 안 된다며 발을 뺄 수도 없는 노릇이었다. 한참을 생각하던 그는 수화기를 들고 어딘가로 전화를 했다. 몇 마디 대화를 나누던 존슨은 다소 냉소적인 표정을 짓고 수화기를 내려놓으며 말했다.

"대단히 안된 일이군요. 이 일은 누구보다도 최종 결정권자인 국무장관이 곧 예루살렘대학으로 결정을 내릴 것 같군요. 국무장관은 지금 워싱턴의 유력한 유태인들과 예루살렘대학에서 온 사람들을 위한 리셉션을 갖고 있다는군요."

강 국장은 이 말을 듣는 순간 이제는 모든 것이 끝났다고 생각했다. 결정권자인 국무장관이 예루살렘대학에서 온 사람들과 리셉션을 갖고 있다면 결과는 뻔했고, 더 이상은 어떻게 해볼 도리도 없는 일이었다. 그러나 이용후는 덤덤한 표정으로 그 장소를 알아봐달라고 부탁했다.

존슨으로부터 연회 장소를 받아들고는 정중하게 인사한 뒤 밖으로 나온 그는 처음 공항에서 봤을 때와 조금도 다름없는 평범한 한국인의 모습을 하고 있을 뿐이었다. 강 국장은 이용후가 무엇을 하려는지 짐작할 수 없었다. 축하연을 벌이고 있는 사람들에게 가서 차관을 넘겨달라고 할 수는 없을 텐데.

리셉션이 진행되는 곳은 워싱턴에서도 가장 화려한 외교 클럽이었다. 몇 번이나 차를 세우고 길을 물으면서도 짜증 한 번 안 내고 열심으로 연회 장소를 찾아가는 이용후의 모습을 보며, 강 국장은 묘한 기분을 느끼고 있었다. 먼저 가버린 경제기획원의 사람들이야 말할 것도 없지만, 남아서 여기저기 호소하고 다니던 자신도 이제껏 혼신의 힘을 다해 진정한 노력을 했던가 하는 진지한 반문이 생겨나는 것이었다.

만난 지 불과 한 시간도 되지 않았지만, 이용후라는 이름의 이 낯선 사람이 보이고 있는 집념을 생각하니, 자신의 노력은 모두 알맹이가 빠진 겉치레에 불과했던 것처럼 여겨졌다.

외교 클럽에 도착하여 연회장으로 들어서니, 마침 수십 명의 유태인들이 샴페인 잔을 부딪치며 예루살렘대학의 미래를 기원하고 있는 중이었다. 다음으로 이스라엘 만세가 뒤따랐다. 강 국장은 얼른 뒤돌아 나가고 싶은 기분이었지만, 이용후는 바텐더에게 샴페인 잔을 하나 받아들고는 천천히 앞으로 나갔다. 워싱턴 지역의 유력한 유태인들이 상당수 모인 리셉션장은 매우 화려하고 격이 높은 가운데도, 어딘지 모르게 배타적 분위기가 배어 있는 듯했다. 그 때문인지 괜히 주눅이 든 강국장은 이용후의 스스럼없는 행동을 보자 잔뜩 불안한 마음이 되었다.

이스라엘 만세가 끝나자 이용후는 홀의 한가운데 나가서 작은 목소리로 이스라엘의 미래를 축복하는 인사말을 했다. 처음에 사람들은 장소에 어울리지 않는 옷차림의 동양인이 나서는 것을 보고 이상하게 생각하는 듯했다. 이용후의 이러한 행동은 자칫 잘못하면 불쾌한 기분을 줄 수 있는 위험한 짓이었지만, 안절부절못하는 강 국장의 마음은 아랑곳없이 이용후는 여전히 태연하고 스스럼이 없었다. 진지하고 정성이 담긴 목소리로 약간의 이스라엘 역사를 섞어서 인사말을 하는 그는, 진심으로 이스라엘의 축복된 미래를 빌고 있는 것으로 보였다. 이용후가 얘기한 역사가 유태인들을 움직였기 때문일까? 아니면 그의 진솔한 태도에 호감이 갔기 때문일까? 이용후가 인사말을 끝내자 많은 유태인들이 환호하며 다시 한번 축배를 높이 들었다. 그러나 여전히 갑자기 나타난 이 동양인이 누군지 몰라 궁금해하던 사람들 앞에 국무장관이 걸어나왔다.

헨리 키신저.

많은 사람들이 극도의 호기심을 가지고 지켜보는 가운데, 그는 이용후에게 손을 내밀어 악수를 청하고는 사람들에게 소개했다.

"여러분, 우리는 지금 세계에서 가장 위대한 분을 눈앞에 두고 있습니다. 우리의 위대한 스승이었던 아인슈타인 박사와 함께 20세기 핵물리학을 양분하고 있는 이용후 박사입니다."

키신저의 소개가 끝나자 이용후는 강 국장을 불러 옆에 세우고는 유태인들을 향해 나직하지만 또렷한 목소리로 얘기를 시작했다.

"존경하는 이스라엘 국민 여러분, 지금 제 곁에 서 계시는 분은 저의 조국 한국의 대표적 대학인 서울대학교에 자연과학 연구소를 설립하기 위한 차관을 얻으러 오신 분입니다. 국무성의 실무진은 모든 것을 종합적으로 고려한 결과 한국에 차관을 주는 것이 온당하다는 견해를 갖고 있었으나, 곧이어 차관을 신청한 예루살렘대학에 주기로 방침을 변경했습니다. 이것은 전적으로 미국 사회에서 강력한 영향력을 행사하는 이스라엘 국민 여러분의 강력한 권고 때문입니다. 당장 여기 계신 키신저 장관이 최종결정권자인 사실도 무시할 수 없는 요인이 될 것입니다. 이런 점에서 이스라엘 국민 여러분은 매우 행복하다 할 것입니다. 세계의 최강대국 미국을 움직이는 유력한 인물들을 가장 많이 가지고 있으니 말입니다."

이용후는 잠시 말을 끊었다. 옆에 서 있는 강 국장의 꽉 쥔 주먹에선 땀이 배어났다.

"그러나 저의 조국 한국은 다릅니다. 한국은 여기 계신 여러분과는 달리 단 한 사람의 로비스트도, 영향력 있는 인물도 가지고 있지 못합니다. 여러분이 나라를 잃고 오랜 세월을 헤맬 수밖에 없었듯이 우리도 나라를 잃고 방황했습니다. 초근목피로 연명하면서도 민족의 정기를 잃지 않고 꿋꿋이 투쟁해오던 중 제2차 세계대전의 종료와 더불어 독립을 맞았습니다. 소위 신생독립국이자 개발도상국이 된 것입니다. 우리에게는 자원도 빈약합니다. 오직 사람만이 우리의 유일한 재산입니다. 그런 의미에서 이번의 차관은 우리에게 너무도 중요합니다. 이 차관으로 자연과학 진흥기금을 마련해야 한국의 미래가 뚫리는 것입니다. 여러분은 이 차관이 아니더라도 얼마든지 다른 방법을 갖고 있습니다. 그러나 한국은 다릅니다. 이 차관을 놓치면 한국 과학의 미래는 없습니다. 여러분, 이스라엘과 한국은 많이 닮았습니다. 그 유서 깊은 역사나, 이민족의 지배에서 벗어나 새로 건국했다는 것이나, 작은 면적에 오직 사람만이 재산이라는 점이나, 적과 대치하고 있다는 점이나, 너무 많은 점에서 비슷합니다. 지금 이 순간 저는 이스라엘에 부탁합니다. 차관은 더욱 어려운 사람들에게 돌아가게 해주십시오."

이용후의 말이 끝나자 장내에는 침묵이 흘렀다. 사람들은 모두 숙연한 표정을 감추지 못하고 말없이 서로의 얼굴과 눈만을 쳐다보았다. 말은 않고 있었지만 그들은 한국과 이스라엘이 같이 차관을 신청한 것을 알고 있었고, 그 차관이 이스라엘로 돌아올 것을 믿어 의심치 않고 있었다. 국무부의 담당자들에게 영향력을 미칠 수 있는 능력에서 한국과 이스라엘은 하늘과 땅 차이였다. 기실 예루살렘대학에서 온 사람들을 위한 오늘의 리셉션이란 것은, 결국은 차관을 획득했다는 것을 의미하는 것이 아닌가? 그런데 뜻밖에 출현한 이 한국인의 한마디 한마디는 이상하게 폐부를 찔러왔다. 미국의 행정부를 상대로 한 로비가 너무나 당연하게 여겨지는 워싱턴에서, 유능한 이스라엘인들이 능력을 발휘하여 차관을 획득한 것은 너무도 당연하고 자랑스럽기조차 한 일이지만, 무언지 모를 이상한 기분이 가슴속에 생겨나고 있었다.

그것은 한국에 대한 미안한 감정은 아니었다. 그렇다고 부끄러움으로 단정할 수 있을 성질의 것도 아닌, 이제껏 잘 느껴볼 수 없었던 묘한 기분이었다.

극히 짧은 시간이 흘렀을 뿐이지만 사람들의 머릿속에는 많은 생각이 흐르고 있었고 그만큼 시간도 길게 느껴졌다. 한 한국 출신 핵물리학자의 담담한 얘기는, 어딘지 모르게 이들의 마음을 흔들어놓고 있었다. 논리나 웅변이 아닌 그저 평범한 말이었지만, 사람들은 그것이 금세기 최고의 물리학자 입에서 잔잔히 흘러나오는 데에서 심지어는 종교적인 설법을 듣는 것 같은 기분을 느꼈다.

이용후가 서서히 홀을 내려올 때 한 사람이 자신의 테

이블에서 일어났다. 금융계의 숨은 실력자였다.

"차관을 한국에 양보하겠습니다. 예루살렘대학에 대해서는 차관과 똑같은 장기저리 융자를 내셔널트러스트은행에서 하도록 하겠습니다."

이 말을 들은 사람들은 그동안 자신들을 억누르던, 답답하기 짝이 없던 기분이 말끔히 사라지는 것을 느낄 수 있었다. 그제야 그들은 자신들이 무엇을 느끼고 있었는지 알 수 있었다. 그들이 느꼈던 것은 한 사람의 성실한 인간적 노력에 대한 공감이요, 한 위대한 인간의 지극히 평범하고 솔직한 호소에 대한 양심의 부담이었던 것이다.

"여러분의 우정 어린 양보를 저는 결코 잊지 않을 것입니다."

이용후의 이 말에 그 자리에 있던 사람들은 모두 홀가분한 심정으로 아낌없는 박수를 보냈다.

강 국장은 이루 말로 표현할 수 없는 감격에 휩싸였다. 리셉션 도중에 끼어들어 이런 말을 한다는 것도 보통의 사람으로는 생각조차 하지 못할 일이었지만, 장소를 의식하지 않고 이토록 담백하고 솔직하게 자신의 생각을 얘기할 수 있다는 것도 역시 범인이 할 수 있는 일은 아니었다. 그러나 무엇보다도 강 국장을 감동시킨 것은, 그 먼 곳에서 연구에 파묻혀 있다가 소식을 듣자마자 달려와 이토록 열심히 노력하고 있는 이용후의 조국과 동포에 대한 사랑과 열정이었다.

아폴로 계획

조세형 교수가 얘기한 일화를 듣고 난 순범은 이용후 박사의 모습이 가슴에 또렷하게 각인되는 것을 느낄 수 있었다. 조국의 과학진흥 기금 마련을 위해 먼 길을 쉬지 않고 달려가는 모습과 북악스카이웨이에서 박성길 일당에게 매를 맞으며 죽어가는 모습이 겹치면서 떠올라 가슴이 아파왔다.

"그 외에도 얘기할 만한 일화는 너무도 많소. 박사과정에 들어간 지 일 년 만에 학위를 받았다거나, 이미 27세에 미국의 대표적 핵물리학자로 꼽혔다거나, 노벨상을 탄 동료들도 도저히 따라가지 못할 정도로 그의 학문적 성취가 깊었다거나 하는 것은 오히려 진부할 정도지. 가장 기억에 남는 것은 항공우주국의 요청을 받아 아폴로 계획을 점검하던 중 문제점을 발견했던 일이오."

"그런 일이 있었습니까?"

순범의 호기심이 불처럼 일어났다. 아폴로 계획이라면 미국이 가장 자랑하는 우주 계획이고, 그 핵심은 달에 유인위성을 착륙시키는 것이 아니었던가? 여기에 이용후 박사가 관여했다면, 아니 그것도 관여한 정도가 아니라 다 짜여진 계획의 문제점을 지적했다면, 그 공헌도는 보통이 아닐 것이었다.

"핵물리학자인 이 박사가 어떻게 아폴로 계획의 문제점을 지적해낼 수 있었을까요? 자신의 전공이 아닐 텐데?"

"이용후 박사는 그야말로 천재였소. 백 년에 한 번 나올까 말까 하는……."

조 교수는 다시금 그의 죽음이 못내 아쉬운 듯 눈을 감더니 얘기를 풀어나갔다.

뉴욕주립대학의 로저스 교수는 아폴로 계획의 최종 검토를 위한 NASA 회의에 참석하러 가는 차 안에서 깊은 고민에 빠져 있었다. 어떻게 할 것인가? 자신이 생각하고 있는 두 가지 선택 중에서 어느 쪽을 택해야 할지 결론을 내리지 못한 상태에서 그는 회의에 참석하러 가는 중이었다.

아폴로 계획은 수많은 분야의 과학자들이 각자 자신의 전공을 바탕으로 부분적인 계획을 세우고, 전체적인 검토는 물리학의 대가들에게 맡기는 식으로 진행되어 왔다.

이제까지 몇 번에 걸친 검토에서 문제점이 없는 것으로 파악되어, 오늘 회의는 가벼운 토론을 거쳐 계획에 대한 최종 인준을 하는 형식적 절차에 불과했다.

이미 전 미국의 저명한 대가들 수십 명에게 인정을 받은 계획이 이제 와서 문제가 있는 것으로 밝혀질 리는 없는 데다가 이제까지의 노력과 고생이 결실을 보는 오늘의 회의는 마땅히 즐거워야 할 것이지만, 로저스 박사는 그렇지 못했다. 열여덟 명의 저명한 과학자가 참가한 회의는 역시 가볍게 출발했고, 회의라기보다는 서로의 노고에 대한 위로와 치하로 일관했다.

"이제 우리는 소련과의 우주 경쟁에 종지부를 찍을 위대한 계획을 마무리 지었습니다. 그동안의 수세를 일거에 되돌려놓을 쾌거가 준비되어 있는 것입니다. 인류 역사상 최초의 달 착륙을 주도한 여러분의 노력, 아니 우리들의 노력을 자축하면서 오늘은 그 길고도 지루했던 회의를 끝내고자 합니다."

의장의 말을 끝으로 박수소리가 쏟아질 때까지도 마음을 결정하지 못한 채 눈을 감고 깊은 생각에 잠겨 있던 로저스 박사는 박수소리에 정신이 번쩍 들어 눈을 뜨며 소리쳤다.

"잠깐!"

순간적으로 박수소리가 멎으며 좌중의 모든 시선이 그에게 집중되었는데도 로저스 박사는 일어날 줄을 몰랐다.

"로저스 박사, 무슨 할 말이라도 있습니까?"

많은 과학자들의 곱지 않은 시선이 집중되어 있는 가운데 의장의 목소리에도 가시가 돋쳐 있었다. 고작해야 기우에 불과한 얘기나 무시해도 좋을 지극히 사소한 문제를 꺼내놓을 것임에 틀림이 없는 제동에, 극대의 만족감을 제지당한 좌중의 불평은 당연한 것이었다. 자신들의 그간의 노고는 말할 것도 없거니와, 달 착륙시간을 새로 당선된 대통령의 취임식에 맞춘다는 계획을 이미 공포한 뒤라, 사람들은 극도로 신경이 날카로워진 가운데 로저스 박사를 주시했다.

"달 착륙선의 역추진 로켓의 분사 각도와 가속도의 상관관계에 대한 미분식에 문제가 있다는 지적이 있습니다."

좌중의 과학자들은 경악했다. 다들 벌어진 입을 다물지 못하는 가운데 오랫동안 이 분야를 연구해온 의장이 물었다.

"지적이 있다고요? 그럼 그것은 로저스 박사의 의견은 아니란 얘기입니까?"

"그렇습니다. 나는 이 계획의 주요 부분에 대해 믿을 만한 사람의 의견을 구했습니다. 그런데 그의 지적에 의하면 달 중력을 이탈하는 착륙선의 이탈 가속도 계산에 있어 중량과 각도의 허용편차가 실제로 발생할 수 있는 가능성에 비해 너무 좁게 산정이 되어 있기 때문에, 현지에서 수정할 수 없는 착오가 생길 수 있다고 했습니다."

로저스 박사와 입에서 지적된 내용을 듣고는 몇 사람의 얼굴이 흙빛으로 변했다. 물론 의장도 그중의 한 사람이었다. 이들은 자신들이 책임을 지고 서명한 부분에 중대한 문제가 발생할 수 있다는 지적에 대해 매우 당황했다. 그 지적이 맞든지 맞지 않든지 이에 대한 검토를 받아들인다는 것 자체로 이들의 명성은 땅에 떨어지고 말 것이었다. 그러나 그냥 넘기기에는 너무도 중요한 부분에 대한 지적이었다. 이것은 결코 사소한 일이 아니었다. 잘못되면 우주비행사들이 달에서 귀환하지 못하고 생을 마쳐야 하는 비극을 초래할 수 있는 문제였다. 물론 그런 최악의 경우가 발생할 가능성이 높지는 않은 것이지만, 만에 하나라도 일이 잘못된다면 앞으로의 우주 개발은 말할 것도 없고 미소 간의 우주 대결에서 미국은 회복할 수 없는 패배를 당할 것임에 틀림없는 일이었다. 어떻게 해야 할 것인가? 로저스 박사의 고민이 그대로 담당 분야의 과학자들에게 이어졌다.

"그런 지적을 한 사람이 누구입니까?"

"뉴욕주립대학의 이용후 박사입니다."

"이용후 박사?"

의장을 비롯한 몇몇 과학자들의 얼굴이 펴졌다.

"혹시 그 사람은 핵물리학자 아니오?"

"그렇습니다."

"그래, 로저스 박사는 역추진 가속도에 대한 문제를 그 사람에게 물었단 말입니까? 로저스 박사는 전공을 잃어버리고 그 사람은 로저스 박사가 잃어버린 전공을 줍기라도 했단 말입니까?"

좌중에 웃음이 일었다. 처음 문제 제기를 들었을 때와는 비교가 안 되는 평안함이 사람들의 웃음에 배어 있었다. 비단 이 분야의 전문가들뿐만이 아니라 대부분의 참석자들 얼굴에 안도의 기색이 보였다.

그들은 처음에 로저스 박사가 자문을 구했을 정도의 인물이라면 대단한 사람일 것으로 판단했으나, 그저 한 두 번 이름을 들어본 정도에 불과한, 그것도 전공이 다른 핵물리학자의 지적이라는 얘기를 듣자, 언제나 그러했듯이 대수롭지 않은 일로 여겼다. 그러나 로저스 박사의 표정은 의외로 심각하게 굳어 있었다.

"의장, 회의를 연기시키고 재검토해야 할 거요. 그는 전공과는 상관없는 천재요. 아마 우리 중의 누구라도 자신의 전공 분야에 대해 그보다 낫다고 얘기할 수는 없을 거요."

로저스 박사의 이 말에 의자를 박차고 일어나는 사람이 있었다. 일본계 미국인 니시가와 박사였다.

"로저스 박사, 역추진 가속도에 대한 미분식은 문제가 없소. 그것은 우리들 각자가 계산한 것 사이에 조금도 상이한 점이 없었소. 그럼에도 불구하고 문제가 있다는 견해가 로저스 박사의 것이라면 우리는 받아들이겠소. 그러나 그것이 박사의 견해가 아닌 다른 사람, 그것도 이제 겨우 서른네 살에 불과한 한국계 핵물리학자의 견해라면, 우리는 검토해볼 필요성을 전혀 느끼지 못하오."

사람들은 모두 니시가와 박사의 발언이 적절하다고 생각했다. 무엇보다도 문제점을 지적한 사람이 한국인이라는 사실에 그들은 안심하고 있었다. 한국이라는 나라는 전쟁으로 폐허가 된 모습을 사진을 통해서나 접해

봤을 뿐 정치, 경제, 사회, 문화의 어느 한 분야에서도 알려져 있지 않은 나라가 아닌가? 그들은 그런 나라에서 유학 온, 이제 나이도 얼마 되지 않은 사람의 지적을 최종 회의에서 소란을 떨면서 검토한다는 것은 무엇보다도 비합리적인 일이라고 생각하고 있었다.

"의장, 그 식을 다시 검토해보는 것이 좋겠소."

굵은 목소리와 함께 좌석에서 일어난 사람은 제미니 계획의 책임자였던 서넌 박사였다. 그는 맨 처음부터 미국의 우주 계획에 참가하여 산전수전을 다 겪은 원로로서, 많은 미국인들의 존경을 한 몸에 받고 있는 사람이었다. 그는 이 분야에 대한 전문가는 아니었지만, 로저스 박사의 애기를 듣는 순간 과거 발사대에서 폭파해버린 뱅가드 인공위성이 생각났던 것이다. 그때도 발사 직전의 강한 흥분에 사로잡혀 분사 연료의 구성비를 재검토해야 한다는 의견을 묵살하고 발사를 서두르다가, 결국은 폭발해버리고 말았던 것이다.

서넌 박사는 대통령 취임식에 맞추어 달에 미국인들을 착륙시킨다는 거국적 계획에 쫓기고 있는 지금의 상황이, 그때와 너무도 흡사하다는 생각이 들었던 것이다. 서넌 박사의 권고를 무시할 수는 없는 일이라 의장은 한 시간 동안의 정회를 선포하고 담당 분야의 과학자들과 함께 해당 미분식에 대한 검토에 들어갔다.

NASA의 아폴로 계획에 대한 최종 회의가 어떤 문제에 대한 검토를 위해 중단되었다는 민감한 보고를 접하자, 미국의 행정부를 비롯한 관련 기관은 극도의 긴장에 휩싸였다. 새로운 대통령의 취임과 함께 달에 미국인들을 착륙시킴으로써, 미국의 힘 아래 세계를 주도하겠다는 거국적 계획이 좌절될지도 모른다는 불안감이 이들을 휘감았다. 이들은 언론에 노출되지 않도록 쉬쉬하면서 NASA의 검토 결과를 주목하고 있었다.

한 시간 후에 회의를 속개하기 위해 회의실로 돌아온 과학자들은, 의장을 비롯하여 검토에 참가하고 있는 과학자들이 아직 돌아오지 않은 데 대해 매우 의아하게 생각하고 있었다. 그들의 빈자리를 보고 있는 사람들의 뇌리에는 차츰 시간이 경과함에 따라 설마 하는 생각이 조금씩 퍼져나오고 있었다. 시간이 너무 오래 경과하자 좌중에서 약간의 웅성거림이 일었다. 이들이 극도의 궁금증에 휩싸여 더 이상 참지 못할 지경에 이르렀을 때, 의장과 니시가와 박사를 비롯하여 검토에 참가했던 사람들이 자리로 돌아왔다. 그들의 얼굴은 백지장처럼 하얗게 질려 있었다.

자신의 입만을 바라보는 과학자들의 시선은 아랑곳없이 한참 동안이나 침묵을 지키고 있던 의장이 힘들게 자리에서 일어났다. 그의 얼굴에는 아직 핏기가 돌아오지 않고 있었다.

"로저스 박사가 제시한 수치를 따라가보니 치명적인 문제가 있을 수 있다는 것이 밝혀졌습니다. 지금으로서는 아폴로 계획의 미래가 어떻게 될지 예상할 수 없습니다. 한 가지 분명한 것은 이용후 박사가 이 자리에 와야만 한다는 것입니다."

　CIA는 이 회의의 결과를 극비에 붙이고 철저한 보안을 유지한 채 이용후 박사를 긴급 수배했다.

　뉴욕에서 서쪽으로 뻗쳐 펜실베이니아를 관통하는 80번 고속도로를 질주하는 이용후의 가슴은 곧게 뻗은 고속도로만큼이나 탁 트여 마냥 시원하기만 했다. 백 번째 논문을 쓰고 난 후의 후련함을 맛본 사람들이 이 세상에 얼마나 될까? 그것도 한 편 한 편이 발표될 적마다 세계 정상의 석학들로 하여금 탄식을 자아내게 하는 논문인 바에야, 내로라하는 과학자라 해도 쉽게 맛볼 수 있는 기쁨이 아니었다.

　'핵물리학 분야에 있어 노벨상을 받는다는 것은, 이제야 비로소 이용후 박사의 논문을 보고 이해할 수 있는 자격을 갖추었다는 것을 말하는 것밖에 안 될 겁니다.'

　용후는 노벨상 수상자인 윌슨 박사의 농담이 떠오르자 슬며시 미소를 지었다. 갑갑한 연구실에서 미립자의 그 오묘한 세계와 씨름하며 백 편째의 논문을 완성한 시원함이, 오랜만에 고속도로에 나온 용후로 하여금 액셀러레이터를 힘주어 밟게 했다. 자동차가 잔뜩 속도를 붙여가는 가운데 용후는 한국을 떠나던 때로부터 지금에 이르기까지의 자신의 삶을 조용히 되돌아보았다.

　경기고등학교 2학년 때 검정고시를 치고 서울대학교

에 수석으로 입학하던 일, 대학 2학년에 도미하여 물리학으로 전공을 바꾸고 전 미국 대학에서 최고의 성적으로 박사 과정에 들어가던 일, 일 년 만에 박사 학위를 따 세상을 놀라게 했던 일, 27세에 프린스턴연구소 정회원이 되고 28세에 미국 핵물리학자 중 가장 뛰어난 10인의 한 사람으로 추천된 일, 30세에 세계 제일의 페르미연구소 물리학 책임자로 취임한 일 등. 영광스러운 인생의 뒤안길에서 자신의 학업을 뒷바라지하던 홀어머니의 정성과 고생을 생각하자 눈물이 어리기도 했다.

한참 이런 생각에 빠져 운전하던 용후는 뒤에서 들려오는 사이렌 소리에 정신이 퍼뜩 들었다. 속도계를 보니 이미 법정 속도를 넘어서 있었다. 백미러를 보자 바로 뒤에까지 따라온 패트롤카가 라이트를 번쩍이며 정지 신호를 했다. 차를 옆으로 대자 패트롤카에서 내린 순경이 다가와 면허증 제시를 요구했다. 주머니를 더듬던 용후는 그제야 아차했다. 면허증을 두고 온 것이다. 면허증뿐만 아니라 신분증이 든 지갑을 아예 가지고 오지 않았던 것이다.

"미안합니다. 면허증을 갖고 오지 않았군요."

아무렇게나 옷을 입고 있는 데다 연구에 몰두하느라 수염도 깎지 않고 있는 용후를 위아래로 훑어보던 경찰관은 멸시에 가득 찬 눈초리와 가시 돋친 목소리로 신분을 증명할 다른 증명서를 요구했다.

"신분증도 안 갖고 왔군요."

"내 그럴 줄 알았지. 당신은 틀림없이 범죄자이거나 일정한 주거지도 없이 무위도식하는 건달일 거야. 자, 이제 내려서 경찰서로 같이 가실까?"

용후는 처음부터 동양인을 노골적으로 깔보는 백인 경찰관에 대해 거센 분노를 느낀 데다가 평소에 들어보지 못한 모욕적 언사를 듣자 견딜 수 없었다.

"경찰관이 그렇게 말해도 되는 거요?"

"뭐라고! 이 거지 같은 동양 놈이 빨리 내려오지 않고 웬 말이 그리 많아?"

거친 욕설과 함께 차문을 열고 용후를 끌어내리던 경찰관은 패트롤카에 남아 있던 조장이 급히 뛰어내리며 비명에 가까운 고함을 지르는 것을 들었다.

"멈춰! 이 바보야."

극도로 흥분해 달려온 조장은 용후의 차문을 강제로 열려던 경찰관의 목덜미를 잡고 거세게 뿌리쳤다. 그러곤 공손하기 짝이 없는 태도로 물었다.

"혹시 이용후 박사님이십니까?"

"그렇소."

"부하의 무례를 용서해주십시오. 진심으로 사과드립니다."

"괜찮소만 그가 동양인에 대한 편견을 가지고 있는 것 같아 걱정이 되는군요. 적절한 기회에 그의 편견을 해소할 수 있는 기회가 주어졌으면 합니다."

"죄송합니다. 제가 책임지고 교정시키겠습니다. 또한

서장님께 말씀드려 정식으로 사과를 드리도록 하겠습니다. 그런데 패트롤카에 전화가 와 있으니 받아보시지요."

전화는 CIA 국장으로부터였다.

"박사님, 대단히 중요한 일로 박사님을 모시고자 하는데 괜찮겠습니까?"

"괜찮습니다만."

"지금 헬리콥터를 그리 보내겠습니다. 감사합니다."

이 대화를 듣고 있던 두 사람의 경찰관은 대경실색했다. 특히 용후에게 행패를 부리던 경찰관은 말조차 더듬으며 비굴한 표정으로 사과하느라 어쩔 줄 몰랐다.

"뭐라고요? 기존의 식으로는 산정이 안 된다구요?"

이용후 박사를 둘러싼 과학자들은 경악했다. 이제는 그들도 모두 문제점을 인식하고 있는 터라 이용후 박사의 한마디 한마디에 온갖 신경을 곤두세우고 있었다.

"그렇습니다. 모든 경우를 포함하는 인자들을 고려하여 완전히 새로운 식을 세워야 합니다."

"그러면 아폴로 계획은 연기되어야 한다는 말입니까?"

"계획의 연기가 문제가 아닙니다. 이대로라면 우주인들의 생환이 매우 불안합니다."

과학자들의 회의가 끝난 뒤 이용후 박사는 우주 계획의 책임자들만이 참가하는 극비 회의에 초대되어 똑같은 주장을 했고, 결국 아폴로 계획은 연기되었다. 그러나 NASA에서는 이용후의 이의 제기에 의해 아폴로 계획이 연기된 것을 극비에 붙였다.

우주 개발이 미국과 소련의 자존심뿐만 아니라 자본주의와 사회주의 양 체제의 우수성을 겨루는 경쟁의 무대가 되어 있는 상황에서, 이런 것을 발표할 수는 없는 일이었는지도 모른다. 어쨌거나 수정된 계획은 이용후 박사의 검토를 거쳐 실행에 옮겨졌고, 대통령 취임식을 훨씬 지난 7월 21일에야 인간은 달에 첫발을 내디딜 수 있었다.

조국이 버린 아이

　조세형 교수의 두 번째 이야기도 순범에게는 매우 충격적이었다. 이토록 위대한 한국인이 정작 모국에는 전혀 알려져 있지 않았다는 사실에 순범은 가슴을 치지 않을 수 없었다. 그러나 조세형 교수는 이야기를 해나가면서 차츰 마음의 평정을 회복한 모양인지, 말을 마치면서는 온화한 표정으로 순범에게 이용후 박사의 딸이 있는 곳을 알려주었다. 이 박사의 딸 이미현은 하버드의대에 있었다.

　"네? 하버드의대에 있다구요? 그러나 저는 모든 학생의 명부를 확인했는데도 이미현이라는 이름, 아니 '리'라는 성조차 확인하지 못했는데요?"

　"물론 그랬을 거요. 이 박사의 딸은 학생이 아니니까."

　"학생이 아니라뇨?"

　"그 아버지에 그 자식이라, 이 박사의 딸은 이미 부교수요."

　순범은 조세형 교수의 말을 뒤로하며 믿기지 않는 마음을 일단 눌러두고는 얘기 들은 대로 정신과 강의동으로 갔다. 그곳에서 교수진 명단을 보니 틀림없이 '제인 리'라는 이름이 있었다. 역시 이 박사의 딸은 조 교수의 말대로 이미 하버드의대 교수로 있는 게 틀림없었다.

순범은 제인 리의 이름이 적힌 연구실 앞에 섰다. 지금까지 추적해온 보람이 있을 것인가? 조마조마한 마음을 억누르며 노크를 하자, 유창하긴 하지만 동양인의 목소리인 것 같은 분명한 대답이 들렸다.

문을 열고 들어서자 젊은 아가씨가 무언가를 쓰는 데 열중하고 있는 모습이 보였다. 그녀는 검은 머리를 뒤로 묶어 한쪽 어깨 앞으로 늘어뜨리고 있었으며, 면바지 차림에 셔츠의 앞단추를 몇 개 풀어헤쳐 마치 학생처럼 보였다.

그녀는 고개도 돌리지 않은 채로 무슨 일로 왔느냐고 물었다. 아마 학생이 찾아온 걸로 아는 모양이었다.

"혹시 이미현 씨가 아닙니까?"

갑자기 한국말이 들려오자 그녀가 놀라듯 고개를 돌렸다.

"누구시죠?"

"한국에서 온 반도일보의 권순범 기자입니다. 이용후 박사님에 대해 알아보려고 왔는데요."

이 말을 들은 여자는 아무 대답도 하지 않은 채, 다시 고개를 돌리고 열심히 무언가를 노트에 기록했다. 순범은 무안하기도 하고 화도 났지만 잠자코 기다렸다.

순범은 책상 옆에 있는 의자로 다가가 앉았다. 역시 아랑곳하지 않고 하던 일만 계속하던 여자는 순범이 참다 못해 한마디 하려고 하는 순간 입을 열었다.

"아버지는 잘 계신가요?"

이 말을 듣는 순범은 가슴이 철렁 내려앉았다. 이게 무슨 소린가? 이 여자는 자기 아버지가 살아 있는 것으로 생각하고 있는 모양이었다. 그렇다면 이 여자에게 이 박사의 죽음에 대해 자신이 설명해야 하는 것인가? 그것은 정말 힘든 노릇이 아닐 수 없었다.

순범이 잠시 머뭇거리자 여자는 그제야 비로소 고개를 돌려 순범을 바라보았다. 갸름한 얼굴에 서구적인 마스크를 가진 이지적 미인이었다. 그녀는 순범의 얼굴을 뜯어보며 대답을 기다리고 있었다.

"저어, 혹시 모르고 계셨으면 대단히 유감스러운 일입니다마는 이 박사님께서는……."

순범은 여기서 일단 말을 멈추고 여자의 기색을 살폈다. 여자는 다시 본래의 일로 돌아가 뭔가를 쓰면서도 얼굴은 웃는 표정이었다. 순범은 뭐가 뭔지 어리둥절하여 알 수가 없었다.

어떻게 생각하면 놀리는 것 같아 화가 치미는 일이었지만 순범은 예의를 잃지 않았다.

"이 박사님께서는 나라와 민족을 위해 일을 하시다가 그만 돌아가셨습니다."

순범은 애써 엄숙한 분위기를 만들어가며 무거운 목소리로 말했다. 여자는 이번에는 들은 척도 하지 않았다. 순범은 자신이 놀림감이 된 것 같은 기분이 들었다. 이 여자가 천재라는 말은 들었지만, 천재라면 사람을 이렇게 대해도 되는 건가 싶어 노기 섞인 음성으로 물었다.

"부친께서 사망하신 것을 모르고 계셨나요?"

"제 말은 아버지가 아직도 국립묘지에 잘 계신가 하는 거예요."

그제야 순범은 자신이 오해를 했구나 싶으면서도 뭔가 썩 개운치 않은 뒷맛이 남는 것을 느꼈다. 죽은 사람의 안부를 산 사람처럼 묻는 것이 예의로는 어떨지 몰라도, 사람을 착각하게 만들 소지는 분명히 있었다. 아직도 뭔가 석연치 않아 하는 순범의 얼굴을 보며 여자가 말했다.

"저를 찾느라고 고생하신 것 같은데, 나가서 같이 식사나 하죠."

노트를 덮고 일어서는 여자의 얼굴은 밝아 보였다. 순범을 뒤로하고 먼저 연구실 문을 나서는 여자의 행동은 거칠어 보이면서도 불필요한 동작과 언어가 절제되어 오히려 편한 감을 주었다. 순범은 이제껏 만나보지 못했던 특이한 사람을 만나고 있다는 생각을 하며 여자의 뒤를 따랐다.

순범의 의향은 묻지도 않고 여자가 그를 데리고 간 곳은 샐러드를 전문으로 하는 깨끗한 이태리 식당이었다.

"여행 중에는 신선한 야채를 많이 먹는 것이 좋아요."

이 말과 더불어 여자는 치킨 샐러드를 주문했다. 순범도 그녀를 따라 샐러드를 주문했다.

"뭐죠?"

"무엇 말입니까?"

"아까 알고 싶다고 하던 거요?"

"아, 예. 간단하지는 않은 거라 시간이 좀…….."

"저는 시간이 없어요. 그런 쓸데없는 일에 시간을 뺏기고 싶지 않거든요. 그러니 요점만 물어보세요."

여자의 태도가 워낙 냉정했으므로 순범은 우선 몇 가지 질문을 하면서 차차 이야기 속으로 끌어들이는 것이 현명할 것이라고 판단했다. 세상에 자기 아버지의 죽음을 얘기하는데 무관심할 사람이 있지는 않을 거였다.

"이 박사님께서 한국으로 가실 당시 이 교수는 몇 살이었습니까?"

"미현이라고 부르세요. 그리고 그런 쓸데없는 것은 묻지 마시고 요점만 물으세요."

"미현 씨가 말하는 요점이란 것은 무엇을 말하는 겁니까?"

"궁극적으로 알고 싶어 하는 거 말이에요."

순범은 약간 당황했으나 이 여자가 말하는 바는 솔직히 뭐든 다 물어보라는 의미로 들려 순범은 단도직입적으로 물었다. 어쩌면 천재라는 이 여자가 자신의 추리를 대신해줄지도 모른다는 생각이 들었다.

"이 박사님은 왜 한국에 가셨을까요?"

"핵무기를 개발하러 가셨어요."

"이 박사님을 죽인 자들은 누구입니까?"

"양국 정부죠. 미국과 한국의 정부."

"양국 정부라고 하는 건 무슨 의미입니까?"

"같은 질문을 두 번 하진 마세요."

이 여자는 한 번 끝이라고 하면 정말로 끝일 것 같았다. 잘못하여 시간을 낭비하다 이 여자가 시간이 다 되었으니 이제 갑시다라고 말하면 다시는 보지 못할 것 같은 예감이 들어 서둘러 다음 질문을 던졌다.

"이 박사님은 핵개발에 성공하셨을까요?"

"그랬겠죠."

미현의 대답은 너무도 놀라웠다. 기대도 하지 않고 물었지만, 이 여자는 너무도 대수롭지 않게 엄청난 일을 얘기하고 있는 것이었다. 그러나 순범은 아무리 자식이라 하더라도 그런 것까지 알 수는 없다고 생각했다.

"어째서 그렇게 생각하죠?"

"영감이죠. 아버지는 실패할 리가 없어요."

여자의 간결한 답변은 너무나 확신에 찬 것이었다. 이때 식사가 나오자 미현은 손가락을 입술로 가져가 입막음 신호를 했다.

"이제 그만해요. 별로 더 말할 것도 없어요."

이 말과 함께 미현은 치킨 샐러드를 맛있게 먹기 시작했다. 순범도 따라서 포크를 들고 먹는 시늉을 하기는 했지만, 음식이 입 안에 들어오는지 어떤지 전혀 느낌이 없었다. 어떻게 하면 이 여자와 시간의 제약을 받지 않고 많은 얘기를 할 수 있을 것인가를 생각하고 있는 동안, 미현은 이미 식사를 다 마치고 순범의 먹는 양을 물끄러미 바라보고 있었다. 순범이 손에서 포크를 놓으며 슬쩍 말문을 열었다.

"이 박사님께서는 고귀한 생명을 조국과 민족을 위해 희생하셨는데도 불구하고 아무도 그 진실을 모르고 있습니다. 저는 그 상황을 상세히 알아 우리 국민들에게 널리 알리고 이 박사님의 숭고한 희생을 기리자는 의도로 취재를 하고 있으니, 아시는 대로 좀 더 자세히 말씀해주었으면 합니다."

"호호, 조국과 민족을 위하여 희생해요? 그것은 틀린 말이에요."

"그렇다면 박사님의 죽음을 어떻게 생각하고 있습니까?"

"바보들의 게임에 희생되신 거죠."

"바보들이라니요?"

"조국이란 뭐고 민족이란 또 뭐예요? 그런 걸 들먹이는 사람들은 언제나 바보들이죠. 세상에 그런 것들은 없는 거예요. 그런 것은 한때의 기분이고 환상이에요. 아버지는 있지도 않은 조국과 있지도 않은 민족의 환영에 사로잡혀 죽음의 땅으로 들어가신 거죠."

"그러나 현실적으로 사람들이 살아가는 단위는 국가 아닙니까?"

"국가가 국가다워야죠. 아무리 몽매한 사람들이라 하더라도 제 나라를 위해 모든 것을 다 뿌리치고 들어간 사람을 죽인다는 게 말이나 되는 얘기예요?"

미현은 자기 아버지의 죽음에 대해 몹시 원통하게 생각하고 있었다. 그녀는 이 박사의 죽음에 대한 책임이 전적으로 한국민 모두에게 있는 것으로 생각하고, 한국을 지극히 멸시하고 있음에 틀림없었다. 사실 이 대목에서는 순범도 할 말이 없었다. 미현의 말은 어떻게 생각하면 정확한 것이었다.

"거기에 대해서는 나도 미현 씨와 마찬가지로 답답하게 생각하고 있습니다. 그래서 온갖 어려움을 무릅쓰고 이렇게 박사님의 죽음을 파헤치고 있는 것이 아닙니까?"

"기자 한 사람이 파헤친다고 본질적으로 달라지는 것이 있겠어요?"

이렇게 얘기하면서도 미현은 순범의 노력이 전혀 무의미하지는 않다는 듯 가볍게 고개를 끄덕였다. 순범이 다시 뭐라고 말을 하려 하자, 미현은 손을 가로저어 제지했다.

"오늘은 강의가 있어 안 되고 내일 아침에 저의 아파트로 오세요. 제가 아버지의 유품들을 보여드리죠. 아마 도움이 될 거예요."

미현은 메모지를 꺼내 약도를 그려주고는 가벼운 인사와 함께 일어나 나가버렸다. 그녀의 뒷모습을 보며 순범은 뭐가 뭔지 몰라 어리둥절했다. 말하지 말라고 다그칠 때는 언제고, 유품을 보여줄 테니 집으로 오라는 것은 또 뭔가? 종잡을 수 없었지만, 한 가지 안도할 수 있는 것은 틀림없는 이 박사의 딸을 만났다는 것이었다.

순범은 호텔로 돌아와 편한 옷으로 갈아입고는 다시 밖으로 나왔다. 맥주라도 한잔 마시면서 미현이라는 여자와 그녀가 한 말에 대해 생각해봐야 할 것 같았다.

지하철을 타고 수족관 역에 내려서는 바다가 바라보이는 식당의 야외 의자에 자리를 잡고 맥주를 주문했다. 대서양의 파도가 먼 길을 여행해 와서는 눈앞에서 부서지는 것을 보며, 순범은 인간이란 참 신기한 존재라고 생각했다.

미현이라는 여자. 어린 나이에 이미 하버드의대의 교수가 되어 있을 만큼 천재적인 여자. 매우 이지적인 얼굴이었지만 성격은 도저히 종잡을 수 없을 정도로 변화막측하다. 그녀는 자기 아버지의 죽음에 대해 애써 초연한 듯한 태도를 취했지만, 사실은 매우 억울하게 생각하고 있고 그 원망을 한국민 모두에게 돌리고 있었다. 그럼에도 불구하고 그녀는 순범에게 이 박사의 유품을 보여주겠다고 했다. 또 그녀가 이 박사를 죽인 것은 한국과 미국의 정부라고 한 것은 무슨 의미일까? 이 박사가 핵개발에 성공했을 거라고 하는 그녀의 말은 믿을 수가 있을까? 그녀는 대단한 자신감을 보이고 있었지만 순범은 어떻게 받아들여야 할지 알 수 없었다.

다음 날 아침 순범이 서둘러 아침을 먹고 미현의 아파트 초인종을 누르자 미현은 의외로 상쾌한 목소리로 문을 열어주었다.

"거실에서 잠시 기다리세요. 옷 좀 입고 나올게요."

여느 여자와 다름없이 세수를 안 한 얼굴로 순범을 마주하는 것이 부끄러운 듯, 문만 열어주고는 바로 방으로 들어가버리는 미현의 뒷모습을 보며 순범은 다시 한 번 어리둥절할 수밖에 없었다. 어제와 오늘의 그녀는 완전히 다른 사람 같았다.

미현이 나올 때까지 소파에 앉아 있는 순범이 할 일이라곤 고개를 두리번거리며 집 안을 구경하는 것밖에는 없었다. 미현 본인이 그린 듯한 것으로 짐작되는 유화 몇 점이 벽에 걸려 있었고, 그 옆으로는 어릴 때 모습이 담긴 사진이 한 장 걸려 있었다. 그 옆의 것은 가족사진인 듯했는데 미현이 이 박사로 생각되는 안경 쓴 사십대 남자의 어깨에 팔을 두르고 있었고, 그 옆으로 이 박사의 어머니인 듯한 할머니가 미현의 한쪽 손을 잡고 있었다.

이 사람이 바로 이 박사구나 하는 생각이 들어 순범은 사진을 자세히 뜯어봤다. 첫눈에도 몹시 머리가 좋고 성품이 온화할 것으로 보이는 이 박사는 입가에 잔잔한 미소를 띠고 있었다. 불시에 아버지를 잃은 미현이 13년간 이 사진을 보면서 얼마나 슬퍼했을까 생각하니 순범은 자신의 일인 것처럼 가슴이 저려왔다.

흔히 혼자 사는 여자의 집이 수많은 액세서리 등으로 장식되어 있는 것과는 달리, 미현의 거실은 그림들과 사진 외에는 한구석에 피아노만 한 대 덩그러니 놓여 있어 어딘지 모르게 쓸쓸한 느낌마저도 들었다. 피아노 위에는 베를리오즈와 라흐마니노프의 악보가 놓여 있는 것으로 봐서 미현의 연주 실력이 상당할 것으로 생각되었다.

"나가시죠."

외출복을 입고 나오는 미현의 모습을 보며 순범은 의아하게 생각했다. 미현이 이 박사의 유품을 보여주겠다고 한 곳은 여기가 아니란 말인가?

"어딜……."

"아버지의 유품은 여기에 없어요."

미현은 주차장에 가서 차를 가져왔다. 순범을 옆에 태우고 시내를 빠져나가더니 곧 고속도로에 들어섰다. 속도를 올려 약 한 시간쯤 달린 차는 인터체인지로 진입했다. 순범이 안내판을 보니 '콩코드'라고 씌어 있었다.

"여기가 바로 그 헨리 소로가 살던 콩코드입니까?"

"그래요. 여기서 조금 더 올라가면 소로가 살던 월든이라는 숲이 있어요. 팔자 좋은 사람이었죠."

"초인 아닙니까?"

"삶의 선택 문제죠. 아마 권 기자님도 여기서 혼자 살면 음유시인이 될 거예요. 하루 종일 할 일도 없는데 글줄이나 꿰는 것밖에 달리 무얼 하겠어요?"

"그럼 이 부근에 에머슨이 살던 목사관도 있겠군요?"

"문학적 소양이 상당하신 모양이군요."

자동차는 깊은 숲 사이로 난 길을 따라 한참이나 들어

갔다. 원래 자동차의 통행이 별로 없는지 맑은 공기와 지저귀는 새소리가 그지없이 상쾌했다.

조금 옅은 숲으로 자동차가 나아가자 제법 큰 호수가 눈에 들어왔다. 호수는 푸른빛을 머금은 채 불어오는 바람에 잔잔하게 일렁거리고 있었고, 끝없이 뻗은 삼림은 태고와 같은 장엄한 자태를 느끼게 해주었다.

호수를 지나치자 마을이 보였다. 잠시 후, 자동차는 어느 아담한 집 앞에 멎었다. 이런 마을이라면 왠지 도시에서 살아가는 사람들과는 좀 다른 순박한 사람들이 모여 살 것 같았다. 감정에 치우치거나 욕심에 물들지 않은 사람들이 끝없이 넓은 숲과 호수를 배경으로, 자연의 생명력을 듬뿍 받으며 마치 바람처럼 살아갈 것만 같았다. 도시의 복잡하고 분주한 생활을 잊어버리고 그저 자연의 모습을 있는 그대로 받아들이면서 살아가는 사람들. 순범은 숲 속에 자리 잡은 작은 마을의 매력이 너무나 강렬하게 자신을 사로잡는 걸 느꼈다.

미현이 자동차에서 내리는 걸 본 사람들이 손을 흔들며 반갑게 인사를 했다. 미현도 오랜만에 마을 사람들을 보는지 함박웃음을 머금으며 인사를 나누었다. 사람들은 순범에게도 인사를 보내왔고, 순범 역시 가볍게 답례했다.

"제인, 한 번도 이런 일이 없더니 오늘은 남자와 같이 온 것을 보니 애인이라도 되는 모양이구나."

예순이 약간 넘어 보이는 마음씨 좋게 생긴 노인의 정

겨운 목소리가 들려왔다.

"좋도록 생각하세요."

미현은 가볍게 받아넘겼지만 이상하게도 순범은 얼굴이 붉어지는 것 같아 시선을 멀리 숲 위의 하늘로 돌렸다. 푸르고 맑은 가을 하늘이 시야에 가득히 들어왔다.

미현이 핸드백에서 열쇠를 꺼내 현관문을 여는 사이 순범은 집을 살펴봤다. 담쟁이덩굴이 뒷담을 감고 있는 아늑한 집이었다. 미현을 따라 집 안으로 들어서니, 그동안 아무도 살지 않았던 듯 두꺼운 먼지가 쌓여 있었다.

"예전에 살던 집이에요. 지금은 아버지의 유품만을 두고 있죠."

미현은 전날과는 달리 친절하게 순범을 대했다. 어쩌면 전날 자신을 대하던 미현의 태도는 다분히 의도적인 것이지 않았나 하는 생각이 들었다.

"사실 어제는……."

"좀 놀라셨죠? 미안해요. 하지만 저는 먼저 확인을 해야 했어요."

"무슨 확인을 해야 했나요?"

"어떤 사람인가를 알아야 했거든요."

"그래서 알아냈나요?"

"네."

순범은 다시 놀랐다. 어제 연구실에서 이 여자가 한 말이라고는 아버지가 잘 있느냐고 물어본 것밖에 없었다. 자신에 대해서는 거의 물어보지도 않고 어떻게 자신이 어떤 사람인지를 알았다는 말인가?

"저는 어떤 사람이었나요?"

"그렇게 놀리지 마세요. 저의 한국 이름을 알고 아버지와 관련해서 저를 찾아올 사람이라면 상당히 깊이까지 아버지를 아는 사람이라고 생각할 수 있겠죠. 그런 사람이라면 둘 중의 하나가 아니겠어요? 제 아버지의 적이거나 아니면 동지겠죠. 동지라는 말이 좀 이상하긴 하지만 저는 그것만을 확인했을 뿐이에요."

미현의 얘기를 듣고서도 순범은 뭐가 뭔지 이해하기가 힘들었다. 아마 죽은 사람의 안부를 산 사람처럼 물어서 그 반응을 보고 심리를 파악한 것이겠거니 하고 생각했다. 어쨌든 미현이 순범에 대해 믿음을 갖고 있는 것은 틀림없었다.

"이렇게 수고를 끼쳐서 미안합니다."

"그렇게 생각할 필요 없어요. 이것은 제가 원해서 하는 일이니까요."

미현은 순범에게 소파를 권하며 자신은 옆의 의자에 앉았다.

"오늘은 뭐 좀 물어봐도 됩니까?"

순범이 아직도 약간 주눅 든 표정으로 묻자 미현은 생각 밖으로 시원하게 대답했다.

"네, 뭐든지 물어보세요. 어차피 아버지가 선택하신 길, 제가 간섭할 것은 아니니까요."

"그러면 차근차근 물어볼 테니까 화내지 말고 대답해

주세요."

이 말을 듣고 미현은 깔깔대며 웃었다.

"보통 사람 식으로 물어볼 테니까 보통 사람 식으로 대답해주세요. 이제까지처럼 천재 식으로 대답하면 들어도 무슨 말인지 몰라요."

이 말을 들은 미현은 다시 한번 깔깔 웃었다.

"이 박사께서 한국으로 가실 때 미현 씨는 몇 살이었어요?"

"열네 살이었어요."

"한국으로 가시면서 무슨 말씀이 없으셨나요?"

"아무 말씀도 않고 떠나셨어요."

"그럼 한국으로 가신 줄도 모르고 계셨겠군요?"

"한국에 가신 줄은 몰랐죠."

"먼 길을 떠나시면서 왜 아무 말도 안 하고 가셨을까요? 미현 씨 말고 다른 가족은 누가 있었습니까?"

"할머니가 계셨죠."

"어머니는?"

"어머니는 제가 어렸을 적에 돌아가셨어요."

"할머니에게도 말없이 가셨을까요?"

"할머니도 처음에는 모르셨다고 해요. 며칠 후에야 편지를 하셔서는 한국에 계시다고 연락하셨어요."

"그랬다가 갑작스럽게 교통사고로 돌아가셨단 말씀을 듣고는 무척이나 놀라셨겠군요?"

"아버지가 떠나시고 일 년쯤 지나서일 거예요. 평소

에도 건강한 편이 아니셔서 할머니는 자주 앓아 누우셨는데, 그때도 몹시 편찮으셔서 자리에 누워 계셨던 걸로 기억돼요. 어느 날 한국에서 편지가 왔는데, 자리에 누워 계시던 할머니께서 그 편지를 보시고는 대성통곡을 하시더군요."

"그때까지도 미현 씨는 아버님이 돌아가신 줄 몰랐군요?"

"예. 할머니는 며칠 밤낮을 식음도 전폐하고 울기만 하시더군요. 울다가는 쓰러질 듯 비틀거리면서 일어나 저를 어루만지며 다시 하염없이 우시는 거예요. 제가 따라 울면서 왜 우시냐고 물으면 할머니는 대답은 하지 않고 더욱 서럽게 울기만 하셨어요. 어떤 사람이 한국에서 왔다면서 우리를 찾아온 건 편지가 온 지 일주일쯤 지난 다음이었어요."

"한국에서 누가 찾아왔습니까?"

"신사복을 입은 중년 남자였어요. 평소 아버지가 쓰시던 물건이라며 작은 가방을 하나 가지고 왔어요. 그때 할머니는 탈진 상태로 눈물조차 흘릴 기력도 없이 자리에 누워 계셨어요. 그 사람은 아침에 찾아와서 하루 종일 할머니와 뭔가를 상의하고는 저녁때쯤 떠났어요. 그다음 날 할머니는 변호사를 불러 오랜 시간 함께 의논을 하시더니 조금은 기력을 찾으시더군요."

"한국에서 온 사람이 무슨 얘기를 한 모양이죠?"

"그건 확실히 모르겠어요. 할머니께서는 변호사가 돌

아간 다음, 변호사가 가정부를 주선해서 저를 돌봐줄 것이라며 한국에 다녀오겠다고 하시더군요."

"그래서 다녀오셨습니까?"

"아뇨. 그러다가 갑자기 감정이 북받쳐서 저를 껴안으며 아이고 이 불쌍한 것아 하시며 쓰러지신 거예요. 그러고는 한동안 병원에서 지내셔야 했죠. 고생하시다가 병원에서 2년 만에 돌아가셨어요."

미현은 얘기를 하면서도 별로 슬픈 기색을 보이지는 않았다. 오히려 듣고 있는 순범의 목이 메어왔다. 이용후는 왜 한마디 말도 없이 한국으로 가야만 했으며, 무슨 이유로 노모와 어린 자식을 남겨두고 죽음을 당해야만 했단 말인가?

"할머니가 돌아가신 후 어떻게 살아왔어요?"

"그것까지 대답해야 하나요?"

"……."

"좋아요. 얘기하죠. 당시 한국에서 찾아온 사람이 할머니에게 한 얘기는 아버지가 국가에 큰일을 하시고 돌아가셨으므로 국립묘지에 매장하였다는 것과, 당장은 미국과의 관계에 문제가 있어 돈을 보낼 수가 없지만 일 년 안에 할머니와 제가 살아가기에 충분한 돈을 보내겠다고 하셨어요. 할머니는 그 말을 믿고 병원에서 그 돈이 오기만을 기다리고 계셨죠. 그러나 그 돈은 일 년이 지나도 올 줄을 몰랐어요. 일 년 반이 되도록 돈이 오지 않자 할머니와 저는 점점 어려워져 결국은 빈민수

당으로 살아야 하는 처지가 됐어요. 아마 할머니는 그 돈을 기다리다가 병환이 더 악화되었을지도 몰라요. 돌아가시기 전날 할머니는 예금통장을 제게 주시더군요. 여기에 있는 돈이 네게 줄 수 있는 모든 것이니 이것을 가지고 잘 살아야 한다고 말씀하시고는, 더 이상 나오지도 않는 눈물을 손등으로 닦으면서 운명하셨어요. 나중에 보니 그 통장의 돈을 썼으면 할머니는 병이 나을 수도 있었는데 돈을 다 써버릴까 봐 겁이 나서 당신의 병 치료에는 한 푼도 쓰지 않으셨더군요. 저는 이를 악물었어요. 한국이라는 나라, 나의 아버지를 그렇게 비열하게 뺏어간 나라, 할머니마저도 죽는 순간까지 속인 나라, 이 나라를 증오하며 살겠다고 맹세했어요."

순범은 도저히 미현의 앞에 바로 앉아 있을 수가 없었다. 눈시울이 붉어지고 목이 메어왔지만 슬픔을 참고 있을 미현의 앞에서 묵묵히 듣고 있기만 할 뿐 어떻게 할 수가 없었다.

어떻게 이런 일이 생길 수 있는 것인가? 도대체 어떻게 되었기에 모든 것을 내던지고 나라를 위해 귀국한 사람이 죽어야 하고, 그 유족과의 약속이 이렇게 잔인하게 어겨질 수 있는 것인가?

"이제는 다 용서했어요. 어제 권 기자님이 왔을 때요. 늦었지만 아버지의 죽음을 알기 위해서 한국에서 누군가가 와주었다는 것이 고맙고 반갑더군요. 처음엔 망설였지만 아버지의 뜻을 따라야 한다고 생각했어요."

"그 한국에서 온 사람은 아버지의 죽음에 대해 뭐라고 했습니까?"

"교통사고라고 했다더군요. 처음에는 저도 그냥 그런 줄로만 알고 있었어요. 그러나 그 후 제가 고등학교와 대학교에서 공부를 하게 되면서, 아버지의 능력과 아버지 존재의 정치적 의미를 깨닫고 나서부터는, 아버지는 절대로 교통사고로 돌아가신 것이 아니라는 것을 알게 됐어요. 지구상에서 가장 형편없는 나라라 하더라도 그렇게 중요한 분을 교통사고로 죽게 하지는 않아요. 아버지는 둘 중 하나예요. 미국 정부가 조종한 한국 내의 스파이에 의해 죽임을 당했거나, 미국 정부의 압력에 굴복한 한국 정부가 죽였거나예요. 어떤 경우이든지 미국 정부가 배후에 있고 한국 정부가 앞에 있어요. 한국 정부에서 죽이지 않았다고 하더라도 아버지를 보호하지 못한 책임은 어쩔 수 없어요."

'그래서 양국 정부라고 했었구나.'

역시 미현도 그렇게 생각하고 있었다. 청와대를 꼼짝 못하게 하는 힘. 그것은 바로 미국만이 가질 수 있는 것이었다. 이제까지 순범과 개코가 해왔던 모든 추리는 그 나름대로 정연한 논리를 갖추고서도 결국은 그 결론이 너무 허황되어 모두 터무니없는 것으로 여겨졌지만, 미국을 배후에 놓게 되면 모든 것이 정확하게 맞아떨어진다. 미현의 말을 듣고 생각해보니, 박정희 대통령을 누를 수 있는 힘이 존재하지 않고는 한국에서 박 대통령이 그토록 아끼던 이 박사가 죽임을 당할 리는 없었다.

"혹시 그 한국에서 왔던 사람의 이름이나 신분 같은 것을 들었던 적은 없습니까? 할머니가 말씀하셨던 적도 없었나요?"

"할머니는 그 사람을 아는 것 같았어요. 그 사람이 찾아와 할머니에게 큰절을 했고, 그때 할머니가, 이 사람아 자네가 데려갔으면 자네가 데려와야 할 것 아닌가 하시던 게 기억나거든요."

'정건수구나.'

순범의 뇌리에 정건수의 이름 석 자가 떠올랐다. 윤미는 이 박사를 데려온 사람이 과학기술처 장관 정건수라고 했었다. 이치로 봐도 박 대통령이 정건수를 보내 이 박사의 어머니를 위로하려 했을 것임에 틀림없었다. 대상을 찾지 못해 가슴속에서만 맴돌던 분노가 한꺼번에 그에게로 집중됐다. 그가 한사코 인터뷰를 거절하던 이유를 이제야 알 것 같았다.

"이제 얘기는 다 한 것 같으니까 서재를 찾아보세요. 제 생각에는 뭔가 도움이 될 만한 게 있을 것 같군요. 저는 목사님께 잠깐 다녀올게요."

천재의 운명

미현은 순범을 혼자 남겨두고 밖으로 나갔다. 순범은 경건한 마음으로 서재의 문을 열고 들어섰다. 모든 것을 버리고 나라를 위한 일념으로 귀국한 이용후 박사에 대한 존경심과 억누르기 힘든 비분한 감정이 문을 여는 순간 순범의 가슴에 소용돌이쳤다.

서재는 먼지에 덮여 있긴 했지만 깔끔하게 정리가 되어 있었다. 구형 컴퓨터가 놓여 있는 꽤 크다 싶은 책상과 이용후 박사 부부와 할머니, 서너 살짜리 미현이 함께 찍은 빛바랜 가족사진이 과거의 행복을 되새기듯 책상을 지키고 있었다.

미현의 꼼꼼한 성품을 그대로 보여주듯 빈틈없이 정리된 서재에서 눈길을 끄는 것은 석사와 박사 학위증을 비롯하여 여러 곳에서 받은 상패와 공로패들이었다. 학위증에서부터 30~40개에 이르는 기념패들을 훑어가던 순범의 눈길을 붙들어맨 것은, 박정희 대통령이 추서한 국민훈장 동백장의 훈장증이었다. 최규하 국무총리와 심홍선 총무처 장관이 부서한 훈장증을 바라보는 순범의 심경은 말로 표현하기 힘든 벅찬 느낌으로 차올랐다. 그렇다. 이용후라는 사람이 어떤 이유로 살해되었는진 모르지만 국가를 위해 기여한 공로가 없는 바에야 무슨 명목으로 국민훈장을 받을 수가 있고 국립묘지에 묻힐 수 있단 말인가?

전공서적으로 보이는 책들은 문외한인 순범으로서는 제목을 보고도 무슨 내용인지 도무지 알 수가 없었다. 그렇지만 서가의 한 칸을 차지하고 있는 낯익은 활자의 책 몇 권이, 이용후의 면모를 말해주듯 당당하게 꽂혀 있었다. 한국의 역사와 전통, 문학에 관련된 책들이었다. 이용후의 모국에 대한 동경은, 발간된 지가 오래되어 누렇게 변색되긴 했지만 한글로 된 몇 권의 책에서도 확인되는 셈이었다.

서가에서 뽑아본 한국의 역사에 관한 개론서는 순범에게도 아주 낯익은 책이어서 쉽게 손길이 닿았는데, 꼼꼼하게 밑줄이 쳐진 역사책을 미국의 한 작은 도시의 서재에서 발견한 느낌은 남달랐다.

서류 상자의 서랍을 맨 위의 것부터 하나하나 살폈다. 서랍 두 개에는 차곡차곡 편지가 쌓여 있었다.

편지는 대부분이 학술회의에 초대하는 초대장이었고, 이용후 박사가 어머니를 미국으로 모시기 전에 한국에 계신 어머니에게 보낸 편지와, 동료 학자들과 학문에 관한 의견을 교환한 내용의 편지도 있었다.

두 번째 서랍에서 편지를 꺼내 살펴보는 중에 유독 고급스러운 봉투가 눈에 띄었다. 봉투에는 눈에 익은 쌍봉황의 무늬가 아로새겨져 있었다. 순범은 갑자기 숨이 멎을 듯이 긴장되었다. 다른 봉투 속에 넣어서 보내온 듯 봉투의 긴 모서리가 일정한 폭으로 접혀 있었고, 우표나 소인도 없는 그 봉투에는 뚜렷한 붓글씨의 한문으로, 대통령 박정희라고 쓰여 있었다.

李博士 惠覽(이박사 혜람)

편지는 이렇게 한문으로 시작되고 있었다. 편지에 쓰인 글씨가 박정희 대통령의 친필인지 어떤지는 알 수가 없었지만, 읽어내려가다 보니 지극한 정성을 담고 있다는 걸 알 수가 있었다.

이 박사님, 안녕하십니까? 박사님을 뵌 지 벌써 4년이나 되었습니다. 그동안 박사님의 소식은 이곳에서도 자주 듣고 있었습니다. 그리고 박사님께서 본인이 선포한 유신에 반대한 것 때문에 저대로 많은 고민도 했습니다.

본인은 언제까지 대통령직에 있지는 않을 것입니다. 이제 본인이 대통령직을 그만두느냐 계속하느냐 하는 것은 모든 것이 국방에 달렸다고 사료됩니다. 지금 나라는 어지럽고, 국방은 허술하고, 언제 공산화가 될지도 모르는 상황에서 대통령직을 내놓을 수도 없게 되었습니다.

이 박사님도 아시다시피 우리 정부와 한마디의 상의도 없이 이미 미군 철수가 시작되었습니다. 미사일 부대는 이미 철수를 끝낸 단계이고, 지상군 1만 7천 명이 철수를 시작했습니다. 이것은 월남에서와 같이 한국이 공산화되어도 좋다는 전제의 신호이기도 합니다. 이제 얼마 후면 한국에 남아 있는 핵도 철수할 것입니다. 이 것은 시간문제입니다.

본인도 미국 정부 측에 몇 번 자제를 호소하고 부탁도 해보았지만, 더 이상 구걸하는 것도 추한 꼴이 되었습니다. 이제 더 이상 초라한 모습을 보이기도 무엇하지만, 그래도 애원해서 들어줄 희망이라도 보인다면 본인은 어떠한 일이라도 할 각오입니다. 그러나 이 박사님도 아시다시피 본인이나 한국 정부가 요구해서 들어줄 단계도 이미 지났습니다. 가능성도 없는 구걸 행각으로 국가의 이미지만 손상을 보는 추한 모습을 또 보이고 싶지는 않습니다.

언제인가는 이런 때가 오리라는 생각으로, 박사님도 아시다시피 저는 독자적으로 유도탄 개발과 핵무기 개발을 추진하고 있었습니다. 재미 과학자들을 초청한 것이나 귀국시킨 것도 이런 저의 뜻의 일부입니다. 이 박사님을 초대하거나 모시지 못한 것은, 박사님을 초대하는 것이 미국에 선전포고를 하는 결과나 마찬가지라는 중론 때문이었습니다. 본인은 사실 박사님의 능력을 추앙하고 박사님이 한국 사람이라는 사실에 무한한 자부심과 긍지를 가지고 있습니다.

그러나 지금 조국은 위태로워졌고 사정은 급박해졌습니다. 이미 카터와의 싸움은 시작되었고, 우리는 여기서 비굴하지 않고도 승리해야 할 입장이 되었습니다. 그 사람은 비굴한 기운만 보이면 깔고 뭉개는 묘한 도덕정치를 하는 사람이라고 합니다.

이제는 의존하던 시대에 종말을 고할 때라고 사료됩니다. 우리 자체가 독자적으로 미사일 개발, 핵무기 개발, 인공위성 개발까지 해서 감히 누구도 우리를 넘볼 수 없도록 해야겠습니다. 다시는 6·25의 쓰라린 경험 같은 것은 맛보지 않게, 우리 백성들이 전쟁으로 살상되는 비극이 다시는 없도록 이 박사님께서 도와주셔야 겠습니다.

이 박사님, 조국을 건져주십시오. 1974년엔가 박사님을 처음 뵈었을 때 저는 '이 박사님을 보호하기 위하여는 60만 대군이라도 동원하겠다'라고 했었습니다. 이것은 지금도 진심입니다. 우리 민족이 사느냐 죽느냐 하는 문제는 지금 이 박사님의 마음에 달려 있습니다.

그동안 재미 물리학자들의 협력을 얻어 미사일 개발부터 서둘렀고 또 시험도 해보았지만 하나같이 성공하지 못했습니다. 지금은 이 박사님의 힘이 필요한 때입니다.

박사님이 처한 위치가 어떠한지도 저는 잘 알고 있습니다. 그러나 박사님께서도 조국이 공산화되는 것을 눈뜨고 보고만 계시지는 아니할 것입니다.

이 박사님께서 조국을 위해 한번 일어서주십시오. 조국의 운명이 풍전등화 같은 상황 앞에서, 언제 어떻게 될지 모르는 절대위기의 상황에서 감히 이렇게 박사님께 애원합니다.

박사님의 건강과 가운이 길이 빛나기를 엎드려 비옵니다.

1977년 3월 18일

大韓民國 大統領 朴正熙 拜上

대통령의 편지 속에는 편지를 받은 날짜로 짐작되는 1977년 3월 20일에 기록한 이용후 박사의 일기가 동봉되어 있었다.

박정희 대통령께서 나에게 편지를 보내왔다. 조국이 나를 필요로 한다는 절박한 내용이었다.

내가 핵을 공부하고 연구한 것은 처음에는 적성에 맞기 때문이었다. 그다음 나의 목적은 핵연료를 이용한 인류의 구원이었다. 핵에너지를 이용한 자원의 개발, 자원의 새로운 창조는 무한히 열려 있다. 나는 지금까지 여기에 내 생애를 바쳤다. 또 앞으로도 그러고 싶다. 그러나 조국이 공산화되거나 전쟁의 소용돌이 속에 처할 위험에 있다고 가정하자. 아니, 지금 조국이 6·25 전쟁이나 그보다 더한 비극의 문턱에 있다고 판단되었을 때, 내가 조국을 위해 할 수 있는 일은 무엇일까? 미국은 월남에서 손을 떼었고, 또 한국에서도 손을 떼고 있다. 명백한 사실은 조국이 위험한 처지에 있다는 사실이다. 미군 철수…… 조국의 공산화…… 이런 것을 보면서 핵을 이용한 자원 개발에만 목적을 두었던 나의 신념이 흔들린다면…… 그것은 잘못된 판단일까? 조국을 지키기 위해, 조국에게 내가 할 수 있는 핵개발의 원리를 제공한다면……. 그것이 조국을 지키게 하는 힘이 된다면……. 비록 박 대통령이 유신을 철폐하지 않을 경우라도 나를 낳고 나를 길러준 조국의 현실을 내가 배반할 수는 없는 것이 아닌가? 그것이 나를 죽음으로 몰아넣을지도 모르지만……. 죽는다……. 내가 죽음으로 조국을 살릴 수 있다……. 정말 그렇게 해야 하는 걸까? 내가 죽어 조국이 조국으로 남고, 내가 사랑하는 어머니와 형제, 친구들을 구할 수 있다면……. 나는 그 길을 택해야 되는 것일까?

살신성인(殺身成仁)…… 견위치명(見危致命)…… 진인사대천명(盡人事待天命)…… 나의 운명…… 나의 어머니, 아이, 그리고 형제들……. 하늘이여…… 무엇이 참다운 삶이고 내가 지금 어떤 행동을 해야 하는가를 안내해주소서…….

(위의 내용은 도서출판 뿌리에서 펴낸 공석하 편저,《핵물리학자 이휘소》에서 인용한 것임을 밝힙니다.)

순범은 편지와 일기를 읽고 있는 동안 팽팽한 긴장감으로 이마에 땀방울이 맺히는 걸 느꼈다. 다 읽고 나자 눈가에 눈물이 핑 돌았다.

'아, 이런 일이 있었구나. 박 대통령은 이 박사를 이렇게 불렀구나. 이 박사는 고립무원의 박 대통령에게 마치 구세주 같은 사람이었구나. 이런 정도라면 박 대통령이 이 박사를 죽였을 리는 없는 것이다. 이 박사는 정부 내에 있는 미국의 하수인들에게 죽음을 당한 것이 틀림없다. 그렇다면 박 대통령의 죽음도 어쩌면 이 박사의 죽음과 같은 고리에 있는 것이 아닐까?'

편지를 덮고 나서도 순범은 한동안 벅차 오르는 감동을 진정시킬 수 없었다. 순범이 이 박사와 박 대통령 두 사람에 관한 상념에 젖어 있는데, 마침 미현이 들어왔다.

"미현 씨, 이것을 내가 가져가면 안 될까요?"

"필요하시다면 가져가셔도 좋겠지만, 아버지의 유품이니까 저도 간직했으면 하는데요."

"그렇다면 미현 씨를 한국으로 초청할 때 돌려드리기로 하고, 그때까지만 빌려가는 걸로 하면 어떨까요?"

"저를 한국으로 초대해요?"

"아까 미현 씨의 얘기를 들을 때에 한국으로 초대해서 우리 국민들의 고마움을 전하고 싶었습니다."

"저에게 보상하겠다는 생각은 하지 마세요. 세상에는 아무도 모르게 나라를 위해 희생한 사람이 많을 겁니다. 저는 권 기자님이 찾아와준 것만으로 만족하니까 됐어요."

"미현 씨는 한국에 가보고 싶지 않으세요?"

"이제까지는 생각도 해보지 않았지만, 앞으로는 가보

고 싶을 것 같기도 해요."

"제게 미인을 모실 수 있는 영광을 주십시오."

미현은 대답 없이 살짝 웃기만 했다. 그 모습이 매력적이라고 생각하면서 순범은 편지를 양복 안주머니에 집어넣었다.

실로 대단한 수확이었다. 허탕 치고 그냥 돌아갈 수밖에 없었던 상황에서 순범은 기대하지도 않았던 큰 소득을 얻게 된 거였다. 그러나 무엇보다도 영원히 조국을 원망하면서 살 뻔했던 미현에게, 한국이 그들을 잊고 있지만은 않다는 것을 보여준 것이 기뻤다.

"목사님을 보고 가시겠어요?"

"목사님이라뇨?"

"아버지의 일을 알아보시는 데 도움이 될지 몰라요. 젊어서부터 아버지가 존경하던 목사님이거든요."

말을 마친 미현은 순범을 안내하며 밖으로 나갔다. 마을 한쪽으로 나 있는 숲길을 조금 걸어 들어가니, 작고 평화로워 보이는 교회당이 하나 있었다. 순범은 이렇게 평화스러운 시골의 교회당을 지키고 있는 목사의 인품은 어떨까 궁금했다. 과연 미현이 소개하는 브라운 목사는 온몸에서 따스한 분위기를 풍기는 듯한 인자한 모습이었다. 특히 브라운 목사의 눈빛은 맑고 깨끗했다.

브라운 목사는, 순범이 이 박사의 죽음에 얽힌 미스터리를 캐기 위해 한국에서 왔다는 미현의 말을 듣고는 매우 반가워하며 순범을 맞았다.

"1977년 5월 18일로 기억됩니다만, 그날 밤 매우 늦은 시간에 이 박사가 목사관으로 나를 찾아왔습니다. 아주 오랜만에 만났기 때문에 나는 반갑기 짝이 없었지요. 위인들이 늘 그렇듯이 조용하면서도 극기적이었던 이 박사는 사실 나의 스승이기도 했지요. 나는 그의 모습을 보면서 신의 길 못지않게 인간의 길에 대해서도 생각하곤 했었어요. 그런데 그날 밤 이 박사의 모습은 평소와 너무도 달랐습니다. 나는 먼저 인사로 노벨상 수상식이 언제냐고 물었지요. 그해의 노벨물리학상을 이 박사가 수상하는 것이 거의 확실시된다고, 우리 교회에 나오던 윌슨 박사나 양진녕 박사가 얘기하던 것이 생각났기 때문입니다. 그러나 이 박사는 처연하게 한 번 웃더니 노벨상은 타지 못할 것 같다고 하더군요. 말하는 모습이 너무 이상해서 나는 자세히 그의 얼굴을 들여다봤습니다. 얼굴이 매우 야위어 있는 데다 초조한 기색이 역력하더군요. 평소에는 그의 이러한 모습을 상상도 할 수 없었기에 나는 직감적으로 이 박사에게 무슨 대단한 일이 있구나 하고 느꼈습니다. 물론 그것은 노벨상의 수상 여부 같은 것하고는 아무런 상관도 없다는 것을 나는 너무도 잘 알고 있었습니다. 세상에 어떤 일이 이 박사를 이토록 다른 사람으로 보이게 할 수 있을까 생각하고 있는데, 이 박사가 나의 손을 잡으며 부탁하더군요."

― 목사님, 기도를 드려주실 수 있습니까?

― 물론입니다. 그런데 대체 무슨 일입니까?

― 내일 조국으로 돌아갑니다. 이제 가면 돌아오지 못할 것 같은 기분이 자꾸 드는군요. 어머니와 미현이를 생각하면 떠날 수 없지만, 조국의 현실이 저를 여기에 그대로 있을 수 없게 합니다. 이제 가면 무슨 일을 할지 모르지만, 언제나 하나님과 함께할 것입니다.

― 어머니께는 말씀을 드렸나요?

― 아닙니다. 말씀드리지 않았습니다. 만약에 제가 한국에서 돌아오지 못하는 일이 생기더라도, 미현이에게는 아무 말씀도 하지 말아주십시오. 그리고 그 애가 목사님을 찾아올 때까지는 무슨 일이 있더라도 그 애를 찾지 말아주십시오.

"나는 이 박사의 부탁이 대단히 이상하다고 생각했지만 이유를 물어보지는 않았습니다. 세상은 하나님께서 모든 것을 인도하시기 때문에, 인간이 할 수 있는 일이란 것은 그렇게 많지 않지요. 설사 인간이 아주 잘하는 것처럼 보이는 일도, 하나님의 눈으로 보면 가련하기 짝이 없는 경우가 많은 법이구요. 나는 이 박사를 위해 진심으로 기도했습니다. 이미 그가 동포를 위해 모든 것을 포기하기로 한 의지를 읽을 수 있었기 때문에, 나는 오직 하나님께서 그와 그의 동포를 보살펴주시기만을 기도했습니다. 처음 기도를 시작할 때 이 박사는 한없이 흐느끼더군요. 미현이를 부르고, 어머니를 부르고, 마주 잡은 두 손이 한없이 떨리더니 차츰 평정을 회복해갔습니다. 그 밤을 우리는 그렇게 하얗게 지새웠습니다. 새벽이 되어 이 박사와 나는 한 번 굳게 껴안고는 헤어졌습니다. 그것이 마지막이었습니다."

말을 마친 브라운 목사의 눈은 충혈되어 있었다. 미현도 애써 눈물을 참고 있는 듯했다. 순범은 목사에게 작별인사를 하고는 먼저 밖으로 나왔다.

한참 후에 나온 미현은 언제나처럼 불필요한 표정은 생략한 채 담담한 모습으로 자동차의 시동을 걸었다.

"이제 어디로 가시죠?"

"뉴욕으로 갑니다. 그러고는 바로 한국으로 돌아갈 것입니다."

"곧바로 공항으로 나가실 건가요?"

"아니, 호텔에 들러 옷가방을 가져가야 합니다."

"어느 호텔이죠?"

"체리 블로섬 호텔입니다."

"그러면 우선 호텔로 가시죠."

돌아오는 숲길의 한편에 있는 식당에서 두 사람은 점심을 먹었다. 비록 시골의 식당이었으나 정통 스테이크 하우스 같았다. 주문을 받는 아가씨의 말이 하도 빨라서 순범이 잘 알아듣지 못하자 미현이 웃으며 옆에서 거들어주었다. 일이 잘되어 식욕이 동한 순범은 큰 스테이크를 시키고 맥주도 한 잔 주문했다. 미현은 역시 샐러드와 싱가포르 슬링 한 잔을 시켰다.

"아버지와 같이 이런 시골의 식당을 찾아 그 집만의 별미를 맛보곤 하던 게 생각나는군요."

"자상한 분이었나 보군요?"

"네."

종업원이 쟁반을 날라오는 바람에 중단되었던 대화는 두 사람이 식사를 시작하면서 다시 이어졌다.

"혼자 지내는 생활이 편한가 보죠?"

"자유롭죠. 쓸데없는 신경을 안 써도 되니까요."

"정말 자유롭죠. 그런데 저는 가끔 적적하기도 하던데요."

"권 기자님도 혼자 지내세요?"

"네, 한국에서는 노총각이라고 하죠."

"왜 결혼을 안 하셨어요?"

"글쎄, 어쩌다 보니……."

"마음에 드는 사람이 없었나 보죠?"

"그렇다면 그렇기도 하지만 별로 관심도 없었어요."

이렇게 시작된 대화는 시간이 지남에 따라 진지하게 계속되었고, 식당을 나설 즈음엔 순범의 테이블 앞에 빈 맥주병이 서너 개나 쌓여 있었다.

"이제 그만 나갈까요?"

미현은 지갑에서 잔돈을 꺼내 테이블 위에 놓고는 계산서를 뽑아 들고 카운터로 나갔다. 순범이 얼른 뒤따라 일어서며 자신이 계산하겠다고 했으나 미현이 먼저

사인을 해버렸다.

다시 자동차를 타고부터는 식당에서와 달리 아무런 대화도 없었다. 가벼운 이야기로 귀중한 시간을 지워버리는 것이 싫었던 까닭이었다. 순범은 운전만 하고 있는 미현의 옆모습에서 눈을 떼지 않은 채로 미현과 만났던, 하루도 채 안 되는 시간을 곰곰이 생각해보고 있었다.

처음에는 말을 붙이기조차 어려웠던 이 여자에게 지금 순범이 갖게 된 감정은 결코 단순한 것이 아니었다. 그것은 조국을 위해 희생한 이 박사의 딸로서 오랜 세월을 외로이 살아올 수밖에 없었던 한 여자에 대한 연민의 정만은 결코 아니었다. 이제껏 이런 자유분방한 스타일의 여성에게 갖고 있던 거부감은 씻은 듯이 사라졌고, 이제 오히려 순범은 미현의 분방하고 솔직한 성격에 끌리고 있었다. 다시 만날 수 있을까? 자신할 수 없는 일이었다. 이제 곧 헤어져야 할 순간을 맞닥뜨리는 것이 싫었지만, 자동차는 순범의 이런 마음은 아랑곳하지 않고 정확히 체리 블로섬 호텔 앞에 멈추어 섰다.

순범이 가방을 갖고 나오자 다시 그를 실은 미현의 자동차는 수중터널을 지나 공항으로 들어갔다.

자동차를 세운 미현이 순범을 바라보며 말했다.

"드릴 것이 있어요."

미현이 핸드백에서 꺼낸 것은 시계였다. 언뜻 보기에도 묵직해 보이는 게 예물로나 쓰임직한 고급 시계였다.

"아버지가 돌아가시기 한 달 전 스위스에서 사셨다고 하면서 목사님께 보내셨대요. 보관하고 계시다가 제가 한국 사람하고 결혼하면 남편에게 주라고 하셨다더군요."

"이런 귀중한 것을 내가 받을 수는 없습니다."

"아까 가서 찾아왔어요. 아침에 오면서 생각해보니 권 기자님께 드리는 것이 나을 것 같았어요. 저는 어차피 결혼을 하지 않을 건데, 한국에 대한 아버지의 애정을 생각해보면 이렇게 아버지의 일로 고국에서 애써 찾아오신 분에게 드리는 것이 옳을 것 같아요."

"그러나 저는 도저히 이것을……."

"받아주세요."

미현은 순범에게 시계를 건넸다. 자신이 시계를 받는다는 것이 옳지 않다고 생각했지만, 미현의 결정이 단호한 것을 보고 순범은 시계를 받아넣었다.

순범과 미현은 차에서 작별인사를 나누었다.

"꼭 초대하겠습니다. 와주십시오. 그리고 이 시계는 결혼하실 때 되돌려 드리겠습니다."

"와주셔서 고마워요. 무엇보다도 아버지가 좋아하셨을 거예요."

"반드시 이 박사님 살해한 자들을 찾아내고, 우리 국민에게 이 박사님의 조국에 대한 사랑과 희생을 알리겠습니다."

"고마워요. 몸조심하시구요."

이 말을 끝으로 미현은 자동차를 출발시켰다. 순범은 미현의 자동차가 시야에서 사라질 때까지 그 자리에 서 있었다.

다시 보는 조국

　짧은 동안의 미국 방문이었지만 순범에게는 참으로
의미 있는 날들이었다. 앤더슨 정이라는 코스모폴리탄
기자를 만나 시야를 넓힌 것도 그렇지만, 무엇보다도
이용후 박사의 딸 이미현을 만난 것과 박정희 대통령의
편지를 찾아낸 것은 기대 이상의 소득이었다.

　공항까지 바래다주는 임선규 기자의 친절에 진심으
로부터의 감사를 표하고 탑승하여 자리에 앉자, 자신도
모르게 스르르 잠에 빠져들었다. 좁고 불편한 비행기의
좌석에서 몇 시간이나 깨지 않고 잠을 잔다는 것이 여
간 어려운 일이 아님에도, 순범은 그동안의 긴장이 풀
린 탓인지 편안하게 잠을 잘 수 있었다. 눈을 떴을 때
기내에는 영화가 상영되고 있었다. 갑갑한 느낌이 들어
뒤쪽으로 간 순범은 창가리개를 조금 열고 바깥을 내다
보았다.

　구름 한 점 없이 청명한 날씨에 아래에는 하얀 설원이
끝도 없이 넓게 펼쳐져 있었다. 자세히 보니 설원은 대
지 위에 눈이 덮인 것이 아니라 땅 자체가 모두 얼음으
로 되어 있었다. 비행노선으로 봐서는 알래스카 어디쯤
일 것으로 생각되었다. 비행기가 계속 서남쪽으로 진행
함에 따라 큰 덩어리의 얼음들이 해류를 따라 흐르다가

점점 크기가 작아지더니, 종내는 모두 바닷물에 녹아버리는 것 같았다. 지칠 줄도 모르고 내내 창밖만 내다보고 있던 순범은, 이 비행기가 오래전에 격추된 대한항공기와 같은 코스를 가고 있다는 걸 깨닫고는 약간 섬뜩한 기분이 들었다.

그 사건의 전모는 정확히 밝혀지지 않았지만, 어쩌면 조종사의 단순한 실수 이상의 무엇인가가 있지 않을까 하는 생각이 들었다. 일반인은 짐작도 하지 못하는 정보전, 혹은 국제적 음모가 이 사고의 이면에 숨어 있다면 그것은 어떤 것일까 하는 의문이 떠올랐다.

어찌 됐든 현실적으로 나라의 힘이 없으면 개인의 이상이나 인류애도 아무런 힘을 발휘하지 못하는 게 아닌가 생각하니 마음이 답답했다. 과연 인류는 국가라는 테두리를 벗어나 만인평등과 영구적 평화를 실현할 수 있을까.

다시 자리에 돌아온 순범은 의자를 젖히고 잠을 청하려 했지만, 깊은 잠은 오지 않으면서도 몸은 계속 나른하기만 했다. 잠을 청하려 할수록 오히려 정신은 더욱 또렷해졌다. 몇 번이나 몸을 뒤척이던 순범은 결국 벌떡 일어나고야 말았다. 또렷해진 의식을 누그러뜨리기 위해 순범은 스튜어디스에게 위스키를 시켜 두 잔을 거푸 마셨다. 그러나 비행기 여행의 피로라는 것이 평소 한국에서 소주 한두 잔에 금방 회복되던 보통 피로와는 근본적으로 다른 모양이었다. 잠들기 위해 애쓰는 것이 더욱 곤욕스러운 일이라는 것을 깨달은 순범은, 바른 자세로 앉아 이번 여행에서 얻은 사실을 하나하나 정리해 들어가기 시작했다.

이용후. 20세기 후반부에 우뚝 솟은, 한국이 낳은 세계적 핵물리학자. 노벨상의 가장 유력한 후보로 추천되고서도 모든 것을 뿌리치고 미국의 감시를 피해 감연히 귀국했다. 그리고 그는 그리도 반대하던 유신의 장본인인 박 대통령과 손잡고 핵개발에 열중하다가 의문의 교통사고로 사망했다. 천재인 그는 어떤 이유로 한국이 핵을 보유해야 한다고 생각했을까? 그리고 조국과 겨레에 대한 그의 뜨거운 사랑을 우리는 얼마나 알고 있단 말인가?

박정희. 이용후 박사의 귀국을 놓고 그가 보낸 편지에는 제갈공명을 불러오려는 유비의 삼고초려 못지않은 정성이 담겨 있었다. 결코 고개를 숙일 줄 몰랐던 그가 이 박사에게는 거의 사정에 가까운 간절한 부탁을 하고 있는 것은, 그가 진정으로 나라를 위한 일에 자신을 던지고 있음을 보여주는 것이 아닌가?

'이제는 의존하던 시대에 종말을 고할 때라고 사료됩니다. 우리 자체가 독자적으로 미사일 개발, 핵무기 개발, 인공위성 개발까지 해서 감히 누구도 우리를 넘볼 수 없도록 해야겠습니다. 다시는 6·25의 쓰라린 경험 같은 것은 맛보지 않게, 우리 백성들이 전쟁으로 살상되는 비극이 다시는 없도록 이 박사님께서 도와주셔야겠습니다. ……이 박사님께서 조국을 위해 한번 일어서

주십시오. 조국의 운명이 풍전등화 같은 상황 앞에서 언제 어떻게 될지 모르는 절대위기의 상황에서 감히 이렇게 박사님께 애원합니다.'

이에 대한 이 박사의 태도는 또 어땠던가? 이 박사의 일기를 보면 그는 이미 자신의 죽음을 예감하고 있는 듯했다.

'조국을 지키기 위해, 조국에게 내가 할 수 있는 핵개발의 원리를 제공한다면……. 그것이 조국을 지키게 하는 힘이 된다면……. 비록 박 대통령이 유신을 철폐하지 않을 경우라도 나를 낳고 나를 길러준 조국의 현실을 내가 배반할 수는 없는 것이 아닌가? 그것이 나를 죽음으로 몰아넣을지도 모르지만……. 죽는다……. 내가 죽음으로 조국을 살릴 수 있다……. 정말 그렇게 해야 하는 걸까? 내가 죽어 조국이 조국으로 남고, 내가 사랑하는 어머니와 형제, 친구들을 구할 수 있다면……. 나는 그 길을 택해야 되는 것일까? 나의 운명……. 나의 어머니, 아이, 그리고 형제들……. 하늘이여…… 무엇이 참다운 삶이고 내가 지금 어떠한 행동을 해야 하는가를 안내해주소서…….'

죽음을 예감하면서도 귀국하여 오로지 조국과 민족을 위해 일하다 결국은 죽고 만 이 박사……. 순범은 결코 가벼울 수만은 없는 어떤 책임감 같은 것이 자신을 엄습해오자 전율을 느꼈다.

조국을 위해 모든 것을 다 바쳐 헌신하던 세계적 물

리학자가 비명에 갔다. 박성길이 저지르긴 했지만 그는 한갓 하수인일 뿐 대단한 세력이 배후에 있다. 그것이 무엇이든 간에 철저히 밝혀내야 한다. 이제 그 책임은 오로지 자신에게 있는 것이었다. 순범은 다시 사건의 개요를 정리해 들어갔다.

1978년 12월, 누군가가 잔나비파의 박성길을 시켜 프라자호텔에서 나오는 이용후 박사를 납치한다. 그들은 이 박사를 살해한 후 시체를 북악스카이웨이에 버렸고, 사건은 뺑소니 교통사고로 처리된다. 이 박사는 대통령 직권에 의해 국립묘지에 안장된다.

누가 그를 죽였는가?

첫째, 박성길을 사주한 자들은 공무원이거나 경찰에 대해 강력하게 영향력을 행사할 수 있는 자들이다. 이것은 그들이 권총과 수갑을 소지하고 있었던 일이라든지 박성길의 수배를 해제시킨 것으로 짐작할 수 있다.

둘째, 그들 중에는 이용후 박사를 밤늦은 시간에 불러낼 수 있을 정도로 이 박사와 가까운 사람이 끼어 있다. 신윤미의 증언에 따르면 당시 그 시간에 이 박사를 삼원각으로 불러낼 수 있는 사람은 정보부장과 경호실장 정도라고 했다. 물론 그들이 부하를 시켰거나 그들의 부하가 이 박사를 속였을 가능성, 또 신윤미가 불렀을 가능성도 배제할 수 없다.

셋째, 그들은 핵개발의 심장이던 이 박사를 살해하여

박 대통령에게 모종의 경고를 한다. 이것은 그들이 시체를 당당하게 청와대 뒷산에 버린 것으로 짐작되는 일이다.

넷째, 그들은 청와대가 이 사건을 조용히 처리하길 원했다. 즉, 이 박사의 행방불명 등으로 소동이 벌어지는 것을 원치 않았다. 이것은 여권을 남겨둔 것으로 짐작할 수 있다.

다섯째, 대단히 놀랍게도 청와대 또한 그들의 의도대로 모든 것을 덮어두고만 있었다. 이 박사 살해의 배후를 캐려 하지 않았다. 이것은 이 박사의 죽음이 사고사로 처리된 것과 담당검사가 아무것도 모르고 있는 것으로 봐서 짐작할 수 있다.

이러한 정보들을 모두 짜맞춰보던 순범의 결론은 하나였다.

역시, 미국이었다.

앤더슨 정이 지적한 대로 미국이라는 괴물이 뒤에 있지 않다면, 무소불위의 독재자였던 박 대통령의 통치 중에 이런 일이 발생할 수도 없었고, 일이 생긴 후 박 대통령의 처리도 그럴 수는 없는 것이었다. 살인의 배후에 대해서는 캐볼 생각도 하지 않고 이 박사를 국립묘지에 안장하는 것만으로 끝낸다? 이것은 있을 수 없는 일이었다.

그런데 직접 살인을 한 박성길과 배후의 미국 사이에

서 막강한 힘을 가지고 실질적으로 일을 저지른 매국노들의 정체는 무엇인가? 왜 박 대통령은 그토록 중요한 인물인 이 박사를 잃고도 꼼짝하지 않고 있었을까?

일단 배후에 미국이 있었다는 큰 덩어리가 풀린 뒤에도 사건은 여전히 미궁 속에 있었다. 특히 60만 대군으로 이 박사를 지키겠다고 하던 박 대통령의 대응은 실로 이상스럽기 짝이 없었다.

일본 열도

순범이 이런 의문을 가진 채 거푸 마신 위스키에 취해 잠이 들었다가 깨어났을 때, 비행기는 나리타공항에 착륙 준비를 하고 있었다. 까다롭기 짝이 없는 입국심사대를 통과하여 밖으로 나오니 저녁 무렵이었다.

순범은 출국하기 전에 아예 일본 비자를 받아놓았으므로 문제될 것이 전혀 없었다. 그렇지만 일부 통과 여객들, 특히 아시아계의 여객들이 입국심사대에서 한참 동안이나 승강이를 벌이다가 결국은 공항 구내에 남겨지는 것을 보면서 순범은 역시 국내에서는 법, 국외에서는 힘이라는 걸 다시 한번 느꼈다. 일본의 입국심사대 관리들은 특히 한국의 젊은 여자들이 가족과 떨어져서 들어올 때는 일단 색안경부터 끼고 본다니, 부끄럽고도 분통이 터지는 일이었다.

세관 검사대를 거쳐 밖으로 나오니 주익이 반가워 어쩔 줄 몰라 하면서 손을 흔들었다. 반가운 친구의 얼굴을 보는 것만으로도 일본에 들른 보람은 있다고 생각하면서, 순범은 다가오는 주익을 얼싸안았다.

"유붕이 자원방래하니 불역낙호아."

"이 사람, 여전하구먼."

주익은 여전히 유유자적 흔들림이 없는 시골 선비 같

은 모습으로 공맹을 읊어댔다. 저런 친구가 어떻게 사건을 맡기만 하면 반쯤 미친 사람처럼 열중하면서 민첩하게 일처리를 해낼 수 있을까? 주익을 볼 때마다 순범은 버릇처럼 이렇게 자문해보곤 했다. 순범이 보아온 수많은 기자 중에서도 아직까지 주익만큼 일에 대한 열정과 생활 속에서의 여유가 기묘하게 조화를 이루는 사람을 만난 적이 없었다. 주익은 겉보기로는 전혀 기자 같은 느낌을 주지 않는 사람이었다. 그 점에 있어서는 뉴욕의 임선규 기자와는 아주 대조적이라고 할 수 있었다.

"자네는 여전히 촌놈 티를 벗지 못했구먼."

"그래? 망나니가 변해봐야 별다르겠어?"

"그래도 용케 해외취재를 다 갔다 왔어?"

"억지춘향 격이지, 뭐."

"내키지 않는 걸 다녀왔단 얘기야?"

"그런 건 아니지만, 엉겁결에 다녀온 셈이거든. 사실은 정치부 기자가 갈 일인데 결원이 생겨 내가 대신 갔다 오게 됐어."

나리타공항에서 도쿄 시내까지는 공항버스를 타고 가도 별로 불편하지 않을 텐데도 주익은 군이 택시에 순범을 태웠다. 선비를 인생의 모델로 생각해서 그런지, 손님 접대를 무엇보다 우선하는 것이 주익의 습관이요, 인생관이었다.

주익의 숙소는 열두 평이 될까 말까 하는 아파트였다.

뉴욕에서 지내던 숙소에 비해서는 답답하기 짝이 없었지만, 일본에서는 그만한 아파트도 만만치 않다고 했다. 주익은 가족들을 데려오려고 해도 오히려 고생이겠다 싶어 자신이 서너 달에 한 번씩 다니러 가는 쪽을 택했기 때문에, 그 정도의 아파트라도 잠만 자기엔 부족함이 없다고 했다.

주익의 숙소에서 다시 택시를 타고 찾아간 곳은 아카사카의 술집이었다. 술집으로 들어가자 화려한 드레스를 걸친 얼굴마담인 듯한 여자가 주익에게 알은체를 하며 인사를 했다. 마담은 순범과 인사를 나누면서, 주인은 물론 시중드는 아가씨들도 한국 사람인데 손님만 다국적군이라고 설명해주었다.

"얘기해줄 것이 좀 있어서 일부러 다녀가라고 연락했어."

"이래서 자네 덕분에 일본구경도 한번 해보는 거 아니겠나. 얘기도 좋지만 나는 자네하고 한잔할 생각에 회가 동하더라니까."

"자네는 좀 덤벙대는 게 탈이야. 가만히 있으면 술이 안 나올까 봐 그래?"

"그런가? 그래도 술 마시러 와서 얘기하는 게 좋지, 얘기하러 와서 술 마시는 건 별로 재미가 없잖아? 좌우지간 자넬 만나니까 옛 생각이 나는군."

"같이 술판을 돌아다니던 것 말인가?"

"그래, 그때는 정말 대단했었지. 우린 아침부터 마신 적도 많잖아."

"광주항쟁 때는 한 달간 술독에 빠져 있었지. 지금 생각하면 그땐 우리가 비겁했었어."

"글쎄, 지금 다시 그런 일이 생겨도 썩 용감해질 것 같지는 않은데……."

"그럼 죽은 사람만 억울하단 얘기야?"

"그래선 안 되지."

"그럼 자네 결론은 뭐야?"

"글쎄, 참 어려운 문제군. 역시 자넬 만나면 이런 대화가 되는군."

순범이 얘기의 방향을 슬쩍 돌리려 했으나, 주익은 놓아주지 않았다.

"광주항쟁만큼 어물쩍 사기 당하고 넘어간 것이 없잖아?"

"자네는 사기를 당한 축에 끼는 모양이지?"

"그걸 말이라고 해? 그 많은 억울한 죽음과 역사의 왜곡에 대한 대가를 받아내야 할 것 아닌가?"

"나도 뭘 좀 주어야겠구먼. 나는 요즘 와서는 사기를 친 축에 속한다고 생각하고 있거든."

"다들 자네처럼 생각하니 그 엄청난 범죄가 어물쩍 넘어가고 마는 것 아닌가."

"시기를 놓쳤어."

"사람들이 죄다 그렇게 뜨뜻미지근하니 민족이 있나,

역사가 있나?"

"자네 오늘 좀 흥분했군. 무슨 일이라도 있는 거야?"

"술 한잔 하고 얘기하자구."

주익은 깐깐한 선비 기질 탓인지, 웬만한 일도 예사로 넘기는 적이 없었다. 그렇지만 오랜만에 만난 자신에게 조차 이러는 걸 보면 분명 다른 일이 있을 거라고 생각했다.

잠시 말이 끊어진 틈을 타 홀 안에서 기웃거리던 마담이 쟁반을 든 웨이터를 앞세우고 다가왔다. 마담은 주익의 옆자리에 앉아서 웨이터가 내려놓는 대로 술상을 봐주었다. 술은 눈에 익은 진로 소주였다.

"두꺼비 이놈 아주 오랜만이군."

"자네 좋아할 줄 알고 이리로 왔어."

진로 소주라……. 며칠만 있으면 또다시 주야장천으로 마셔댈 것이지만, 오랜만에 낯익은 술을 만나고 보니 여간 반가운 게 아니었다.

술이 얼추 두어 잔씩 돌자, 알싸한 기운이 목구멍을 타고 빈속으로 내려갔다. 온몸에 술기운이 퍼진 것같이 찌르르했다. 그때 주익이 느닷없는 질문을 던졌다.

"자네, 일본을 어떻게 생각하나?"

"어떻게 생각하다니?"

"내 느낌으로는 심상치가 않거든?"

"무슨 움직임이라도 있어?"

"물론 어제오늘의 일은 아니겠지만, 요즘 들어서는

확실하게 일본이 초스피드로 우경화, 보수화하고 있다는 생각이 들거든."

"우경화, 보수화도 여러 형태가 있을 텐데?"

"잘은 모르지만, 아마도 일본제국이 메이지유신 이후 군국화의 길로 치달을 때의 분위기라고나 할까?"

"재무장 때문에 그래?"

"재무장도 문제지만, 그보다 더욱 큰 문제는 단순히 군사대국이 된다는 사실 이상의 위험이 도사리고 있는 것 같아."

"단순히 군사대국이 되는 것 이상의 위험?"

"한국의 입장에서 보면 그렇단 얘기야."

"무슨 일이 벌어지고 있는 모양이군?"

"핵무장이 결정된 것 같아."

"핵무장이?"

"핵무장도 핵무장이지만 그 배후가 더 무서워. 도저히 이해할 수 없는 이유로 플루토늄 수입이 결정됐는데, 전적으로 골수 우익과 심지어는 야쿠자들의 입김까지 작용하고 있어. 물론 모든 것은 보수 우익의 거두 가네마루가 조종하고 있지만."

"그렇다면 틀림없이 핵무장이군."

"불과 10억 원어치가 안 되는 플루토늄을 수송하기 위해 600억 원도 넘는 경비를 지출하면서도 핵개발과는 아무 상관이 없다고 말하고 있으니 속이 훤하게 들여다보이는 것 아냐?"

"우리나라에 침투하는 야쿠자들의 뒤에도 우익 정계 인물이 있다고 했잖아?"

"그렇지. 구로다케란 놈이 뒤에 있지. 지금 일본은 정계, 경제계, 언론 할 것 없이 모두 우익으로 돈단 말이야. 그것도 아주 급하게."

"그 이유가 뭘까?"

"첫째는 냉전 종식이고, 둘째는 미국이 주도하는 무역전쟁 때문이야. 일본도 이번에는 상당히 떨고 있어. 지금으로서는 진다고는 생각지 않는 모양이지만, 문제가 자원으로까지 번지면 전쟁도 일어날 수 있다고 생각하는 것 같아."

"미국도 이번에는 절대로 그냥 물러서려고 하지 않겠지. 이번에 뭔가 확실한 것을 얻지 못하고 지난 1984년의 환율조작 때처럼 맥없이 물러서면 내리막길을 걸을 수밖에 없다고 생각하는 것 같더군."

"그럴 거야. 이 살벌한 판에 우리나라의 앞날이 걱정이 아닐 수 없어."

주익의 얘기를 듣고 있자니 순범은 속이 불편해지는 것 같았다. 불과 몇 킬로그램의 플루토늄을 가져도 안 된다며 북한을 폭격하겠다느니 어쩌니 하는 미국이, 정작 1톤이 넘는 플루토늄을 들여오는 일본에 대해서는 방관자로 구경만 하는 꼴이 아닌가? 어째서 한반도만 안 되는 것인가? 하느님이 한반도만 핵무기를 보유하면 안 된다고 성경에 남기셨는가? 아니면, 국민들이 핵무기는 개발하지 말자고 투표를 했는가? 해답은 오로지 힘이었다. 힘이 없으니 나라도 찢겨 있고, 이웃 나라가 재무장으로 치닫고 핵개발까지 하는데도 말리기는 커녕 되레 자기 동포가 핵개발을 하려 한다며 목청 높여 소리치고 있는 것 아닌가?

"이런 마당에 일본의 기술이전 기피는 점점 심해지고 있어. 여기 나와 있는 안기부 책임자 말로는 일본이 고의적으로 기피한다는 거야. 앞으로 아시아 태평양 경제 블록을 만드는데, 일본이 이니셔티브를 잡기 위해서는 우리나라를 동남아 제국들과 큰 차이 없는 수준에 묶어두어야 한다고 생각하는 거라는군."

"저런 졸렬한!"

"일본의 북한 진출도 우리에게는 결코 바람직한 일이 아니야."

"일본이 벌써 북쪽에 진출하고 있다는 말인가?"

"이미 만반의 준비를 끝내놓고 수교협상 타결만 기다리고 있는 일본 기업들이 얼마나 많은지 알아? 지금 현재도 북한을 생산기지로 활용하고 있는 기업이 부지기수야. 이제 우리도 냉정하고 꼿꼿하게 우리의 길을 찾아야만 해."

"일본의 재무장에 대해서 주변국들이 가만있겠어?"

"주변국들의 반대가 현실적으로 무슨 영향을 끼칠 수 있겠어? 일본은 이미 연간 방위비를 한국의 일 년 예산 규모로 쓰고 있는 나라야. 이런 정도면 주변국의 반대에 귀를 기울일 단계는 훨씬 지난 거야. 그러면서도 그들은 겉으로는 한국이 위험한 나라네 북한이 두렵네 하지만, 이처럼 막대한 방위비를 쓰는 나라에서 한국이나 북한이 더 이상 위협적인 존재가 될 수 있겠어? 다만 명분을 쌓기 위한 엄살일 뿐이지."

주익이 거칠게 내려놓는 술잔 속의 술이 파르르 동심원을 그렸다. 동심원 속에 이용후 박사의 얼굴이 조그맣게 떠올라 있었다. 이런 상황에서 이용후 박사가 살아 있다면……. 순범은 술잔 속의 술을 거칠게 입 안으로 털어 넣었다.

"주익이 자네 말이 맞아. 광주학살의 책임자는 반드시 찾아 처벌해야 돼. 우리는 더 이상 역사 앞에 부끄러워져서는 안 되지. 나라의 정기를 다시금 찾아야 돼."

순범이 술잔을 소리 나게 내려놓으며 말했다.

치마저고리

다음 날 순범은 혼자 주익의 집을 나와 동창생인 민호를 만나러 갔다. 한국에서 행정고시를 마치고 공무원으로 근무하다 도쿄대학교 법학부에 유학 중인 민호는 순범의 몇 안 되는 지기 중 하나였다.

민호는 순범을 요코하마의 선창으로 데리고 갔다. 순범이 워낙 회를 좋아했으므로 민호는 복잡한 도쿄 시내보다는 탁 트인 태평양을 바라보며 시원하게 한잔할 수 있는 요코하마의 선창이 좋을 것으로 생각했던 모양이었다.

"그래, 모처럼 왔으니 며칠간 푹 쉬다 가게나. 후지산 등반을 같이 하는 것도 좋고, 자네 좋아하는 온천욕을 한번 하는 것도 좋을 거야. 지금쯤 홋카이도 지방은 기온이 뚝 떨어져 온천욕을 하기에는 안성맞춤일걸. 운 좋으면 첫눈이라도 만나게 될지 모르지. 가와바타 야스나리의 《설국》에 나오는 눈의 고장도 지금쯤은 아주 좋을 거야."

생선회를 전문으로 하는 요코하마 선창 식당 2층의 조그만 다다미방에 앉으면서 민호는 순범에게 며칠 있다 가라고 권했다.

온천욕이나 하면서 며칠 쉬어 가면 좋겠지만, 회사에

서의 출장이라는 것이 그리 마음대로 일정을 조정할 수 있는 것도 아닌 데다가, 이 박사의 사건에 깊이 빠져 있는 순범으로서는 하루빨리 돌아가고 싶은 것이 솔직한 심정이었다. 그럼에도 불구하고 민호가 '설국' 운운하는 말에는 마음이 동했다.

목욕을 좋아하는 것이나 목욕하는 방식에 있어서 한국과 일본은 아주 닮았다. 순범은 미국에서 목욕을 하고 싶어 우리 식으로 된 목욕탕을 찾으려고 한참 동안이나 전화번호부를 뒤적이다가 결국은 포기하고 말았던 것이 생각났다. 조그만 욕조 안에서 물이 바깥으로 흐르지 않도록 신경 쓰면서 몇 분 안에 끝내고 마는 서양식의 샤워는 순범의 생리에 근본적으로 맞지 않았다. 그러고 보면 우리나라와 같은 문화를 가진 일본이나 중국 또는 몽고 등이 정서적으로는 훨씬 가까워지기 쉽고, 또 같은 문화권을 지키고 발전시켜 나가야 할, 문자 그대로 이웃들임에 틀림이 없었다. 그러나 현실은 이와는 정반대로 가까운 나라들 간에 서로 불신하고 반목하는 것이 이 지역의 보편적 기류를 형성하고 있으니 따지고 보면 안타까운 일이었다.

"뭘 그렇게 골똘히 생각해?"

"응, 아니 아무것도 아니야."

민호의 말에 생각이 달아나면서도 엔경제블록에서 한국을 배제하려는 일본, 이제 아시아는 안중에도 없다는 일본의 모습이 여운으로 남는 것은 어쩔 수 없었다.

"혼마구로를 시켰어. 일본 사람들은 집 팔아서 마구로 사먹는다는 말이 있을 정도로 좋아하는 회야. 요즘은 한국에서도 많이 먹을걸."

"그래, 이제 세계 최대 참치 어선단이 한국에 있다고 할 정도지."

"술은 뭘로 할까?"

"정종이 어때?"

"좋지. 본고장 정종 맛을 보고 가게. 우리나라 것과 맛이 아주 비슷해."

민호는 오랜만에 만난 순범의 잔에 넘치도록 술을 따랐다. 순범은 한 잔을 쭉 마시고는 민호에게 잔을 넘겼다. 열린 창문 사이로 태평양 어딘가에서 생겨나 바다를 건너온 듯한 시원한 바람이 두 사람의 얼굴에 와서 부딪쳤다. 얼굴에 느껴지는 시원한 기분과 함께 짭조름한 바다 냄새가 코에 스미는 싱싱한 분위기에서 두 사람은 한껏 회포를 풀었다. 오후 내내 술을 마신 두 사람은 저녁 무렵이 되어서야 도쿄로 돌아왔다.

순범은 오늘 밤 민호의 집에서 같이 잘 생각이었다. 민호의 집은 기미정가에 있었다. 두 사람이 어깨동무를 하고 큰길에서 막 꺾어져 주택가의 골목으로 접어드는데, 돌연 여자의 비명소리 같은 것이 들렸다.

두 사람이 고개를 들고 보니 예닐곱 명의 젊은이가 두 사람의 젊은 남자와 한 여자를 둘러싸고는 그중 한 남자를 때리는 모양이었다.

"녀석들, 또 시작이군."

민호는 이런 상황에 익숙한 듯 별로 개의치 않는 것 같았다.

"말려야 하지 않을까?"

한국에서라면 우선 다가가 말리고 볼 일이었지만, 아무래도 외국에서는 처신이 조심스러울 수밖에 없었다.

"글쎄……. 저놈들 대학생인데 저런 린치는 다반사야. 말리는 사람도 때리니까 일단 조심은 하자구."

이때 패거리 중의 하나가 두 사람 앞으로 어슬렁어슬렁 걸어왔다.

"형씨들 일이나 보쇼. 괜히 쓸데없는 일에 끼어들었다가 어디 부러지지 말고."

"말조심해, 이 자식아."

민호가 대뜸 일본말로 쏘아붙였다.

"이 자식이 돌았나? 우리가 누군지 알고."

"너희 국토관대학생들이지. 운동깨나 하는 놈들 같은데 선량한 학생들 때리지 마라. 못된 놈들아."

"우리가 누군지 아는 걸 봐서 한 번 봐줄 테니까 어서 꺼지기나 해."

그들은 하나같이 우람한 체격에 무술 한 가지씩은 하는 놈들 같았다. 웅크리고 앉아 배를 감싸쥐고 있는 남학생 옆에서 여학생이 차가운 눈초리로 이들을 노려보고 있었고, 다른 한 학생은 선 채로 이들을 노려보고 있었다. 그들이 순범과 민호에게 한 번도 고개를 돌리지 않는 것으로 봐서, 도움 같은 것은 아예 기대도 안 하는 듯했다. 순범과 민호의 바로 뒤에서 걸어오던 사십대의 남자는 처음부터 고개도 돌리지 않은 채 두 사람을 앞서 획 하니 걸어가버리는 것이, 이런 일에 면역이 된 것 같았다.

두 사람이 이들을 지나쳐 제법 걸었을 때쯤 다시 비명 소리가 들렸다.

"아악, 이 못된 놈들."

순범과 민호는 동시에 얼굴을 마주 봤다. 방금 들린 비명소리는 한국말이었다. 둘은 누가 먼저랄 것도 없이 뒤로 돌아 뛰어 내려갔다. 아까 서 있던 남학생과 여학생까지도 쓰러져 있었고, 그 위로 패거리들의 발길질이 퍼부어지고 있었다.

'나쁜 놈들, 여학생까지 때리다니.'

순범은 달려가던 탄력으로 뛰어오르면서 그중 한 녀석의 얼굴을 발로 찼다. 불의의 습격을 받은 덩치 하나가 자빠져 뒹굴었다. 순범은 땅에 내려섬과 동시에 다시 돌면서 달려드는 놈 하나의 관자놀이에 주먹을 날렸다. 기습을 받은 또 하나의 덩치가 비명을 토하며 나뒹굴었다. 옆에서는 민호가 달려가던 탄력으로 한 녀석의 가슴을 내질렀다. 명치를 정통으로 맞은 녀석은 외마디 비명과 함께 쓰러졌다. 하지만 그다음이 문제였다. 순범이 다시 옆차기로 한 놈을 가격하려고 하는 순간, 반대쪽에 있던 놈이 순범의 얼굴을 후려쳤다. 순범이 고개를 숙여 피하는 순간 뒤에서 한 놈이 가라데의 찍어 차기로 순범의 등을 내려찍었다.

"윽!"

외마디 비명소리와 함께 순범은 앞으로 고꾸라졌다. 민호도 역시 덩치로부터 배를 한 대 맞고는 쓰러졌다. 처음부터 중과부적인 싸움이었다. 순범과 민호까지 합쳐 모두 다섯 명이 땅바닥에 나뒹굴었다. 이 와중에서도 먼저 쓰러져 있던 남학생은 여학생의 가냘픈 몸에 쏟아지는 발길질을 손으로 쳐내고 있었다.

순범은 양팔로 얼굴을 감싸쥐고는 옆으로 한 바퀴 구르면서 벌떡 일어났다. 그러고는 자신의 얼굴을 향해 날아오는 상대의 다리를 잡아 돌렸다. 몸의 균형을 잃고 쓰러지는 상대의 얼굴을 순범의 구둣발이 사정없이 내질렀다. 순범의 갑작스런 반격에 주춤하던 덩치들 몇이 한꺼번에 순범에게 달려들었다. 순범은 이판사판으로 마주 부닥치면서 고개를 숙여 한 놈의 주먹을 피하고는, 일어나는 탄력으로 상대의 면상을 후려갈겼다. 민호도 뒹굴다가 일어나서는 자신을 짓밟던 녀석의 얼굴을 머리로 들이받았다. 그러나 학생들은 싸울 줄도 모르는 데다가, 워낙 매를 많이 맞은 탓에 일어나지 못한 채 신음하고 있었다.

처음에는 약간 주춤하던 덩치들은 여덟 명이 모두 몰려 순범과 민호를 마치 죽이기라도 할 듯한 기세로 덤벼들었다. 이들 중 하나가 들고 있던 죽도가 순범의 목줄기를 내리쳐왔다. 어두워 잘 보이지도 않는 데다가 상대는 검도깨나 하는 모양인지 순범이 피할 겨를이 없었다. 급한 대로 우선 팔로 가로막자 딱 하는 소리와 함께 팔이 몹시 저려왔다. 그러나 지금은 아픈 것 따위가 문제가 아니었다. 자칫 잘못하면 맞아 죽을지도 모르는 상황이었다. 다시 죽도가 순범의 머리를 후려쳐왔다.

이때, 자동차의 헤드라이트 불빛이 비쳤다. 죽도가 멈칫하는 사이, 순범은 가까스로 죽도를 피할 수 있었다.

"살려줘요!"

여학생이 자신도 모르게 한국말로 고함을 질렀다. 절체절명의 위기에서 본능적으로 터져나온 이 목소리는 밤하늘을 가르며 울려 퍼졌다. 그러나 지금 이 순간 누가 이 소리를 듣고 이들을 구해줄 수가 있겠는가? 여덟 명이나 되는 상대는 모두 한창때의 나이에 무술까지 익히고 있는 자들이 아닌가? 게다가 순범과 민호의 기습을 받아 화가 머리끝까지 나 있는 이들의 기세는 살기 등등하기 짝이 없었다. 기적이 일어나지 않는 한 엄청난 봉변을 당하지 않을 도리가 없는 것이다.

이때 이상한 일이 일어났다. 처음에는 그냥 지나쳤던 승용차가 여학생의 날카로운 비명을 듣고는 잠깐 멈추었다가 뒤로 후진해 내려왔다. 그러고는 멈춘 승용차에서 한 사람이 내렸다. 사십대 초반쯤 되어 보이는 몸이 좋은 사나이였다. 자동차가 후진해 와서 멈추자 패거리들은 일단 순범과 민호에게 향하던 손길을 멈추고 지켜보았다. 사나이는 무거운 몸짓으로 여학생에게 다가가 손을 내밀어 일으켰다. 그런 다음 다시 두 학생을 일으키고는 돌아섰다. 불의의 상황에 봉착한 패거리들은 잠시 멈칫했으나 이내 정신을 차리고는 사나이에게 내뱉었다.

"이봐, 돈푼깨나 있다고 눈에 보이는 게 없는 모양인데, 어서 꺼져. 쓸데없는 일에 간섭하다가는 큰코다치는 수가 있어."

그러나 사나이는 들은 척도 하지 않고 일어난 학생들의 상태를 확인하더니, 느릿한 동작으로 덩치들을 향해 섰다. 여덟 명의 살기등등한 덩치를 보고도 그는 조금도 겁내는 기색이 없이 느리고 낮은 목소리로 입을 열었다.

"제군들, 나이도 얼마 되어 보이지 않는데 오늘은 이만 돌아가는 것이 좋겠다."

"이 자식 이거 우스운 놈이네. 즉시 차에 타고 꺼지지 않으면 너도 마찬가지로 따끔한 맛을 보여주겠어."

사나이는 싱긋 웃었다. 그러더니 역시 나지막한 목소리로 말했다.

"너희들이 어디서 뭘 하는 아이들인지는 모르겠다만, 오늘은 이 가네히로의 말을 들어다오."

그러나 덩치들은 웃음을 터뜨렸다. 그들은 우스워 견디지 못하겠는지 배를 잡고 어쩔 줄 몰라 했다. 이 광경을 바라보는 사나이도 같이 웃었다. 그는 덩치들이 웃

는 것을 보고는 자신도 우습다는 표정을 지었다. 그때
마침 다른 자동차가 지나며 사내의 얼굴 윤곽을 잠깐
동안이나마 비추었다. 순간, 순범은 마치 전기에 감전
된 사람마냥 깜짝 놀랐다.

'아니, 저자가 어떻게 여길……. 이게 도대체 어떻게
된 일인가?'

웃음을 그친 덩치 중의 하나가 앞으로 나서며 비웃음
이 가득 담긴 목소리를 내뱉었다.

"뭐라고? 가네히로라고? 그런 이름은 이 도쿄 바닥에
서는 지나가던 강아지도 듣고 웃을 거야. 애들아, 이놈
도 맛 좀 보여줘."

그러자 일제히 웃음을 그친 덩치들이 앞으로 나섰다.
이때 자동차 앞좌석의 문이 열리더니 얼굴에 깊은 칼자
국이 패어 있는 호리호리한 사나이가 밖으로 나왔다.

"형님, 빨리 가셔야지, 다들 기다리실 텐데요."

사나이는 마침 잘됐다는 듯이 칼자국을 불러 뭐라고
한마디 하고는 바로 차를 타려 했다. 덩치들이 그의 앞
을 가로막으려고 하자 칼자국이 차갑게 내뱉었다.

"오늘은 형님이 너희들을 그냥 두라고 하셔서 조용히
간다. 너희는 정말 운이 좋은 놈들이다. 야마구치의 가
네히로를 비웃고도 무사할 수 있다니. 이 겐스케의 사
전에도 오늘 같은 날은 처음이다."

이 말을 들은 덩치들의 얼굴이 하얗게 변했다. 그들은
서로 눈짓을 교환하더니 번개처럼 몸을 돌려 달아나기

시작했다. 겐스케라는 사나이도 차를 타고는 바로 떠나 버렸다. 순범은 멀어져가는 차의 뒷모습을 보면서 어안이 벙벙했다. 저자가 어떻게 여기에 와 있단 말인가?

"정말 고맙습니다. 이 은혜를 어떻게 갚아야 할지 모르겠습니다."

다가와 인사를 하는 학생들을 자세히 보니 얼굴은 터져 온통 부풀어 올랐고, 옷은 찢겨져 보기에도 안쓰럽기 짝이 없었다.

"아까 들으니 한국어를 하는 것 같던데?"

민호가 손수건으로 입가의 핏자국을 닦으며 학생들에게 한국말로 묻자 학생들이 깜짝 놀랐다.

"동포이신 모양이군요?"

학생들의 얼굴이 금방 밝아지며 반가워 어쩔 줄 몰라 했다.

"재일동포는 아니고 한국에서 잠시 다니러 온 사람이오."

순범이 대답하자 학생들은 다시 깊이 고개를 숙여 사례했다.

"혹시 동포일지 모른다고 생각하고 있었습니다. 물론 동포라고 다 도와주는 건 아니지만요. 그나저나 남조선에서 오신 분이 저희 때문에 이렇게 봉변을 당해서 마음이 몹시 무거워지는군요. 어떻게 보답해야 할지."

"같은 한국인끼리 보답은 무슨. 그런데 몸은 괜찮소?"

"괜찮습니다. 하도 단련을 받아서 이젠 아무렇지도

않거든요."

"단련을 받다니? 그럼 이런 일이 자주 있단 말이오?"

"우리 조총련 학생들이야 이런 일이 낯설지 않지요."

순범은 학생들이 이런 고통을 당하고도 의연한 자세를 잃지 않는 것을 보고 기특하다는 생각과 더불어 위로해줘야겠다는 생각이 들어 그들을 부근의 경양식 식당으로 데리고 갔다. 학생들은 처음에는 극구 사양했으나 순범의 호의를 끝내 거절하는 것이 미안했던지 마지못해 뒤를 따랐다. 마침 식당의 조명이 적당히 어두워 종업원이 이들을 자세히 보지 못한 것이 다행일 정도로 일행의 모습은 비참했다. 순범은 맥주와 고급 안주를 시켰다. 워낙 물가가 비싼 일본 레스토랑에서의 고급 안주라는 것이 순범의 출장비용에 비춰 그리 만만한 것은 아니었지만, 지금은 돈을 아낄 때가 아니라고 생각했다.

"아까 일본인들은 말리려 하지 않는다고 했는데, 나는 좀 이해하기가 어려운데요. 일본인들의 시민의식은 상당한 편 아니오?"

이번에는 여학생이 대답했다. 세수를 하고 온 그녀는 전형적인 한국 여자의 얼굴이었고, 목소리는 야무졌다. 여학생의 비명소리가 자신들을 구했다는 생각이 들자, 순범의 뇌리에 새삼 한국 여자의 강인함이 부각되어왔다.

"보통의 경우라면 틀림없는 말이지만, 우리가 린치를

당할 때는 예외 없이 외면하죠. 심지어는 경찰도 우리가 봉변당할 때면 모른 척하거나 신고를 받고도 출동하지 않는 경우가 허다해요. 때로는 순경 하나가 오토바이를 타고 와서 상황을 훑어보고는 지원병력을 받아와야겠다며 슬그머니 가버리죠. 빨리 끝내고 얼른 없어지라는 얘기죠."

"그럴 수가."

민호는 맥주를 학생들에게 따라주며 건배를 제의했다. 첫 잔이라 뭐라고 건배 구호를 할 만도 했지만 막상 갖다 붙일 말이 없었다. 다들 바닥에서 구른 지 몇 십 분도 안 된 마당이라 건배를 외칠 만한 기분도 아니었다. 그러나 역시 머리가 비상한 민호는 금방 그럴듯한 구호를 생각해냈다.

"한국인의 미래를 위하여!"

듣고 보니 이 자리에서 그보다 더 훌륭한 말이 있을 수 없었다. 다들 힘차게 잔을 들고 외쳤다.

"한국인의 미래를 위하여!"

"그런데 그 청년들은 도대체 뭘 하는 자들이기에, 그리고 무슨 이유가 있기에 일본인들이 그들의 린치에 눈을 감고 있단 말이오?"

맥주를 한 잔 쭉 들이켜고 나서 순범이 물었다.

"그놈들은 국토관대학이라는 골수 우익 학교의 학생들이에요. 공부와는 완전히 담을 쌓은 놈들인데, 졸업 후에는 우익 단체나 야쿠자 조직으로 들어가는 자들이 많아요. 이놈들은 우익 인사들의 조종에 의해 정치적 신념이나 사상이 다른 사람들을 협박하기도 하고 때로는 린치를 가하기도 하죠."

"그런데 학생들은 무슨 이유로 그들에게 린치를 당하고 있었나요?"

"수상의 신사참배를 비난하는 학생집회를 계획하고 있었기 때문이죠. 유인물을 조선어로 만들어 붙인 것도 큰 이유였어요."

"그럴 수가. 아니 한국 사람이 한국어 공고를 붙인다고 린치를 가하다니?"

순범으로서는 도저히 이해가 가지 않는 일이었다.

"지금은 그래도 많이 나아졌어요. 부모님들이 오랜 고민 끝에 결국 치마저고리를 포기했거든요."

"그건 또 무슨 얘긴가요?"

"예전에 치마저고리를 입고 다닐 때는 국민학교 때부러 중·고등학교, 대학교를 졸업할 때까지 학교가 지옥 같았어요. 물론 옷이 성할 날도 없었구요. 우리는 옷이 아무리 찢기고 낙서가 되어 있어도, 때로는 오물이 묻혀 있어도 집에 돌아와서는 깨끗이 세탁해서 그다음 날엔 반드시 입고 나갔지요. 누가 봐도 조선인이란 표시가 나니까 다들 무슨 동물원의 원숭이 보듯 했지만, 우리는 기죽지 않고 다녔어요. 그러나 그중에는 시달리다 못해 학교를 그만두는 학생들도 생기고, 때로는 정신질환을 앓게 되는 학생들도 있었지요. 수십 년 동안을 지켜온 옷이었지만 결국은 자식의 고통을 보다 못한 부모님들이 협의를 해서 안 입히기로 했어요. 마지막으로 치마저고리를 입고 등교하던 날, 우리는 모두 울먹였지요. 뭔지 모르지만 가슴속에서 울컥하는 것이 치밀어 오르더군요. 왜 우리가 우리의 옷을 못 입고 버려야 하나 생각하니 분해서 하루 종일 공부도 되지 않더군요."

"그래, 이제는 말까지 못할 지경에 이르렀단 말이군요?"

"그렇습니다. 민단 동포들도 단결을 하면 좋은데, 그쪽은 돈 벌고 출세하는 데만 정신이 팔려 민족성 같은 것에 대해 의식이 약해요. 우리가 치마저고리를 입으면서 그렇게 고생할 때도 도와주기는커녕 오히려 우리를 비난했으니까요. 거추장스러운 옷을 뭐하러 입고 다니면서 말썽을 일으키느냐 거죠. 때때로 지하철 같은 데서 행패를 당할 때 도와주는 일본인은 있어도 민단 동포들은 없어요. 그들은 조선말도 쓰지 않아요. 일본인처럼 행세하려 하죠. 물론 귀화하는 사람도 아주 많죠."

"통일이 되지 않는 한은 일본인들의 멸시에 맞서서 당당하게 대응할 수 없어요. 일본인들은 조총련과 민단으로 나뉘어 사사건건 대립하고 싸우는 우리 재일동포들을 얼마나 멸시하는지 몰라요. 본국이 통일이 돼야 우리도 어깨 펴고 다닐 수 있을 텐데……."

끊임없이 이어져 나오는 학생들의 기구한 사연은 순범에게 부끄러움을 느끼게 했다. 밤이 깊어지도록 나누는 술잔에는 이국에서 슬픔을 안고 살아가는 사람들의 애환이 짙게 배어 있었고, 하소연을 주고받는 데는 남북이 따로 있을 수 없었다.

"뭐라고! 가네히로란 자가 야마구치파의 친위대장이라고?"

다음 날 아침 주익을 만나 가네히로에 대해 물어본 순범은 어안이 벙벙했다. 뿐만 아니라 그가 목숨을 걸고 야마구치파의 부두목인 마사키를 구해냈다는 얘기도 놀라운 것이었다. 주익은 가네히로를 재일 한국인으로 생각하고 있는 눈치여서 순범은 그가 홍성표라는 얘기를 하지는 않았다. 야쿠자 조직에는 재일 한국인들이 많이 있고 이들이 조직 내의 중요한 지위를 차지하는 일도 많았지만, 한국에서 건너온 지 몇 달밖에 안 된 홍성표가 친위대장에 올라 있다는 것은 놀라운 일이 아닐 수 없었다. 순범은 박 주임이 얘기하던 것이 생각나 뭔가를 좀 더 알아보고 주익에게 말을 해줘야겠다고 생각했다. 어쩌면 홍성표의 놀라운 변신은 생각 외로 큰 대어를 낚게 해줄지도 모른다는 예감이 순범의 머리를 스쳐 지나갔다.

1980년 8월 15일

"오, 권 기자! 잘 갔다 왔어?"

"덕분에요."

"그래, 뭐 숙식에 어려움은 없었나?"

"뉴욕에 있는 임선규 특파원이 워낙 잘해주어서요."

"참, 그 친구에게서 전화 왔었는데, 자네 그 짧은 동안에도 미국에서 취재 활동이 대단했다고 그러더군. 그래, 초행인 사람이 혼자서 보스턴으로 어디로 다니면서 뭘 그렇게 취재했어?"

"뭐 대수롭지 않은 겁니다."

"이 사람, 자네 임선규를 어떻게 보는 거야? 그 친구 그래도 대단한 사람이야. 아, 우리 신문사에서 웬만해서는 미국 특파원으로 갈 수나 있나? 그러지 말고 시원하게 툭 털어놔봐."

"좀 더 확실히 알아보고 일이 되면 말씀드릴게요. 어쨌거나 부장님 배려 덕에 좋은 경험 많이 하고 왔습니다. 고맙습니다."

순범은 기내에서 사온 시바스 리갈 한 병을 꺼내놓았다.

"약소합니다만 직원들에게 일일이 선물을 준비할 형편도 안 되고 해서요. 부장님께서 회식날 다 같이 비우도록 해주시면 좋을 것 같습니다."

"원 이 사람, 뭐 이런 걸 다 사왔어?"

말은 이렇게 하면서도 부장은 흐뭇한 듯했다. 선물도 지나치면 뇌물이 되지만, 적절한 곳에 적절하게 건네진다면 주는 사람이나 받는 사람이나 흐뭇한 인정을 느낄 수 있는 것이다.

순범은 부장이 들어보는 시바스 리갈 병을 쳐다보다, 문득 박 대통령의 죽음의 순간을 떠올렸다. 마지막 술자리에서 박 대통령이 마셨던 술이 바로 이 술이었던가? 순범은 자신도 모르게 픽 웃음을 흘렸다. 자신의 모든 신경이 오로지 이용후 박사 사건에 쏠려 있는 것을 스스로 느꼈기 때문이었다.

부장의 칭찬을 뒤로하며 회사를 나온 순범은 시경에 들러 인사를 하고 몇 가지 챙겨야 할 것을 챙긴 후에 바로 개코를 불렀다. 개코는 순범의 미국 방문이 무슨 대단한 일이라도 되는 것처럼 부산을 떨며, 마치 10년 헤어진 님이라도 상봉하는 양 단숨에 뛰어왔다.

"그래 잘 갔다 왔어? 얼굴은 좋아 보이는데. 이용후에 대해서는 좀 알아봤어? 미국에 누가 살고 있었어?"

"이 사람, 숨 좀 돌리자구. 도대체 뭐가 그리 급해?"

"아, 자네 돌아오길 얼마나 기다리고 있었는데."

"미국에서 이용후 박사의 딸을 만나고 왔어."

"만나보니까 뭐 좀 짚이는 게 있어? 어떤 놈들이 박성길을 사주한 것 같아?"

"그건 아직 모르겠어. 그렇지만 확실해진 것은 하나 있어. 이젠 빼지 못하게 밀어붙일 수 있어."

말을 하면서 순범은 윤미와 미현의 얼굴을 떠올렸다.

'아, 과학기술처였어요. 아마 그분이 미국에 계시던 박사님을 한국으로 모셔온 분이라고 하는 것 같았어요. 각하께서 그 분이 박사님을 모셔온 것을 대단히 칭찬하셨으니까요. 아마 박사님과 친구라고 하는 것 같았어요.'

'할머니는 그 사람을 아는 것 같았어요. 그 사람이 찾아와 할머니에게 큰절을 했고, 그때 할머니가 이 사람아 자네가 데려갔으면 자네가 데려와야 할 것 아닌가 하시던 게 기억나거든요.'

순범은 빨리 정 장관에게 연락해봐야겠다는 생각을 하며 가지고 온 시바스 리갈 한 병을 개코에게 안겼다. 이런 종류의 선물을 별로 받아본 적이 없는지 개코는 무척 좋아하는 눈치였다.

"곧 확실하게 무언가 알게 되면 바로 연락할게."

"그래줘. 먼저 시간 내서 소주나 한잔 하자구."

"좋지."

일어나 밖으로 나와서 헤어지려 하는데 개코가 뭔가 할 말이 있는 듯 머뭇머뭇했다.

"왜, 무슨 할 말이라도 있는 거야?"

"응, 사실 나 말이야, 그때 권 기자와 청주 갔다 와서 말이야, 고민 많이 했어. 한때는 형사 노릇 그만둘까도 생각했을 정도야."

"뭐라고? 그게 대체 무슨 소리야?"

"형사 생활을 17년이나 하고서도 그때 권 기자가 생각했던 것들을 하나도 생각하지 못했다는 것이 견딜 수 없더구먼. 고통스러웠어."

"이 사람, 그걸 가지고 뭘 그래? 누구나 그럴 수 있는 거지."

"아니야. 강력 담당이 오히려 기자의 설명을 듣고서야 이해를 하다니. 하여간 이제는 끝났어."

"뭐가 끝났단 말이야?"

이렇게 물으면서 순범은 약간 겁이 났다. 개코가 끝났다고 하는 것은 대체 무슨 의미인가?

"고민이 끝났단 말이야. 결론은 나의 불성실 때문이었어. 수사관은 끊임없이 배우려고 하고, 남들이 허술하게 넘기는 것에 대해서도 각고의 주의를 해야 하는데, 요즘의 나를 돌아보니 그 무슨 매너리즘이라나 그런 것에 빠져 있었어. 그래서 처음부터 다시 출발하기로 했지. 17년의 자만심을 버리고 신출내기 형사로 새출발 하겠단 말이야."

"휴, 다행이로군. 나는 형사 생활을 그만두는 걸로 착각했는데 말이야."

인생이라는 것이 자신이 이룬 것과는 별개로 사는 자세에 의해서도 평가되는 것일진대, 개코의 이런 자세는 순범의 마음에 깊이 와 닿았다. 순범은 개코의 어깨를 툭툭 쳐주고는 시경으로 돌아와 정건수에게 전화를 했다.

그러나 전화를 받은 사람은 누구냐고 물어보더니, 순범이 신분을 밝히자 즉시 출타 중이라며 전화를 끊었다.

"정 그러면 내게도 방법이 있지……."

순범은 앉은자리에서 정건수에게 편지를 써서 속달로 부쳤다.

정건수 씨 귀하

본 기자는 이미 여러 경로를 통해 귀하가 대단히 중요한 국가적 사업에 깊숙이 관여했다는 사실을 알고 있습니다. 인터뷰에 응하지 않으실 경우, 다른 분들이 증언한 그대로 기사화할 것입니다. 본 기자가 보기에는 이렇게 될 경우 귀하는 역사 앞에 중대한 잘못을 저지른 사람으로 기록될 것이고, 이에 대해 본 기자는 전혀 책임이 없음을 알려드립니다.

편지를 보낸 지 이틀째 되는 날 아침 정건수로부터 전화가 왔다.

"오후 두 시경 우리 집으로 오시오."

"알겠습니다. 고맙습니다."

점심을 먹고 나서 그의 집에 도착했을 때는 정각 두 시가 되어 있었다. 순범을 기다리고 있었던지 정건수는 서재를 깨끗이 정리하고 당시의 관계자료 일체를 찾아놓고 있었다. 인사를 나누자마자 순범은 형식적인 몇 마디를 물어보다가 곧 본론으로 파고들었다.

"박정희 대통령 당시 핵무기를 개발하려는 계획의 일환으로 미국에서 유명한 학자들을 초빙했던 일이 있었는데요, 그 당시 과학기술처 장관으로서 정 장관의 역할은 어떤 것이었습니까?"

순범의 질문에 그는 잠시 생각을 하더니, 이윽고 마음을 정한 듯 차분하고 나지막하게 대답했다.

"나는 그들의 전공이 핵무기 개발에 어느 정도로 기여할 것인가에 대한 심사를 하고 그에 합당한 대우를 해주었지요."

"그 당시 핵개발의 성과는 어느 정도였습니까?"

"그것은 나도 모르는 일이오."

"그러면 누가 알고 있었습니까?"

"글쎄요, 누가 실질적으로 총책임을 지고 있었는지는 극비였기에 대통령과 몇몇 사람을 빼고는 아는 사람이 없었소."

"그 몇몇 사람 중에 정 장관은 들어가지 않는단 말씀입니까?"

"그렇소."

"아까 해외에 있는 두뇌들을 초빙하는 역할을 주로 맡았다고 하셨는데, 그 학자들 중에 특별히 기억에 남는 사람은 없습니까?"

"글쎄요, 제각기 특징이 있기는 했지만 워낙 오래전의 일이라 특별히 생각나는 사람은 없군요."

정건수는 순범이 자꾸 대화를 핵개발 쪽으로 집중시

켜가자 서둘러 인터뷰를 끝내려는 의도가 역력했다. 대답하는 것도 무성의하기 짝이 없었고 무엇엔가 쫓기는 듯한 태도를 보였다.

"혹시 이용후 박사라는 분을 모르십니까?"

순범은 정건수가 계속 피하는 답변으로 일관하자 바로 정곡을 찔러갔다. 정건수는 순간 당황하는 표정을 짓더니, 이내 본래의 표정으로 되돌아와서는 단호하게 대답했다.

"아까도 얘기했듯이 학자 한 사람 한 사람은 잘 알지 못해요. 그리고 지금 권 기자가 질문하는 것은 원래 인터뷰하겠다고 했던 내용과 다른 것이니까 삼갔으면 좋겠소."

그러나 그의 말에는 아랑곳하지 않고 순범은 예정된 다음 질문을 던졌다.

"이 박사와 정 장관과는 친구 사이가 아니었습니까? 게다가 노벨상 수상 후보였던 이 박사를 정 장관이 한국에 모셔오지 않았습니까? 그런데도 지금 모르신다고 얘기하면 됩니까?"

정건수의 얼굴이 붉어졌다. 그는 당황한 나머지 말조차 약간 더듬으며 대답했다.

"도대체 누가 이 박사를 내가 데려왔다 그럽디까?"

"역사에는 항상 증인이 있기 마련입니다. 나는 왜 그 당시 이 박사와 더불어 핵무기 개발에 관여했던 사람들이 10여 년 세월이 흐른 지금까지 오직 함구로 일관하는지 이해할 수 없습니다. 특히나 정 장관 같은 분은 일부러라도 나서서 말씀하셔야 할 텐데, 모든 것을 알고 찾아온 기자한테도 이렇게 숨기려 하시니 말입니다."

역시 학자 출신이라 그런지 정건수는 순범이 논리적으로 정곡을 짚어가자 제대로 대답을 하지 못했다.

"이런 질문을 하면 나는 인터뷰에 응할 수 없소. 원래 인터뷰하겠다고 한 내용이 아니잖소?"

"정 그러시다면 저도 아는 대로 보도할 수밖에 없습니다. 한국의 핵개발을 주도하던 이용후 박사가 외세에 의해 의문의 죽음을 당했는데, 당시 과기처 장관인 정건수 씨가 침묵으로써 사건을 은폐시키고 있다고 말입니다."

"이봐요, 권 기자. 당신 너무 심한 것 아니오? 내가 어째서 사건을 은폐시킨단 말이오?"

"그렇지 않다면 어째서 누구도 그 일에 대해 한마디도 꺼내지 않는단 말입니까?"

"……."

"아시는 대로만 얘기해주십시오. 비밀은 철저하게 보장합니다."

다시 한참 동안 무언가를 생각하듯 눈을 감은 채로 있던 정건수는 머리를 세차게 흔들었다. 마치 무슨 기억에서 탈출하기라도 하려는 듯, 아니면 자신에게 말을 하지 못하도록 하는 어떤 힘으로부터 벗어나기라도 하려는 듯, 그는 몇 번이나 미간을 찌푸렸다.

그의 흐릿한 기억 속에서 키 작은 한 사람이 일어나 눈앞으로 다가오고 있는 것이 보였다.

'아, 각하.'

생생하게 떠오른 환영을 보자 온몸에 소름이 돋으며, 마치 전율처럼 10여년 전 그리도 감격에 들떠 있던 박 대통령의 목소리가 귓속을 울려왔다.

"정 장관."

"네, 각하."

"내가 안 나가도 되겠소?"

"물론입니다."

"아냐, 아무래도 내가 나가는 게 도리가 아닐까?"

"아닙니다, 각하. 사람들 눈에 뜨일 염려도 있고, 또 그런 경우는 한 번도 없었습니다."

"경우는 무슨."

"무엇보다도 미국을 조심하셔야 합니다."

"음, 그렇지. 조심해야지. 그럼 공항에서 여기까지는 정 장관이 불편 없이 모시도록 하시오."

"염려 마십시오, 각하."

"정 장관."

"네, 각하."

"박사님이 정말 오시긴 오시는 거요?"

"네?"

"이 박사님이 정말 오시느냐 말이오?"

"네, 각하. 틀림없이 오고 있습니다."

"그래, 이 박사님이 노벨상도 포기하고 오고 계신단 말이지?"

"네, 그렇습니다."

"이제 우리나라도 살길이 열리는구먼. 미국 놈들, 우리가 월남에 가서 목숨을 버려가며 저희들을 도왔는데, 그래 한마디 의논도 없이 군대를 철수하는 게 인간의 도리요? 김일성은 눈을 시퍼렇게 뜨고 우릴 못 잡아먹어 난린데."

"각하, 이제 걱정하지 않으셔도 될 겁니다."

"장관, 박사님 얘기 좀 들려주시오."

"이미 몇 번이나 말씀드리지 않았습니까?"

"그 오븐 뭐라나 하는 사람이 했다는 얘기 있잖소? 원자탄의 아버지라는……."

"네, 오펜하이머 말씀이시군요. 오펜하이머 박사는 이론물리학자로 제2차 대전 중 원폭 제조의 지도자였습니다. 그는 늘 미국은 이 박사가 미국에 있다는 사실에 감사해야 한다고 하면서, 이 박사를 아인슈타인이나 페르미보다도 앞서 있는 창조적 과학자라고 입버릇처럼 말하곤 했습니다."

"우리 이 박사님이 그렇다는 말이지?"

"그렇습니다."

"장관."

"네, 각하."

"박사님이 유신에는 반대하신다면서?"

"유감스럽게도……."

"아냐, 괜찮아. 내 이제 조금 있으면 유신 해제할 거요. 국방만 완전히 됐다 싶으면 내 그만둘 거요. 갈 자리도 이미 봐두고 있소."

"네?"

"영남대학교로 내려갈 거요. 학생들 반대가 있을지 모르지만 내 다 얘기할 거요. 학생들도 날 이해할 거라고 믿소. 내 우선 법무장관한테 내일 중으로 긴급조치 위반 학생들 대폭 풀어주라고 지시해뒀소. 이 박사님이 오시는데 인사를 차려야 할 거 아니오?"

"네, 각하. 정말 잘하셨습니다. 이 박사도 매우 기뻐할 것입니다."

"정말 내가 안 나가도 될까?"

"물론입니다."

"그럼 정 장관이 잊지 말고, 내가 나가서 뵈려고 했는데 미국 놈들 때문에 못 나왔다고 얘기해주시오."

이용후 박사가 돌아오던 날 희망과 기대에 들떠 안절부절못하던 박 대통령의 목소리가 멀어져가면서 정건수의 호흡은 거칠어졌다. 얼굴도 고통스럽게 일그러졌다. 정건수는 다시 한번 머리를 세차게 흔들고 나서 두 눈을 번쩍 떴다.

순범은 그가 말을 하기로 결심했다고 느꼈다. 그렇다

면 그 전에 머리를 세차게 흔든 것은 말을 하지 못하게 하는 어떤 생각에 대해 고뇌하다가 거부한 것이 아니겠는가? 정건수로 하여금 말을 하지 못하게 하는 것은 무엇일까? 순범이 곰곰 생각하는 동안 정건수는 마음을 정리하고 옛날 일을 회상하는 듯한 표정으로 말문을 열기 시작했다.

"사실 이 박사의 죽음에 대해서 박 대통령을 비롯하여 우리 모두가 분노와 설움, 그리고 공포를 동시에 느꼈소. 박 대통령은 당시 너무도 흥분하여, 미국과 단교하고 국내에 있는 미국 놈들을 모두 쫓아버리라고 외쳐댔소. 흥분이 어느 정도 가라앉자 혼자 침실에 들어가서는 하루 종일 꼼짝도 하지 않아 우리 모두를 대단히 걱정시켰소. 당시 청와대의 무거운 분위기와는 별도로 핵개발에 참여하던 사람들은 모두 극심한 공포 분위기에 휩싸여 있었소. 다음엔 누구 차례다 하는 얘기들이 꼬리를 물었소. 그러다 그중에 어디선지 모르게 다음 차례는 바로 박 대통령이다 하는 얘기가 나왔소. 그때처럼 그 얘기가 절실하게 들린 적은 없었소."

"그런데 어째서 박 대통령은 직접 살인에 가담한 미국의 하수인들을 찾아내어 복수할 생각을 하지 않았을까요?"

"왜 하지 않았겠소? 처음엔 그들을 찾아내어 극형에 처하겠다고 흥분해 고함쳤소. 그런데 하루 종일 침실에 있다가 나온 다음에는 이상하게도 그 일에 대해 일체

함구할 것을 지시했소."

"저도 그 일에 대해 알아본 결과 하수인에 대한 조사가 전혀 안 돼 있어서 대단히 궁금했습니다. 장관께서도 전혀 아시는 바가 없다는 말씀입니까?"

"그 당시 내가 생각하기에 박 대통령은 이 박사의 죽음에도 불구하고 끝까지 핵개발을 완료하려고 했던 것 같았소. 그러기 위해서는 사건을 은밀히 묻어두는 게 최선이라 생각했겠지. 핵개발을 완료하는 것이 이 박사의 복수를 하는 것이라 생각했던 것 같소. 그리고 박 대통령은 직감적으로 하수인들이 만만치 않은 자들이라는 것을 느낀 것 같았소. 핵개발을 완료하고 나서 복수를 하려다 박 대통령이 먼저 세상을 떠난 거지."

"당시 박 대통령은 하수인들이 누구일 것이라고 짐작하거나 말한 적도 없었습니까?"

"전혀 없었소. 경호실장 등이 은밀히 내사를 하려고 했으나, 박 대통령께 호되게 야단만 맞고 중단했지요."

"그 하수인들이 지금까지도 정부 내부에 깊숙이 침투해 있다고 볼 수 있지 않을까요?"

"그럴 수도 있을 겁니다. 하지만 그것은 어제오늘 일이 아니잖소?"

"그럼 당시 핵개발에 관여했던 사람들이 지금까지 입을 열지 않고 있는 이유는 무엇입니까?"

"국가의 정책이 바뀌지 않았소? 굳이 그 당시의 얘기를 꺼내서 무얼 하겠소? 아무도 환영하는 사람도 없고 하등 도움도 되지 않는 일이지. 게다가 우리는 박 대통령 사망 후 지금에 이르기까지 정부로부터는 말할 것도 없고 미국으로부터도 끊임없는 압력을 받고 있소. 일거수일투족이 모두 감시당하고 있는 것 같소."

"마지막으로 한마디 더 묻겠습니다. 1980년 8월 15일은 무슨 날입니까?"

"아니, 어떻게 그것을 알고 있단 말이오?"

"알 수가 있었습니다."

"그날은 지하핵실험 예정일이었소."

"지하핵실험 예정일이었다구요? 아니 그게 어떻게 가능합니까? 플루토늄이 없지 않습니까?"

"거기에 대해서는 나도 알 수 없소. 아마 박 대통령과 이 박사 두 사람밖에는 아무도 모르는 비밀일 것이오. 어떤 비밀이 두 사람 사이에 있었는지도 모를 일이지. 하지만 이 박사의 죽음에 이어 박 대통령도 그 뒤를 이었으니, 설사 어떤 비밀이 있었다 하더라도 없었던 것과 똑같은 일 아니겠소?"

"그간 핵개발의 자취 같은 것은 어떻게 되었을까요?"

"자세한 것은 나도 알 수 없소. 다만……."

"다만 뭡니까?"

"다만 1980년 당시 신군부의 핵심들만이 알고 있을 거요."

"잘 알겠습니다. 대단히 고맙습니다."

정건수의 집을 나온 순범의 머리는 또 다른 의혹으로

휩싸였다. 정건수는 순범이 역사의식까지 들먹이며 설득을 하자 어쩔 수 없이 얘기해주었지만, 그의 대답을 듣고도 순범의 머리는 좀처럼 맑아지지 않았다.

다만 이 박사의 죽음 뒤에 미국이 있었을 것이라는 추측은 정 장관의 증언으로 확인되었다. 또 박 대통령이 왜 미국의 하수인들을 건드리지 않고 그냥 두었던가에 대한 해답도 얻었다. 그러나 그 하수인들의 정체는 여전히 오리무중으로 남아 있다.

정 장관을 만나면 많은 것이 풀릴 것이라고 기대를 하고 있던 순범은 오히려 더 많은 의문의 미로 속으로 빠져드는 것 같았다. 가장 알 수 없는 것은 지하핵실험 예정일이 박 대통령 사망일로부터 불과 일 년도 못 되는 기간 중에 잡혀 있었다는 사실이었다. 현실적으로 플루토늄이 없으면서 어떻게 핵실험을 하려고 했을까? 박 대통령과 이 박사만이 알고 있을 거라는 비밀은 도대체 어떤 것일까? 신군부는 그때까지의 핵개발 실적을 어떻게 했을까? 보통의 사건이라면 한 가지가 밝혀지면 또 한 가지가 풀리고, 그러다 보면 서로 연관을 가진 사건들이 실타래 풀어지듯 자연스럽게 풀어지기 마련인데, 이 일은 어떻게 된 것인지 알면 알수록 더욱 의혹만 생기고 있었다.

모든 것이 박 대통령과 이 박사의 죽음과 더불어 영원히 미궁 속에 묻혀버리고 마는 것인가? 할 일은 많은데 답답하기만 하고 드러나는 것은 아무것도 없었다. 그러나 이제 와서 포기한다는 것은 결코 있을 수 없는 일이었다.

순범은 정건수로부터 건네받은 당시의 핵개발 관련자 명단을 들고 그들을 차례로 방문했다. 그러나 거의 핵 관련 연구소나 대학에 있는 그들은 의외로 핵개발의 전체적 진척 상황이나 이용후 박사에 대해서는 잘 모르고 있었다. 역시 이 박사는 일이 잘 풀리지 않자 박 대통령이 최후의 방편으로 기용한 승부수인 모양이었다.

핵 정책

정건수와의 인터뷰를 마치고 시경으로 돌아온 순범은 최 부장에게 전화를 걸었다.

"권순범입니다. 어제 돌아왔습니다."

"아, 권 기자. 정말 수고 많았소. 그래, 어디 아프거나 하지는 않았소?"

"덕분에 건강하게 잘 갔다 왔습니다."

"미국에선 이 박사 유족을 만났소?"

"만나긴 했는데 별다른 성과는 없었습니다."

"그래요? 그것 참 유감인데. 나는 잔뜩 기대를 하고 있었거든."

전화로도 최 부장의 실망하는 기색이 역력히 느껴졌다. 약간 미안한 느낌이 든 순범은 이 박사의 딸 이야기를 했다.

"그러니까 그 천재라는 이 박사의 딸은 이 박사가 실패하지는 않았을 거라고 얘기했다는 거지?"

사건의 수사와는 별로 관계가 없는 내용이지만 순범이 미안해서 잠시 설명한 말에 최 부장은 의외로 관심을 갖는 기색이었다. 하긴 한국인이라면 누구라도 관심을 가지지 않을 수 없는 일이기는 했다.

"박성길 살해사건의 수사는 진전이 없습니까?"

"전혀 없소. 강두칠의 가족은 상대방의 정체를 전혀 몰라. 그런데 내가 아무리 생각해봐도 권 기자에게서 정보가 새어나가지 않았으면 박성길의 존재가 노출될 리가 없어. 권 기자는 정말 아무에게도 얘기한 적이 없소? 만약에 있으면 얘기해줘야만 하오. 권 기자가 생각지도 못하는 사실이 수사를 하다 보면 드러나곤 하는 거요."

"이 권순범을 어떻게 보고 하는 얘깁니까? 한 번 없다면 영원히 없는 거요."

순범은 일부러 강한 톤으로 대답했다.

"그렇다면 내가 미안하오. 도무지 알 수 없는 일이거든. 그건 그렇고 조만간 만나 술이나 한잔 합시다. 권 기자의 무사 귀국을 축하해야 할 것 아니오?"

"축하는 무슨……."

전화를 끊고 난 순범은 윤미의 모습을 떠올렸다. 윤미가 그럴 사람이 아니라는 결론을 내렸지만, 최 부장의 얘기를 듣고 보니 다시 버럭 의심이 생기는 것은 어쩔 도리가 없었다. 인간은 의심하는 동물이라고 했던가? 생각하면 할수록 윤미에 대한 의심은 짙어지기만 했다. 윤미가 만약 박성길의 존재를 누설했다면 윤미는 아직도 미국의 하수인들과 내통하고 있는 셈이 된다. 그렇다면 그 당시 이 박사를 삼원각으로 부른 것도 윤미라고 생각하는 것이 자연스럽다.

이렇게 생각을 맞춰나가던 순범은 뭔가 약간 이상한

것을 느꼈다. 설사 윤미가 하수인들과 내통이 되어 있다 하더라도, 지금에 와서 박성길을 죽일 필요는 없었다. 박성길은 이미 알고 있는 것을 모두 털어놓았기 때문에 죽일 만한 가치가 없는 사람이었다. 죽일 가치가 없는 사람을 죽인다는 것은 이상하지 않은가? 그렇다면 박성길의 죽음을 그의 존재의 노출 때문으로 결론짓고 있는 최 부장의 생각은 틀릴 수도 있는 것이었다. 지금 박성길의 죽음을 보는 시각은 누가 그랬는가보다는 오히려 왜 그랬는가를 알아내는 것이 더 중요한 일이었다. 과연 박성길은 청부해서 죽일 만한 가치가 있는 자였는가?

순범은 정보의 노출이라는 최 부장의 허상에서 벗어나 살해의 가치라는 쪽으로 문제를 보기 시작하자 그간 앙금처럼 남아 있던 윤미에 대한 의심이 깨끗하게 씻겨나가는 것을 느꼈다. 설사 의심을 버리지 않는다 하더라도 박성길이 죽어야 할 이유를 먼저 밝혀내는 것이 더 올바르고 중요한 일이었다.

순범은 윤미에게 전화를 걸었다. 그러나 전화벨만 울릴 뿐 전화를 받지 않았다. 순범이 다시 삼원각으로 전화를 하려 할 때, 옆자리의 동료 기자가 전화를 건네주었다.

"권순범입니다."

"권순범 기자요? 나 앤더슨 정이오."

"아니, 정 선배님, 이게 웬일이십니까?"

"권 기자하고 긴히 할 얘기가 있어서 전화를 했소."

"무슨 말씀인데요?"

"이 전화, 보안유지 되는 거요?"

"염려 마십시오."

"대통령 외교안보담당 특별보좌관을 알고 있소?"

"잘 알지는 못하는데 금방 알 수는 있습니다."

"아니, 알아달라는 게 아니고 그 사람을 주의해 살펴 보시오. 어제 미국 정부 내의 은밀한 소식통으로부터 들은 바에 의하면, 그자는 미국 정부에 이바지하는 자인 것 같소."

"미국 정부에 이바지하는 자라구요?"

"그렇소. 특히 한국의 핵 정책과 관련해서 미국의 감시인 역할을 톡톡히 하는 사람 같소. 아마 한국에서 핵과 관련된 선언 같은 것이 나올 모양인데, 미국 측 의도대로 조정하는 일을 그자가 맡고 있다고 하는 것 같았소."

"잘 알겠습니다. 몸은 건강하십니까?"

"하하, 뭐 며칠 사이에 무슨 탈이 있겠소? 그럼 다음에 또 연락합시다."

앤더슨 정은 간단하게 얘기하고는 전화를 끊었다. 그러나 전화의 내용은 결코 간단하지가 않았다. 대통령의 외교안보담당 특별보좌관이란 자리가 어떤 자리인가? 한 나라의 대외 정책을 총괄하는 자리가 아닌가? 외무부나 통일원보다도 오히려 더 깊숙하고 은밀한 정책을 주무르고, 대통령의 눈과 귀가 되어야 하는 자리가 바로 그 자리였다.

앤더슨 정의 위치나 인격으로 보아 일부러 전화까지 해서 알려준 정보가 엉터리일 리는 없었다. 순범은 우선 외교안보담당 특별보좌관을 주시해야 한다고 생각했다. 그 정도 위치에 있는 사람을 단지 전화 한 통만으로 어떻게 해본다는 것은 무리한 일일 수밖에 없었다.

순범은 우선 청와대 출입기자를 통해 앤더슨 정이 알려준 특별보좌관에 대해서 알아봤다. 청와대 출입기자는 그에 대해 비교적 소상히 알고 있었다. 특별보좌관은 미국에서 정치학 박사학위를 받고 오랫동안 머물다 귀국한 자인데, 그동안에 미국 측과 관계를 갖게 된 것으로 추측이 됐다. 그의 신상을 이것저것 확인해보던 순범은 아주 뜻밖의 사실을 발견하고는 깜짝 놀랐다. 그가 미국 영주권을 소지하고 있는 것이었다. 일국의 안보를 책임진 자가 외국의 영주권을 갖고 있다는 사실이 순범에겐 놀라웠다. 물론 있을 수 있는 일이긴 하지만, 어딘지 모르게 부도덕한 냄새가 풍겼다. 한국인의 한 사람으로서 배신감도 끓어오르고 있었다. 그럴 수도 있다고 생각하고 넘기기에는 안보담당 특보라는 자리가 너무도 중요한 자리였다. 외국의 영주권을 가진 사람에게 그 자리를 맡기지 않을 수 없을 정도로 한국에 인물이 없지는 않을진대, 이런 사람이 중요한 자리를 맡고 있다는 사실이 한심했다.

미국과 일본을 가보고 나라와 민족에 대해 많은 생각

을 하게 된 순범은 와락 서글픈 생각이 들었다. 노벨상을 뿌리치고, 일신의 영화와 가족의 행복을 내던지고, 자신의 능력을 조국을 위해 바치러 왔던 이용후 박사의 얼굴이 순범의 서글픔 속으로 조용히 떠올랐다.

가슴이 답답하고 치솟는 울분을 어떻게 하지 못해 안절부절못하던 순범은 시경을 나오자마자 눈앞에 보이는 대로 술집으로 들어갔다. 안주는 시키는 둥 마는 둥 하고 소주를 두 병이나 비워버렸다. 순범을 보고 옆 좌석의 손님들이 귀엣말로 한두 마디씩 했다. 아마 그들은 순범을 실연한 사람쯤으로 보는 모양이었다.

'공무원이 미국의 하수인이 되어 애국자를 죽이고, 외교안보담당 특별보좌관이란 사람은 외국의 영주권을 갖고 있고, 깡패들은 야쿠자의 하수인이나 하고, 온 세계가 무섭게 변하는데도 국민들은 점점 개인적, 이기적으로 변하고 있으니 답답하기 짝이 없구나. 미현, 미안하오. 나 당신 아버지의 죽음을 파헤치고 당신을 자랑스럽게 돌아올 수 있도록 하겠다고 약속했지만, 지금 내가 할 수 있는 일이라고는 하나도 없소. 이 나라는 너무도 썩었소.'

"이런 나라는 망해야 해. 망해야 한단 말이야!"

혼잣말로 되뇌던 순범이 격정을 못 이기고 고함을 지르자, 옆에서 술을 마시던 사십대의 두 사람이 욕을 해 왔다.

"야 임마, 우리나라가 왜 망해야 돼? 이 자식 미친놈 아냐?"

"술을 처먹어도 곱게 처먹어, 이 자식아."

순범은 옆자리의 두 사람이 욕을 하자 왠지 감정이 울컥 솟구쳐 올랐다.

"이놈들아, 너희가 이 나라를 위해 한 게 뭐가 있어? 밥이나 먹고 모략이나 하고 애국자들 다 때려잡고, 그러고도 무슨 큰소리야?"

"이 자식아, 그러는 넌 뭐야? 넌 뭐 하는 놈이야?"

이러는 가운데 옥신각신 시비가 붙어 멱살잡이가 벌어지는 등 한바탕 소란이 벌어졌다. 다행히 주인을 비롯한 다른 손님들이 말리는 바람에 소동은 금방 가라앉았지만, 순범은 와이셔츠 자락이 찢기고 목이 긁히는 등 구겨진 모습이 되어 참담한 기분으로 술집을 나왔다. 주인이 땅바닥에 떨어진 시계를 주워서 주머니에 넣어주지 않았다면 순범은 시계를 흘린 줄도 몰랐을 것이었다.

다음 날 아침 순범은 출근하면서 주머니에 손을 넣다가 시계가 들어 있는 것을 보고는 전날 일을 떠올렸다. 순범은 소동 중에 떨어진 시계가 잘못된 데라도 없나 살펴보다가 흠칫 놀랐다. 바늘이 멎어 있었던 것이다. 이 시계는 단순한 고급 시계 이상의 의미가 있었다.

'한국 사람과 결혼하면 주라고 하신 거예요.'

순범은 순간적으로 미현의 얼굴을 떠올렸다. 미현이 자신을 질책하는 미소를 짓는 듯했다. 신중하지 못한

460

자신을 마음속으로 꾸짖으면서, 시경 부근의 시계점에 수리를 의뢰했다.

"아마 시계가 바닥에 떨어지면서 충격을 받았나 봅니다. 잘 부탁합니다."

수리기사는 본래 희귀한 시계에 관심이 많은 사람인지, 순범의 말을 건성으로 들어 넘기면서 시계의 요모조모를 열심히 살폈다.

"이 시계 아주 재미있는데요. 아주 옛날 시계인 모양이에요. 요즘 이런 거 차고 다니는 사람 없잖아요. 집에다 모셔놓고 좀 쌈직한 걸로 차고 다니셔야죠. 잘못해서 잃어버리면 얼마나 속상해요. 역사가 있는 시곈데."

맞는 말이었다. 순범으로서는 시계를 차고 있으면 미현이 옆에 있는 느낌이라, 일부러 전부터 차던 시계를 벗어놓고 이 시계를 차고 다녔다.

시계를 맡기고 회사로 간 순범은 외무부 출입기자를 찾았다. 핵 관계에 대해 이것저것 물었더니 그는 국방부 담당에게 가보는 것이 나을 거라고 했다. 마침 같은 부의 동기인 박상훈이 국방부 출입기자라 순범은 아예 그를 밖으로 데리고 나와 가까운 다방에서 마주 앉았다.

"이봐, 요즘 국방부에 무슨 일 좀 없어?"

"일이란 게 한두 가지라야 말이지. 어떤 일 말이야?"

"무슨 핵 관계 정보 같은 거 없어?"

순간 박 기자가 깜짝 놀라는 표정이 되었다.

"아니, 권 기자 자네 어떻게 알았어?"

"뭘 말이야?"

"아니, 그럼 지금 아무것도 모르고 내게 그렇게 묻는단 말이야?"

"이 사람아, 모르니까 묻는 거지, 알면 왜 물어?"

"이 사람, 역시 천부적인 사건기자라는 명성이 거짓이 아니구면. 사실 이번에 뭔가 큰 게 터져나올 거야."

"글쎄, 그게 뭐냐니까?"

"아직은 감을 확실히 잡고 있지는 못하지만, 아마 북한의 핵개발을 저지하기 위한 우리 쪽의 대응일 거야."

"내용은 뭔지 모르구?"

"몰라. 현재까지는 극비야."

"정부 내에서 핵 관계를 주도하는 부처는 어디야?"

"외무부와 국방부가 협의하는 형식을 취하지만, 실질적으로는 외무부가 주도하고 있지. 그런데 이 외무부의 정책이란 게 모두 미국에서 하자는 대로니 한심할 따름이야."

"외무부 직원들이 그렇게나 몽매하단 얘기야?"

"무슨 소리! 외무부 직원들 자체야 똑똑하고 애국적인 사람들이지. 그러나 우리나라의 핵 정책이란 것이 어디 밑에서 위로 올라가게 되어 있겠어? 모두 위에서 내려오는 것을 수행하고, 논리 개발이나 하고, 적당히 옹호해줄 학자들이나 끌어모으고 하는 게 다지."

"그럼 누가 우리나라의 핵 정책을 수립하는 거야?"

"청와대지. 아마 외교안보담당 특별보좌관이 좌우하

고 있다고 듣고 있어."

"그럼 이번의 대응책이란 것도 그 사람이 마련한 건가?"

"그렇다고 봐야겠지."

"그런데 왜 국방부에서 발표하지?"

"발표는 대통령이 직접 할 거야. 다만 국방부에서 최종적으로 기안하는 형식을 취하고 있지."

"잘 알았어. 고마워."

순범은 박 기자와 헤어져 시경으로 돌아왔다. 미국 영주권을 가지고 미국에 이바지하는 사람이 마련하는 대처 방안이라는 것이 어떤 것이 될지는 보지 않아도 뻔했다. 이제야 우리나라가 돌아가는 상황이 조금씩 보이는 듯한데, 이 모든 움직임의 중심부에 접근해볼 수 있는 길은 도저히 찾을 수가 없었다. 무엇이 될지 모르지만, 새로운 핵 대처 방안이라는 것도 이 나라의 주인인 일반 국민들에게는 한마디 기별도 없이, 비밀리에 작성해서 일방적으로 발표만 해버리고 말 것은 뻔한 이치였다.

<2권에 계속>